读客彩条外国文学文库

熊猫君激发个人成长

IL CONFORMISTA

同流者

[意] 阿尔贝托·莫拉维亚 著
王建全 译

MORAVIA

莫拉维亚作品

江苏凤凰文艺出版社
JIANGSU PHOENIX LITERATURE AND ART PUBLISHING

图书在版编目（CIP）数据

同流者 /（意）阿尔贝托·莫拉维亚著；王建全译
. -- 南京：江苏凤凰文艺出版社，2022.10
ISBN 978-7-5594-6987-8

Ⅰ.①同… Ⅱ.①阿… ②王… Ⅲ.①长篇小说－意大利－现代 Ⅳ.① I546.45

中国版本图书馆 CIP 数据核字 (2022) 第 113758 号

同流者

［意］阿尔贝托·莫拉维亚 著　　王建全 译

责任编辑　丁小卉
特约编辑　孙宁霞　周书涵　李玉洁
装帧设计　René Magritte　陈艳丽
责任印制　刘 巍
出版发行　江苏凤凰文艺出版社
　　　　　南京市中央路 165 号，邮编：210009
网　　址　http://www.jswenyi.com
印　　刷　河北中科印刷科技发展有限公司
开　　本　880 毫米 ×1230 毫米 1/32
印　　张　12
字　　数　247 千字
版　　次　2022 年 10 月第 1 版
印　　次　2022 年 10 月第 1 次印刷
标准书号　ISBN 978-7-5594-6987-8
定　　价　78.00 元

序幕

一

童年时代的马尔切罗就像一只好奇的小喜鹊，对各种各样的小物件充满兴趣。他的父母从未设法满足他这种占有的本能，这与其说是出于严厉，不如说是由于冷漠；又或许是因为马尔切罗心中还有某种更为深邃的本能，但是他自己并不清楚，而且这种本能也被他自身的贪婪所掩盖了。他的脑子里总是充斥着疯狂的欲望，想去占有各式各样的东西。比如一支带着橡皮擦的铅笔，一本带插图的书，一个弹弓，一把格尺，一个橡胶制的可随身携带的墨水瓶，所有的这些不起眼的小东西都会让他感到兴奋，没有得到它们之前他心中满是强烈甚至病态的渴望；一旦占有了它们，马尔切罗心里那让自己都惊讶和着迷的愉悦便使得他的欲望更加难以填平。马尔切罗有一个属于自己的房间，他在里面学习和休息。在房间里，所有摆在桌子上或者关在抽屉里的东西，对他来说，要么还保持着神圣的品质，要么就是已经被亵渎过了，这取决于是早先就得到了它们，还是最近。总之，这些东西和家中别的物件是不一样的，它们是记忆的碎片，承载着以往的经历或者即将到来的历程，承载着热情或者忧郁。马尔切罗能够切身体会到这种由于占有带来的独特感受，他同时感到无以言表的快乐，也感受到痛苦的折磨，就好像一直不断重复同样的错误，却连悔恨的时间都没有。

但是，在所有的这些物件当中，最吸引他的是武器，也许正因为他不被允许得到它们。这可不是小孩子们玩的假武器，比如铁皮气枪，可以发出响声的小左轮手枪，木质的匕首，等等，它们是真正的武器，拥有了它们，威胁、危险、死亡就不再是虚幻的概念，而是武器之所以存在的最开始和最终的理由。用玩具手枪，小孩子们可以玩打枪的游戏，却不会引起真正的死亡；但是用大人们的真手枪，死亡就不仅仅是可能，而是近在咫尺，仅仅是出于谨慎，这种死亡的尝试才会被阻止。马尔切罗曾经有几次拿起了真正的武器——一把乡间使用的猎枪，是他爸爸的旧手枪，有一次，他爸爸从抽屉里把这把手枪拿出来给他看。每次拿着它，他都会激动得浑身发抖，他能够体会到自己和武器的交流，就好像他的手终于在它们身上找到了真正的归属地。

马尔切罗在小区里有许多小伙伴，他很快就意识到，自己对于武器的兴趣比这些小朋友对于武器纯真的情结要更加深沉，更加阴暗。小孩子们在玩士兵游戏的时候，假装自己非常残忍、冷酷，但实际上他们这样做是出于对游戏本身的热爱，他们假装残忍的样子，但不会真的那样做；而他正好相反：之所以玩士兵游戏，是因为在这个游戏当中可以为自己的残忍和冷酷找到发泄口，即使在其他与破坏、死亡相关的游戏当中他也是如此。而且对于这一点他也不会有任何的悔恨和羞愧，他觉得这是理所当然的，因为从这种残忍当中，他能够感受到非同寻常的喜悦。这种残忍在当时还带着一些稚气，所以不会让其他小朋友以及自己产生怀疑。比如，一个初夏，在一天中比较热的时候，他来到花园里。这是一个很狭窄而茂密的花园，里面杂乱地生长着许多植物，多年来都没人照料，任其自由生长。马尔切罗来到花园，手中拿着一根藤条，这是他从阁楼上一把破旧的藤拍里抽出来的；他在斑驳的树荫和炙热的阳光中，踩着鹅卵石小路闲逛了一会儿，观察着周围的植物。他感觉自己的眼睛充满光芒，整个身体非常舒适，就好像融合了花园中那些植物的旺盛生命力、吸收了阳光的能量一样，他感觉非常愉快。但这是一种充满侵略性和残忍的愉快，它几乎是建立在其他人的不幸的基础上的。当他在花坛中看到一簇黄色和白色的雏菊，或是绿茎上盛开的红色郁金香，又或是路边那些多肉植物的时候，马尔切罗会将手中的藤条挥舞一下，在空气中发出宝剑一样的声响，干净利落地砍下这些花和叶子，留下光秃秃的树枝和茎秆。这样做时，他就会感觉自己的生命力都翻了一倍，几乎能够感受到心满意足，感觉内心中某种被长期压抑的能力释放了出来；但同时他并不清楚这种力量和审判到底是怎样的一种感觉。就好像这些植物都有罪，而他惩罚了它们，这种惩罚也是他的某种权力。但他也不是完全不清楚，这种游戏带有罪恶，是被禁止的。有时候，他几乎不由自主地用狡猾的眼神望向旁边的别墅，他妈妈时不时会从客厅的窗户探出头来盯着他，或者是厨娘会从厨房望着他。他清楚地知道，他所畏惧的并不是母亲的责备，而是这种举动容易显得他和别人不同，也因此，它们就很神秘地和罪恶联系到了一起。

从鲜花草木到动物的过渡，几乎是在不知不觉间完成的，就好像天性使然。当马尔切罗意识到在动物身上也可以体会到斩断花草那种无法言喻的愉悦时，他的感受变得更加强烈和深入了。也许仅仅是偶然，他在这条小路上闲逛的时候，手中的藤条没有抽中旁边的灌木，而是正好打在了在树枝上睡觉的小蜥蜴背上；又或许是他开始感到厌倦，然后开始寻找新的对象，好实施他还没意识到的这种残忍。不管怎样，在某个安静的午后，当大家都在午睡的时候，马尔切罗面对着众多小蜥蜴被屠杀的现场，突然之间感受到了某种悔恨和羞耻。当时有五六只小蜥蜴从不同的地方爬出来，趴在树枝或者围墙的石头上休息。它们看到一动不动的马尔切罗而心生疑惑，正准备逃走的时候，就被他用藤条一下子打落了。他从不提起这件事，或者说他不愿意回忆起来，一切都结束了，只留下炙热、混浊的阳光照在蜥蜴满是鲜血的、沾满灰尘的尸体上。他站在那里，手里紧握着藤条，面对着水泥人行道，蜥蜴的尸体就在那上面；他的身体和脸庞依旧能够感受到屠杀带给他的兴奋，但已不是之前体会过的充满愉悦的兴奋，而是在此时蜕变成了悔恨和羞耻。除了残忍和力量之外，这一次他有了新的特殊困扰，一种无法解释的身体上的感受；连同悔恨和羞耻一起感受到的，还有隐约的恐惧。就好像发现了自己完全反常的性格，而这种性格应该是让人感到羞耻的，应该是对外保密的，如此一来，当他面对自己或和其他人一起的时候才不至于觉得羞耻。因此，他永远无法融入同龄人的群体。毫无疑问，他与同龄人不同，他们不会一起，也不会单独花时间在类似的兴趣爱好上面，这是彻底的、完全的不同。因为蜥蜴已经死了，这一点毫无疑问，这种死亡以及他残忍和疯狂的举动，在别人身上是无法找到的。总之，这些行为举止只属于他自己，就像曾经那些无辜和正常的举止也一样只属于他自己。

这一天，这种发现既是全新的也是非常痛苦的，为了证实自己与众不同这个全新的、非常痛苦的发现，他想和邻居家的小伙伴罗伯托比较一下。黄昏时分，罗伯托学习完了之后就会来到花园里；他们的家长都同意两个孩子可以一起玩到晚饭时间，有时候是在罗伯托家的花园里，有时候则是在马尔切罗家的花园。那天，马尔切罗不耐烦地等待着和罗伯托一起玩耍，整个下午他一个人安静地躺在自己卧室的床上。他的父母都出门了，家里只剩下厨娘，马尔切罗时而能听到厨娘在底楼厨房轻轻哼歌的声音。一般情况下，马尔切罗下午都在自己房间里学习或者玩耍。但那天，学习和游戏都无法让他提起兴趣，他没办法静下心来做任何事情，可无所事事又让他感到愤怒，无法忍受：发现自身似乎不同寻常所带来的恐慌，以及见到罗伯托之后这种恐慌会消失的希望，让他不能动弹，但同时又焦躁不安。如果罗伯托说他也会杀死那些小蜥蜴，他也喜欢杀害它们而不觉得有任何不妥，那马尔切罗所有这些畸形的、与众不同的感受就会消失，之后他会冷漠地看着蜥蜴屠杀现场，就好像看着一起没有意义也没有任何后果的交通事故一样。他也不知道为什么罗伯托会这样有权威；他隐约觉得，如果罗伯托也做这些事情——用同样的方式，带着同样的情感——那就意味着所有的人都会这样做；而所有人都做的事情肯定是正常的，甚至是有益的。其实这些思考在马尔切罗的头脑中并不是十分清晰，更像是内心深处的某种情感和冲动。但有一件事情他似乎很肯定：他内心的平静就取决于罗伯托的回答。带着这样的希望和焦虑，他不耐烦地等待着黄昏的到来。他都有些打瞌睡了，这时花园里传来一声悠长的口哨声：这是他们约定好的信号，表示罗伯托已经来了。马尔切罗从床上坐起来，灯也没开，在昏暗的光线中走出房间，走下楼梯，来到了小花园。

夏天的落日余晖中，树木无精打采地站在那里，一动不动；在树荫中，夜晚似乎已经到来了。沉闷的空气中混杂着花香、灰尘以及地面反射出的太阳的热能。分隔马尔切罗和罗伯托两家花园的隔栏已经消失不见了，因为隔栏上爬满了常春藤，就像是长满了树叶的城墙。马尔切罗径直走到花园尽头的一个角落，那里的藤蔓植物更密，而且树荫也更重。他站到一块大石头上面，用手一下子拨开了藤蔓丛。这个藤蔓中隐藏的类似小门的东西就是马尔切罗弄出来的，他觉得这种秘密的游戏很刺激。移开藤蔓后，出现了围栏，栏杆中间露出了罗伯托金色头发下那漂亮而苍白的小脸蛋。马尔切罗在石头上踮起脚问道："没人看见我们吧？"

他们的游戏都是这样开始的，罗伯托就好像背课文一样回答道："是的，没人看见……"过一会儿又问："你学习了吗？"

他小声嘀咕，这是另一个既定的程序。马尔切罗也小声回答：“没有，今天我没学习……不想学……我会跟老师说我不舒服。”

“我做了意大利语课的作业，”罗伯托嘀咕说，“我还做了一道数学题……还剩下一道……你为什么不学习呢？”

马尔切罗知道他会问这个问题。“我没学，”他回答说，“因为我去抓小蜥蜴了。”

他希望罗伯托能对他说“真的吗……有时候我也会去抓它们”或者其他类似的话。但是罗伯托的表情没有表现出任何“同谋”的意思，甚至连一丝的好奇都没有。马尔切罗努力掩饰自己的窘迫，继续说道：“然后我把它们都杀死了。”

罗伯托小心翼翼地问：“多少只？”

“一共有七只。”马尔切罗回答。他继续得意地对小伙伴说着杀死小蜥蜴过程中的技术和信息：“它们就趴在树枝和石头上……我等它们移动了，就一下子抽打下来……就用这根藤条……抽一下就能打下一只。”他得意地做了个鬼脸，把藤条展示给罗伯托看。

他看到罗伯托好奇地看着他，或者更准确地说是惊讶：“你为什么要杀死它们呢？”

“不为什么。”他犹豫了一下，差点就说因为这样做可以让他开心。他忍住没说出口，自己也不知道为什么，只是说：“因为它们有害……你不知道小蜥蜴是有害的动物吗？”

“不知道，”罗伯托说，“我不知道……对什么有害？”

“它们吃葡萄，”马尔切罗说，“有一年它们把乡下葡萄藤上的葡萄都吃光了。”

“可是这里也没有葡萄啊。”

“而且，”他没有理会罗伯托的反驳继续说，“它们都很坏……有一只看到我，非但没有跑，还张大嘴巴爬到了我身上……”他停了停，接着用更加机密的口气说，“你从来没有杀过它们吗？”

罗伯托摇着脑袋回答：“没有，从来没有。”他眼睛看向地面，脸上是痛心的表情。

“大家都说不要伤害动物。”

“谁说的？”

“妈妈。”

“别人说的话太多了……”马尔切罗越来越没有自信了，“但你试试嘛，傻瓜……我向你保证，可有意思了。”

“不，我可不试。”

“为什么？”

“因为这是坏事。”

这样的话就一点办法也没有了，马尔切罗失望地想道。他突然对自己的朋友感到非常愤怒，因为这位朋友不知不觉间确认了马尔切罗的这种反常。但他最后还是控制住了自己，提议说：“你瞧，明天我还会去抓小蜥蜴……如果你和我一起，我就把《集市中的商人》那套卡片送给你。”

他知道，对于罗伯托来说这个条件是很有诱惑力的：他不止一次说过想要那套卡片。确实如此，罗伯托就好像突然有了灵感一样回答说："我过来和你一起，但是有一个条件，我们要抓活的，然后把它们关在小盒子里，之后再把它们放生……然后你把卡片给我。"

"这样不行，"马尔切罗说，"有意思的地方就在于用藤条抽打它们……我打赌你肯定不敢。"

对方什么也没说。马尔切罗继续说："那你就来吧……咱们说定了……但你也要去找一根藤条。"

"不，"罗伯托固执地说，"我不来。"

"为什么？那套卡片可是全新的啊。"

"不，这也没用，"罗伯托说，"我不会杀死那些蜥蜴的……就算你给我……"他犹豫了一下，心里在想着某个很有价值的东西，"就算你给我一把手枪，我也不干。"

马尔切罗明白已经没有任何办法了，猛然间，他憋在心中的怒火一下子爆发了出来："你不干是因为你是个胆小鬼。因为你害怕。"

"我害怕什么？你真让我觉得好笑。"

"你就是害怕，"马尔切罗愤怒地重复说，"你就是只兔子……真的就是一只小兔子。"他突然把手伸出栏杆，一把抓住小伙伴的耳朵。罗伯托长着一对红色的招风耳，这不是马尔切罗第一次这样做了，但是之前他从来没有这样生气，也没有真的要伤害他。"快承认吧，你就是只兔子。"

"不，放开我，"小伙伴扭动着身体呼叫，"哎呀……哎呀！"

“快承认，你就是兔子。”

罗伯托的耳朵被揪得火烧一样的疼，他浑身发热出汗；痛苦的蓝眼睛里流出了泪水。他结结巴巴地说：“好，好，我是兔子。”马尔切罗立刻松开了他。罗伯托跳下围栏跑开了，嘴里喊着：“我才不是兔子呢……我刚才和你说那句话的时候心里是在想‘我不是兔子……我骗你呢’。”他跑没影了，他那带着哭腔还有一丝嘲讽的声音也消失在了远处，消失在隔壁花园的小树林外。

这段对话让马尔切罗深深地不适。罗伯托无法让他得到他所寻找的解脱，同时他也失去了他们的友情，他似乎很在意的友情。于是他就这样被抛弃到了反常当中，尽管他之前也向罗伯托暗示过他的这种异常，暗示过自己想要摆脱这种状态，以及他清楚地知道他说的谎话和使用的暴力。他为杀死蜥蜴撒了谎，感到悔恨，如今，在这个谎言和悔恨之上，又添加了对罗伯托的羞愧和内疚：对于要求他成为自己共犯的原因，他向罗伯托撒了谎，而且最后还发了脾气，揪了他的耳朵。旧的过错叠加上了新的，两者都无法让他释怀。

有时候，在这些痛苦的思索中间，他会重新回想起屠杀那些蜥蜴的场景，他几乎希望可以在回忆中将所有的内疚释怀，把这看成是一个普通的事件。但他马上就意识到，他真的希望这些蜥蜴没有死掉；而连同这种希望一起回来的，是他当时抽打那些蜥蜴时身体既兴奋又不安的感觉，这种感觉并不完全让他不快，而正是因为这一点他才觉得难受；这种感觉如此强烈，以至于他怀疑自己在接下来的日子里还会去重复这种屠杀。这些想法让他感到恐惧：这就意味着他不仅异于常人，而且完全无法控制这种异常。此时他正在自己的房间里等待晚餐，他坐在桌子旁边，桌上摊开着一本书。他突然站起来，来到床边，跪倒在床边地毯上，像平时做祈祷时一样，双手合十，用自己觉得非常诚恳的声音大声说：

“我在上帝面前发誓，我再也不会去碰那些花草，也不会去碰那些小蜥蜴了。”

尽管如此，让罗伯托成为自己的同伙，以此来寻求解脱的这种需求依然存在。只是这种需求变成了反面，他需要有人给他定罪。罗伯托本可以和他站在一起，从而把他从内疚当中解脱出来，而且罗伯托并没有足够的权威来证明他的这种内疚是应该的，也没有权威下判决书让他心烦意乱。罗伯托就是和他一样的小孩子，可以作为同谋，但是作为法官就没有资格了。然而，罗伯托却拒绝了自己的提议，为了他自己讨厌的事情他却依靠了母亲的权威。马尔切罗心想：他也可以去求助母亲。她可能会责骂他或者宽恕他，反正就是会用随便某种规则来定义他的行为。马尔切罗很了解自己的母亲，既然他已经做出了这个决定，那就从一个抽象的角度去思考问题，就好像把自己的母亲视为一个理想中的母亲，就是那种可遇而不可求的类型。其实他也怀疑这种求助是否会有好的结果，但无论如何他都只有这一个母亲，而且求助母亲的冲动决定本身就是一个最大的疑问。每天晚上，当马尔切罗上床之后，他的母亲都会来到他的房间和他说晚安，现在他就在等待着这个时刻。这是每天他能够单独和母亲相处的为数不多的机会之一：更多的时候，比如吃饭时或者少有的和父母散步的时候，他的父亲都会在场。马尔切罗虽然没有很信任母亲，但是出于本能，他还是很爱她的，或者，与其说是爱，不如说他以一种困惑和着魔的方式仰慕她，就好像仰慕一位有着特殊喜好和古怪脾气的大姐姐一样。马尔切罗的母亲在很年轻的时候就结婚了，无论是精神上还是肉体上，她都像个少女一样；尽管她和儿子并不亲近——她有诸多的社交活动——因此很少照顾儿子的起居，但是她从没有将自己的生活和儿子的生活割裂开来。所以马尔切罗就是在一种混乱的环境中长大的：匆忙进出的母亲，各种试穿过的和胡乱丢弃的衣服，电话边没完没了、甚至有些轻浮的对话，和裁缝店老板的讨价还价，和服务生的吵架拌嘴，因为一点微不足道的事情而变化无常的脾气。马尔切罗可以随时进入母亲的房间，就好像是一个好奇的、被忽视的隐私旁观者，而在这隐私当中却没有他的任何位置。有时候他的母亲会突然良心发现，从悔恨和麻木中清醒过来，决定好好照顾一下自己的儿子，把他带到女裁缝店或者女帽店。这些情况下，马尔切罗就被迫在一个长板凳上坐上好几个钟头，而母亲却在试各种帽子和衣服，这时候他甚至会怀念一直以来的那种冷漠境遇。这天晚上，就好像是故意的一样，母亲比平时更加匆忙；马尔切罗还没来得及克服自己的羞怯，母亲就转身穿过黑暗的房间，朝门口走去。但是马尔切罗可不想再等一天来迎接对自己的审判了。他起身坐在床边，大声招呼说："妈妈。"

他看到妈妈在门口转过身，背着光，身体白皙而苗条，穿着一件暴露的连衣裙。黑色头发覆盖着漂亮而苍白的面容，虽然她的脸隐藏在阴影当中，但马尔切罗还是能够看出母亲不悦、匆忙和不耐烦的表情。马尔切罗顾不了这么多了，他情绪冲动地说：“妈妈，我得和你说件事。”

“好的，马尔切罗，但是快一点……妈妈要出去……爸爸在等着呢。”她一边说着，双手一边在后脖颈项链搭钩的地方摸来摸去。

马尔切罗想向妈妈说出屠杀小蜥蜴的事情，并想问她这样是不是不对。但是妈妈匆忙的样子让他改变了主意，或者确切地说，让他改变了本来在脑袋里已经想好的话语。他觉得蜥蜴似乎一下子变成了渺小且微不足道的动物，不足以引起一个如此心不在焉的人的注意。突然间，不知何故，他编造了一个谎言来夸大自己的罪行。他渴望一个巨大的过错来引起母亲的注意，他隐约觉得母亲的神经有些迟钝和麻木。他用自己都惊讶的自信语气说道：“妈妈，我打死了一只猫。”

这个时候母亲终于把项链的搭钩对在了一起。她双手交扣在脖子上，下巴压在胸前，眼睛盯着地面，出于急躁还不时用鞋跟踩着地板。“啊，是吗？”她不在意地说道，就好像她所有的注意力都集中在她所做的事情上而顾不上其他。马尔切罗有些不自信了，又说了一句：“我是用弹弓把它打死的。”

他看到母亲沮丧地摇着脑袋，双手从脖子上放下来，其中一只手里握着那条她扣不起来的项链。“这该死的搭钩，”她生气地说，“马尔切罗……乖孩子……来帮我把项链扣好。”她坐到床边，斜着身背对着儿子，嘴里不耐烦地说，“你扣搭钩的时候小心一点……不然又会弹开的。”她嘴里说着话，瘦瘦的肩膀就在马尔切罗面前，整个后背从肩膀一直到腰都是裸露着的，在门口传来的光线映照下，白得就像一张纸。她尖尖的指甲是红颜色的，纤细的双手攥着那条挂在细嫩脖颈上的宝石项链，而项链就在那卷曲的汗毛之间。马尔切罗心想，只要把项链戴好，她应该就有耐心听他说话了；他把头伸过去，抓住项链的两端，一下子就扣好了。但是母亲马上就站了起来，弯腰亲吻着他的脸，嘴里说：“谢谢……现在去睡吧……晚安。”马尔切罗还没来得及用一个动作或者叫声来留住她，她就消失不见了。

第二天，天气很热，而且阴沉。马尔切罗同一言不发的父母一起安静地吃完饭之后，悄悄地从椅子上滑下去，穿过落地窗来到花园里。像平时一样，消化食物让他有一种说不出的不适，其中混杂着困倦和胃胀。他慢慢地走着，几乎是踮起脚尖，在吱嘎作响的鹅卵石路面上，在满是各种飞虫的大树树荫下，一直走到隔栏那里，他往外张望着。出现在眼前的是那条非常熟悉的街道，道路略有点坡度，两边的胡椒树郁郁葱葱，几乎泛着乳白色。路上此时空无一人，路面由于满天的乌云而显得出奇的昏暗。他可以隐约看见对面的其他隔栏、花园和类似他家的小别墅。马尔切罗仔细观察了道路，离开隔栏，从衣服口袋里拿出弹弓，弯腰下去，在细小的鹅卵石中也有那么几块大一些的白色石子，他从中捡起一块核桃大小的石子，放到弹弓的皮带上，然后沿着分隔他家花园和罗伯托家花园的围墙走了起来。他的想法是，或者准确地说，他现在的感情是，他和罗伯托此时正处于战争状态，他应该密切注视那面爬满常春藤的围墙，稍有动静就开火，也就是把弹弓里的那块石头打出去。这是一种游戏，在游戏中他既表达了对于不想成为自己屠杀小蜥蜴同谋的罗伯托的怨恨，也表达出了驱使他去杀害蜥蜴的残忍、凶狠的本能。马尔切罗自然很清楚，罗伯托在这个时间都是在睡觉的，不会在那片常春藤后面监视他。但是，尽管知道这一点，他还是很严肃认真地行动，好像确信罗伯托就在那里一样。巨大而年代久远的藤蔓一直爬到隔栏的顶端，那些叶子互相重叠在一起，巨大、黑色、满是灰尘的叶片就像是女人恬静胸脯上的花边饰带，十分柔软，在沉闷的空气中一动不动。有几次，他感觉到一阵轻微的抖动让藤蔓颤动起来，确切地说，是他让自己觉得看到了一阵抖动，于是他带着强烈的满足感把石子打进浓密的藤蔓叶子当中。打完之后，他马上弯腰又捡起一块石头，重新进入战斗状态，张开双腿，伸出双臂，弹弓随时准备射击：永远也不知道罗伯托是不是就在那些叶子后面，是否正在瞄准他，罗伯托可以利用躲在暗处的优势，而他则是完全暴露的。就这样，他一边玩着这个游戏，一边走到了花园的尽头，他在那里的常春藤叶子当中弄出了一扇小门。他在这里停了下来，注视着那堵围墙。在他的想象中，房屋就是一座城堡，被藤蔓植物隐藏起来的隔栏就是加固设防的城墙，而那个门洞则是一个危险的、极易通过的缺口。这时，他突然看见——这一回毋庸置疑了——叶子从左到右移动，颤抖着、摇晃着。是的，他很肯定，叶子动了，应该是有人让它们动了起来。在这一瞬间，他想到，罗伯托不在，这是个游戏，既然是个游戏，那他就可以把石头打出去；同时他又想到，要是罗伯托在那里的话，他就不应该把石头打出去——如果他不想杀死罗伯托的话。他一下子拿定了主意，拉直弹弓的皮筋，把石子打进浓密的叶子中。他不是很满意，弯腰下去，又兴奋地捡起一块石头，放进弹弓皮带里打了出去，接着是第三块石头，同样打了出去。此时他已经把顾虑和恐惧放在一边了，全然不管罗伯托是否在那里，这已经不重要了：他只感受到兴奋和暴力带来的刺激。最后，在把那些叶片打得千疮百孔之后，他才气喘吁吁地把弹弓扔在地上，然后一直爬到围栏上面。就像他预料和希望的那样，罗伯托不在那里。但是隔栏栏杆之间的缝隙很宽，足以让人把脑袋伸到隔壁花园里。在不知哪里来的好奇心驱使之下，他探出头朝下面张望。罗伯托家的花园里没有藤蔓，但有一个种着鸢尾花的花坛，花坛就位于围墙和鹅卵石小路之间。这时，就在围墙和一排白色、紫色的鸢尾花之间，马尔切罗看到一只灰色的胖猫趴在那里。一阵无名的恐惧让他无法呼吸，那只猫的姿态很不自然：它侧卧在一边，爪子很放松地伸出来，脸就瘫在地面上。猫身上的毛很浓密，灰色中略带一些蓝色，略微竖立，有些蓬乱，而且这些毛显得毫无生气，就好像他曾经在厨房大理石桌子上见到过的那些死去的小鸟身上的羽毛。此时，他内心的恐惧在增长：他跳到地面上，从一簇玫瑰丛中折下一根茎秆，然后重新爬到上面，他把手臂探出栏杆，用那根茎秆的尖端捅那只猫的侧面。但是那只猫一动不动，他觉得，围绕在这只猫身边的那些长着高高茎秆和白紫色花瓣的鸢尾花仿佛突然间变成了葬礼上的花环，就像是虔诚的人们用双手摆放在尸体旁边的鲜花。他把玫瑰茎秆扔在一旁，也顾不得把常春藤恢复原状，一下跳到了地上。

他心中充满了各种恐惧，首先产生的冲动是把自己关进一个衣橱，或者储物间里——反正就是那些黑暗、封闭的地方——逃避自己。他之所以感到恐惧，首先是因为他以为自己杀死了那只猫，其次是因为——也许这个原因更主要一些——前一天晚上他向自己的母亲承认过这件事。这无疑是一个信号，一个神秘莫测而又无法逃避的信号，这个信号告诉他：他注定会完成这样残忍和致命的行动。然而，这只猫的死，以及这个死亡所代表的警示，给他带来的恐惧远不及另外一个想法带来的恐惧：他觉得，在杀死这只猫之前，他想杀死的其实是罗伯托。只是出于偶然，这只猫才代替了他的朋友而丧命，但是这种偶然却很有意义；不可否认，这是一个循序渐进的过程，从花到小蜥蜴，从小蜥蜴到猫，再从猫到罗伯托的死，尽管最后的罗伯托之死只是他的想象和希望，而没有达成，这却是可以做到的，也许还是无可避免的事情。这样，他就确实是一个异类，他不得不想到，或者说，他不得不感觉到——带着对这种“与众不同”的鲜明、切身的感受——他注定是一个拥有孤独、凶险命运的异类，他已经走上了这条血腥的道路，没有任何人能够让他停下来了。带着所有这些思绪，他近乎着魔地在房子和隔栏间的小空地上来回走着，时不时抬起头看着小别墅的窗，盼望能从那里看到他那位轻佻、冒失的母亲：尽管她原本可以，现在她已经没有办法为他做任何事情了。紧接着他一下子又有了希望，他重新跑到花园的尽头，再一次爬到墙上，把头探出栏杆。他几乎是幻想，那里空无一物。然而那只猫还在那里，依旧是灰色的身体，一动不动地躺在白紫色鸢尾花组成的葬礼花环当中。死亡已经从一群蚂蚁身上得到验证了，它们从小路一直蔓延到花坛，一直到猫的脸上，确切地说是到猫的眼睛，就像一条黑色的布带。这带来了一种恐怖的感觉，那种死尸腐肉所带来的恐怖感觉。他注视着这一切，突然间，就好像影像重叠一般，他好像看到原来躺着的死猫变成了罗伯托，他也躺在鸢尾花中间，同样毫无气息，在他失去光芒的眼睛和半张着的嘴里，一群蚂蚁正爬来爬去。马尔切罗惊恐得浑身发抖，马上打消自己这个恐怖的念头，跳了下来。但这次，他仔细地把藤蔓中的小门整理好，因为现在，除了内心的悔恨和恐惧之外，他还害怕自己被发现、被惩罚。

不过，害怕的同时，他又期待自己被人发现、被人惩罚；这也是希望有人能阻止他滑向不可避免的谋杀的深渊。但是，在他的记忆中，父母从来没有惩罚过他；这不仅仅是出于一种免除惩罚的教育理念，同时也是出于冷漠，这一点他能够模糊地感知到。于是，在怀疑自己犯罪——尤其是有能力去犯其他更严重的罪行——的痛苦之上又添加了新的痛苦，那就是他不知道该向谁去寻求责罚，他甚至连会有什么样的责罚都不清楚。马尔切罗隐约地意识到，当时正是这种痛苦迫使他向罗伯托承认了自己的罪行，因为他期望能够听到罗伯托说这不是什么罪过，而是每个人都会做的事情；此刻他觉得要向父母做一样的坦白，但是想要得到的结果却相反，他想看到父母愤怒地咆哮，说他犯了可怕的罪行，应当受到相应的惩处。在第一种情况下，罗伯托的话会让他得到解脱，同时会让他去重复之前的错事；而在第二种情况下，他则可能会面临严厉的刑罚，但无论哪种情况对于他来说都不重要。实际上，他清楚地知道，在这两种情况下，他都在不惜一切代价、用尽一切方法让自己从可怕的孤立状态中摆脱出来，让自己不要成为异类。

当天晚上吃晚餐的时候，马尔切罗本已下定决心把杀死猫的事情告诉父母，但是他忽然觉得父母早已知道这一切了，所以就没有那么做。其实晚餐时，他的心情很复杂，既有恐慌，同时还有痛苦即将减轻而带来的慰藉。当他带着这样的心情坐到饭桌上的时候，他发现父亲和母亲好像在互相生气，心情都很糟糕。母亲那张天真的脸上带着过分夸张的庄重，她直挺着身子，眼睛看着下面，高傲地坐在那里，一言不发。父亲就坐在母亲的对面，他的表情和母亲不一样，但同样丰富，表现出同样糟糕的心情。他的父亲比母亲大许多岁，他总是给马尔切罗一种不安的感觉，让马尔切罗觉得自己和母亲一样幼稚和不独立，就好像他们不是母子而是姐弟。父亲很瘦，脸干巴巴的，长满皱纹，这张脸上很少会浮现笑容，即使有笑容也是那种非常短暂、感受不到任何愉悦的笑容，他脸上有两个非常明显的特征：一个是凸出来的眼球，散发着生冷的、矿物一般的光芒，表现不出任何感情；另一个是脸颊上紧绷的皮肤下面肌肉频繁的抽动，这应该是由神经引起的。也许是在军队生活过很多年的关系，他保留了对于动作准确、控制表情的钟爱。但马尔切罗知道，当父亲生气的时候，这种精准和控制就会变得过度，甚至变得相反，即一种奇怪的、有节制的暴力，一种精准的反抗，可以说，那些最简单的动作都会被赋予一种特定的意义。此时此刻在餐桌上，马尔切罗立刻就注意到父亲在用力强调那些惯常的而没有任何重要性的动作，就好像要引起他们的注意一样。比如，他拿起杯子喝一口，然后用力地放下酒杯；他把盐罐拿来撒一些盐，然后又用力地放回去；他抓过面包，撕了几块，然后又是重重地放回去。他好像执迷于对称一样，依旧是用很重的力气，把盘子放在餐具中间，让刀、叉、勺子围绕着圆盘，构成完美的角度。要不是马尔切罗一直担心自己的过错的话，他应该很容易发现，这些故意做出来的、重重的、充满能量的动作不是针对他，而是针对他的母亲；实际上，每次这种用力的动作之后，母亲都会重新表现出自己的高傲姿态，散发出一种自满的气息，眉毛也会得意地上挑几下。但是他内心的担忧让他意识不到这些，于是他毫不怀疑，父母肯定已经都知道了：罗伯托无疑已经从那只胆小的兔子转而变成一个告密者了。他原本期待着自己能够受到惩罚，但是现在，看到如此恼怒的父母，他突然很厌恶暴力，在这类情况之下，他知道他的父亲有能力使用暴力。正如母爱的表现总是零星、偶然的，与其说是出于爱，不如说是出于内疚；同样，父亲的严厉也是突然间的、毫无道理的，是过度的、暗示性的，与其说是因为父亲想要教育一下他，倒不如说是在长期的冷漠之后，想要补偿一下他。往往在一瞬间，在母亲或者厨娘一阵抱怨之后，父亲会突然记起自己有一个儿子，然后就大吼起来，很愤怒地痛打儿子一顿。马尔切罗尤其害怕被打，因为父亲的小拇指上戴着一枚戒指，戒指上有一块很大的宝石，在父亲发火揍他的时候，这块宝石也不知为何总是会转到手掌这一边，所以，在挨耳光的时候，疼痛就更加具有穿透力。马尔切罗甚至怀疑父亲是故意把戒指转过来的，但是他也无法肯定。

出于恐惧和慌张，马尔切罗急忙开始编造一个说得过去的谎言：杀死猫的并不是他，而是罗伯托，而且那只猫确实是在罗伯托家的花园里死掉的，怎么可能是他穿过藤蔓和围墙去杀死的呢？但是他突然又想起来，前一天晚上，他曾经向母亲承认过自己杀死了一只猫，而第二天这事情就真的发生了，于是他明白了，任何谎言对于他来说都是行不通的。不管母亲平时有多么粗心大意，她肯定已经把他所坦白的事情告诉父亲了，父亲无疑会把这件事和罗伯托告状的话联系起来，这样，再怎么否认也无济于事。想到这些，他的思绪从一个极端又跑到了另一个极端，他突然又渴望起惩罚来，只是希望这个惩罚来得快一些、坚决一些。什么样的惩罚呢？他想起罗伯托曾经说过，家长们为了惩罚那些不听话的孩子，会把他们送到寄宿制学校里面去，他很惊讶自己竟然希望能够得到类似的惩罚。这种渴望所表达出来的，是马尔切罗不自觉地对于缺少亲情且混乱无序的家庭生活感到厌倦；他不仅仅渴望得到父母给予他的那些惩罚，同时还会欺骗自己，让自己觉得是需要这种惩罚的，他心里狡猾地算计着，也许这样做会平息他内心的愧疚，同时也会改善自身的处境。这种想法立刻让他脑海中出现许多场景，这些场景本应让他感到无比沮丧，现在却让他感到喜悦：一幢阴冷的灰色建筑，上面的大窗户都安装着铁栏杆；冰冷而没有任何装饰的房间，房间是白色的高墙，里面整齐陈列着几排床铺；昏暗的教室里堆满了课桌，尽头摆放着老师的讲台；空荡荡的走廊，阴暗的楼梯，笨重的房门，无法逾越的围栏。总之，就像是一座监狱，但即使是这样，也比父亲家中的虚假、不安、短暂的自由要强得多。甚至是要穿上统一的条纹制服，剃光脑袋，就像他有时在街上看到的那些排队行走的寄宿学校学生一样，即使是这样的想法，这样令人感觉羞耻、几乎是恶心的想法，也让他觉得高兴，他现在近乎绝望地渴望着某种秩序，某种正常的状态。

他胡思乱想着，没有看父亲，而是看着那白得发光的桌布，桌布上有一些小飞虫，它们晚上从敞开的窗户飞进来，撞在灯罩上，然后就掉落在了桌布上。接着，他抬起眼睛，正好看到他父亲身后的窗台上一只猫的身影。但他还没来得及看清猫的颜色，它就跳下窗台，穿过饭厅，消失在厨房那边了。尽管他不是很肯定，但是他心中还是充满了喜悦的希望，他想到它可能就是那只几小时前他在罗伯托家花园里看到的、躺在鸢尾花丛中间一动不动的猫。这个希望让他很高兴，这种高兴意味着，与自己的命运相比，那只小动物的生命毕竟是更加重要的。“猫。”他大声地喊道。然后他把餐巾放在餐桌上，一条腿伸到椅子外面：“爸爸，我吃完了，可以走了吗？”

“待在你的座位上。”父亲用威胁的口吻说道。马尔切罗有些害怕，但还是冒着风险说：“可是那只猫是活的……”

“我跟你说了，就待在你的座位上。”父亲再次强调。马尔切罗的话好像打破了屋子里长久的沉默，父亲转头对妻子说：“那你说些什么吧，说吧。”

“我没什么可说的。”妻子故意摆出高傲的样子答道，她撇着嘴，眼睛看着下面。她穿着一件晚礼服——一件裸露的黑色连衣裙。马尔切罗注意到她纤细的手指捏着一张小手帕，反复把它放在鼻子那里；另一只手随手抓起一片面包，然后又把面包放到桌子上，不是用手指抓，而是像一只小鸟一样用指甲尖。

“把你想要说的都说出来……说吧……喂！”

“对你我没什么可说的。”

马尔切罗这才开始明白，让父母情绪不佳的并不是猫被杀死这件事。但这时候，事情突然急转直下。父亲又重复了一遍：“说吧，看在上帝的分儿上。”而母亲的全部回应就是耸了耸肩膀。于是父亲拿起盘子前的那个高脚杯，大声喊道：“你到底说还是不说？”他用力地把酒杯砸在桌子上。杯子碎了，父亲一边咒骂着，一边把受伤的手放在嘴边。母亲吓坏了，急忙站了起来，飞快地朝门口走去。父亲几乎是很开心地吸着手上的血，两条眉毛扬了起来；但是看到妻子走开，他马上不再吸血，朝她大吼道：“我不许你离开……听懂了吗？”回答他的是重重的摔门声。父亲也站了起来，朝门口冲去。这个充满暴力的场景让马尔切罗很兴奋，他也跟了出去。

此时父亲已经上了楼梯，一只手扶着楼梯的扶手，表面上不动声色，不慌不忙，但是跟在身后的马尔切罗看到父亲是两级两级地上楼梯，几乎是安静地飞向楼梯平台间。他心想，父亲简直就像是童话里穿着七里格[1]长靴子的妖怪；他丝毫不怀疑这种计算好的、步步紧逼的上楼方法必然会战胜母亲那种匆忙慌乱的步伐，她却只是在上面一点的地方，一级一级地逃跑，而且，瘦窄的裙子还束缚着她的双腿。“现在，他会宰了她的。”马尔切罗一边跟着父亲，一边想道。母亲登上楼梯平台，一阵小跑进了她的房间，但是她的速度还不够快，没来得及阻挡丈夫从门缝钻进来，跟着她进了房间。所有的这些马尔切罗都看在眼里，他只有小孩子的短腿，既不能像父亲那样两级两级地上台阶，也不能像母亲那样飞快地跳上台阶。登上楼梯平台后，他发现刚刚还是乱哄哄的追逐现在突然被一片奇怪的静寂取代了。母亲的房门敞开着。马尔切罗有些迟疑地走到门口。

起初，他只看到了昏暗的房间里，大床两侧的那两幅巨大的轻薄窗帘，随着吹进房间的风飘舞着，一直飘向天花板，几乎快要碰到中间的吊灯。这两幅静谧的窗帘，在昏暗的房间中散发着白光，给人一种荒凉的感觉，就好像马尔切罗的父母跑着跑着就被卷进了窗帘中，被带出了窗外，飞进了夏夜。接着，顺着那束从过道一直照到床上的光线，他终于看到了父母。或者说得确切一点，他只看到了父亲，看到了他的后背，母亲的身体几乎完全消失在父亲的身体下面，只露出了散在枕头边的头发和一条

1　一种古老的长度测量单位，一里格等于三英里。——编者注（若无特殊说明，本书注释均为编者注）

伸向床头板的胳膊。这条胳膊似乎痉挛般地搜索着，想要抓住床头板，但总是够不到；而父亲的身体压在母亲身体上面，肩膀和手的动作就好像是要掐死她一样。“他正在杀死她。”马尔切罗站在门口，确信地想道。这个时候他感受到了一种不同寻常的、夹杂着凶狠和好斗的兴奋，还有一种非常想要参与到争斗中的渴望，连他自己也不知道是想帮着父亲还是想保护母亲。同时，他觉得这样一个严重得多的罪行肯定会让自己那点小罪过消失不见的，这种希望几乎是在朝他微笑：的确，和杀死一个女人相比，杀死一只猫又算什么呢？但就在他克服了最后的犹豫，被那种暴力的念头吸引想要走进房门跃跃欲试的时候，却传来了母亲的声音，丝毫不是那种被掐住喉咙发出的声音，甚至有些温柔，她慢慢地低声说：“放开我。”而与这个请求正好相反，刚才一直抬着试图寻找床头板的胳膊一下子放了下来，搂住了丈夫的脖子。马尔切罗感到很惊奇，甚至有些失落，他后退了几步，走出了房间，来到走廊过道。

他慢慢地、蹑手蹑脚地走下楼梯，来到底楼，朝厨房走去。现在，之前的好奇心又一次被激发了起来，他想知道，之前跳进餐厅的那只猫是不是他以为被自己杀死的那只。推开厨房的门，他看到的是一幅平和的家庭生活的画面：人到中年的厨娘和年轻的女仆坐在大理石桌前，就在这白色的厨房里，在电热灶和冰箱之间吃着东西。而在窗户下的地面上，那只猫则在专心地用粉红色的舌头舔食着碗里的牛奶。不过，他马上就失望地意识到，这不是一只灰颜色的猫，而是一只完全不同的、有着花色条纹的猫。

他也不知道该如何说明自己为什么来厨房，于是就蹲下来抚摩猫的背部。那只猫继续舔食着牛奶，同时满足地发出呼噜呼噜的声响。厨娘站起来，走过去把厨房的门关好。然后她打开冰箱，从里面拿出一个盘子，上面放着一块甜点。她把盘子放到桌子上，拖过来一把椅子，对马尔切罗说："你想吃一点昨晚剩下的甜点吗？……我是专门给你留的。"马尔切罗没有说话，离开了那只猫，坐到桌边吃起甜点来。女仆说："不过，有些事情我真的搞不明白……他们每天有那么多时间，家里也有很多地方，为什么偏偏要在吃饭的时候，当着孩子的面吵个不停。"

厨娘煞有介事地回答说："要是不想照顾孩子，那最好就不要把他们带到这世上来。"

女仆沉默了一会儿说："从年龄上说，他本可以当她的父亲了……肯定合不来啊……"

"要只是这样就好啦……"厨娘用沉重的眼光看着马尔切罗。

"而且，"女仆继续说道，"我觉得那个男人不正常……"

马尔切罗听到这些话，虽然依旧慢慢地吃着点心，耳朵却已经竖了起来。"她和我的想法一样，"女仆接着说，"你知道那天，在我帮她脱衣服准备睡觉的时候，她怎么说的吗？'贾科米娜，总有一天，我的丈夫会杀了我的'……我回答她：'既然如此，太太，您还等什么呢，为什么不离开他呢？'然后她说……"

"嘘……"厨娘打断她的话，指了指马尔切罗。女仆明白了，便问马尔切罗："你爸爸和妈妈在哪儿呢？"

"在上面，房间里。"马尔切罗答道。接着，就好像突然间受到了某种无法抗拒的冲动的感染，他说：“没错，爸爸确实是不正常。你知道他干了什么吗？”

“不知道，干了什么？”

“他杀死了一只猫。”马尔切罗说。

“一只猫，怎么杀的？”

“用弹弓……我亲眼看见的，就在花园里，他跟着一只在墙上面走的猫……然后捡起石子，用弹弓射它，打中了它的一只眼睛……那只猫就摔下来了，落到了小罗伯托的花园里，我紧接着去那里看，就看到它已经死了。”他慢慢地讲述着，内心越来越激动，但却一直保持着那种天真的语气，就像是一个无辜的人天真而单纯地讲述着一件他亲眼看到的事情。“你看看，”女仆双手合十说，“一只猫啊……他这个岁数的人，一位绅士，拿着儿子的弹弓杀死一只猫……不用说了，他肯定是个不正常的人。”

“对小动物不好的人，同样也不会善待基督徒，”厨娘说，“一开始是猫，到后面就要杀人了。”

“为什么？”马尔切罗突然从碟子里抬起头来发问。

“都这么说嘛，”厨娘用手摸着他回答道，“虽然……”厨娘转向女仆接着说，“有些说法也不总是对的……那个在皮斯托亚[1]杀了好多人的家伙……我在报纸上看到的……你知道他现在在监狱里干什么吗？他养了一只金丝雀。”

吃完了甜点，马尔切罗站起身来，走出了厨房。

1 意大利中北部城市，位于托斯卡纳大区。

二

这个夏天，在海边，厨娘轻描淡写说出的那句“一开始是猫，到后面就要杀人了”所产生的极度的恐惧感已经在马尔切罗的心中渐渐消失了。他还在一直回想那种有些捉摸不透而且很残忍的心路历程，有几天他觉得这种感受已经和自己的生活紧紧地搅在了一起；但是他心中的恐惧越来越少了，这种感受更像是一种警告，而不是直接的宣判，他之前一直害怕这种判决。愉快的日子一天天过去，每天都是在晒太阳、陶醉在海水的咸味、各种消遣和有趣的发现当中度过的；而对于马尔切罗来说，每一天他似乎都能取得某种说不出来的胜利，这种胜利不仅仅是战胜他自己——因为他这段时间一直没有主动、直接地意识到自己的罪过——也是针对某种模糊力量的胜利，这个恶毒、狡猾、莫名的力量曾迫使他去破坏那些花草，又杀死了那些小蜥蜴，最后还让他想去杀死罗伯托。尽管这股力量并没有逼近他的身体，但却始终存在并威胁着他；就好像在噩梦当中，有人遇到了一只怪兽，他想假装睡觉来减轻自己的恐惧，然而实际上，这一切也都只是睡觉时所做的梦而已。于是马尔切罗觉得，既然自己没有办法真正摆脱这种隐藏着的力量的威胁，他能做的只有让这种力量沉睡过去，也就是假装一副无忧无虑的样子，忘掉这一切，但其实他远远无法做到这一点。这是马尔切罗最纵情玩耍的一个夏天，即使不是最幸福的夏天，也无疑是他作为一个小男孩的最后一个夏天，就是那种喜欢自己的天真烂漫并且不想失去这种感觉的小男孩。这种放纵，部分出于这个年龄段特有的自然属性；还因为他想要不惜一切代价逃离那个被诅咒的、致命的怪圈。虽然马尔切罗自己没有意识到，但有一股冲动致使他每天早上跑到海水里玩十次；和那些最暴力的小伙伴们乱哄哄地一起打闹；在炎热的海水里划上几小时的船；总之就是用过度的狂热去做所有那些在海滩上该做的事；这种狂热之前也曾有过：在他杀死小蜥蜴后想要找罗伯托做同伙的时候，以及在猫死后渴望得到父母惩罚的时候。这是一种对于“正常”的渴望，一种融入大家公认的一般性原则的渴望，一种想要和其他人都一样的渴望，既然不一样就意味着有罪。但是他的这种自愿、矫揉造作的举动偶尔还是会被突然袭来的痛苦回忆所干扰——他会想起罗伯托花园里躺在白紫色鸢尾花丛中的那只死猫。这个回忆让他害怕，就好像是借钱的人会想起自己在欠条底部的亲笔签名一样。他觉得，那只猫的死亡让他承担了某种模糊而可怕的义务，他无论如何也无法摆脱自己的责任，即使是躲在地下或是漂洋过海去掩盖行踪。在这些时候，他都会安慰自己，想着已经过去了一个月、两个月、三个月；然后会是一年、两年、三年；总之，最重要的是不要吵醒那只怪兽，然后让时间快速地流逝。这种由沮丧和恐惧所引起的心惊肉跳很少出现了，到夏末时已经完全没有了。当马尔切罗回到罗马的时候，关于那只猫和以前的种种小插曲已经变得模糊，成了那种转瞬即逝的记忆。就好像这种经历他确实有过，但却是在另外一个人生里面，对于那个人生，他只拥有不负责任和不用承担后果的回忆，除此之外没有任何别的关系。

回到城市后，即将入学读书的兴奋也有助于他忘记那些事情。马尔切罗之前都是在家里学习的，这将是他正式在公共学校上课的第一年。同学、老师、教室、课程表，所有这些新鲜事物虽各不相同，但都闪烁着秩序、纪律和集体活动的光辉。在经历了家庭的混乱、无序和孤寂之后，马尔切罗对此非常喜爱。这有点像那天吃饭时他想到的寄宿制学校，但是跟他当时想到的不一样，这个学校没有压迫，也没有奴役，只有好的方面，而没有那些像监狱一样的坏的方面。马尔切罗很快就发现他对学校生活有着浓厚的兴趣。他喜欢早上按时起床，快速洗漱、穿衣，然后干净利索地把书和本子包好，套上皮筋，之后急匆匆地穿过马路，朝学校走去。他喜欢和一群同学一起冲进老旧的校舍，跑着爬上肮脏的楼梯台阶，穿过空旷的走廊，脚踩着地板发出咚咚的声响，来到教室后，就在那些整齐摆放的课桌和空空的讲台中间，让自己奔跑后的气息平静下去。他尤其喜欢上课的那套仪式：老师走进教室、点名、提问、和同学们争着回答问题；有时争得上，有时抢不过；老师平静、没有任何特色的语调；还有教室本身的布局：如此权威，他们需要学习，所以坐在一起，而老师就在前面讲课。但马尔切罗却是一个平庸的学生，有些课程他甚至排名末尾。他对于学校的喜爱并不仅仅在于学习本身，更是在于一种全新的生活方式，这种方式更符合他那个时候的各种品位和兴趣。吸引他的依旧是那种“正常”状态；在这里他看到，“正常状态”并不是出于偶然，也不是出于某个人自身的喜好或者倾向，这个状态是早已设定好的，不偏不倚，不在乎任何个人兴趣，仅仅由那些不可争辩的规则所限制和管理，而这些规则都是为了达到同一个目的。

但是，经验的缺乏和自身的天真让他在面对其他规则的时候显得手足无措。这些规则没有什么明文的规定，但确实存在；这些规则有关小伙伴们之间的关系，它们完全独立于学校纪律之外。这也是那个全新“正常状态”的一方面，但是很难把握。当他第一次被叫到讲台上检查作业时，他就感受到了这一点。当时老师拿着他的作业本，把它放在讲台上，检查上面的内容。马尔切罗之前一直习惯于和家庭教师之间保持着亲密的关系，所以在老师看他作业的时候，他没有乖乖地站在旁边等待老师的点评，而是很自然地把一只胳膊搭在老师的肩膀上，弯腰，把头靠近老师，跟着老师一起审阅。老师一点也没有表现出惊讶，只是把马尔切罗搭在自己肩膀上的手拿走，全班同学一下子哄堂大笑。马尔切罗在笑声中意识到了一种拒绝，这种拒绝和老师刚才的举动完全不同，没有丝毫宽容与体谅。当马尔切罗克服了这个举动所带来的羞耻和不安之后，他终于能够冷静地思考，这个幼稚的动作竟然使他同时违反了两条不同的原则：第一条是学校的原则，要求他恪守纪律，尊重老师；而另一条则是同学间的原则，要求他调皮，掩盖自己的感情。而且更加奇怪的是，这两条原则并不互相矛盾，而是以一种神秘的方式彼此完善和互补。

但是他马上就明白了一件事，要想在短时间内成为一个好学生并没有那么难，但是如果想要变成一个滑头而又厚脸皮的学生，那就很难了。很多东西干扰了他向后者转变，包括他的经验不足，他的家庭习惯，甚至包括他的身体条件。马尔切罗完美地继承了母亲的美貌，端正的五官，甜美的相貌，完美得近乎失真。他有一张圆圆的脸，棕色、细嫩的面颊，小小的鼻子，嘴巴轮廓分明，带着调皮和赌气的表情，尖下巴，栗色头发，刘海儿几乎盖住了整个额头，眼睛颜色介于灰色和蓝色之间，天真、柔和的眼神中也带有一丝忧郁。这几乎就是一张少女的脸；但是那些粗野的孩子原本是无法直接意识到这一点的，要让他们真的以为马尔切罗是一个穿着男装的女孩子，除非有更多女性的痕迹和特征出现，比如容易脸红，喜欢用温柔的手势表达内心的柔情，喜欢讨人欢心，甚至有些卑微。这些特征是马尔切罗与生俱来的，可他自己意识不到；当他意识到这些特质让他在孩子们的眼中变得可笑时，已经来不及了。即使他没法消除，他也在努力控制这些特质。尽管如此，他是一个穿裤子的小女孩的名声已经确立起来了。

他们几乎是很自然地取笑他，就好像他那小女孩的特征已经毋庸置疑了一样。他们会假装正经地问他为什么不和女孩子做同桌，问他为什么会想到穿裤子而不是裙子；还问他在家都做些什么，绣花还是玩玩具娃娃；或者问他为什么耳垂上没有戴耳环的耳洞。有时他们会在他的课桌底下拿出布和针线包，这明显是暗示他应该用心做这类的事情；有时候又翻出一个粉盒；有一天早上，他们甚至拿出一只粉红色的胸罩，这是一个男孩从他姐姐那里偷来的。从发现他是女孩子开始，他们就把他的名字改成了对女孩子的昵称，叫他马尔切里娜[1]。面对这些嘲弄，马尔切罗既感觉愤怒，也有一些由于受到恭维而产生的喜悦，就好像他身体的某一部分并没有那么不高兴；但令他不明白的是，这种喜悦到底来自这些嘲讽的恰如其分，还是由于他们都在围绕着他转——尽管只是嘲弄他。但一天早上，像平时一样，他身后一个声音悄悄地说："马尔切里娜，马尔切里娜，你真的穿着女人的内裤吗？"他一下子站了起来，举手示意要发言，他大声抱怨说自己被起了一个女人的外号。那位老师是一个长着大胡子的矮个子男人，他听着马尔切罗说话，嘴巴在灰色的胡子中间微笑着，然后他说："他们给你起了个女人的外号……叫什么？"

"马尔切里娜。"马尔切罗回答说。

"你不喜欢？"

"不喜欢……因为我是男人。"

"你过来。"老师说。马尔切罗顺从地走到讲台旁。"现在，"老师很开心地继续说，"向全班同学展示一下你的肌肉。"

1 Marcellina，为马尔切罗（Marcello）对应的女名。

马尔切罗很听话地弯起胳膊，鼓起肌肉。老师从讲台探出身子，摸摸他的胳膊，摇摇脑袋，带着一种讽刺性的认同，然后转过来对着班级学生说：“正如你们所见，克莱里齐是一个强壮的小伙子……他已经准备好证明自己是一个男人而不是女人……有谁要挑战他的？”

接下来的是长时间的静默。老师环顾全班，最后总结说：“没有人……这就说明你们怕他……所以不要再叫他马尔切里娜了。”整个班级立刻爆发出大笑声。马尔切罗满脸通红，回到了自己的座位。从那天开始，同学们对他的嘲弄非但没有停止，反而变本加厉了。之所以如此，可能是因为——就像他们对马尔切罗所说的那样——他成了一个奸细，打了小报告，违反了男孩子之间互不告密的原则。

马尔切罗意识到，为了让这些嘲弄停下来，他必须向同学证明自己不是像他外表表现出来的那样女里女气。但是他凭直觉意识到，光像老师建议的那样展示肌肉是不够的，还需要一些更加不寻常的事情，一些能够震惊到他们、让他们感到钦佩的行动。什么事情呢？他也说不清楚，但是大概就是某种行为或者某个东西，既能够表现出力量和男性气概，也不至于残忍。他注意到，同学们都很崇拜某个叫阿万齐尼的人，因为他有一副皮质的拳击手套。而这个阿万齐尼，是个长着金头发、比自己还纤弱的矮子，连怎么戴这副手套都不知道。但是这副手套却让他赢得了特别的关注。同样，那个叫布利耶泽的也是一样，因为他说自己会——应该说是假装自己会——日本摔跤的一个招式，这一招百战百胜，用他的话说就是可以放倒任何对手。说实话，布利耶泽从来没有出过这招，但是并不妨碍同伴们像尊重阿万齐尼一样尊敬他。马尔切罗明白了，他必须尽早向伙伴们表明，自己拥有像拳击手套一样的东西，或者会某种类似日本摔跤一样的动作。但是他也明白，不能像他的同学那样轻率和外行；不管他喜欢不喜欢，他要像那些严肃对待自己生活和事业的人那样；如果他是阿万齐尼，他会用拳击手套打碎对手的鼻子，如果他是布利耶泽，则会折断对手的脖子。他不善辞令和不善张扬的性格让他对自己也有些不自信；他一面渴望着能够向同伴们展示足以证明自己力量的东西，以换取他们的关注，同时又隐约地感到害怕，不敢这样做。

有一天，马尔切罗发现，一直热衷于嘲笑他的几个小男孩彼此之间在嘀咕着什么；从他们的眼神中，马尔切罗看出他们是在编造着新的针对他的恶作剧。尽管如此，他还是安然度过了上课时间，没有发生任何事情，尽管那些眼神和小声的嘀咕验证了他的怀疑。放学铃响起，马尔切罗朝家走去，路上也没有注意四周。此时正是十一月初，天气沉闷但并不寒冷，空气中似乎混合着已然逝去的夏天的最后一点余温和花香，混杂着初秋不是很明显的萧瑟。大自然这种空寂、肃杀的氛围让马尔切罗隐约地感受到了兴奋，在这种氛围中，他感觉想要去毁灭或者杀死什么东西，就像几个月前他弄断那些花草、杀死小蜥蜴时一样。夏天是静谧的季节，是完美充实的季节，宁静的天空下树木枝繁叶茂，枝头停着各种鸟儿。现在，他开心地看到，秋风撕碎、毁灭了这种完美，这种充实，这种静谧，它把大片的乌云吹上天空，把树叶吹落，让它们在地面打着旋，赶走了那些小鸟，它们排成整齐的黑色队伍，在树叶和乌云之间开始了迁徙。转过一个街角，马尔切罗发现有五个同学组成小队跟在他身后；他们肯定是在跟踪他，因为其中两个同学的家是在完全相反的方向；但由于他沉浸在对秋天的感触当中，对此也没有在意。他现在马上要走上一条种着法国梧桐的宽敞的大街，从这条路穿过一条横道就到家了。他知道大街上的落叶被堆在了人行道上，有无数个这样的枯叶堆，黄黄的颜色，踩上去吱嘎作响；他一直很喜欢把脚踩进树叶堆里，踢乱那些叶子，听着那种窸窸窣窣的声音。这时候，马尔切罗几乎是想捉弄一下那些跟踪他的人，他想要隐藏自己的踪迹，一会儿钻进一扇大门，一会儿又混入人群。这五个小伙伴在迟疑片刻之后，总能够再次找到他。大街已经就在眼前了，他不好意思让这些人看到自己踢那些树叶玩，于是决定面对他们，他突然转过身，问道："你们为什么跟踪我？"其中的一个三角脸、剃着平头的小孩立马回答道："我们可没跟踪你，这路不是大家的吗？"马尔切罗没说什么，继续往前走。

马尔切罗来到了大街上，大街两旁是巨大的、光秃秃的梧桐树，树后面是一排排的房子，上面有许多窗户，到处是枯叶，它们像金子一样发黄，散落在黑色的柏油路上，堆积在水沟中。此时那五个人已经消失不见了，也许他们放弃跟踪了，宽敞的大街人行道上只剩他一个人。他不慌不忙地把脚伸进树叶堆，树叶一直没过他的膝盖，他在里面慢慢地走着，享受着树叶轻轻地触碰和发出的声响。但正当他弯腰想要捧起一把树叶扔向空中的时候，他又听到了嘲弄的声音："马尔切里娜，马尔切里娜，给我们看看你的女人内裤。"他突然想要打一架，这种想法几乎让他兴奋，他的脸也激动得发红。他站起来，很决然地走向那些跟踪者，嘴里说："你们几个，滚还是不滚？"

这几个人没有回答他，而是一下全扑到了他的身上。马尔切罗本来想按照故事书上那样，学一学奥拉济三兄弟和库里阿济三兄弟[1]的做法：把他们一个一个地抓住，从这里跑到那边，挨个痛揍，让他们心服口服，再也不做这些勾当了。但他马上发现这个计划是不可能的：这五个人事先准备好了，他们一起抓住了他，一个人抓住胳膊，另一个拽着腿，另外两个搂住他的腰，他看到第五个人已经急急忙忙地打开一个包裹，从里面拿出一条小女孩穿的蓝色棉质短裙，然后走到他身边。马尔切罗被按住，不能动弹，五个人都在笑着，拿着短裙的那个小孩子说："来吧，马尔切里娜，别再为难了……我们给你穿上裙子，然后让你去找妈妈。"总之就是那些马尔切罗之前一直听到的话，嘲弄他长得不像男孩子。愤怒的马尔切罗满脸通红，用最大的力气反抗着；但是这五个孩子力气更大，尽管他抓破了一个人的脸，一拳打在另一个人的肚子上，他还是感到自己的行动慢慢地被控制住了。最后，他只能呻吟说："放开我……你们这群笨蛋……放开

1 来自意大利作曲家多梅尼科·契玛罗萨的戏剧作品《奥拉济三兄弟和库里阿济三兄弟》（*Gli Orazi e i Curiazi*），剧中来自罗马的奥拉济家族与阿尔巴城的库里阿济家族处于战争状态。两位国王达成协议，通过选出三兄弟决斗的方式来解决争端。

我。”从这些坏孩子口中发出了胜利的喊声：短裙已经套在了他的头上，他的反抗声音似乎被装进了袋子里。他还在挣扎，但是没有用。这几个孩子灵巧地让裙子滑落到他的腰部；然后他感觉他们在他的后背打了个结。这时候，当他们大喊着“系紧点……快……再紧点”的时候，一个平静的声音传了过来，这种语气与其说是责备不如说是好奇：“可不可以告诉我，你们在干什么呢？”

五个人一下子放开了他，跑远了；就剩他一个人在这里，头发蓬乱，喘着粗气，腰间系着那个短裙。他抬起头，看到面前站着刚刚说话的那个男人。他穿着深灰色的制服，领子紧紧地扣在喉咙下面，脸色苍白，身体消瘦，眼睛深陷，巨大而忧伤的鼻子，轻撇着的嘴巴，平寸头发，给人的第一印象是几乎过度的严厉。但是再仔细看，正像马尔切罗注意到的，则会发现这完全不是严厉，而是正相反：焦虑而炙热的眼神；松垮甚至有些破烂的嘴巴；一副缺乏自信的表情。他弯腰捡起马尔切罗散落在地上的书本，一边把它们递过去一边说：“他们刚刚想对你做什么？”

他的声音听上去也很严厉，就像他的脸一样，同时还掺杂着被压抑的温柔。马尔切罗愤怒地回答说：“他们总是捉弄我……真是一群蠢货。”边说边努力解开系在腰间的短裙的带子。“等一下。”男人弯腰，帮他解带子。裙子落到了地上，马尔切罗从裙子里跳出来，用脚踩它，然后一脚把它踢到枯叶堆上面。男人带着某种腼腆问道：“你刚刚是在往家走吗？”“是的。”马尔切罗抬眼望着他说。

“那好，”男人说，“我送你吧，开我的车。”他指着不远处一辆停在人行道旁的汽车说。马尔切罗看了看那辆车：他认不出来是什么牌子，可能是外国的，车身很长，黑颜色，是那种老式的古董车。一个奇怪的想法闯进他的脑海，那辆停在他们不远处的汽车似乎说明，这个男人偶然的出现是有预谋的。他犹豫了，没有回答；男人坚持说：“来啊，快……把你送回家之前我带着你好好转一转……可以吗？”

马尔切罗本来想拒绝他，或者说他感觉自己应该要拒绝他。但是没有来得及——男人已经从他手里拿过了书包，说：“我帮你拿着。”说着便动身朝汽车走去。马尔切罗跟了上去，惊讶于自己竟然如此顺从，但也没有因此感到不悦。男人打开车门，让马尔切罗上车，坐到他旁边的位置，然后把书包扔到后排座位上。接着他坐到方向盘前，关好车门，戴上手套，发动了车子。

汽车缓慢地开动了，发出了低沉而庄严的隆隆声，行驶在漫长的林荫大道上。正如马尔切罗所想，这真的是一辆老式汽车，但是保养得很好，运转非常完美，整个车身被精心擦拭，所有的黄铜和镀镍部件都闪闪发光。此时这个男人一只手握着方向盘，另一只手拿起一顶鸭舌帽，在头上戴好。这个鸭舌帽凸显了他严厉的外表，让他几乎有了一种军人的模样。马尔切罗局促地问：“这汽车是您的吗？”

“别用尊称，就用‘你’吧。”男人没有转头说道，同时右手按了按车喇叭，发出沉闷的声音，这个声音也像车子一样显得很古老。“车不是我的……它属于付钱给我的那个人……我是司机。”

马尔切罗没有说话，他依旧只能看到男人的侧脸。他一边继续用专业而高贵的姿态开着车，一边补充说：“我不是车主，你会觉得遗憾吗？觉得羞耻吗？”

马尔切罗激动地否认道：“没有，为什么？”

男人满意地微笑着，加快了车速。他说：“我们现在去山上走走吧……马里奥山……你觉得如何？”

“我从没去过那里。”马尔切罗回答说。

男人说：“那里很漂亮，从山上可以看到整座城市……”他沉默了一会儿，然后继续说，声音很温柔：“你叫什么名字？”

“马尔切罗。”

“对的，是啊，”男人好像自言自语地说道，“怪不得他们叫你马尔切里娜，你的那些同学……我叫帕斯夸莱。”

马尔切罗觉得这个名字很可笑，他刚想到这里，那个男人似乎就觉察到了他的心思，继续说：“但这个名字太可笑了……你，就叫我利诺吧。”

此时车子正穿过居民区里一条条宽阔而肮脏的街道，街道两旁是破旧的廉价公寓。一群顽皮的小孩子在马路中间玩耍，看到车子经过便气喘吁吁地跑到一边，蓬头垢面的妇女、衣衫褴褛的男人，他们从人行道上注视着汽车，这东西在这里可不常见。马尔切罗低下头，别人的这种好奇心让他感觉很不好意思。“这里是凯旋门，”男人说道，“看，前面就是马里奥山了。”车子穿过贫民区，驶上一条宽阔的盘山公路，跟在一辆轨道电车后面，沿着公路向上，两边是整齐排列的房屋。“你要几点回家？”

“还有时间，”马尔切罗说道，“我们从来不会在两点前吃饭。”

“家里有谁在等你呢？你爸爸和妈妈？”

“是的。”

“你有兄弟姐妹吗？”

“没有。”

“你爸爸是干什么的？”

“他什么也不干。”马尔切罗不太肯定地回答。

汽车在一个转弯的地方超过了前面的电车，男人为了尽可能把弯转得小一些，双臂压紧方向盘，但是上身却一动不动，动作非常娴熟而且优雅。接着，汽车继续向上爬坡，现在公路的两侧变成了高墙，上面长满了植物，还有很多别墅，别墅周边是由接骨木搭成的栅栏。时而能够看到用威尼斯式路灯装饰的大门，或者挂着血红色招牌的拱门，说明这里是饭店，或者一些乡村酒馆。这时利诺突然问道：“你爸爸和妈妈会送礼物给你吗？”

“会的，”马尔切罗有点含糊地回答道，“有时候会。”

“礼物很多还是很少？”

马尔切罗不想承认自己得到的礼物很少，而且有时候节日都过去了他也见不到任何礼物。他只是回答说：“差不多吧，不多不少。”

“你喜欢收礼物吗？”利诺一边问一边打开仪表盘下面放东西的格子，从里面拿出一张黄颜色的布，擦了擦玻璃。

马尔切罗看着他。男人依然是只有侧面对着他，上半身直挺挺的，眼睛上面就是那顶鸭舌帽的帽檐。他随便回答了一句："是的，喜欢。"

"那你喜欢收什么礼物呢？举个例子。"

这次的问题比较明确，马尔切罗不得不想道，这个神秘的利诺似乎真的要送他礼物，不管是出于什么目的。他突然想起那些曾经非常吸引他的武器；同时就好像发现了新大陆一样，他一下子觉得如果拥有一件真正的武器，那他一定会赢得同伴们的关注和尊重。他有些疑虑，因为知道自己的要求有些太多了，但还是冒险回答说："比如，一把手枪……"

"一把手枪，"男人没有表现出任何的惊讶，重复说道，"什么样的手枪？用火药的手枪还是压缩空气的气枪？"

"不，"马尔切罗壮着胆子说，"一把真枪。"

"你要真枪干什么？"

马尔切罗不想说出真实的理由。"我会用它来打靶。"他回答说，"直到我能够百发百中为止。"

"可是百发百中对你来说为什么这么重要呢？"

马尔切罗觉得，这个男人似乎不是真的好奇，而仅仅就是在找话题聊天。但是，他还是很认真地回答："如果能够百发百中，就可以保护自己不被任何人伤害。"

男人沉默了一会儿。接着他建议说：

"你把手伸到这个小口袋里，那边那个口袋，就是你身旁的车门里那个。"

马尔切罗很好奇，按照他说的做了，他的手指碰到了一件冷冰冰的金属物体。男人说："把东西拿出来。"

车身突然摇晃了一下，为了避开前面横穿马路的小狗。马尔切罗从里面拿出一个金属物件：一把真正的手枪，那种自动型手枪，黑色扁平，沉甸甸的，可以破坏和杀人，枪管朝前伸着，就好像马上要射出子弹一样。他激动得双手发抖，都没有意识到自己已经紧紧地握住了枪柄。"是像这样的一把手枪吗？"利诺问道。

"是的。"马尔切罗说。

"好吧，"利诺说，"如果你真的想要，那我送给你……但不是这把，因为这把枪是和车子配套一起的……我送你另外一把，一模一样的。"

马尔切罗没有说话。他觉得自己好像走进了童话般的魔法氛围里，置身于另一个完全不同的世界当中，在这个地方，不相识的司机会邀请人们上车，然后送他们手枪。所有的一切似乎变得异常简单。但与此同时，他也不知道为什么，他觉得这种充满诱惑的异常简单马上就会带给他某种不愉快的感觉，就好像有一种困难和这件事联系在一起，一种未知但已经近在咫尺的困难，很快就会暴露出来。他冷漠地想道：车里面的两个人都有所图谋，他是想要手枪，而利诺是想要用手枪换取某种东西，某种很神秘，而且很可能是自己无法接受的东西。现在就要看一看，这两个人中到底谁能够从这场交易中占到便宜。他问道："我们这是要去哪儿呢？"

利诺回答说："咱们去我住的那个房子……去找手枪。"

"你的房子在哪里？"

"就在这儿，我们到了。"男人一边回答，一边从马尔切罗手中拿过那把手枪，揣到了自己的衣服口袋里。

马尔切罗望着四周：车子停在了一条马路上，现在这条路已经是那种寻常的乡间马路了，旁边有树，一排排的接骨木篱笆，篱笆后面是田地和远处的天空。再往前面一点的地方，有一扇带门拱的大门，旁边有两根竹子，还有被涂成绿色的围栏。"你在这等着。"利诺说。他下车朝着大门走去。马尔切罗看着他走过去，推开围栏门，然后又走了回来：他个子不高，虽然坐着的时候看不出来；和他的上身相比他的两条腿很短，上身很宽。利诺重新上车，把车开进大门。大门里面是一条鹅卵石路，两边是光秃秃的柏树，不断承受着大风的折磨。道路尽头，在微弱的阳光下，有什么东西发着刺眼的光芒，那个闪光的背后就是暴风雨即将要到来的天空：这个闪光点是镶嵌在一座两层建筑阳台上的玻璃门。"这就是别墅，"利诺说道，"但里面没人。"

"别墅的主人是谁？"马尔切罗问道。

"你是说女主人，"利诺纠正说，"是一位美国夫人……但她现在在外面，在佛罗伦萨。"

车子在一片空地上停了下来。这幢别墅又长又矮，长方形的外立面，上面是白色的水泥和红色的砖头，中间夹杂着一个个玻璃窗户；别墅有一个拱门，由四四方方的粗石柱子支撑着。利诺打开车门，跳到地上，说："那咱们下车吧。"

马尔切罗不知道利诺到底想从他这里得到什么，也没法去猜这件事情。但是他心中的猜疑却越来越大了，就像是那些担心自己受骗的人一样。“手枪呢？”马尔切罗问道，他依旧待在原来的地方，没有移动。

“就在那里面，”利诺用手指着别墅的窗户，有些不耐烦地说，“咱们现在就去拿。”

“你会把它送给我？”

“当然了，一把全新的、漂亮的手枪。”

马尔切罗没有说话，也下了车。刚下车，迎面扑来了令人陶醉、带着葬礼般肃杀气息的秋风，中间夹带着热气和灰尘。他也不知道为什么，这一阵秋风就好像让他有了某种预感，他跟在利诺身后，回头最后看了一眼鹅卵石的空地，还有周围的灌木丛、凋零的夹竹桃。利诺在他前面走着，马尔切罗注意到他衣服侧面的口袋里有什么东西鼓了出来：正是刚刚那把手枪，到了这里之后，男人在车上把手枪从他的手里拿走了。他突然间非常确定，利诺肯定只有他身上的这一把手枪，没有别的了，他心里琢磨，为什么他要说谎呢，为什么现在又要把他带到别墅里面去呢。这种受到欺骗的感觉在他心中越来越强烈，同时他也想到自己一定要睁大眼睛，以免上当受骗。这时他们已经走进了宽敞的客厅里，里面散放着扶手椅和沙发，客厅尽头的墙上还有一个用红砖砌成的壁炉。利诺依旧在马尔切罗前面走着，他穿过客厅，朝着角落里一扇被涂成蓝色的房门走去。马尔切罗不安地问道：“咱们这是要去哪儿啊？”

“去我的房间。”利诺没有转身，轻声回答。

马尔切罗决定，无论如何自己要反抗一下了，要让利诺知道自己已经识破了他的把戏。当利诺打开蓝色房门的时候，马尔切罗站在离他有一段距离的地方说：“立刻把手枪给我，否则我马上就走。”

“可是手枪不在我身上啊，”利诺半转过身子回答，“手枪在我房间里。”

“在你身上，”马尔切罗说，“就在你的衣服口袋里。”

“可这是和车子配套的手枪。”

“你没有别的手枪了。”

利诺似乎不耐烦了，一下想做些什么，但是马上又控制住了。马尔切罗不止一次注意到他身上的这种矛盾：一张干瘦、严肃的脸上，长着有些柔软的嘴巴和一双焦虑、痛苦、哀求的双眼。“我会把这把枪给你的，”他终于开口，“不过你要跟我过来……你害怕什么呢？……这里都是窗户，那些农民能够透过窗户看见我们……”

“他们能看见我们，这有什么不好吗？”马尔切罗本来想这样问。但是他忍住了，因为他隐约地意识到，肯定是有什么不好的，但是他又不确定是什么。“好吧，”他天真地说，“但你之后会把它给我的吧？”

“放心吧。”

他们走进一条白色过道，利诺关上门。在过道的尽头有另外一扇蓝色的门。这回利诺不在马尔切罗身前了，而是走到了他的身边，他轻轻地将一条胳膊搭在马尔切罗的腰上，问道："你这么在乎你的手枪吗？"

"是的。"那条胳膊让他感到很不自在，说不出别的话来。

利诺把胳膊从马尔切罗身上拿开，打开门，把马尔切罗领进房间。这是一间狭长的白色房间，尽头有一扇窗户。房间里就只有一张床，一张桌子，一个衣橱和两把椅子。所有家具都被刷成浅绿色。马尔切罗注意到床头上面的墙上挂着一个铜质的十字架，就是那种普通常见的样式。床头柜上有一本很厚的书，黑色装订，切口是红色的，马尔切罗猜测这是一本用来祈祷的书。房间里的东西很少，也没有什么衣服，看上去格外干净。但是房间的空气里却弥漫着一股强烈的味道，就好像是用古龙水做成的香皂所散发出的味道。他在哪里闻到过这股味道？好像是在卫生间里，当他的母亲早上洗漱之后。利诺很随意地对他说："你……坐床上吧，这样更舒服一些。"马尔切罗没说话，按他说的做了。利诺在房间里走来走去。他摘下帽子，把它放在窗台上；然后解开领口的扣子，用一张手帕擦拭着脖子上的汗。接着他打开衣橱，从里面拿出一大瓶古龙水，用古龙水弄湿手帕，轻轻地擦着脸和额头。"你也要擦擦吗？"他问马尔切罗，"很清爽。"

马尔切罗本想拒绝他，因为那个瓶子和手帕让他有一种说不出来的厌恶。但他还是让利诺用手掌在他的脸上轻轻地擦拭。之后利诺把古龙水放回衣橱，回来坐在床上，就在马尔切罗的对面。

他们彼此对视着。利诺干瘦而严肃的面孔现在有了一副全新的表情，痛苦、温柔、祈求的表情。他注视着马尔切罗，没有说话。马尔切罗感到很不耐烦，同时也是为了让这种尴尬的注视停止下来，他终于开口问道："手枪呢？"

他看到利诺叹了口气，然后从衣服口袋里似乎很不情愿地拿出了手枪。他把手伸过来，但是利诺一下子又板起了脸，把手缩了回来，快速地说："我会给你的……但是你得配得上拥有这把手枪。"听到这句话马尔切罗几乎是松了一口气。所以这和他想的一样，利诺是想用手枪来交换某样东西。就像在学校里交易笔和弹珠时一样，他用那种催促而且假装天真的口气说："你说想交换什么吧，我们可以商量一下。"

他看到利诺低下头，有些犹豫，接着利诺缓缓地问："为了得到这把手枪，你可以做什么事情呢？"

马尔切罗发现利诺回避了他的提议：他并不想用手枪来交换一个东西，而是为了得到它，他必须要做某件事情。尽管他也不知道这会是什么事情，但他依旧用那种故作天真的口气说："我不知道，你说吧。"片刻间一片沉默。"你什么都愿意做吗？"利诺突然大声问道，同时抓住了马尔切罗的一只手。

这个语调和动作引起了马尔切罗的警觉。他琢磨利诺会不会是一个小偷，现在要让他入伙。仔细想了一下后，他觉得可以排除这个假设。但是他还是很小心地回答："你到底想要我做什么事情呢？为什么不直接说出来？"

利诺此刻正摆弄着马尔切罗的手，他把手翻来覆去地看，一会儿抓紧，一会儿又松开。然后几乎是用一种很粗鲁的方式他把这只手推了回去，他看着马尔切罗慢慢地说："我敢肯定，有些事情你肯定不会做的。”

“你说出来听听啊。”马尔切罗坚持说，语气中掺杂着主动和不安。

“不，不。”利诺抗议说。马尔切罗注意到他苍白的脸上，在脸颊的地方泛起了奇怪而不均匀的羞红。他觉得利诺想要说些什么，但是他又想要确认这一点。于是他故意做出了一个天真而妩媚的动作，他把身子探过去，抓住男人的手：“说吧，快说，为什么不说出来呢？”

接下去是一段长时间的沉默。利诺一会儿看着马尔切罗的手，一会儿又看着他的脸，犹豫不决。最终，他又一次把男孩的手推了回去，但这一次是很温柔的，他站起来，在房间里走了几步。之后又走回来坐下，用充满爱意的方式握住马尔切罗的手，就好像父亲或者母亲拿起儿子的手一样。他说：“马尔切罗，你知道我是谁吗？”

“不知道。”

“我是一个辞去了圣职的教士，”利诺爆发出痛苦、悲伤、可怜的声音，“一个由于行为不端而被他所任教的寄宿学校赶走的、失去了圣职的教士……而你，你太天真，你意识不到我想要用这把你那么想要得到的手枪从你那里换取什么……我本来想利用你的无知，你的天真，你小孩子的贪婪！……我就是这样的一个人，马尔切罗。”他的语气充满真诚。接着他转身望向床头，用一种出人意料的方式对着那个十字架高声呼喊，几乎就是一种哀号：“我对你无数次的祷告……但是你却抛弃了我……我总是，总是一错再错……你为什么要抛弃我呢？”这些话最终变成了某种喃喃自语，利诺就好像是在和自己说话一样。然后他站起身来，走过去拿起放在窗台上的帽子，对马尔切罗说：“咱们走吧……来……我送你回家。”

马尔切罗一句话也没说：他觉得自己被惊呆了，一时间不知该如何对发生的事情进行判断。他跟着利诺走过走廊，穿过客厅。他们来到外面的空地上，风依然在那辆很大的黑色汽车周围吹动着，天空布满云彩，没有太阳。利诺上了汽车，马尔切罗也坐到了他的身边。汽车在那条林荫路上发动了，缓缓地驶出大门，来到街上。他们很长时间没有说话。利诺像之前一样开着车，上半身挺直，帽檐就压在眼睛上方，戴着手套的双手握着方向盘。他们在路上走了好一阵子，这时利诺没有转身就突然问道：“没有得到手枪，你觉得很不开心吗？”

听到这句话，马尔切罗心中想要占有一件渴望已久的东西的贪婪欲望又被重新点燃了。他心想，说到底到现在都还有希望。他真诚地回答：“我当然不开心了。”

“既然这样，”利诺问道，“那要是我约你明天一样的时间见面……你会来吗？”

“明天是星期日，”马尔切罗冷静地回答，“星期一可以……我们可以在今天的那条路上碰面。”

对方沉默片刻。然后他突然用抱怨和猛烈的声音叫道：“你不要再和我说话了……也不要再看我了……如果星期一中午在那条路上你见到我，你不要理会我，不要和我打招呼……听明白了吗？”

“他这是怎么了？”马尔切罗有些恼火地想着。他回答说：“我可不在乎是不是看见你……今天是你让我来你家的。”

“是的，但是仅此一次，再也没有下次了……没有了，”利诺用力说，“我了解自己，我知道今天晚上我不会想别的事情，只会想你……然后星期一我会在路边等着你，即使今天我决定不那样做……我太了解我自己了……但是你不要理睬我。”

马尔切罗没说话。利诺依旧带着愤怒继续说：“我整个晚上都会想你，马尔切罗……星期一的时候我会在那条路上……身上带着手枪……但是你不要理睬我。”他反复重复着同样的句子。马尔切罗凭借自己的冷静和小孩子的机敏，他知道利诺是想见他，虽然是以提醒他为借口，但是实际上是要见他一面。利诺在沉默了一会儿之后，又一次问：“你听明白了吗？”

“听明白了。”

“我刚才说什么了？”

“你说星期一你会在那条路上等我。”

“我不只说了这个。”利诺痛苦地说。

“你还说，”马尔切罗补充说，“我不要理睬你。”

“对，”利诺肯定地说，“无论怎样都不要……你瞧，我会叫你，求你，会开车跟踪你……我会答应你想要的一切……但是你就一直朝前走，不要理我。”

马尔切罗很不耐烦地回答：“好的，我明白了。”

“但是，你是个孩子，”利诺的怒气现在渐渐转变成了某种温柔，“你不会有能力拒绝我的……你肯定会来的……你只是个小孩子，马尔切罗。”

马尔切罗生气了：“我不是小孩子……我是一个大男孩了……而且你又不了解我。”

利诺一下子停住车。他们还走在山路上，就在那高大的围墙下面，前面隐约能够看到那个饭店的、装饰着威尼斯路灯的拱门。利诺转身对着马尔切罗说：“真的吗？”他带着有些痛苦和焦虑的语气问道：“你真的会拒绝和我一起走吗？”

“好像就是你……”马尔切罗终于意识到他的把戏了，问道，“就是你要我这样做的吧？”

“是的，没错，”利诺绝望地说，又一次发动了汽车，“是的，没错……你说得对……就是我，一个疯子，要你这样做的……就是我。”

这句感叹之后他没再说话，一片安静。汽车一直开到山路的尽头，再一次穿过那个居民区肮脏的马路。他们又回到了长满光秃秃白色梧桐树的马路，空无一人的人行道上堆满了枯黄的树叶，还有许多带着窗户的建筑物。他们来到了马尔切罗住的那个街区。利诺没转身，问道：“你的家在哪里？”

“你最好就停在这里吧，”马尔切罗说道，他意识到自己这种同伙一样的语气会让这个男人感到高兴，“否则他们会看到我从你车上下来的。”

车子停下了。马尔切罗下了车，利诺通过车窗把那包书递给他，坚定地说：“那周一见，就在那条马路，和今天一样的地方。”

“但是我……”马尔切罗接过书说道，“我要装作看不见你，不是吗？”

他看到利诺犹豫了一下，自己几乎感受到了一种残酷的得意心情。利诺的双眼正在深陷的眼窝中热烈地燃烧着，他用一种祈求和不安的眼神盯着马尔切罗。接着他兴奋地说：“你觉得该怎么做就怎么做吧……想怎么对我就怎么对我吧。”他的声音最后变成一种美妙、充满渴望的哀怨。

“你看着吧，我连看都不会看你一眼的。”马尔切罗最后一次告知他。

他看到利诺做了一个手势，他看不懂，但是他觉得似乎表示利诺无可奈何的认同。于是，利诺启动了车子，缓缓地朝那条梧桐大路驶去。

三

每天早上，厨娘都会在固定的时间叫醒马尔切罗。厨娘对马尔切罗特别疼爱，她会端着早餐盘子走进漆黑的房间，然后把盘子放在屉柜的大理石台面上。接着马尔切罗会看到她用胳膊拽住百叶窗的拉绳，用力地拉两到三下。弄好百叶窗之后，她把早餐盘端到马尔切罗的膝盖上，站着看他吃早饭。刚一吃完，她就会把他的被子掀开，催促他起床穿衣服。她会帮他穿衣服，有时候还会跪下来给他穿鞋。厨娘是一个活泼、开朗、善良的女人；她保存着她出生地的口音和待人亲切的习惯。这个星期一，马尔切罗醒来的时候头脑有些混乱，他模糊地记得前一天晚上，在他睡觉的时候听到过一阵愤怒的声音，也不知道是从底楼传来的还是从父母的房间传来的。他等到吃完早饭才假装不经意地问厨娘——通常她都站在他身边等他吃完——说：“昨天晚上出什么事了？”

女人看着他，脸上一副虚假、夸张的惊讶：“据我所知，什么事也没有。”

马尔切罗明白她有话要说：虚假的惊讶表情，眼睛里狡黠的光芒，所有这些态度都说明了这一点。他说：“我听到了叫声……”

“啊，叫声啊，”女人说，“这很正常啊……你不知道你爸爸和妈妈经常大叫吗？”

“我知道，”马尔切罗说，“但是昨天的叫声比平时都大。”

她笑起来，双手扶着床头说：“至少这样叫嚷，他们能更好地明白彼此的意思，你不觉得吗？”这是她的习惯之一：提出一些显而易见的问题，但是并不期待答案。马尔切罗问道：“可是他们为什么争吵呢？”

女人又笑了：“人们为什么会争吵？因为他们意见不合呗。”

“他们为什么意见不合？”

“他们？”听到男孩的问题女人很开心地叫起来，“哦，那原因可多了……没准就是因为某一天你妈妈想开窗睡觉而你爸爸却不想……再有一次，他想早睡而你妈妈却要很晚……总是不缺少原因的，不是吗？”

突然，就好像在表达他长久以来的感受，马尔切罗带着沉重而确信的口气说：“我不想再待在这里了。”

“那你想干什么呢？”女人更加开心了，大声问道，“你还小，又不能离家出走……你要等到长大以后。”

“我宁愿……”马尔切罗说，“他们把我送到一家寄宿制学校里去。”

女人温柔地看着他，大声说："你说得对……在寄宿学校里至少有人会照看你……你知道昨晚他们为什么争吵吗？"

"不知道，为什么？"

"你等一下，我给你看看。"她快速离开，消失在门口。马尔切罗听到她快速地走下楼梯，他又一次好奇昨晚到底发生了什么。过了一会儿，他听到厨娘上楼的声音；接着她带着神秘的快乐神情走进了房间。马尔切罗一下子就看出她手里拿的东西是什么了：一张很大的照片，是马尔切罗只有两岁多的时候照的。照片里能够看到他的母亲穿着白色衣服，一手抱着儿子，儿子也穿着白色的小衣服，母亲长长的头发上系着一个白色的蝴蝶结。"你看这张照片，"厨娘开心地大声说，"你妈妈昨天晚上看完戏回来，走进客厅之后，第一眼看见的就是钢琴上的这张照片……可怜的人啊，她差点晕过去……你看，你的爸爸对这张照片做了什么？"

马尔切罗很惊讶地看着照片。不知道是谁用小刀或者锥子，把照片上妈妈和儿子的眼睛钻了小孔，又用红色铅笔在眼睛下面画了很多小小的横线，就像是四个窟窿里面流出了血泪。整个画面很离奇，让人意想不到，而且还隐约地透露着一种不祥，以至于马尔切罗一时间头脑中一片空白，不知所措。"这都是你爸爸干的，"厨娘大声说，"你妈妈当然有理由大吵大闹一番。"

"可他为什么这么做呢？"

"这是一种巫术，你知道什么是巫术吗？"

"不知道。"

"当想要害一个人的时候……就会像你爸爸这样做……有时候不会在眼睛上钻洞，而是在胸口这里……就是心脏的地方……然后，就会发生一些事情。"

"什么事情？"

"这个人会死……或者会遇到什么不幸……要看具体情况。"

"但是，我……"马尔切罗结结巴巴地说，"我没有做过任何伤害爸爸的事情啊。"

"那你妈妈又做过什么呢？"厨娘生气地大吼，"你知道你爸爸是怎么回事吗？他是疯子……你知道他最后的下场吗？就是去圣欧诺弗里奥，那个疯人院……好了，现在快点儿，赶紧穿衣服，该去上学了……我把照片放回去。"她兴致勃勃地跑开了，剩下马尔切罗一个人。

马尔切罗心中非常困扰，他找不到任何方式去解释，于是就开始穿衣服了。对于自己的父亲，他从来没有过什么特殊的情感，而且父亲的这种故意，不管是真是假，也不会让他感到痛苦伤心。但是厨娘的话，巫术能带来的那些后果，让他陷入沉思。他并不是迷信在照片的人眼上钻小孔就会对他造成伤害。但是父亲的这种疯狂又一次唤醒了他心中本以为已经彻底平息的忧虑。这是一种既恐惧又无能为力的感觉，好像进入了一个致命的、悲惨的怪圈，整个夏天他都备受困扰，无法挣脱，而如今，就好像遇到了某种恶毒的召唤一样，面对那张涂满血泪的照片，这种感觉又被唤醒了，进入了他的心中，而且比之前更加强烈了。

会有什么样的不幸呢？他心中思索，难道是晴朗的蓝天上面散布着的黑点突然变大，变成一只凶猛的怪鸟，扑向那个倒霉的家伙，就好像秃鹫扑向尸体的腐肉？又或者是一个人们早已警示的陷阱，甚至能够被清楚地看到，然而他除了跳进去就没有别的办法？要么是一种诅咒？诅咒那个人走不了路，失去知觉，或者血液中毒？他觉得最后这种对于不幸的定义是最适合的，这种不幸来源于得不到神的恩泽，而没有上天的眷顾必然就会有冥冥中注定的、玄妙的不幸，父亲的做法就好像是一种指引，指引他走上厄运的道路，重新引起了他的注意。他知道，这种厄运是要他去杀人；但更让他感觉害怕的不是杀人，而是这种命中注定，不管他怎么做都无法摆脱的命运。总之，让他感到恐惧的是，有些事情即使他知道也等同于不知道；但这是一种特殊的无知，没人会认为是无知，连他自己也不例外。

不过，不久，到了学校之后，由于孩子那种反复无常的天性，他一下子就把这些感觉抛诸脑后了。他的同桌也经常欺辱他，他叫图齐，是班里年纪最大，也是最无知的一个孩子。由于上过一些拳击课，他是班里唯一一个懂得如何打拳的人：他有一张严肃的脸，脸部线条突出，头发剃成板寸，塌鼻梁，薄嘴唇，穿着一件厚运动衫，就像一个职业拳击手。图齐对于课上讲的拉丁语一窍不通；但是到了校园外面，和一群人走在路上时就完全不同了，他抬起关节突出的手，从嘴边拿下一个小小的烟头，额头上皱起许多皱纹，眼神里满是权威，宣布：“我觉得，赢得冠军的会是库鲁齐。”身边的小伙伴们都默不作声，满眼尊敬地看着他。必要时，图齐会捏住鼻子，向别人展示自己被打坏的鼻梁骨，就像那些真正的拳击运动员一样。他不仅仅会拳击，还会踢球，以及所有流行并且激烈对抗的运动。对于马尔切罗，图齐一直是嘲讽的态度，和他的粗暴相比这种态度已经算是比较克制的了。两天前，正是图齐按住了马尔切罗的两条胳膊，另外四个孩子把裙子套在了他身上，马尔切罗一直记得这件事。那天早上，他觉得自己终于找到了一种方式，从众人的傲慢轻视当中夺回自己的尊严。

趁着地理老师转身用他长长的教鞭指着欧洲地图的时候，马尔切罗在本子上快速地写道："今天我会弄到一把真的手枪"，然后把本子推给图齐。图齐虽然在学习上很无知，但是在行为举止方面却可以说是个模范生。他总是注意听讲，一动不动，他那呆板、迟钝的严肃表情中几乎带着一些忧郁，马尔切罗每每都会感到惊叹，他怎么连那些最简单的问题都回答不出来，上课的时候他到底在想什么，为什么他不学习却要努力装出专心勤奋的样子。此时，当图齐看到本子的时候，做了一个不耐烦的举动，好像在说："别烦我……你没看见我正在听课吗？"但马尔切罗还是用手肘推了一下本子，坚持要他看。于是图齐头也不动，只是用眼睛向下看了看本子上的字。马尔切罗看到他拿起一支铅笔，这回轮到他在本子上写道："我不信。"这戳中了马尔切罗的要害，他赶忙确认，依旧在本子上写："我以我的名誉担保。"图齐依旧不相信，写道："什么牌子？"这个问题可难住马尔切罗了；但是在犹豫了一会儿之后，他还是回应道："一把威尔逊。"他是和“威斯顿”这个词弄混了，这个词还是几天前他从图齐口中听到的。图齐马上写道：“从来没听过。”马尔切罗最后写道：“明天我把它带来学校。”他们之间的对话突然结束了，因为老师突然转过身来问图齐德国最长的河流是哪条。像平时一样，图齐站了起来，想了半天之后他毫不难堪且几乎是带着一种体育精神回答说他不知道。这时教室门开了，勤杂员伸头进来说下课了。

马尔切罗飞快地走在路上，朝着那条梧桐大路走，他心想自己必须不惜代价让利诺信守承诺把手枪给他。马尔切罗明白，只要利诺愿意，他会给手枪的，他一边走着一边想，自己应该要有一个什么样的态度才能确保达到目的。虽然不知道利诺这些疯狂举动的真正动机，但是依靠几乎是女人般调皮卖乖的本能，他直觉地感受到，占有这把手枪的最简单的方法就是照利诺在周六建议的那样：不理会利诺，忽视他的邀请，拒绝他的请求，总之就是让自己变得高贵；最后，不同意上他的车，除非确定手枪已经归他所有了。至于为什么利诺会如此在乎他，甘愿让他敲诈，马尔切罗自己也不得而知。这也让他隐约地感受到，他同这个司机的关系背后有一种不同寻常的感情，一种让人不安同时还很神秘的感情。但是想要占有手枪的念头已经超过了他所有的心思；另外他承认，这种感情以及他需要扮演的几乎是女性的角色这一事实，真的让他很不开心。现在他来到了那条梧桐大路上，他跑得浑身是汗，他想，他唯一想要避免的就是利诺搂住他的腰，就像他们第一次见面时在别墅的过道里那样。像那个周六一样，这一天也阴云密布，热风阵阵，其中夹杂着风呼啸而过时从四处掠夺来的战利品：枯叶、纸屑、羽毛、树枝、尘土等。就在这条马路上，风恰好在此刻吹动了一堆干巴巴的树叶，把它们吹到了空中，在梧桐树干枯的树枝间飞舞。他出神地注视着在阴郁的天空中飞舞的树叶，它们就像是无数伸开五指的黄色手掌，接着，他眼睛向下，就在这些金色的旋转飞舞的手掌中间，他看到一辆长长的、黑色锃亮的汽车停在人行道边。他的心开始剧烈跳动，他也不知道为什么会这样；尽管如此，他还是按照自己的计划，没有加快脚步，慢慢朝着汽车走去。他缓缓地从车窗旁经过，这时候，突然间，就好像接收到了什么信号一样，车门打开了，利诺没有戴帽子，探出头来说："马尔切罗，你想上车吗？"

在第一次见面的各种信誓旦旦的承诺之后，现在他居然还是提出如此严肃的邀请，马尔切罗不得不感到十分震惊。他想，这样看来，利诺是真的很了解自己。看到利诺做出这件他早已预料到的事，不管怎么阻止还是会去做的一件事情，马尔切罗甚至觉得很好笑。马尔切罗继续朝前走着，就好像没听到一样。他发现汽车发动了，跟在他身后，他暗暗地感到有些得意。人行道很宽，上面空无一人，抬眼望去只能看到两旁满是窗户的、规整的建筑，还有梧桐树那些粗大倾斜的树干。汽车跟着他的脚步，沉闷的嗡嗡声响轻轻地传到耳边。开出二十几米后，汽车超过了他，停在了稍远一点的地方；接着，车门又开了。他依旧经过车子，没有转头，他又一次听到了痛苦祈求的声音："马尔切罗，上车吧……求你了……忘了我昨天和你说过的话吧……马尔切罗，你听见我说话了吗？"马尔切罗无动于衷，只是有点反感这个声音：利诺为什么要这样唉声叹气呢？还好路上没有人，不然他会觉得很难为情。但是，他不想让那个男人完全泄气，因此虽然已经超过了车子，他还是回头看了一眼，仿佛要让他坚持这种哀求。他发现自己抛过去的眼神几近讨好奉承，突然之间他清楚地感受到一种并没有那么令人不悦的羞辱，一种并非纯粹伪装出来的假惺惺的感觉，而这种感觉，两天前，当小伙伴把裙子套在他身上的时候他同样有过。就好像是，说到底他对于扮演矫情、卖弄的女人这件事并不是那么反感，甚至觉得自己有这方面的自然属性。此时，车子又一次在他身后发动了。马尔切罗心想是不是可以停止这个把戏了，但想了想之后，他确定现在还不是时候。车子来到了他的身边，没有停下来，只是放慢了速度。他听到了男人召唤他的声音："马尔切罗……"紧接着就是汽车突然加速远去的隆隆声。马尔切罗突然担心起来，不知道利诺是不是因为不耐烦了才走的；他突然很害怕自己第二天会两手空空地来到学校；于是跑了起来，嘴里喊着："利诺……利诺，停车，利诺。"但是这些话卷进风中，连同那些枯叶一起进入躁动、呼啸的旋涡中，最后被吹散到空中。眼中的汽车越来越小。很明显利诺没有听到他的话，开车走了；他也不会得到那把手枪了；而图齐会再一次嘲弄他。他深吸了一口气，继续迈着正常的步子走着，他确信：汽车开走了并不是为了逃避他，而是要在前面的路口等他。实际上现在汽车已经停下来了，拦住了整条人行道。

他突然对利诺心生某种怨恨，因为他竟然让他很羞辱地心跳加速；他心中骤然升起了一股残忍的冲动，决定用一种仔细斟酌过的严酷手段让利诺付出代价。此时，他已经慢慢地来到了路口。车子就停在那里，长长的、黑色的、古老的车身上的旧铜件闪闪发光。马尔切罗假装要绕过车子：这时车门突然打开了，利诺探出身子来。

“马尔切罗，”他做出一个绝望的决定，说道，“忘了我周六和你说的吧……对于要做的事情你做得有些过头了……过来，快，马尔切罗。”

马尔切罗在发动机盖子那里停了下来。他往后退了一步，没有看那个男人，冷漠地说：“我不过去……但并不是因为周六时你和我说不能这样做……而是因为我不愿意。”

“你为什么不愿意呢？”

“因为，没错……我为什么要上车呢？”

“为了让我开心……”

“可是我不想让你开心。”

“为什么？你讨厌我吗？”

“是的。”马尔切罗低下头，摆弄着汽车门的把手。他意识到自己正在摆出一副气愤、倔强、反感的表情，但是他不明白自己这样做究竟是演戏还是真情实感的体现。他和利诺此刻无疑正在演一出喜剧；但如果是喜剧的话，为什么他会感受到如此强烈和复杂的情感，掺杂着虚荣、厌恶、羞耻、残忍和愤怒？他听到利诺轻声笑着，笑容那么亲切，然后问道：“那你为什么讨厌我呢？”

这一回马尔切罗抬起头看着男人的脸。他心想，确实，利诺让他讨厌，但是他从来没有问过自己为什么。他看着利诺的脸，瘦削、严厉，几乎是一张禁欲者的脸，于是他明白为什么他对利诺没有好感了：就像他之前想到的，因为这是一张双重面孔，这张脸居然用肉体直接把欺诈展现了出来。看着他，马尔切罗觉得尤其能从那张嘴上看出这种欺骗：第一眼看上去是薄薄的、干燥的、干净的嘴唇，轻蔑地撇着；但是，如果轻微的笑容从那张嘴上浮现，嘴唇张开，会看到嘴唇上挂着的闪着光的口水，也不知道是什么让他如此渴望。他迟疑地看着利诺，利诺正笑着等待着他的回答，于是他很真诚地说："我讨厌你是因为你嘴巴总是湿漉漉的。"

利诺脸上的笑容消失了，沉着脸说："你现在又是在搞哪一出？"接着他又迅速恢复原来的样子，开玩笑似的缓缓说道："那么马尔切罗先生……现在您愿意上您的专车吗？"

"我上车，"马尔切罗终于下定决心，"只是有一个条件。"

"什么条件？"

"你真的把那把手枪给我。"

"遵命……来吧，上车。"

"不行，现在你就得给我，马上。"马尔切罗固执地坚持道。

"可是我没带在身上啊，马尔切罗，"男人真诚地说，"从星期六开始它就一直放在我的房间里……咱们现在回家去取。"

"那我不去了，"马尔切罗自己也没想到会这么坚决，"再见。"

他迈出一步，做出要走的样子；这一次利诺失去了耐心：

“快过来吧，别在那儿孩子气了。”他大呼道。他从车子里探出来，一把抓住马尔切罗的手臂，把他拉到身边的座位上。“咱们现在马上回家，”他急着说，“我保证你会得到那把枪的……”被暴力地拉到车上，其实马尔切罗心里是很高兴的，他没有反抗，只是装出了一副小孩子赌气的样子。利诺快速地关上车门，启动引擎。车子开走了。

他们很久没有说话。利诺很沉默，也许是像马尔切罗想的那样，他太高兴了以至于说不出话来。而马尔切罗则是没什么可说的。现在利诺会把手枪给他，然后他就回自己的家，第二天把手枪带到学校，拿给图齐看。除了这些可以预见的简单和开心的事情之外，他想不到别的了。他现在只担心一点，利诺是在用某种方法欺骗他。马尔切罗心中琢磨，如果真是这样的话，那他会弄出一些小诡计让利诺绝望，然后逼着他信守承诺。

他一动不动地坐着，书放在膝盖上，看着路两旁的梧桐树和公寓楼从眼前滑过，延伸到路的尽头。当车子开始上坡，利诺好像经过漫长思考得出结论一样问道：“到底是谁教会你这么撒娇卖俏的，马尔切罗？”

马尔切罗不是很肯定这句话的意思，犹豫着没有回答。男人似乎意识到了天真的马尔切罗可能没有听懂，于是补充说：“我的意思是这么狡猾。”

“为什么这么说？”马尔切罗问道。

“不为什么。”

“你才狡猾呢，”马尔切罗说，“你答应给我手枪的，可是到现在也没给我。”

利诺笑了，伸出一只手拍着马尔切罗裸露的膝盖，开心地说：“你知道吗，马尔切罗，我真高兴你今天跟我一起来……当我想到那天我求着你别搭理我、别跟我来的时候，我就意识到，有时候一个人可以有多傻……真的很傻……但是还好你比我更通情理，马尔切罗。”

马尔切罗没有说话。他不是很懂利诺的意思，而且，那只放在他膝盖上的手也让他感觉很厌恶。他不只一次试着移动自己的膝盖，但是都没有摆脱那只手。幸运的是，在一个转弯的地方一辆汽车迎面开过来。马尔切罗假装吓到了，惊呼道：“小心，那辆车要撞到我们了。”这一次利诺才把手抽回来握在方向盘上。马尔切罗松了一口气。

此时汽车已经开到了乡间公路上了，旁边是那些围墙和栅栏。他们又看到了那些被漆成绿色的栅栏门，又来到了那条上坡路，两边依旧是光秃秃的柏树，路的尽头，阳台的玻璃闪闪发光。马尔切罗注意到，像上次一样，大风还是猛烈地吹动着柏树，依然是阴暗、暴雨来临前的天空。汽车停住了，利诺跳到地上，之后帮着马尔切罗下车，然后带着他朝大门走去。这一次利诺没有走在他前面，而是抓着他的一条胳膊，很用力，就好像害怕他会逃跑一样。马尔切罗本想让他不要抓得那么紧，但是没来得及。利诺走路就好像飞起来一样，拽着马尔切罗的胳膊几乎要把他拉到脱离地面了，利诺就这样带着他穿过客厅，把他推进走廊，以一种意想不到的方式狠狠地抓住他的脖子，说：“你真蠢……真蠢……为什么你不想过来？”

他的声音不再像是开玩笑，而是声嘶力竭，虽然还是不禁加入了一丝温柔。马尔切罗很惊讶，他刚想抬头看利诺的脸。可就在这个时候，他被狠狠地推了一下。就好像是一只被抓住后脖子的小猫或者小狗，然后一下子被扔到很远的地方，马尔切罗就这样被扔进了房间。然后马尔切罗看到他用钥匙关上房门，把钥匙放回口袋，接着转身对着他，脸上的表情混杂着喜悦和愤怒的胜利。他大叫道：“现在，够了……你按照我说的做……够了，马尔切罗，你这个暴君，小无赖，够了……站过去，你要服从命令，别再多说一个字。”他说着这些话，语气中带着命令、轻视、统治力，还有一种野性的愉悦，几乎是带着一种色情的享受。而马尔切罗尽管惊慌失措，但还是觉得这些话没有任何意义，仅仅是一种胜利的赞歌，不是真正在表达什么思想和意愿。他有些害怕，瞠目结舌，看着利诺在小房间里迈着大步走来走去，摘下了头顶的帽子，把它扔到窗台上。利诺把搭在椅背上的一件衬衫团成一团塞进抽屉里，把床上褶皱的被子铺平，这些都是他一直会做的动作，而现在却带着愤怒，带着某些晦暗的意义。接着，马尔切罗看到利诺一边继续冲着空中叫喊着那些断断续续的、充满蛮横和专断的话语，一边走到床头的那面墙附近，把挂在上面的十字架拿下来，走到衣橱旁，用夸张的粗暴动作把它扔到抽屉的最里面。这时马尔切罗明白了，利诺用这样的举动，以这样的方式，是要他明白，他现在已经把最后的一点顾虑撇到一边了。就好像是要证实自己已经毫无顾忌了，利诺从床头柜的抽屉里拿出那把马尔切罗心心念念的手枪，展示给他看，同时大喊道：“你看到了吗…… 不过你永远都得不到它…… 你要做我想要的事情，没有礼物，没有手枪…… 要么出于爱主动做，要么就被迫做。”

马尔切罗心想，这样看来那他之前想的都是真的了，利诺就是要骗他，就像他一直担心的那样。他感觉自己被气得脸色发白，说：“给我手枪，不然我就走了。”

“没有，什么都没有…… 要么主动，要么就是强迫。”利诺一只手拿着枪晃来晃去；另一只手抓住马尔切罗的一条手臂，一把将他甩到床上。马尔切罗猛地坐下去，由于利诺推得太猛，马尔切罗的头都撞到了墙。利诺此时一下从粗暴变得温柔，从命令变成哀求，他跪在马尔切罗面前。他的一条胳膊搂住马尔切罗的双腿，另外一只一直拿着手枪的手放在被子上。他呻吟着，呼喊着马尔切罗的名字。接下来，他嘴里不断发出呻吟的同时，用两条手臂抱住马尔切罗的膝盖。手枪现在就掉落在床上，被扔在一边，一把黑色手枪躺在白色床单上。马尔切罗看到利诺跪在那里，一会儿抬起头用充满乞求的表情看着他，脸上满是泪水，同时由于充满欲望而涨得通红；一会儿又低下头，用脸蹭着马尔切罗的双腿，就好像是听话的小狗一样。接着马尔切罗一把抓住手枪，用力一推，站起身来。利诺也许是觉得马尔切罗会满足他的欲望，于是马上松开双臂，让他走了。马尔切罗一步跨到房间中央，然后转过身来。

过了一会儿，回想起刚刚发生的事情，马尔切罗觉得仅仅接触了一下那冰冷的武器，他心中就产生了一个冷酷、血腥的念头。但是在那个时候，他只能感受到由于头部撞到墙上而产生的一阵剧痛，同时也感受到自己对于利诺的强烈憎恨和极度厌恶。此时利诺依旧跪在床边，当他看到马尔切罗后退了一步，用枪指着自己的时候，他也转过身子，没有站起来。张开双臂，做出一个戏剧里面的动作，如同演戏般地大喊道："开枪吧，马尔切罗……杀了我……对，像杀死一条狗一样杀死我。"马尔切罗觉得从来没有像现在这样厌恶利诺，因为他那种混杂在一起的情感令人恶心：既有情欲又有着克制，既有悔恨又有淫念。马尔切罗心里很害怕，但是也很清醒，他觉得自己好像应该满足这个男人的要求，于是扣动了扳机。枪声在这个小小的房间中引起了剧烈的回声；他看到利诺侧身倒下，然后又直起上身，背对着他，双手抓住床沿。利诺缓缓地站起来，然后又一次侧倒在床上，不动了。马尔切罗走到他身边，把手枪放在床头，低声叫了一下"利诺"，他没有等待回答就朝门口走去。门锁着，他记得钥匙在哪儿，利诺把它从钥匙孔拿下来后放进了衣服口袋里。他犹豫了一下，要在死人的衣服口袋里搜东西，这让他觉得恶心。他的眼神随即落在了窗户上，他记起现在是在底楼。于是他跨在窗台上，急忙转动脑袋，小心翼翼而又惊恐地久久注视着空地和停在门廊前面的汽车：他知道如果这时候有人经过这里，就会看到他跨在窗台上。但也没有别的办法了。然而此时空无一人，不光这里，透过空地周围那些稀疏的树木，远处的乡间和起伏的丘陵，目所能及之处也都是一片荒芜，没有人影。他从窗台上下来，从车座上拿起书本，然后不慌不忙地朝围栏走去。在他行走的同时，他的意识中好像出现了一面镜子，映射出了一切，时间和景象，他自己的形象，穿着短裤、胳膊夹着书的男孩，走在两旁长着柏树的林荫路上，一个无法理解的人物，心里怀着各种可怕的预感。

第一部分

一

马尔切罗一只手拿着帽子，另一只手从鼻梁上摘下眼镜，把它放到上衣口袋里，他走进图书馆门厅，向门卫工作人员询问哪里可以阅览报刊。之后他慢慢地沿着宽阔的楼梯上楼，楼梯尽头，楼道上那扇巨大的窗户反射着五月阳光的耀眼光芒。他感觉很轻松，几乎可以说是悠然自得，感觉自己的身体状态很完美，充满了青春的活力。他身上那件灰色、线条简单的新衣服为他的这种轻松感觉又增添了一种严肃和整洁，这符合他的品位，同样让他感到愉悦。到了二楼，他先是填写了准入卡片，然后朝阅览室走去，门口的柜台后面坐着一个年老的门卫和一个女孩子。他排队等待，轮到自己之后递交上卡片，同时说自己想看一下1920年本市主要报纸的合订本。他靠在柜台耐心地等待着，眼睛朝前看着阅览室的方向。里面有几排桌椅，一直排列到阅览室尽头，每一张桌子上都有一盏带着绿色灯罩的台灯。马尔切罗仔细观察着这些桌子，它们被为数不多的人占据着，大多数是学生，他暗自选好了地方，就是阅览室尽头靠右边的最后一张桌子。那个女孩子再一次出现，怀里抱着马尔切罗要求的厚厚的报纸合订本。马尔切罗接过合订本，朝那张桌子走去。

他把报纸放在桌面上，坐下来，还很细心地把膝盖上面的裤了提了提，接着翻开那些报纸，耐心地开始阅读。报纸上面的标题已经失去了原有的光泽，变成了几乎发绿的黑色。纸张也泛黄了；图片褪了色，模糊不清，丝毫不能引起注意力。他注意到，标题越大越冗长，越能够给人一种无聊和荒谬的感觉：它们报道的事件，在它们发生的当晚就已经失去了重要性和意义，现如今，这些轰动一时又无法被理解的事件，不仅在回忆起来的时候会让人感到厌恶，连想象一下都会觉得讨厌。他注意到，最荒唐的标题，就是那些针对所报道事件或多或少带有倾向性评论的标题。这些标题让人沉思，里面有很多的暗示和提醒，但对于一个疯子的疯狂叫喊却无动于衷，这种叫喊震耳欲聋却无法触及灵魂。马尔切罗看着这些标题，他将此时的感受和一会儿看到和自己相关的那个标题之后能够想象到的感受进行对比，他问自己，是不是他寻找的那条新闻也同样会在他的心中产生荒谬和空虚的感觉。这是一件已经过去的事情了，之前的嘈杂已然消失，以往的怒火早已平息，就连这报纸本身，这些已经泛黄的纸面迟早也会变成碎片和灰尘，但是翻阅着这些报纸，他却感受到了庸俗和不屑。往事充满暴力、错误、欺骗、轻浮以及谎言，他一边翻阅着报纸上的一条条新闻，一边想：这些就是在过去的每一天中人们认为值得出版的事情，他们想让后代子孙们记住的事情。平凡和深刻的生活在这些报纸中根本不留痕迹。但就连他自己不也是如此吗？心里想着这些事情的时候，他所寻找的不也仅仅是一桩凶案的证明吗？

尽管他清楚地记得那件事情发生的日期，可以一下子就找到那个关于他的新闻，但是他却不着急。这是1920年10月22日的，这是23日，24日的。他继续翻阅着，每翻过一张报纸，距离他认为是生命中最重要的那件事就更近一步。但是报纸却没有为这件事情做铺垫和预告，没有准备和它相关的信息。在此之前的所有新闻消息都没有以任何方式和这件事情有关联，唯一一条与本次事件相关的内容会突然出现，没有任何前兆，就好像一条鱼咬住了鱼饵之后被一下子从海底拉出水面。他努力想开个玩笑，心想，他们不应该用那种政治事件才用的大标题，而应该写：马尔切罗第一次遇到了利诺，马尔切罗向他索要手枪，马尔切罗接受邀请上了车。但是突然间，这个玩笑就在他脑中消失了，一种突然而至的困惑让他几乎喘不上气来：到了那个日期了。他快速地翻过报纸，在社会新闻版块里，正如他所期待的那样，他找到了那条消息，专栏标题：意外死亡。

读这篇新闻之前他看了看四周，好像害怕被别人看到一样。接着他低下头，盯着报纸。新闻写道：昨日，司机帕斯夸莱·赛米纳拉（居住地在卡米鲁齐亚大街33号）在擦拭一把手枪的时候，手枪意外走火。赛米纳拉被紧急送往圣心医院接受急救，医护人员发现伤口在他胸部靠近心脏的地方，认为很难抢救。当晚，尽管经过多方抢救，赛米纳拉还是失去了生命。马尔切罗又把新闻读了一遍，心想这新闻已经不可能再简明扼要和程式化了。但就算用了最普通的固定的新闻话术，还是能从中看到两个重要的信息。第一，利诺真的死了，对此他虽然深信不疑却始终没有勇气去验证；第二，这个死亡被明确地归类于偶然的不幸。这样他就完全免于承担任何后果了：利诺死了，而这一死亡永远不会归罪于他。

他终于下定决心来图书馆里寻找多年前发生的这件事，并不是想要确认利诺的死亡。他的不安在这么多年中始终没有完全平复，但他从没考虑过事情的具体后果。他那天之所以走进图书馆，是要看看确认了利诺的死亡之后他的心中会有什么感受。他心想，从这种感受中他可以判断自己还是不是以前的那个男孩，是那个被自己命中注定的反常状态所困扰的男孩，还是变成了自己一直渴望成为的，也是一直坚信会成为的完全正常的男人。

他感受到了一种奇怪的轻松，或者说还有一种惊讶，他惊讶于十七年前那张泛黄的报纸上的新闻在他心中没有引发任何大的震动。他心想，这就好比是那些由于伤口很深而缠上绷带的人，他们戴了很久的绷带，终于决定把它摘掉，却惊奇地发现，在本以为至少会看到一道伤疤的地方，看到的却是光滑、完整的皮肤，上面没有任何受伤的痕迹。在报纸上寻找信息，就好像是摘掉这个绷带，然后他意识到自己对此事无动于衷，那就意味着自己已经完全康复了。这种康复到底是如何发生的，他自己也说不清楚。但是毫无疑问，原因肯定不仅仅是时间。这在很大程度上也要归功于他自己，归功于他这些年的主动意识，想要从这种异于常人的状态中摆脱出来，成为与其他人一样的人的意识。

带着某种顾虑，他把眼睛从报纸上移开，看着远处，他还是想好好地想象一下利诺的死，他从一开始就一直出于本能地回避着。报纸上的新闻写得中规中矩，这也可能是出于冷漠和麻木。但是真正回想起这件事情的时候，一切又是那么鲜活和清晰，也正因如此才会再一次唤醒昔日心中的恐惧——如果这种恐惧依然存在的话。于是，他就顺从地跟随着记忆的脚步，就好像跟着一个小心翼翼又铁面无私的向导一样，倒溯时光，重新回到了他的孩童时代：第一次和利诺在那条林荫路上相遇；他对于手枪的渴望；利诺的许诺；到别墅的拜访；第二次和利诺见面；他拿出手枪对准利诺；男人歇斯底里地大喊，张开双臂，跪在床前："开枪吧，马尔切罗……杀了我……对，像杀死一条狗一样杀死我。"而他就好像遵从命令一样开了枪；男人倒在床边，身子挺起来又重新侧身倒下，一动不动。他马上意识到，在重新审视所有这些细节的时候，他看报纸时所感受到的那种无动于衷也不断得到证实，这种感觉也不断放大。实际上，他不仅感受不到任何的内疚，甚至就连对于利诺的同情、怨恨、憎恶也没有在他意识的平静水面上掀起一丝波澜，之前很长一段时间，这些情感还都是和这段记忆紧密相连的。总之，他没有任何感觉，他的内心在面对人生中这一遥远事件的时候，就好像是一个阳痿的家伙躺在一个裸体的美艳女人身边一样，甚至比这更加无动于衷。对于这种冷漠他非常开心，这无疑是一个讯号，标志着曾经的男孩和现在的青年之间已经没有任何的联系了，即使是那种隐藏的、间接的、一丝丝的关联都没有了。他现在已经真正成为另一个人了，他一边合上报纸的合订本一边想，然后站起身来，尽管他还能够机械地回忆起那个遥远的十月发生的事情，但是他的整个身体，包括每一个最隐秘的细胞，都已经彻底忘记这件事情了。

他缓缓地走到柜台，把报纸还给那个图书馆女工作人员。然后依旧带着自己最为中意的那种有分寸、有气魄的举止和态度离开阅览室，走下宽敞的楼梯，来到门厅。当来到街上面对着强烈阳光的时候，他不禁想道，那条新闻，还有对于利诺死亡的回忆，确实没有在他的心里引起任何波澜；但是，他现在的心情却没有之前那样轻松了。他还记得翻看旧报纸时的感觉：就像从伤口处把绷带摘下来，然后惊喜地发现伤口已经完美愈合。他暗自想，也许在看似完好无损的皮肤下面，依然隐藏着旧日伤口感染所留下的脓肿。这种疑惑在他复杂的情感中得到证实，其中一种感觉是，利诺的死带给他的片刻轻松转瞬即逝；另外还有一种愁思，像一层薄纱轻轻地、悲伤地挡在他的视线与眼前的现实之间。仿佛关于利诺的记忆虽然已经被时间的强酸所腐蚀，但仍然像阴影一样笼罩着他的思绪和情感，阴影从何而来，他无从知晓。

他一边沿着人群攒动、洒满阳光的大街缓步行走，一边把现在的他和十七年前的自己做着比较。他记得，十三岁的时候，他是一个腼腆的小男孩，有点阴柔，很敏感，没有条理，喜欢幻想，容易冲动，充满热情。而现在，他三十岁了，变成了一个男人，没有一点点腼腆，甚至是非常自信，行为举止、兴趣爱好都是典型的男性特征，沉着冷静，甚至是过度的条理清晰，几乎没什么想象力，自控，冷静。此外，他还隐约记得，当时他身上似乎混杂着丰富的情感，它们忧郁而复杂。而现在，尽管已经没有了活力的光芒，可他身上的一切都是清晰的，之前的那些复杂情感现在变成了寥寥的话语和想法，以及固执的理念。最后，他原本是那样的开朗外向，对人推心置腹，有时甚至是极富热情。但现在，他变得闭塞内向，没有丝毫的情绪波动，毫无朝气，即使不算是忧郁，至少也是沉默寡言。不过，在这十七年里发生的最彻底的改变是：他那些不寻常，也许甚至是反常的本能在爆发时所出现的精力过于旺盛的现象，现在已经没有了。如今取代这种现象的，似乎是某种颓丧的、乏味的正常状态。他还想道，那个时候只不过是出于偶然，他才没有屈服于利诺的邪念，而且，可以肯定的是，他之所以对那个司机有着如女人般的俏皮淘气和专横跋扈的态度，不只是出于小孩子的图谋私利的念头，还有一种感官上的模糊而不自觉的倾向。但是，现在，他成了一个真正的男人，和别的男人没有差别。他在一家商店的镜子前面停了下来，长久地看着自己，他是在以一种完全客观、没有丝毫自恋的心态观察着自己：是的，他确实是一个和许多其他男人一样的男人，穿着灰色的衣服，打着朴实无华的领带，身材高挑又十分匀称，棕色的圆脸，梳理整齐的头发，黑框眼镜。他记得，在大学读书的时候，突然有一天他猛然发现，学校里至少有一千个与他同龄的青年，穿着、谈吐、思想、举止都和他一样，这甚至让他感到了某种喜悦。如今，这个数字很可能要增加到一百万了。他心满意足地想道——这是一种让人厌恶、尖酸刻薄的满意——他已经是一个正常的男人了，这一点毫无疑问，尽管他也无法说清楚为什么会这样。

他突然想起来自己的烟已经抽光了，于是走进一家在科罗纳广场拱廊里的烟草店。来到柜台前，向老板要了他最喜欢的香烟；就在此时，另外三个人也走了进来，并且询问的是同样的香烟，四个人伸出拿着钱的四只手，老板飞快地把四包一模一样的香烟快速地铺放在大理石台面上，四只手用一模一样的动作把香烟取回。马尔切罗拿起烟，用手捏了捏，看看是不是够松软，然后撕开烟盒的外包装，他注意到另外三个人的动作和他是一样的。他还看到那三个人中的两个像他一样，把香烟放进了上衣内的口袋里。最后，三个人中的一个，一走出香烟店就停下来用一个银色的打火机点着了一根香烟，这个动作也和他一模一样。这些观察在马尔切罗心中引起了一种几乎是情欲般的满足。是的，他确实已经和其他人一样了，和所有的人都一样了。和他们一样，买相同牌子的香烟，有相同的行为举止，看到一个穿红衣服的女人路过，他和别人一样转头偷瞄，看到她轻薄衣裙下面的丰满的臀部，也和他们一样激动不已。尽管他对女人的反应和别人一样，但他的行为更多的是出于模仿，而非自身原有特质的表现。

一个矮矮的、长相有些畸形的卖报人朝他走来，一条胳膊抱着一大捆报纸，另一只手则挥舞着其中一份大声吆喝着，由于过于用力，他的脸涨得通红，马尔切罗听不清他在吆喝什么，只能隐约地分辨出两个单词："胜利"和"西班牙"。马尔切罗买了一份报纸，仔细地阅读着头版的大标题：在西班牙战争中，弗朗哥派又一次取得了胜利。意识到自己在阅读这条新闻的时候，他内心无疑是心满意足的。他觉得，这种心情更加印证了自己完全的、绝对的正常状态。他从一开始就注意到了这场战争，从报纸上最开始出现的不知所谓的标题："西班牙发生了什么？"到后来，战争渐渐扩大，范围越来越广，不仅仅是武装上面的争夺，同时还有思想意识方面的较量。而他渐渐地意识到自己是带着一种特殊的情感参加到这场战争当中来的，和政治、道义上面的考量完全没有关系（尽管这方面的考虑也时常会在脑海中出现），这种感情让他更像是一个狂热的球迷，支持自己的球队而反对另外一个。他很喜欢这个过程，至于为什么会喜欢，他也说不清原因，也许是因为他很容易从这个过程中发现最符合人性的逻辑，而知道自己能够发现这个逻辑则能够给他一种安全感，觉得自己一直是正确的。总之是出于同情，他们给"同情"这个词赋予了一种完全不经考虑、没有逻辑、没有理性的含义。因此只能打个比方，说这种同情是来自空气。但是在空气中，有花粉，有家中厨房冒出的炊烟，有灰尘，有灯光，却没有思想。所以这种同情是来自更深层的地方，它再一次表明他的正常状态既不是表面上的，也不是出于自己的理性和意愿随随便便表现出来的，而是一种本能，这种本能几乎和生理的本能紧密相连，总之就是与一种信仰相连，一种他和成千上万的人共同拥有的信仰。他和他所处的社会、他所生活地方的人群融为一体，他不是一个孤独的人，不是反常的人，更不是疯子，他是那些人当中的一员，是他们的兄弟，是一位公民，是一个同志。杀死利诺之后他曾感到非常害怕，担心这个事件会把他和其他的人分隔开来，但是现在，心中的这些想法给他带来了莫大的安慰。

另外，他继续想道，弗朗哥或者是其他什么人，这都不重要，只要存在某种联系、某个桥梁、某种共性，就足够了。但是之所以是弗朗哥而不是别人，除了体现某种共性和团结之外，也表明他对于西班牙战争的情感投入是一件真实和正确的事。真理只能是对于所有人来说再明显不过的东西，是那种大家都相信且认为是无可辩驳的事情，否则还叫什么真理呢。就这样，一根链条就变得牢不可破了，链条上所有的圆环都被他的同情心焊接在了一起，这种同情心先于任何思考，先于任何意识，是和成千上万的人以共同的方式一起拥有的同情心；先拥有这种意识，再确信自己处在真理之中；确信自己处在真理之中以后，再付诸具体的行动。他想，对于真理的掌握不仅仅是允许他能够做出行动，更是迫使他必须做出行动。这就好像是要为自己和其他人提供的一种证明，证明自己的正常，如果这种正常没有一直被强化、被重申、被表明，那就不是真正的正常。

他到达目的地了。总部大楼的大门就敞开在街道的另一边，中间隔着两排行进中的汽车和公交车。他等了一会儿，然后跟在一辆大的黑色轿车后面，这辆车正是朝着大门开去的。他跟着车子走进去，和门卫说了他要见的官员的名字，然后坐在等候室里，他几乎是很高兴能和别人一样一起等待。他不着急，对于总部的这些秩序和规矩，他没有任何的不耐烦和不耐心，甚至可以说是喜欢，这些秩序和规矩就像是那些更宽泛的规矩和秩序的缩影，而他心甘情愿地想要去适应那些更宽泛的规矩和秩序。他感到非常冷静、冷漠，甚至——这对于他来说也不算新鲜了——有些忧郁。他认为这种神秘的忧郁已经是自己性格中不可分割的一部分了。他总是有这种独特的忧伤，或者更准确地说是不愉悦，就好像是湖水的周围环绕着高山，高山遮住了阳光，倒映在湖中的群山让湖面变得黑暗和阴郁。显而易见的是，如果把群山移走，阳光一定会照耀湖面，湖面又会变得开心起来。但是群山永远在那里，湖水也就总是那样不开心。他的不开心就像是这湖水。但是周围的群山又是什么呢？他说不清楚。

等候室是和大楼的门卫室连在一起的，里面坐满了各式古怪的人，这些人正好和他们要在总部前厅约见的官员相反，那些官员可是以穿着高贵、经常在上流社会出没而闻名。有三个体形肥胖的家伙，长得很古怪，没准儿是侦探或者便衣警察，他们抽着烟，小声说着话。他们旁边是一个年轻女人，黑头发，脸上又红又白，妆容和穿着都是花里胡哨的，所有的迹象都表明这是一个最低等级的妓女。还有一个老头儿，黑色的衣着显得很贫寒但也算是整洁，他有着白色的胡须，可能是个教授吧。此外还有一个瘦小的女人，灰色的头发，神色慌张而且焦虑，没准儿是个家庭主妇。再就是他了。

他偷偷地观察着这些人，心中是强烈的厌恶。他总是会碰到这样的事：他觉得自己是正常的，就和其他所有人一样，此时他就会想象出一群人，一支朝气蓬勃的军队，里面所有的人都有着一样的情感、一样的思想、一样的目标，能够成为其中的一员让他感到非常欣慰。然而，一旦从这支队伍里分割出来，每个个体会表现出不同的差异性，在这些差异性的面前，他对于正常状态的幻想就会被击得粉碎，他不会觉得自己是这些个体中的一员，对他们也感到厌恶和疏远。他和那三个罪恶、庸俗的家伙，和那个妓女，和那个白发苍苍的老头儿，和那个疲惫、穷酸的家庭主妇之间，有什么共同之处呢？一点也没有，相同的就只有他对他们的厌恶和怜悯心。“克莱里齐。”门卫大喊道。他吓了一跳，紧接着就站了起来。“右手边第一个楼梯。”他没有转身，径直朝前走去。

他登上宽阔的楼梯，楼梯中间蜿蜒地铺着红色地毯，登上第二段楼梯之后，他来到一个宽阔的楼梯平台，上面有三扇大门，每扇门上有两个门环。他走到中间那扇门，打开门，进入一个稍有些昏暗的大厅。大厅里有一张厚重的大长桌，桌子中间摆着一个地球仪。他在这个大厅里转了转，这个地方很可能已经废弃不用了，那些紧闭着的窗板，以及墙边沙发上罩着的布罩似乎证明了这一点。接着他打开了诸多门中的一扇，走进一条黑暗、狭长的走道，走道两旁排列着玻璃橱窗。在走道尽头，他隐约看见一扇半掩着的门，里面透出一点光。马尔切罗走到门口，犹豫了一下，然后把门稍稍往里推开了一点。他并不是对房间里的事情好奇，而是期待能够找到个门卫来指点他，让他找到正在寻找的房间。他从门缝往里面看，然后意识到自己可能是真的弄错地方了。他看到的是一个狭长的房间，房间里有一扇挂着黄色窗帘的窗户，光线从窗户照进来，温和地照亮整个房间。窗前有一张桌子，桌旁坐着一个青年男子，背对着窗户，侧对着马尔切罗，脸盘宽大，身材魁梧。马尔切罗还看到一个女子站在桌子另一边，背朝着他，穿着一件白色的薄衫，上面有黑色的绣花，头上戴着一顶有饰带和面纱的宽边黑帽。这个女人个子很高，腰很细，但肩膀和胯骨很宽，双腿修长，脚踝很瘦。她弯腰对男人小声说着什么，而那个男人则是坐着听，一动不动，只能看到侧身，他没有看那个女人，而是盯着自己的手，这只手正在桌面上摆弄着一支铅笔。接着女人走到座椅旁边，面对着那个男人，背对着桌子，脸朝着窗户，摆出一副更加亲密的样子。但是帽子上的黑纱让马尔切罗无法看清她的脸。她迟疑了一下，随即把身子斜靠下来，做出一个笨拙的动作，抬起一条腿，就像是在喷泉旁想要弯腰用嘴接住喷流的水一样，她用自己的嘴唇探索着男人的嘴唇，而后者则是任由她亲吻着，没有移动，也没有表示出任何自己是否喜欢这种亲吻的迹象。她身子后仰，宽大的帽檐挡住了她和男人的脸，然后身体晃了一下，要不是男人用胳膊搂住她的腰，她就要失去平衡摔倒了。现在她站起来，用身子挡住坐着的男人，也许此刻正抚摩着男人的头。男人的胳膊一直搂着她的腰，然后好像放松了一样，这只又厚又粗糙的手就像被自己的重量拉下去似的，一直滑落到女人的臀部，停在那里，整个手掌张开，五根指头就好像一只螃蟹，或是一只蜘蛛，趴在一个光滑的圆面上，而且需要用力才能不从上面滑下来。马尔切罗重新掩好房门。

他穿过那条走道，退回摆放着地球仪的大厅。他所见到的事情证实了那位部长放荡的名声，因为他一下就认出，在房中隐约看到的那个男人正是部长本人。奇怪的是，尽管他有着道德至上的倾向，这次的事情却没有破坏他信念的根基。马尔切罗对这位热衷社交、贪图女色的部长没有任何的好感，甚至有些讨厌他。将荒淫的私生活引入自己的工作当中，这在他看来无论如何是极为不妥的。可这丝毫没有影响到他的政治信仰。这就像，如果一些有名望的人告诉他，有些重要人物会偷东西，或者碌碌无为，又或者是利用自己的政治影响来达到某些私人目的，他的感受也是如此。他会用一种晦暗的情绪，冷漠地记住这些新闻，就好像这些事情与己无关，既然他已经做出了自己的选择，就没有改变这种选择的想法。他同时感觉这类事情无法让他感到惊讶，因为从某种意义来说，他早就预料到了，就是在很久很久以前，从他很早熟地意识到了一个人的那些最不可爱的特点时开始。但令他感受颇深的是，在他对政体的忠诚和他行为举止所严格遵循的道德主义之间，不可能有任何的联系：这种忠诚是来源于比任何道德标准都更深层次的原因，不可能由于政府部门办公室里的一只在女人屁股上摸来摸去的手而消失，也不可能因为偷盗或者其他任何罪行或错误而消失。那这种忠诚的根源到底是什么呢，他自己也说不清楚；在这些根源和他的思维之间有一层隔板，一层不透明的、死气沉沉的隔板，由他那种无法改变的忧郁构成。

他冷漠、平静，同时又有些不耐烦地走到大厅的另一扇门边，在这里他看到了另外一条走道，他退回来，试着打开第三扇门，这次终于来到了他一直寻找的前厅。厅里沿着墙壁摆着沙发，人们坐在沙发上等候，戴着饰带的门卫们站在门口。他小声和其中一个门卫说了自己想要拜访的官员的名字，然后坐到一张沙发上。为了打发时间，他又重新展开了之前的那张报纸。关于西班牙胜利的消息占据了几乎所有的版面，这让他感觉很厌恶，就好像是一种过分的低级趣味。他又读了一遍那条用黑体字印出来的胜利短讯，接着又开始读一篇用斜体字印刷的长篇通讯稿，但是他马上就停下来了，因为这个特派记者矫揉造作的文风、虚假的战斗口吻，让他非常气愤。他停了一会儿，思索着如果是他的话，他会怎么写这篇报道；然后他惊喜地想道，如果真的由他来负责的话，不仅仅是这篇关于西班牙的文章，政权中的各个方面，从最微不足道的到那些最显眼的，都会完全变样。他想，实际上这个政权中几乎所有的东西都令他深恶痛绝。但就算是这样，这依旧是他要走的路，他依然会满怀忠诚。他又一次摊开报纸，快速翻看其他文章，故意避开那些爱国主义和专为宣传而写的文章。最后，他的眼睛从报纸上抬起，环顾着四周。

此时大厅里就只剩下一位年老的先生了，他的头很圆，头发花白，一张健康的面容，上面混合着无耻、贪婪和狡诈的表情。他穿着浅色的、青年式的运动上衣，后背处有开衩，脚上是一双胶底大鞋，一条鲜亮的领带挂在胸口，他摆出一副这个政府大楼就像他自己家一样的架势，在大厅里随意地走来走去，同时假装带着不耐烦的口吻询问那些毕恭毕敬站在门口的门卫。这时，一扇门打开了，里面走出一个中年男人，秃头，身材很瘦——除了肚皮凸出——一张干干净净的脸，脸色发黄，一双眼睛深陷在两个宽大的黑色眼窝的最里面，尖尖的脸上是机智、多疑、风趣的表情。那个老头儿马上朝他走去，并且发出玩笑似的抗议声，中年男人则对他做出了一个隆重而恭敬的问候，接着，这个老头儿做出了一个很亲密的动作，他没有抓住那个黄脸男人的胳膊，而是直接搂住了他的腰，就像搂着一个女人一样，并排在大厅里走着，同时用非常低的声音和他说话，语气很急切。马尔切罗用冷漠的眼神看着眼前的场景。突然，他惊讶地发现自己对那个老头儿感到了一种强烈的憎恶，他自己都不知道为何如此。马尔切罗很清楚地知道，在任何时候，出于各种不同的原因，他都会毫无征兆地在他惯有的冷漠情绪中流露出过度的憎恶，就好像从平静的海平面上突然出现的一只怪兽。但每一次他都会感到惊讶，就好像这是自己性格中的一个未知的层面，而这个层面会否定掉其他已知和确定的层面。比如对于这个老头儿，马尔切罗觉得自己可以轻而易举地杀掉他，或者让别人杀掉他。他甚至觉得自己很渴望能够亲手杀死他。为什么呢？他想，或许是因为他那红润的脸上清晰表现出来的多疑吧，这是他最讨厌的缺点；又或许是因为那件后背开衩的上衣，而且老头儿一只手插在口袋里，所以上衣的一片衣襟被掀了起来，露出了裤子的后面部分，这部分松松垮垮，过于肥大，给人一种讨厌的感觉，就好像是裁缝店橱窗里的人体模型。总之，他憎恶那个老头儿，这种憎恶的感觉非常强烈，忍无可忍，他只能低下眼睛重新去读报纸。很久之后，当他再次抬起头时，老头儿和他的同伴已经不见了，大厅里除了他空无一人。

又过了一会儿，一个门卫走过来，小声对他说他可以进去了，于是马尔切罗站了起来，跟在门卫身后。门卫打开了一扇门，让他进去。马尔切罗来到一个宽敞的房间里，房间的天花板和墙壁上都绘有壁画，房间最里面有一张桌子，上面散放着很多纸张。桌子后面坐着那个刚刚在大厅里见到的黄脸男人；旁边坐着另一个男人，马尔切罗很熟悉这个人，这是他在秘密行动处的直属上司。马尔切罗刚一进来，那个黄脸男人——他是部长的秘书之一——就站了起来；另一个人却依旧坐着，对马尔切罗点头打招呼。坐着的这个人是一个瘦瘦的老头儿，一副军人模样，面色通红，表情僵硬，两撇浓黑的八字胡，又粗又硬，就好像是面具上的假胡须一样，他觉得这个老头儿和那个秘书形成了鲜明的反差。如他所知，这是一个忠诚、刻板、诚实的男人，习惯于服务而不讨价还价，将自己的责任置于一切之上，甚至是自己的良知之上。而这个秘书呢，据他所记得的，则是一个属于更近的时代的人，一个完全不同的人：有野心又多疑，爱交际，喜欢耍弄阴谋诡计，甚至可以做出残忍的事情，毫不顾忌任何职业责任和自己的道德良知。马尔切罗的好感自然是全部针对这个老人的，这也是因为从他那张红色、干燥的脸上面能够看出压抑在内心的阴郁，而马尔切罗自己心中也有同样的情绪。可能，鲍蒂诺上校和他是一样的，也感受到了在这种绝对的、几乎没有任何理性的忠诚和日常生活现实中的那些悲惨的事情之间存在着矛盾。但是，他看着这个老人，心想，这也许只是他自己的幻想。就像现在这样，对于他的这位上司，他总是怀有一种深深的好感，几乎希望别人也能和他有一样的感觉。

上校没有看马尔切罗，也没看秘书，只是干巴巴地说道：“这位是克莱里齐先生，我之前和您谈起过。”秘书马上做出了一个隆重到几乎有些滑稽的举动，他从座位上站起来，探出身子，伸出一只手邀请马尔切罗坐下来。马尔切罗坐下了，秘书也坐下来，掏出一盒香烟，先是递给上校，上校拒绝了；然后又递给马尔切罗，马尔切罗则是接受了。秘书把自己的香烟也点燃之后，说：“克莱里齐先生，很高兴认识您……上校在我这里可是一个劲儿地夸赞您啊……看来，您就像大家说的，是‘王牌’啊。”他微笑着着重强调了一下“就像大家说的”这句话，然后接着说：“我们和部长一起研究了您的计划，一致认为这是一个绝好的计划……您认识夸德里吗？”

“认识，”马尔切罗说，“他是我的大学老师。”

“您肯定夸德里不知道您的政府官员身份吗？”

“我相信是这样的。”

“假意进行政治对话，以此来得到他们的信任并且进入他们的组织当中，没准儿还能从他们那里获得一个在意大利的职务，您的这个想法，”秘书低下眼睛看着桌子的某个地方继续说，“是很好的……部长也同意，他认为这类的工作应当马上尝试着去做……您觉得什么时候可以动身，克莱里齐先生。”

“必要的话，随时可以。”

“非常好，”秘书说，虽然他看上去有些惊讶，就好像本来期待的是不同的答复一样，“好极了……不过，有一点需要明确……您现在要准备完成的是一件，可以这么说，一件有些微妙和危险的任务……我们在这儿和上校说过，为了让您不引起注意，您应该找到、设计或者编造出一些合乎逻辑的理由，以便解释自己为什么会身处巴黎……我并不是说他们已经知道您是什么人了，或者说他们能够发现您的身份……但是，小心一点总是对的……而且像您在报告里面和我们说的，夸德里在之前并非不知道您对于政权的忠诚……”

“要是没有这种忠诚，”马尔切罗干巴巴地说，“就不会有转变信仰的问题了……”

“对，非常对……但是这次不是专门去巴黎找夸德里，然后对他说：看，我来了……而是要使人觉得，您去巴黎是出于私人原因，而非政治目的……总之就是要让人觉得，您是利用这个机会向夸德里表现您的精神危机……您需要，”秘书突然抬起头看着马尔切罗总结说道，“将一些私人的、非官方的东西和这次的任务结合在一起。”秘书转头对着上校，补充说：“不是吗，上校？”

“这也是我的意见。”上校没有抬头说。他过了一会儿继续说：“但是克莱里齐先生要自己找到合适的理由。”

马尔切罗低下头，脑中空白。他觉得此时此刻没有什么可以回答的，这种理由需要静下心来仔细琢磨才行。他刚想回答“给我两天或者三天的时间，我仔细想一下”，就在这时，他的舌头突然之间不受控制，脱口而出：“我一个星期之后结婚……可以把新婚旅行和任务结合在一起。”

这次秘书的惊讶表现得非常明显和强烈，尽管他迅速用自己的热情掩盖住了这种惊讶。与他相反，上校却无动于衷，就好像马尔切罗没有说话一样。“很好……好极了，”秘书带着困惑的表情惊呼道，“您要结婚了……没有比这更好的理由了……传统的巴黎新婚旅行。”

“是的，”马尔切罗回答说，脸上没有笑容，“传统的巴黎新婚旅行。”

秘书害怕说错话得罪了他：“我的意思是说，巴黎正是一个适合结婚旅行的地方……可惜，我还没有结婚……如果我结婚的话，我觉得我也会去巴黎的……”

马尔切罗这一次没有说话。他经常用这种方式来回应那些他不喜欢的人：完全的沉默。秘书为了缓和尴尬，转头对上校说：“上校先生，您说得有道理……必须要克莱里齐自己找到合适的理由……就算我们能找到某些理由，也不应该提议给他。”

秘书用暧昧且不太正经的口气说出的这句话，马尔切罗觉得，这是一把双刃剑：尽管带着一点讽刺意味，可能真的是一种赞扬，就好像是说：“见鬼，这是多么狂热啊！”另外也可能是一种轻蔑的表现：“这真的是卑躬屈膝啊……连自己结婚这件事情都没有丝毫的尊重。”他心想，很可能是两种意思都有，因为他很清楚，对于秘书本人来说狂热和卑躬屈膝之间并没有一个明显的界限，这两者都是工具，为了达到共同的目的，有时使用一个，有时是另一个。他很高兴地注意到，上校也没有给秘书笑容，他的一语双关就是为了得到上校的这个笑容。接下去是一段沉默。然后，马尔切罗牢牢注视着秘书的眼睛，神情坚定而刚毅，他知道这个样子是会让人心神不安的，而他正希望如此。秘书确实承受不了这种眼神，突然用双手撑住桌面站起身来。

“好的……那么上校，您接下来就和克莱里齐共同讨论一下完成任务的方式吧……而您，”他转身对马尔切罗继续说，“您要知道您是有部长和我的全力支持的，”他假装偶然想起了什么，“部长甚至说过要亲自认识一下您呢。”

这一次马尔切罗还是没有张口说话，只是站起来恭敬地略微鞠躬致意。秘书又一次表现出惊讶，因为也许他期待的是一些感谢的话，惊讶马上被掩饰住了：“请留步，克莱里齐先生……部长命我直接带您去见他。”上校站起来说：“克莱里齐，您知道哪里可以找到我。”他向秘书伸出手，但是秘书却无论如何想亲自陪他走到门口，带着那种仪式般的殷勤和尊重。马尔切罗看到他们握了握手，然后上校就消失不见了，秘书回到他身边：“您跟我来，克莱里齐……部长忙得很，尽管如此他还是一定要见您，向您表达他对您的满意……您真的是第一次被部长召见吗？”他在穿过一个秘书室旁边的小前厅时说出这些话。他走到一扇门旁边，打开门，示意马尔切罗稍等一下，然后就不见了，之后马上又出现，请马尔切罗跟他进去。

马尔切罗走了进去，他看到的正是刚才透过门缝看到的那个狭长的房间。只不过现在，他能够看到房间的整个宽度，眼前就是一张桌子。桌子后面坐着一个脸盘宽大的男人，身材魁梧，这个人就是他刚刚偷窥到的那个，当时他正让那个戴着黑色宽边帽的女人亲吻着。他注意到，现在这张桌子已经整理好了，光滑得像镜子一样，没有文件，只有一个大的青铜墨水瓶，还有一个合上的深色皮革文件夹。“阁下，这位就是克莱里齐先生……”秘书说道。

部长站起来，手伸向马尔切罗，态度比那个秘书还要热忱和殷勤，却丝毫不让人感觉舒服，甚至是官气十足。“您好吗，克莱里齐？”他很仔细、缓慢地说出这些字句，口气充满权威，好像每一个字都有独特的意义，“大家向我谈起您的时候都是赞不绝口……政权需要像您这样的人。”此时部长再次坐了下来，摘下口袋里的手帕，擦拭着鼻子，同时眼睛审阅着秘书递给他的文件。马尔切罗很知趣地退到房间远处的一个角落里。部长看着文件，秘书则是小声地在他耳边说着什么，他看看手帕，马尔切罗看到那条白色亚麻布手帕上沾着红色痕迹，他想起进门的时候，部长的嘴好像比正常的颜色更红一些：这是黑帽女人的口红印。部长继续看着秘书交给他的文件，不慌不忙，也不担心被别人看见，他用力地用手帕擦拭嘴巴，时不时看看手帕，看看口红印是否还在。最后，同时完成了对文件的审阅和对手绢的审视，部长站起来，又一次向马尔切罗伸出手：“再见克莱里齐，我的秘书应该已经和您说过了，您着手去做的任务会得到我无条件的全力支持。”

马尔切罗鞠躬，握住那只又厚又短的手，跟着秘书走出房间。

他们回到秘书室。秘书把部长批示完的文件放在桌上，随即把马尔切罗送到门口。“那，克莱里齐先生，祝您成功。”他微笑着说道，“也祝您新婚愉快。”马尔切罗点点头，微微鞠躬，说了一句含糊不清的话，算是表示感谢。秘书脸上泛起最后的笑容，握住他的手。接着，门被关上了。

二

此时时间已经挺晚了，马尔切罗刚从部里走出来，就加快了脚步。到了公共汽车站，他加入了等车的队伍，挤在中午时分饥饿烦躁的人群当中，耐心地等着登上那辆已经十分拥挤的车。车子刚开出的一段路程里，他是站在车子的踏板上的，身子悬在外面，他费了好大的力气才挤进车厢里，周围毫无空隙地挤着其他乘客，公交车一蹦一跳，轰隆作响，从市中心沿着上坡路朝郊区开去。这些不适却没有让他感到愤怒，反而让他觉得很有用，因为这些不舒服的感觉是他和别人共同拥有的，这能让他变得和所有人相似，虽然只是在很小的程度上。此外，和人群接触，不管是多么不愉快、不舒服，他都很喜欢，他觉得自己总是愿意和人群接触而不喜欢和单独的个体接触：他一边为了能更好地呼吸而踮起脚，一边想，从人群当中他能获得一种受到鼓舞的感觉，不同的个体却形成了一种共性：挤在一个像罐头一样的公交车里是如此，那些政治集会上的激情更是如此；但是和每个单独的个体接触，他感受到的就只有怀疑，怀疑自己也怀疑其他人，就好像今天早上在部里拜访时感受的那样。

比如说，他继续想着，为什么在提出把新婚旅行和任务结合在一起之后，他会立刻感受到一种痛苦，感觉自己做了一件别人没提要求，而自己却卑躬屈膝想要去做的愚蠢又狂热的事情？他对自己说，这是因为这样一个主意他是对一个多疑、满肚子坏水而又腐化堕落的人提出来的，就是那个卑劣、讨人厌的秘书。仅仅是这个家伙的出现，就让他对自己那样一个发自内心的、没有任何偏私的举动感到可耻。此时，公交车正颠簸着从一站开到另一站，他心中已经释怀，对自己说，这种羞耻感，如果不是面对那样一个人，他是不会感受到的，面对他，就没有忠诚、奉献、牺牲，而只有算计、精明和利益。说到底他当时的提议并不是头脑仔细盘算的结果，而是隐约地来自自己的内心深处，是他融入社会和政治的正常状态中的一种可靠的证明。另外，那个秘书很可能是经过漫长、狡猾的思考之后才提出同样的提议；而他是即兴提出的。至于把新婚旅行和政治任务结合在一起是否合适，则没必要浪费时间去考虑了。他就是这样一个人，所做的一切只要是适合他自己，那就是正确的。

他带着这些思绪下了车，沿着职员住宅区的马路，在种着白色、粉色夹竹桃的人行道上走着。国家公职人员住的楼房庞大而陈旧，上面的灰泥已经脱落了，这些大楼的大门就对着人行道敞开，门内深处能够隐约看见宽敞、荒凉的院子。这些大门之间交错排列着一家家不起眼的小店铺，马尔切罗对于这些店铺已经是很熟悉了：烟草店、面包店、蔬菜店、肉铺、杂货铺。现在是中午时分，甚至在这些无名的建筑当中，也表现出各种工作间歇、家庭团聚时所固有的短暂而清淡的快乐迹象：底楼虚掩的窗户中飘出厨房的香气；衣服都没穿好的男人几乎是跑着穿过一扇扇大门；广播的声音，留声机唱片的声音。大楼之间凹进处的小花园里，栅栏门上攀爬着的玫瑰花散发出浓烈刺鼻又含着尘土味道的香气，迎接着马尔切罗的到来。马尔切罗加快了脚步，来到19号的大门前，跟他一起的还有另外两三个职员，他很愉快地模仿着他们那种急匆匆的样子，走进大门，上了楼梯。

他沿着宽阔的台阶缓步向上，楼梯上交替着惨淡的阴影和从楼道那些大窗户透进来的耀眼光线。但在走到二楼的时候他意识到自己忘了一些事情：鲜花，每次他被邀请来未婚妻家中吃午餐的时候他都会带给她鲜花。幸好自己及时想起了这件事，他重新走下楼梯，来到街上，径直朝角落走去，那里有个女人坐在矮凳上，她正在把一些时令鲜花摆放到花瓶里。他匆忙地选了六枝玫瑰花，这是她这里最好看的玫瑰花，花茎又长又直，花色深红，他一边嗅着香气，一边重新走进大楼，上楼梯，这次是一直爬到了最上面一层。在这里的楼梯间，就只有一扇门；里面还有另外一小段楼梯，通向另外一扇简陋的小门，门底的缝隙中露出平台的强烈阳光。他按响门铃，心想："希望不要是她妈妈来开门。"其实未来的岳母对他总是表现出一种几乎是狂热的爱，这让他深感不安。等了一会儿之后，门开了，马尔切罗欣慰地在前厅的阴影中看到了女仆的身影，她几乎是小孩子一样的身材，身上裹着一条对于她来说过于肥大的白色围裙，她面容苍白，两条黑辫子像皇冠一样被盘在头顶。女仆探出头好奇地看了一下楼梯间，然后关上了门；马尔切罗张大鼻孔深深呼吸了一口厨房飘出来的、弥漫在空气中的香味，走进客厅。

客厅的窗户是半掩着的，为的是不让热气和光线进入客厅，但是在这些稀疏的光线中却依然能够看清挤满整个房间的、伪文艺复兴风格的深色家具。这些家具都很沉重、古板，上面密密麻麻地雕刻着各种花纹，和摆放在上面的摆件形成了鲜明的对比，这些低俗趣味、质量低劣的摆件凌乱地散放在隔板和桌子上：一个跪在烟灰缸旁边的裸体女人，一个拉着手风琴的蓝色陶瓷水手，好几只白色和黑色的狗，两三盏做成花蕾或者花朵形状的台灯。有好多烟灰缸，金属的、陶瓷的，据他所知，这些烟灰缸原本是她未婚妻的亲戚朋友们用来装婚礼糖果的盒子。客厅墙壁上贴着红色的假织锦，色彩浓烈的风景画和静物画装在黑色画框当中，挂在墙上。马尔切罗坐在沙发上，沙发此时已经换上了夏天用的轻薄的沙发套，他满意地环顾四周。这是一个资产阶级的家，就像他不止一次想到的，一个最传统、最普通的资产阶级的家，和同一个住宅里、同一座楼里面的其他各家完全一样；而这正是他最喜欢的一点：就是感觉自己是面对着一些完全相同，几乎是最普通的东西，但是却可以令他完全放心。想到这些，他意识到自己对于这个丑陋的家居然有了一丝好感，一种几乎让他讨厌的好感：他从小就生长在一个漂亮、有品位的家中，他意识到现在环绕在他身边的所有东西都丑陋得无可救药。但他正需要这样，需要这种平庸的丑陋，这会让他与其他人变得更加相似。他会想起由于没有钱，至少在他和茱莉亚结婚之后的前两年里，他们必须要住在这幢房子里；他几乎要感谢他们的贫穷了。如果是他自己的话，按照他的品位，这样一个丑陋和普通的房子，他是无法忍受的。总之，这个客厅很快就会成为他的客厅了；那个花叶式风格的卧室——他未来岳母已经和她已故的丈夫在那里住了三十年——也会成为他的卧室；还有那个摆满桃花心木家具的餐厅——茱莉亚和她的父母一辈子都在这里吃饭，每天两顿——也会成为他的餐厅。茱莉亚的父亲曾经是部里一个非常重要的官员，而这个按照她父亲年轻时的品位装修的房子，就像是某种殿堂，一座为了同时能够体现尊崇和正常这两样同样神圣的东西而专门修建的殿堂。他几乎是怀着贪婪和淫荡的愉悦，同时还有一些悲伤的心情想着，很快，他也要顺理成章地融入这种正常和尊崇当中了。

门被打开了，茱莉亚急匆匆地走了进来，一边还在走廊里和某人说着话，也许是和那个女仆。说完话，她关上门，快速朝着未婚夫走来。二十岁的茱莉亚身体像三十岁女人一样丰满，这是一种不太精致的丰满，甚至有些俗气，但是却新鲜、结实，表现出了最好的年纪，引发对于肉欲的幻想和愉悦。她肤色很白，有一双大眼睛，眼神不太清澈，无精打采，栗色、浓密的头发烫成很好的波浪形，还有鲜红、丰润的嘴唇。她身上穿着一件轻薄的男士衬衫，丰满的身材几乎要把这件衬衫撑破了，马尔切罗看着她朝自己走来，心中又一次感受到了愉悦，忍不住在想，他要娶的就是一个正常、普普通通的女孩，她就像是这个刚刚给他莫大安慰的客厅一样。当他听到她拖长的、温柔而带着口音的声音的时候，这种安慰再度来临，就像清凉剂一样让他精神一振："多漂亮的玫瑰花啊……为什么？我都和你说过了，不用这么麻烦的……就好像是第一次和我们吃饭似的。"她一边说着，一边走到房间角落一根黄色大理石柱那里，把玫瑰花插在柱子上面的一个蓝色花瓶中。"我喜欢给你送花。"马尔切罗说。

茱莉亚满意地舒了一口气，她瘫倒在沙发上，就在马尔切罗身边。马尔切罗看着她，感觉一种不安迅速取代了不久之前的那种从容自在：这无疑标志着一种混乱的开始。接着，她突然间转身对着他，双手搂住他的脖子，低声对他说："吻我。"

马尔切罗一只胳膊搂住她的腰，亲吻她的嘴唇。茱莉亚欲望很强烈，每次都是她向不太情愿的马尔切罗索吻，每次亲吻的时候，她的欲望就越来越强烈，几乎要改变他们未婚夫妇本该有的纯洁关系。这次也是一样，当他俩的嘴唇正要彼此分开时，她似乎突然有了肉体上的欲望，一只手臂一下紧紧搂住马尔切罗的脖子，把自己的嘴再一次用力靠在他的嘴上。他感到她的舌头冲破他的双唇，开辟出一条道路。茱莉亚同时抓住他的一只手，引导着它，同时鼻孔里喘着粗气，猛烈地呻吟着，发出野兽般的、纯真的、不满足的声音。

马尔切罗并不爱他的未婚妻，但是他很喜欢茱莉亚，而这样淫荡地拥抱总是让他困扰。对于这种激情，马尔切罗却并不想给予回报：他想把自己和未婚妻的关系限制在传统范围之内，就好像过分的亲密会重新让他回到以前的混乱生活当中，那种不正常状态当中，而他用尽自己的时间就是想要脱离这种状态。所以，过了一会儿，他把手从她胸口拿开，缓缓地推开她。“哦，你可真冷淡啊，”茱莉亚向后坐直，微笑地看着他，“真的，有时候我在想，你不爱我。”

马尔切罗说：“你知道我是爱你的。”

她改变了态度，继续说：“我太高兴了……从来没有这么开心过……对了，你知道吗，妈妈今天早上又说了，让我们去她的卧室里面住……她住到走廊尽头的那个小房间去……你觉得怎么样……我们要接受吗？”

“我觉得，”马尔切罗说，“如果我们拒绝，她会不高兴的。”

“我也是这么想的……要知道，我从小就梦想着有一天能够睡到那样的房间里去……现在我不知道还有没有那么喜欢……你喜欢吗？”她带着一种肯定和愉悦的语气询问，就像是一个人为了证明自己的品位而征求别人的意见，想要从别人那里得到肯定一样。马尔切罗快速地回答：“我太喜欢了……那个房间太漂亮了。”他看到这些话明显让茱莉亚非常开心。

茱莉亚满怀喜悦地在他的脸颊上亲了一口，然后继续说：“今天早上我遇到了佩尔西克太太……我邀请她来参加宴会了……你知道吗，她不知道我要结婚了……她问了我好多问题……当我告诉她你是谁的时候，她说她认识你的母亲……她几年前在海边遇到过她。”

马尔切罗没有说话。他已经好多年没有和母亲生活在一起了，也很少见她，谈论她总是一件不开心的事情。茱莉亚并没有意识到他的困扰，但是幸好，茱莉亚依旧是那么变来变去，她又一次换了新的话题："说到宴会……我们已经做好了受邀人的名单……你要看看吗？"

"好的，让我看看。"

她从口袋里掏出一张纸，递给他。马尔切罗接过纸，开始看。纸上是一长串的人名，按照家庭进行了分组：父亲、母亲、女儿、儿子。对于那些男人，不仅写上了名字和姓氏，还有他们的职业头衔：医生、律师、工程师、教授；如果有荣誉的话也会有标注：勋爵、高级军官、骑士。在每一个家庭旁边，为了确保准确无误，茱莉亚还写上了家庭成员的数量：三人、五人、二人、四人。这些名字几乎都是马尔切罗不认识的，尽管如此，他也感觉已经认识他们很久了：这些人都是中小资产阶级，政府工作人员和官员；毫无疑问，他们肯定都是住在这样的房子里面，客厅、家具都和这里的一样；家中都有像茱莉亚这样待嫁的女儿，而娶她们的就是年轻的大学毕业生和公职人员，他希望自己就是这些青年中的一员。这份名单他看了很久，在某些特别的或者普通的名字上，他会停下来，带着深深的喜悦来提问，尽管这种喜悦被掩藏在他惯有的冷漠和忧郁当中。"这个，阿卡安杰里，是谁？"他随意地问道。"朱塞佩·阿卡安杰里勋爵，他的妻子是伊奥莱，女儿是席尔瓦娜和贝娅特丽切，儿子是吉诺。"

"没什么，你不认识他们……阿卡安杰里是我可怜的爸爸在部里的一个朋友。”

“他住哪儿？”

“离这儿不远，波尔博拉大街。”

“他家的客厅是什么样子？”

“你这问题可真滑稽，”她笑着感叹说，“你想要什么样……就和这里一样，和许多别的客厅也一样……为什么你这么好奇阿卡安杰里家客厅长什么样呢？”

“他的两个女儿订婚了吗？”

“订了，贝阿特丽切订婚了……怎么了？”

“他的未婚夫怎么样？”

“哎哟……又问起人家未婚夫了……她未婚夫的名字挺奇怪的，叫斯基林齐，在一个公证处工作。”

马尔切罗发现从茱莉亚的回答当中没有任何办法推断出这些受邀者到底是些什么样的人。很可能，对于这些人他脑中的信息不会超过纸上写的那些东西了：数量众多、无法辨别的、普普通通的名字。他又看了一眼名单，目光随意地停在另外一个名字上面：“切萨雷·斯帕多尼是谁？妻子是丽维娅，弟弟是律师图利奥？”

“他是一个儿科医生……他的妻子是我的同学……没准儿你认识她：挺可爱的，棕色头发，矮矮的，脸色苍白……他是个挺帅的小伙……他们兄弟是双胞胎。”

“路易吉·帕切骑士呢，妻子是特蕾莎，四个儿子是毛里齐奥、乔瓦尼、维多利奥、里卡多？”

“我可怜爸爸的另一个朋友……四个儿子都是学生……里卡多还在读高中。”

马尔切罗明白继续这样询问名单上的人也是徒劳无用。茱莉亚能告诉他的不会超过这个名单本身。他心想，即使她能够详细告诉他这些人的性格、生活，这些信息也不可能超过她判断力和智慧的狭窄限制。但是他觉得很高兴，这几乎是一种情欲上的愉悦，高兴自己能够成为如此普通的社会当中的一部分，这要感谢他的婚姻。但是他始终有一个问题，犹豫了一会儿之后，他决定问出来：“告诉我……我和你的这些受邀人是不是很像？”

“你是什么意思……外表吗？”

“不是……我想知道，在你看来……我和他们有共同点吗……行为举止上，外表长相上……总之就是，我和他们相像吗？”

“对于我来说，你比所有人都更好，”她充满情意地回答，“但是除此之外，是的，你就和他们一样：高贵、严肃、优雅……总之，看得出来，你和他们一样，是一个正经人……可你为什么会这么问呢？”

“没什么。”

“你真奇怪，”她几乎是用好奇的眼光看着他说，“所有人都想与众不同……而你，却好像要和所有人都一样。”

马尔切罗没有说话，把名单还给她，小声说：“反正我一个人都不认识。”

“你觉得，我全都认识？”茱莉亚开心地说，“这里面很多人只有妈妈才知道是谁……而且，宴会很快就会结束的……一个小时吧，然后就再也见不到他们了。”

“我倒是不讨厌见到他们。”马尔切罗说。

“我就是这么一说……现在我给你读一下酒店的菜单，看看是不是喜欢。”茱莉亚从口袋里又掏出一张纸，大声读着：

冷盘

面团比目鱼片

米蒸鸡，配高级酱汁

时令沙拉

奶酪拼盘

冰激凌甜点

水果

咖啡和利口酒

“你觉得怎么样？”她问道，带着之前提到母亲卧室时候的那种疑问而愉悦的语气，“你觉得好吃吗？你觉得够他们吃吗？”

“我觉得非常好吃，很丰盛。”马尔切罗说。

茱莉亚继续说：“香槟酒的话，我们选了意大利香槟……没有法国香槟好喝，但是用来祝酒也可以。”她停了一会儿，然后像往常那样快速转换话题，“你知道唐·拉唐齐神父说什么了吗？如果你想结婚的话就要领圣餐，如果要领圣餐的话就要忏悔……否则不能结婚。”

马尔切罗惊讶了一会儿，不知道该说什么。他不是信徒，也许已经十年没有进过教堂了。而且，他确信自己对于所有与教会相关的东西都怀有一种反感。而此刻，他却惊讶地发现，这个忏悔和圣餐的想法完全没有让他讨厌，甚至让他开心，吸引着他，就好像婚礼宴会对于他产生的那种愉快和吸引一样，包括那些不认识的受邀人，和茱莉亚的婚礼，甚至茱莉亚本人，这个和其他女孩子一样、没有差别的女孩子。他觉得，这是锁链上的另一个圆环，他想依靠这根正常的锁链扎根到这充满险恶的生活流沙当中；而且，铸造成这个圆环所使用的金属比其他圆环更加高贵和坚硬：宗教。他惊讶于自己之前居然没有意识到这一点，把这种遗忘归咎于宗教明显的和平性质，他正是在这种性质的宗教中出生的，而且尽管他没有进行宗教活动，他一直觉得自己就拥有这样的品质。但是，他还是对她说："可是我不是信徒啊。"他好奇茱莉亚会如何回答。

"谁是啊？"她平静地回答。

"你信吗？"

茱莉亚一只手在空中挥舞了一下："就那样吧，一定程度上算吧……我时常对唐·拉唐齐神父说：您不要用你们的那一套来迷惑我……你们这些教士……我既相信，又不相信……或者确切地说，"她带着一些顾忌的口吻说，"可以说我有自己的宗教……和那些牧师不同。"

"拥有自己的宗教是什么意思？"马尔切罗心想。但是经验告诉他，茱莉亚经常不知道自己说的话的意思，所以也就没有追问下去。相反，他说："我的情况是比较彻底的那种……我完全不信，而且没有任何的宗教信仰。"

茱莉亚用手摆出一个开心又无所谓的手势："但对于你有什么损失呢？……去一趟吧……他们挺重视的，对你也没损失。"

"是的，但是我要被迫说谎话。"

"不就是说话嘛……而且有些谎话是出于好心……你知道拉唐齐神父说什么吗？他说就算不相信，有些事情还是要做，就好像自己相信一样……之后就会有信仰了。"

马尔切罗沉默了一会儿，然后说："好吧……我会忏悔和接受圣餐礼。"他说着，心中又一次感受到了刚才那张客人名单带给他的隐约的欢愉。"那么，"他继续说，"我会去唐·拉唐齐神父那里忏悔的。"

"又不是一定要去他那里，"茱莉亚说，"你可以去找任何人忏悔，在任何一个教堂里。"

"那圣餐礼呢？"

"我们结婚当天唐·拉唐齐神父会授予你圣餐……我们俩一起……你有多久没有忏悔了？"

"这个……我觉得我从第一次接受圣餐礼之后就再也没有忏悔过……八岁的时候，"马尔切罗有些不好意思地说，"之后就再也没有过。"

"你想啊，"茱莉亚开心地叫道，"你得有多少罪需要忏悔啊……"

"如果他们不赦免我的罪呢？"

“他们肯定会赦免你的，”她满怀爱意地回答，一只手抚摩着他的脸，“而且你能有什么罪呢？……你善良、绅士，从来没有伤害过任何人……他们马上就会宽恕你的。”

“结婚可真麻烦。”马尔切罗随口说。

“而我却很喜欢这些麻烦，这些准备工作……毕竟我们要在一起一辈子呢，不是吗？……哦，对了，关于新婚旅行，我们怎么决定？”

听到这话，在对茱莉亚一直怀有的理智和宠溺之上，马尔切罗第一次对她有了一种怜悯。他明白还来得及取消决定，不去巴黎执行任务，而是去别的地方度蜜月。然后去部里说自己拒绝这个任务。但同时他也意识到这是不可能的。这个任务可能是他走向最终正常状态的最坚定、最有可能、最有决定性的一步；和茱莉亚的婚礼、婚礼宴会、宗教仪式、忏悔、圣餐礼，这些也都是为了相同的方向，但是在他看来重要性却远不及这个任务。

他不再去想太多，这个想法说到底是黑暗和阴险的，这一点他并不是不知道，他快速地回答说：“我想来想去，觉得咱们可以去巴黎。”

茱莉亚高兴坏了，拍着手说：“啊，太好了……巴黎……我的梦想！”她抱住他的脖子，猛烈地亲吻着他，“你知道我有多开心吗……但是我之前没和你说我很想去巴黎……我担心费用太高了。”

“跟去其他的地方花费差不多，”马尔切罗说，“你不用担心钱的问题了……这一次，咱们肯定有钱的。”

茱莉亚欣喜若狂。“我真是太高兴了。”她重复说。她用力抱住马尔切罗，小声对他说：“你爱我吗？为什么不吻我？”就这样，马尔切罗的脖子又一次被未婚妻的胳膊搂住，嘴巴再次被未婚妻的嘴巴贴住。这一次亲吻的炙热程度由于茱莉亚的感激之情而翻倍。茱莉亚呻吟着，扭动着整个身体。马尔切罗心慌意乱，心想：“现在如果我想的话，我可以就在这里得到她，就在这沙发上。”他似乎再一次感觉到了他称之为“正常状态”的脆弱性。最后他们彼此分开了，马尔切罗笑着说：“还好我们马上就要结婚了……否则我真担心这几天我们就会成为情人。”

茱莉亚耸耸肩膀，她的脸依然保持着刚才亲吻时的红热，用她那种天真而热切的语气回答：“我太爱你了……求之不得呢。”

“真的吗？”马尔切罗问道。

“马上就可以，”她大胆地说，“就在这里，此时此刻……”她抓住马尔切罗的一只手，缓缓地亲吻着，清澈而激动的双眼注视着他。这时候门开了，茱莉亚把身体缩了回来。茱莉亚的母亲走了进来。

马尔切罗看着她走过来，心中想，这个女人，也是他为了找回自己的“正常状态”而引入生活中的人物之一。在他和这个多愁善感、总是带着过度温柔的女人之间不可能有任何相似之处和联系，除了他自己稳固、深深地和这个已经确立起来的、坚固的人类社会建立联系的愿望之外。茱莉亚的母亲，德丽亚·吉纳米太太，是一个很胖的女人。她身上的衰老体现在两个方面，包括肉体方面的也有精神方面的退化，肉体的退化表现在那一身颤颤巍巍、没有骨头的肥肉上；而精神上则体现在她变得越来越脆弱，越来越被自己的生理感受所影响。她每走一步，就感觉紧绷的衣服下面那臃肿身体的每一部分都快要散开了，每一部分都有它们自己想去的地方；每一件鸡毛蒜皮的小事都会引起她的激动情绪，让她没有办法控制自己，那双水汪汪的蓝眼睛迅速充满泪水，双手握在一起摆出一副心驰神往的样子。而且这几天，由于她独生女儿婚礼的临近，德丽亚太太几乎陷入了一种永恒的激动不已的状态：她总是在哭泣，用她自己的话解释，这是出于欣慰；每一时刻她都觉得有必要拥抱茱莉亚或者自己未来的女婿，用她的话说，她像爱自己儿子一样疼爱这个女婿。这种迸发出来的热烈情感让马尔切罗感到很不自在，但是他认为，这些就是他试图融入的生活的一个层面；所以他能够忍受，而且赞赏这些表现，他内心有些阴郁的愉悦感受，就同那些屋子里丑陋的家具、茱莉亚的话语、婚礼祝词、拉唐齐神父的仪式给他带来的感受一样。

但这一次，德丽亚太太却没有那么热情温柔，而是很气愤。她手中挥舞着一张纸，马尔切罗看见她，起身致意，德丽亚太太和他打过招呼之后说：

“一封匿名信……但咱们首先得去那边了……都准备好了。”

“匿名信？”茱莉亚叫道，跑到了她的母亲身后。

“是的，一封匿名信……这些人可真讨厌。”

马尔切罗也走进了饭厅，他试着用手帕挡住自己的脸。匿名信的事情让他感到有些慌张，他不想让两个女人看出来。听到茱莉亚的母亲喊“一封匿名信”的时候，他马上想道：“有人写了关于利诺的事情。”他觉得只能是这一件事情了。想到这儿，血液几乎从他脸上流走，他几乎不能呼吸，一种惊慌失措的，同时又是羞耻和恐惧的感觉向他袭来。这种感觉无法解释、出乎意料而又来得迅速，他只有在年少的时候才有过这样的感觉，那时对于利诺的记忆还十分清晰。这种感觉比他要强大；他一瞬间失去了所有的自控能力，就好像被挤进了一个恐慌人群当中，警察要拉起警戒线才能控制住他们。他都快把自己的嘴唇咬出血了，他朝餐桌走去。当他在图书馆寻找那个犯罪消息的时候，他确信这个早先的伤口已经完全愈合了，现在看来他完全错了：伤口非但没有愈合，而且比他想象的要深很多。幸亏他餐桌的位置是逆光的背对着窗户。他安静地、僵硬地坐在主座上，右边是茱莉亚，左边是吉纳米太太。

此时那封匿名信就放在桌布上，茱莉亚母亲的餐盘旁边。这时候那个小女仆走了进来，两只手托着一个盛满面条的托盘。马尔切罗把一把很大的餐叉戳进那堆红红的、油腻的面条里面，挑起不多的面条盛到自己的盘子里。两个女人马上抗议道：“太少了……你想节食吗……再盛一点。”吉纳米太太接着说：“您要工作的，必须多吃点。”茱莉亚甚至直接从托盘里挑起面条放到未婚夫的盘子里。“我不饿。”马尔切罗说，他觉得自己的声音完全熄灭，充满焦虑。“吃起来，胃口也就来了。”茱莉亚一边吃一边强调说。女仆拿着几乎已经空了的托盘走了出去；母亲马上说：“我是不想给你看这封信的……我觉得不值得……但是，咱们究竟生活在怎样的一个世界里啊……”

马尔切罗没有说话，低头看着盘子，嘴里塞满面条。直到这个时候他还在担心这封信是关于利诺的，尽管头脑的理性告诉他这是不可能的。这是一种无法抑制的恐惧，超过任何理性的思考。茱莉亚问道："但不管怎样，能知道里面写了什么吗？"

母亲回答说："但是，首先我要告诉马尔切罗，对于我来说，就算是信上写的事情再坏上一千倍，他必须清楚，我对他的爱是不会改变的……马尔切罗，对于我来说，您就是我的儿子，您知道，一位母亲对于自己儿子的爱超过任何的谣言中伤。"她的眼睛突然满含泪水；她重复说："您就是我的儿子。"接着她拉过马尔切罗的手把它放在心口，说道："亲爱的马尔切罗。"马尔切罗既不知道该怎么做，也不知道该说什么，所以他就一动不动、安静地坐着，等待着她的这阵激动过去。吉纳米太太用温柔的眼神看着他，继续说："您要原谅像我这样的老女人，马尔切罗。"

"妈妈，这太荒谬了，您才不老呢！"茱莉亚对于母亲的这种激动已经司空见惯了，不会把它当回事，也不会感到任何惊讶。

"不，我已经老了，活不了几年了。"德丽亚太太回应道。这种关于即将死去的话题，是她最喜欢的话题之一，也许是因为这个话题除了能让自己感动之外，还能感动别人。"我很快会死去，所以我很高兴能把自己的女儿交给像您这样的一个好男人，马尔切罗。"

由于自己的手被拉过去按在德丽亚太太的心口，马尔切罗此时被迫处在一个很不舒服的位置，就在那些面条上面，任何一个不耐烦的举动都逃不过这个老女人的注意；但这个女人却把这种不耐烦的动作看作对于她过度赞扬的一种抗议。“是的，”她肯定地说，“您是善良的……那么的善良……有时候我会和茱莉亚说：你真幸运能找到这么善良的年轻人……我很清楚，马尔切罗，在如今善良已经过时了……但是您让一个比您岁数大很多的人说：世界上最重要的就是善良……而您，幸运的是，您是如此如此如此的善良。”

马尔切罗皱皱眉，没说什么。“您让他吃饭吧，可怜的人，”茱莉亚喊道，“您没看见酱汁都弄到他袖子上了吗？”

吉纳米太太松开了马尔切罗的手，拿起那封信说：“这是打字机打出来的一封信……上面是罗马的邮戳……如果是您办公室的某一位同事写的，我丝毫不会惊讶。”

“妈妈，到底能不能知道信里写了什么？”

“给你，”母亲把信递给女儿，“你看吧……但是别大声读出来……我不喜欢听到这些乱七八糟的事情……你看完之后给马尔切罗。”

未婚妻开始看那封信，马尔切罗不安地看着她。看完后未婚妻轻蔑地撇撇嘴，说：“真是讨厌。”她把信递给马尔切罗。这封信是用打字机在牛皮纸上打出来的，上面只有寥寥几行字，墨迹都有些褪去了。“夫人，若您允许您的女儿嫁给克莱里齐的话，那您犯的将远远不只是一个错误，而是一桩罪行。克莱里齐的父亲已经被关进疯人院多年，因为他患有梅毒引起的精神错乱，您知道这种病是有遗传性质的。您还来得及阻止这场婚礼。一位朋友。”

“这就是全部了。”马尔切罗几乎有些失望地想。他觉得自己的失望要大于自己的安心：他本来甚至希望有某个人能够知晓那个他童年时的悲剧，这样就能够让他从这种重负当中得到部分解脱。但是信中有一句话却让他震惊：“您知道这种病是有遗传性质的。”他很清楚父亲的精神错乱并非起源于梅毒，不存在任何他会像父亲一样在某一天发疯的风险。但是这句满含恶意和威胁的话，在他看来似乎在影射另外一种疯狂，而这种疯狂确实有遗传的可能。这种想法只是在他脑中一闪而过，很快就消失了。他把信还给茱莉亚的母亲，平静地说：“上面没有一个字是真的。”

“我当然知道都是假的。”这个善良的女人几乎有些生气了。过一会儿她接着说：“我只知道我的女儿嫁给了一个善良、聪慧、诚实、严肃的人……还是个帅小伙。”她有些俏皮地总结说。

“尤其是一个帅小伙：你完全可以大声点说嘛，”茱莉亚肯定道，“正因如此，写这封信的人才会说他有什么缺陷……看到他长得这么好看，觉得不可能有这么完美的人……一群蠢货。”

“如果他们知道，”马尔切罗禁不住想，“我以前差点儿就和一个男人有了恋爱关系，还把他杀了，她们会说什么。”他意识到在这封信带给他的恐慌过去之后，他又恢复了一直以来的冷漠、阴郁、沉思。“很可能，”他看着未婚妻和吉纳米太太想道，“她们的反应也会不冷不热的……正常人都是皮糙肉厚的。”他觉得自己又一次羡慕起这两个女人，羡慕她们的“皮糙肉厚”。

他突然说道：“我今天必须去看看我的父亲了。”

“你和你的母亲一起去吗？”

“是的。”

面已经被吃完了，矮小的女仆又一次走进来，撤掉了盘子，然后把一个盛满肉和蔬菜的托盘放在桌上。女仆刚出去，母亲就重新拿起那封信，一边看着信一边说：“我真想知道到底是谁写的这封信。”

“妈妈，”茱莉亚突然带着过分严肃的语气说，“你把信再给我看看。”

她把信拿过来，仔细看着信封，接着她从信封中拿出那张牛皮纸，皱着眉头仔细看着，最后很生气地大声喊道：“我很清楚是谁写的这封信……肯定不会错的……啊，真是卑鄙。”

“是谁？”

“一个可怜虫。”茱莉亚垂眼看着桌子回答。

马尔切罗没有说话。茱莉亚在一家律师事务所里做秘书，他想，这封信很可能是某个助手写的。母亲说：“肯定是哪个嫉妒鬼干的……马尔切罗在三十岁的年纪就得到了那些男人一直渴望的地位。”

马尔切罗虽然对此没有丝毫好奇，但是出于形式，他还是问未婚妻：“如果你知道是谁写的，为什么不说出来呢？”

“我不能说，”她现在的神情已经不再是愤怒，而是充满顾虑，“但是我告诉你，他就是个可怜虫。”她把信还给母亲，然后从女仆端上来的盘子里盛东西吃。一时间三个人都没有说话。接着，母亲再一次用真诚的、难以置信的语气说：“但我还是无法相信会有这么坏的人，写这样一封信去诋毁一个像马尔切罗这样的男人。”

“妈妈，又不是所有人都像我们俩这样爱他。”茱莉亚说。

“到底是谁？”母亲突然加重语气询问道，“谁会这样不喜欢我们的马尔切罗？”

“你知道妈妈怎么说你吗？”茱莉亚此刻似乎又恢复了之前的快活和思想跳跃，“她说你不是一个男人，而是一个天使……没准儿这几天，你不会从大门走进来，而是会飞着从窗户进来。”她忍住没笑，接着说：“当你去忏悔的时候，牧师知道你是一个天使的话，一定会很开心的……又不是每天都能够听到天使做忏悔的。”

“看，你又像平时那样开起我的玩笑了，”母亲说，“但是我可没有一点夸张……马尔切罗，对于我来说，你就是一个天使。”她看着马尔切罗，目光中充满了浓烈的甜蜜和温柔，接着马尔切罗清楚地看到，泪水又一次充满了她的眼睛。她停了一会儿接着说：“我一生当中仅仅认识一个像马尔切罗这样好的人……那就是你的父亲，茱莉亚。”

茱莉亚这一回变得严肃起来，好像要去适应这个话题一样，她低下头看着自己的盘子。此时，母亲的表情逐渐发生变化：泪水从眼眶喷涌而出，蓬乱的头发中间的那张臃肿、松弛的脸由于过度的悲怆而变得扭曲，一时间似乎脸上的色彩和线条都混杂在了一起，又彼此抹去，就好像是透过雨水冲刷的玻璃看到的景象那样。她急忙拿起手帕，一边擦着眼睛一边结结巴巴地说：“一个真正的好男人……一个真正的天使……我们在一起是那么的幸福，一家三口……可现在他却死了，不在了……马尔切罗让我想起了你的父亲，他的善良，就是因为这一点我才那么爱他……当我想到这样的一个好男人已经死了的时候，我的心都碎了。”最后几句话都被堵在了手帕里。茱莉亚平静地说：“吃饭吧，妈妈。”

“不，不，我不饿，”母亲抽泣着说，“请你们原谅我……你们是幸福的，幸福不应该被一个老女人的悲伤所影响。”她猛地站起来，走到门口，出去了。

“你想想看，都已经六年了，”茱莉亚盯着门口说，“就好像一直都是第一天一样。”

马尔切罗没有说话。他点了一支香烟，低头抽着烟。茱莉亚握住马尔切罗的手。“你在想什么？”她几乎乞求般问道。

茱莉亚经常会问他在想什么，很好奇，有时候他脸上严肃和捉摸不透的表情还会让她警觉起来。马尔切罗回答说：“我在想你的母亲……她的赞赏让我很不好意思……她不怎么了解我，不能说我是个好人。”

茱莉亚抓紧他的手说：“她又不是恭维你……你不在的时候她也常常跟我夸奖你，马尔切罗真是不错啊。”

“但她是怎么知道的呢？”

“能看出来的。”她站起来，走到他身边，圆圆的臀部靠着他的肩膀，一只手搓揉着他的头发，“为什么问这些？你不想让别人觉得你是个好人吗？”

“我不是这个意思，”马尔切罗回答说，“我是想说，也许这并不是真的。”

她摇摇头：“你的缺点就是太谦虚了……你瞧，我和妈妈不一样，她希望所有的人都是好人……但是对于我来说，有好人，也有坏人……但你是我生命中遇到的最好的人之一……我这么说并不是因为咱俩订婚了，也不是因为我深爱着你……我这么说是因为事实如此。”

“但是，这种好体现在哪里呢？”

“我不是跟你说了吗，是能看出来的……为什么会说一个女人很漂亮……因为人们能够看到她长得漂亮……一样的，别人能够看出来你的好。”

“可能吧。”马尔切罗低下头说。这两个女人确信他是个好人，这对于他来说也不是什么新闻，但却让他深感不安。这种好到底体现在哪里呢？而且他真的是一个好人吗？茱莉亚和她母亲所谓的好，难道就是他的不正常状态？就是他和正常生活的格格不入？正常人都是不好的，他继续想，因为正常状态是有代价的，不管你有没有意识到，代价昂贵，这种代价就是各种同流合污，都不是好事：麻木不仁、愚蠢至极、胆小怕事，甚至犯下罪行。茱莉亚的声音把他从思考中拉了回来：“对了，你知道吗，衣服已经送来了……我要拿给你看看……在这儿等我……”

她冲出门去，马尔切罗从座位上站起来，走到窗边，打开窗户。窗户对着马路，或者确切地说，由于这是最高的一层，所以窗户是在大楼的房檐上面的，房檐很大，下面的东西是看不到的。但隔空却能够看到对面楼展开的顶楼公寓：一排打开的窗户，透过窗户能够看到屋子里面的东西。那个公寓和茱莉亚的差不多：一间卧室，看上去床还没有收拾；一间“不错”的客厅，同样是冒牌的深色家具；一个餐厅，此时能够看到餐桌边围坐着三个人：两个男人一个女人。对面的这些房间离他很近，因为这条马路不是很宽，实际上，马尔切罗都能够清晰地看到餐厅里的三位用餐者：一个矮胖的、上了年纪的男人，一头白发；一个年轻一点的男人，瘦瘦的，棕色头发；还有一个金发女人，很成熟，体态丰满。他们在安静地吃饭，那张餐桌和刚刚他坐着吃饭时的那张相似，头顶的吊灯也和他现在所在的房间里的差不多。尽管他们距离他这么近，感觉几乎都可以听到他们的说话声了，但可能是因为突出的房檐形成的距离感吧，他觉得这三个人距离他非常远，简直遥不可及。他不禁想到，那些房间就是他心心念念的“正常状态”：他能够看见这些房间，只要提高声音他就可以和那三个吃饭的人说话，尽管如此，他依旧是置身于外，无论是从物质层面来说，还是精神层面。然而对于茱莉亚来说，这种距离感和极端感是不存在的，对于她来说，这些是纯粹的物理层面的东西，她置身于这些房间当中，一直都是，如果他让她仔细观察一下的话，她会轻描淡写地提供出关于住在里面的人的信息，就像她刚刚介绍婚礼宴会受邀人的时候一样。这种轻描淡写表现的不仅仅是一种熟悉，甚至是一种漫不经心。实际上，她不会给这种“正常状态”起什么名字，以便完全融入其中，就好像如果那些动物会说话的话，它们也不会给这个大自然起什么名字，而它们却是完完全全、毫无保留地融入其中的。但他就是置身于外，这种正常对于他来说之所以被起一个叫作“正常状态”的名字，正是因为他是被排除在外的，这种状态是作为自己不正常状态的对立面来感受到的。为了像茱莉亚一样，要么是生来如此，要么……

他背后的房门被打开了，他转过身。茱莉亚站在他前面，身上穿着白色的婚纱，双手提着头上垂下来的厚重的面纱，以便让他观看。她兴奋地说道：“好看吗？……你快看看。”她手上依旧托着面纱，在桌子和窗户中间的空地转起圈来，好让未婚夫能够从各个角度看清婚纱。马尔切罗心想，这件婚纱和所有的其他新娘穿的完全相似；但是茱莉亚还是对于这件如此寻常的婚纱感到满意，和在她之前成千上万的其他女人对此感到满意一样，这一点倒是让马尔切罗很高兴。茱莉亚身材丰满、浑圆，婚纱的白色丝绸紧紧地裹住她的身体，凸显出她的线条；她突然走到马尔切罗身边，放开双手让面纱垂下，把脸凑过去说：“现在，亲吻我吧……但是别用手碰我，不然衣服就弄皱了。”此时茱莉亚转身背对着窗户，和马尔切罗面对面站着。正当他俯下身子用嘴唇轻吻茱莉亚的嘴唇时，他看到对面顶楼的饭厅里，那个满头白发的老人站了起来，走出去；随后，另外两个人，那个瘦瘦的棕色头发的青年和那个金发女人，他们也一起站起来，几乎是不由自主地亲吻在一起。看到这个景象，马尔切罗很高兴，不管怎样，他所做的事情和另外那两个人是一样的，而就在刚才他还感觉自己和他们之间有着难以逾越的距离。这时候茱莉亚不耐烦地大叫道："让婚纱见鬼去吧！"她依然贴着马尔切罗的身体，同时伸出一只手关上了窗户。接着她一下将整个身体扑到马尔切罗身上，双臂紧紧搂住他的脖子。虽然隔着面纱，但是他们依旧在黑暗中亲吻着，当未婚妻抱紧他，紧贴着他的身子呻吟、亲吻的时候，马尔切罗又一次想到她的行动都是出于她的天真，没有觉得在这个拥抱和婚纱之间存在丝毫的矛盾：这又一次证明了，正常的人是可以凭借这种正常状态拥有最大限度的自由的。最后他们彼此分开，茱莉亚喘着粗气小声说："我们不用着急……再过几天，我们即使在街上也可以亲吻了。"

"我得走了。"他一边用手帕擦着嘴一边说。

"我送你。"

他们摸索着走出餐厅，来到衣帽间。"我们晚上见，晚饭后。"茱莉亚说。她含情脉脉，依依不舍，站在门口，身子斜靠在门框上看着他。由于之前的亲吻，面纱已经在她的头上移动了位置，歪垂在一边。马尔切罗走到她身边，把头纱摆正，对她说："这样就好了。"这时从下面一层的楼道中传来人说话的低语声。茱莉亚难为情地退了回去，用指尖给了他一个飞吻，然后迅速地关上了门。

三

要去做忏悔这件事一直困扰着马尔切罗。他不是信徒，一方面，他从不参加任何宗教仪式；另一方面，他自身也没什么皈依宗教的倾向。不过，他还是很乐意考虑按照唐·拉唐齐的要求去做忏悔，毕竟遵循这一惯例绝对能让他变得像正常人，只要这个忏悔不涉及那两件在他看来出于不同原因而无法坦白的事情：童年的那出悲剧，还有他在巴黎要执行的任务。冥冥中他觉得两件事情有着微妙的联系，虽然很难说清这种联系从何而来。另外他意识到，在众多准则中，自己并没有选择禁止杀戮的基督教；恰恰相反，他选择了现实的政治规则，而这套规则并不反对鲜血和牺牲。总而言之，他隐约觉得那位嘴上被蹭上女人的口红、身材肥胖的部长，以及他那个玩世不恭的秘书，还有秘密行动处里他的那些上级，他们有让自己融入常人之中的能力。这并不是马尔切罗通过思考得出的结论，而是凭直觉隐约感受到的；他的忧郁与日俱增，好比一个人只看到唯一一条出路，其他路都被封死了，而这唯一的出路他却并不喜欢。

但他必须做出决定，他登上开往圣母玛利亚·马焦雷教堂的电车时想到，自己不得不做个选择：要么根据教会准则做个彻底的忏悔；要么仅仅为了取悦茱莉亚，但在忏悔时有所隐瞒。尽管他既不遵从教规也不是信徒，他还是倾向于第一种选择。即便告解无法改变自己的命运，他希望这至少能让自己再次遵从内心。电车行驶期间，他仍在反复思考这个问题，带着一贯的正经和些许的死板。就利诺的事情而言，他还是比较平静的：他知道自己会把事件经过一五一十地告诉神父，而神父在照例的审视和劝解之后，一定会宽恕他。但是对于他自己，在已经知道会涉及欺诈、背叛甚至杀人的任务时，情况就全然不同了。就这次任务而言，关键不在于是否获得认同，而在于是否要谈论它。谈论它就意味着为了一种准则而放弃另一种准则；意味着将某个迄今为止他觉得毫不相关的东西交给基督教去审判；意味着违背了沉默和保密的义务；总之，他为了回归正常状态而努力打造出了一座楼阁，而这次忏悔将给这座楼阁打上问号。但这仍旧值得一试，因为他认为一旦通过了这次检验，这个楼阁的牢靠就能再一次得到印证。

然而他意识到，在考虑这些选项的时候他并没有多余的情绪，倒像个旁观者一样，内心冷漠且无动于衷。他也不知道这是怎么回事，仿佛自己已经做出了选择，而那些即将发生的事情都已经被预料到了。他的思绪并没有被过多的疑惑所干扰，以至于在进入教堂的时候——教堂被阴影、寂静笼罩，在经受过街上的烈日灼烤和喧闹嘈杂之后，他的身体感受到凉爽，心情也得到抚慰——他连忏悔这件事情都忘记了，开始在那空旷的地板上游荡，从一个过道到另一个走道，就像一个闲逛的游客一样。在这个充满变化的纷杂的世界里，他觉得教堂能够给予人安全感。因此他一直很喜欢教堂，它不是什么随随便便的建筑，在教堂里他为自己一直追寻的东西找到了宏伟而灿烂的表达：命令、规范和规则。他甚至经常走进罗马大大小小的教堂，坐在长椅上，不做任何祈祷，而是想一些他觉得自己只有在不同于现实的条件下才会做的事。教堂里吸引他的不是神父们提出的，而他又无法接受的解决方案，而是一种他不得不欣赏和钦佩的结果。他喜欢所有的教堂，它们越是气势磅礴、宏伟壮丽，简言之，越是世俗，他就越喜欢它们：在宗教已经幻化为一种庄严而有序的世俗之物的教堂里，他能大致辨认出从一种纯粹的宗教信仰转入一个成人社会的过渡点，而这个成人社会若是没有那遥远的信仰做支撑，根本就不可能存在。

这个时间教堂里还是空无一人。马尔切罗一直走到祭坛下面，然后来到右殿的一根柱子旁，他顺着地板一眼望去，试着忽略自己的身高，将视线与地面平行：这片地面是多么宽广啊，这样一眼望去，他感觉自己就是置身其中的一只小蚂蚁；几乎就是一片平原，给人一种眩晕的感觉。然后他抬高视线，跟随着那些巨大大理石柱凸面上反射的微光，从一根柱子到另一根柱子，一直看到入口的大门那里。就在这个时候，有人进来了，掀开帘子，一丝耀眼的白光透了进来：站在门口的这位信徒的身影在教堂深处显得多么渺小啊。马尔切罗走到祭坛的后面，看着后殿的那些马赛克壁画。处在四位圣人中间的基督的形象吸引了他的目光：他想，用这种方式作画的人，肯定对于何为正常、何为不正常没有任何疑问。他低下头，朝着右殿里的忏悔室缓缓走去。他心想，现在去痛惜自己没有出生在另一个时代和另一种条件当中已经无济于事了：他之所以是这个样子，正是因为他的时代和他所处的社会条件跟这座教堂建立时的时代和条件不同了；他的一切责任都在于要意识到这个现实。

他走到忏悔室旁边，这是一个巨大的、和这座主教堂相称的忏悔室，由深色的木材雕刻而成。他碰巧看到坐在里面的神父把小帘子拉上，挡住自己不被看见，但他没有看清神父的脸。出于习惯，在跪下来之前，他先是把膝盖上的裤子提了提，以免弄皱；接着他低声说："我想忏悔。"

从另外一边传来了神父的声音，语调柔和温顺，却坦诚而果断，这个声音告诉他可以马上忏悔。这个声音很有节奏，低沉浑厚，是一个成年男人的声音，带着浓重的南方口音。马尔切罗心中出现了一个自己不愿意接受的神父形象，长满黑胡子的脸，浓浓的眉毛，肥大的鼻子，耳朵和鼻孔里长满了汗毛。他觉得构成这个人的材料和建成这个巨大、沉重的忏悔室的材料是一样的，没有任何的疑惑，也没有任何的细致可言。神父不出所料地问他有多久没有来忏悔了，他回答说自己从来没有忏悔过，除了在小时候，而现在来忏悔是因为要结婚。在一阵沉默之后，从窗口的另一边再次传来神父依旧是漠不关心的声音："你做得太糟了，我的孩子……你几岁了？”

“三十岁。”马尔切罗说。

“你在罪过中生活了三十年。”神父说，那语气就好像是会计看到账目亏空之后所用的语气。过了一会儿他继续说：“这三十年你就像牲口一样生活，而不是一个人。”

马尔切罗咬着嘴唇。现在他感觉，神父都没有仔细地了解他，却已经用如此坚决而又亲切的方式表达了自己有足够的权威去判定他，这让他觉得无法接受，而且很是气愤。并非因为他不喜欢这位神父——他很可能是一个优秀的神职人员，在他的工作地点谨慎地履行着自己宽恕别人的职责；也不是因为他不喜欢这个地方或者仪式；和在部里的时候相反，他觉得那个地方的一切他都不喜欢，但那里的权威却好像是明显而不容置疑的，而在这里，他感觉到一种要反抗的本能。但是他还是努力地控制说：

“我犯了所有的罪……甚至包括最严重的罪。”

“所有的？”

他心想：我现在就和他说我杀过人，我想看看这样会有什么后果。他犹豫了一下，身体稍微动了一下，然后用清晰、坚定的声音宣布说：“是的，所有的罪，我甚至还杀过人。”

神父立刻感叹起来，但是没有愤怒或者惊讶：“你杀了人，然后还不觉得有必要来忏悔。”

马尔切罗心想，这正是神父应该说的话：没有恐惧，也没有惊讶，有的只是对于他没有及时就这么严重的罪过进行忏悔，而从职责上感到的愤怒。对此，他很感谢这位神父，就好像如果是一位警官听到他的这些忏悔，不加评论而直接把他逮捕，他同样会感激这位警官一样。他想，所有的人都要扮演好自己的角色，只有这样这个世界才能一直运转下去。但是与此同时，他再一次感觉到，在揭露自己的悲剧时他没有任何特别的感受；而就在不久前，当茱莉亚的母亲说接到一封匿名信的时候，他还感觉到深深的不安，现在却是如此的冷漠，这种反差让他惊讶。他用冷静的声音说："我在十三岁的时候杀了人……那是出于自卫而不是想要杀人……"

"你说说事情的经过吧。"

他稍微动了一下跪疼了的膝盖，然后开始说："有一天早上，在学校门口，一个男人找了个理由靠近我……我当时非常想有一把手枪……不是那种玩具枪而是真的手枪……他答应我会给我一把，这个许诺让我上了他的汽车……他是一个司机，给一个外国女人开车，这台汽车一整天都归他使用，因为车的主人去国外旅游了……我当时真的是天真无知，当他跟我提出一些建议的时候，我甚至都不知道这些建议指的是什么。"

"什么建议？"

"关于爱的建议，"马尔切罗简略地回答，"我不知道什么是爱，不管是那种正常的还是不正常的，我都不知道……不管怎样，我上了车，他把我带到了那个女主人的别墅。"

"在那里发生了什么？"

"没什么，或者说几乎没发生什么……他先是想要干什么，然后后悔了，他让我发誓，从那时候开始再也不要理他，就算他再次邀请我上车也不要管他。”

“你说‘几乎没发生什么’是什么意思……他亲了你吗？”

“没有，”马尔切罗有些惊讶地说，“他只是搂住了我的腰，搂了一会儿，就在走廊里。”

“你接着说。”

“但是他已经预料到了，他不会忘记我的……果然，第二天他又在学校门口等我了……这一次他还是和我说会给我一把手枪，而我非常想要这个东西，我先是让他恳求了我一会儿，然后就同意上车了。”

“你们去哪了？”

“像上次一样，去了别墅，他的房间……”

“那这次，他又是什么样子呢？”

“他完全变了样子，”马尔切罗说，“就好像失去控制一样……他和我说不会给我手枪的，无论是我听话也好，不听话也好，我都必须按照他说的去做……他说这些话的时候手里就拿着手枪……然后他抓住我的一条胳膊，把我甩到了床上，我的头都撞到墙上了……手枪这时候掉在了床上，他跪在我的面前，搂住了我的两条腿……我拿起手枪，从床上站起来，退后几步，他摊开双臂大叫：‘开枪吧，像杀死一条狗一样杀死我……’我就好像听了他的话一样开了枪，他倒在了床上……然后我就逃跑了，什么也不知道了……这是好多年前发生的事了……最近我去翻看当时的报纸，发现那个男人在事发当天晚上就死了，死在了医院里。”

马尔切罗不慌不忙地讲了事情的经过，对于用词和语气他都是仔细斟酌过的。在讲述的时候，他像往常一样没有任何的感觉；除了那种冷冰冰的、空洞的忧伤感，这个感觉是他无论说什么、做什么都会有的。神父对于他讲的事情没有任何的评论，而是立刻追问道：“你确定是把所有的真相都说出来了吗？”

“是的，当然。”马尔切罗吃惊地回答。

“你知道，”神父突然激动起来，继续说，“如果你对于事实或者部分的事实进行隐瞒或者歪曲，那忏悔就是无效的，不仅如此，你还犯了严重的亵渎……我再问你一次，第二次见面，你和那个男人之间到底发生了什么？”

“但是……就是我说的那些啊。”

“你们之间没有发生肉体关系吗？……他没有对你使用暴力？”

听到这里，马尔切罗不禁想到这个罪要比杀人还要重。他肯定地说：“只发生了我刚才说过的那些事情，别无其他。”

“好像是……”神父坚持说，“你之所以杀了那个男人是为了报复他对你做过的事情……”

“他对我绝对什么也没有做。”

接下来是短暂的沉默，他觉得这沉默中充满了被遮掩的对于他所说内容的不信任。“那然后呢，”神父突然问道，以一种意料之外的方式，“你没再和别人发生任何关系？”

“没有……我过去和现在的性生活都是完全正常的。”

“你所说的正常的性生活指的是什么？”

“在这一方面我和其他男人是一样的……我第一次见识女人是在妓院里，在我十七岁的时候……然后一直只和女人发生关系。”

“你管这叫作正常的性生活？”

“是的，怎么了？”

“但这并不正常，”神父得意地说，“这也是罪……他们没跟你说过吗，可怜的孩子……正常的性生活是结婚，然后和自己的妻子为了生儿育女而发生关系。”

“这是我现在准备做的事情。”马尔切罗说。

“很好，但是还不够……你不能带着沾满鲜血的双手靠近祭坛。”

“终于。”马尔切罗不禁在心里想，他一时间都快相信神父已经忽略了这次忏悔的主要话题。他尽可能卑微地说：“您告诉我，我要怎样做。”

“你要悔悟，”神父说，“只有真诚和深刻的悔悟才能赎偿你做的坏事……”

“我已经悔悟了，”马尔切罗思索着说，“如果悔悟的意思是深深地渴望不再做类似的事情，那我肯定已经悔悟了。”他本来想接着说“但这种悔悟是不够的……不可能够”，但是他忍住了。神父紧接着说：“我的义务是告诉你，如果你现在说的都不是真的，那我的宽恕就没有任何价值……你知道如果你欺骗我，你的下场是什么吗？”

“是什么？”

“被罚入地狱。”

神父带着特别满意的语气说出了这句话。马尔切罗在自己的头脑中想象，这句话所能带来的东西，但是什么也没看到，就连那些传统的地狱火焰的景象都没有看到。然而同时，他感到这句话所包含的意思比神父所要说的东西多。他痛苦地打了个冷战，好像明白了无论他悔悟与否，都会被罚入地狱，就连神父也没有能力解救他。“我真的已经悔悟了。”他痛苦地重复说。

“你没有别的要和我说了吗？”

马尔切罗在回答之前沉默了一会儿。现在他意识到，到了说他的任务的时候了，据他所知，这个任务包含着会被审判的行为，或者应该说这些行为已经被基督教教规定罪了。他已经预料到了这个时刻，并且觉得是否能够说出关于这个任务相关的事情，最重要的是取决于自己有没有这个能力，这确实不无道理。他心中带着已经预料到会有的那种既平静又忧郁的感觉，正当他开口准备说话的时候，他突然感觉到一种难以克服的厌恶。这种厌恶并不是道德上的厌弃，也不是羞耻，总之不是任何负罪感；而是某种非常不同的东西，和负罪感毫无关系。就仿佛是一个绝对的禁令，由深深的忠诚和同谋所缔结成的禁令。他不可以谈论任务，这就是全部：内心中的一种意识以权威的方式告知他，而这个意识在之前他向神父宣布说“我杀过人”的时候，还处于一种默不作声、麻木不仁的状态。但是马尔切罗并没有完全信服，他再一次尝试说出这个任务，但是又一次，就像钥匙插入锁孔旋转之后，门锁就会自动锁上一样，这种厌恶的感觉就会立刻把他的舌头封锁住，不让他说话。于是，之前在部里那个可鄙的部长和他的同样可鄙的秘书所代表的权威又一次在他身上体现出了力量，而且这次要明显得多。他感觉，这种神秘的权威如同别的权威一样深深根植于他的灵魂当中，而教会看上去要更加有权威，但还是只能够触及表面。于是他第一次撒谎，说："在结婚之前，我需要把今天和您说的事情告诉我的未婚妻吗？"

"你之前从来没提过吗？"

"没有，这将是第一次。"

"我觉得没有必要，"神父说，"你这样是徒劳无益的，还会让她烦心……会把家庭和谐置于一个危险的境地。"

"您说得对。"马尔切罗说。

接着又是一段沉默。然后神父就好像提出最后一个问题时那样，带着总结的语气说："那么，告诉我，孩子……你是不是参加过，或者现在依然属于什么颠覆性的团体或派别？"

因为没有预料会被问到这个问题，马尔切罗一时哑口无言，有些慌张。他想，很明显，神父提出这个问题是遵循上级的命令，目的是确保信徒们的政治倾向。但是他提出的这个问题很耐人寻味：马尔切罗此刻正在从形式上参加一些仪式，就好像一些外面的节日庆典一样，以便自己能够融入他一直渴望进入的这个社会，而神父此刻正在要求他不要站起来反对这个社会。和这个要求相比，倒不如让他不要反对他自己。他本来想回答："没有，我参加的组织正是要抓这些颠覆分子的。"但是他压住了自己恶作剧式的冲动，只是简单地回答："实话和您说，我是一个国家公职人员。"

这个答案应该让神父很满意，因为稍微停了一会儿之后，神父平静地说：“现在，你要答应我，要祈祷……但不是祈祷几天，或者几个月……或者几年……而是终生都要祈祷……为了你自己的灵魂，同时也为了那个男人的灵魂祈祷……你要让你的妻子和你的儿女们也做祈祷，如果你之后有儿女的话……只有祈祷才能让上帝注意到你，并且让你获得上帝对你的宽恕……你明白了吗？……现在，集中精神，和我一起祈祷。”

马尔切罗机械地低下头，听到从隔栏的另一边传来神父轻柔而急促的声音，他在用拉丁文诵读着祷词。接着用更高的声调，神父依旧是用拉丁文进行了赎罪的程序；马尔切罗从忏悔室走了出来。

但当他从忏悔室门前走过的时候，窗口的小帘子又一次被掀开了，神父示意他不要走。他感到很惊奇，因为看到神父的样子和他之前想象的相差无几：有点发胖，秃头，又圆又大的额头，浓密的眉毛，圆圆的棕色眼睛，眼神严肃但没有智慧，厚厚的嘴巴。一个乡间神父，他想道，一个化缘修士。此时神父默默地把一本小册子递给他，封面是彩色的画像。“谢谢。”马尔切罗看着那本书说道。神父又对他示意一下，仿佛是说“不客气”，然后放下帘子。马尔切罗朝入口大门走去。

在马上要出去的时候，他扫视了一下整个教堂，一排排的柱子，花格平顶式的天花板，空无一人的地面，祭坛，他觉得自己就像是在对他一直渴望的一个世界的古老、残存的样貌道永别，他知道这个世界已经不可能有这样的样貌了。这就像一种在倒计时的幻想；它建立在已经无法回去的往昔当中，而他的脚步正越来越远离这个过去。他掀开门帘，来到外面，沐浴着晴朗天空洒下的强烈阳光，面对着电车铃声嘈杂的广场，看着远处那一排排庸俗无名的大楼和店铺。

四

马尔切罗在他母亲的别墅区下车时，立刻意识到被人远远地跟踪了。他一边继续在空旷的大街上沿着花园的外围墙慢慢走着，一边快速地打量了跟踪者。是一个中等身材的男人，微微发胖，四方脸，表情很诚恳、善良，但是也隐藏着某种阴险和狡猾，就像是那些农民的样子。他穿着一件轻薄的上衣，衣服看上去有些褪色了，颜色介于棕色和紫色之间，一顶接近于灰色的浅色帽子端正地戴在头上，但是帽檐在额头处翘起来，这正好是农民的戴法。如果是赶集的时候在镇子广场上见到这个人，马尔切罗一定会把他当成一个农夫。这个男人应该是和马尔切罗乘坐了同一辆公交车，在同一站下车，此刻在另外一边的人行道上跟踪着他，他没有刻意地掩藏自己，脚步跟随着马尔切罗的步伐，一直盯着他看。但是这种注视的眼神却有些犹豫不定；就好像这个人对于马尔切罗的身份并不确定，在靠近他之前要先仔细观察一下他的相貌。

于是就这样，他们两个人一起，在午后的静谧和闷热中沿着上坡路走着。长矛形状的围栏所环绕的花园里面空无一人；道路两旁的胡椒树用它们浓密的树冠组成了一道绿色的画廊，在这条画廊当中，两个人都没有意识到走了多远。这片空旷和安静终于让马尔切罗心生疑虑，他觉得这是那个跟踪者事先选好的路径，因为这样的条件非常适合恐吓或者袭击。马尔切罗突然间做出决定，他迅速从人行道上走下来，横穿过马路，走向那个男人。“或许您是要找我？”在距离那个人几步远的地方他问道。

那个男人也停下脚步，听到马尔切罗的质问后，他脸上出现了几乎是一种怯生生的表情。“请您原谅，”他低声说，“我跟着您只是因为我们要去同一个地方……否则我不会这样做的……不好意思，您不是克莱里齐先生吗？”

“是的，我就是。”马尔切罗说，“您是哪位？”

“秘密行动处探员，奥兰多，”这个男人说着向他致意，几乎是行了一个军礼，“是鲍蒂诺上校派我来的……他给了我两个地址……一个是您住的公寓，还有一个就是这里……由于我在公寓那边没有找到您，所以我来这里了，碰巧您和我在同一辆公交车上……我来是为了一个紧急事件。”

“您跟我来吧。”马尔切罗朝着母亲住的别墅的栅栏门走去。他从口袋里掏出钥匙，打开围栏门，请那个男人进去。探员听从了他的要求走进去，很尊敬地摘下帽子，露出了滚圆的脑袋，上面是稀疏的黑发，脑壳中间是白白的、圆圆的秃顶，让人们想到了教士削发之后的发型。马尔切罗走在探员前面，带着他朝花园深处走去，那边有一个葡萄架，架子下面有一张桌子和两把铁椅子。虽然走在探员前面，马尔切罗还是禁不住再一次观察这个无人打理、杂草丛生的花园。那条干净的白色鹅卵石路，小时候他曾在上面跑来跑去地玩耍，已经消失很多年了，现在已经被埋进土里，鹅卵石散落四处；林荫道的路径也已经被杂草吞没，只能通过两边的篱笆隐约看出来，这两排爱神木篱笆高矮不齐，断断续续，但总算还能看出来。篱笆两边，一个个花坛也同样被茂盛的田间叶草覆盖了；之前的玫瑰花以及别的花花草草已经被那一团团错杂的粗硬灌木丛取代了。除此之外，树荫下四处散乱丢弃着一堆堆的垃圾，有破纸箱、碎酒瓶，还有其他七八糟的东西，都是些通常会被塞到阁楼里的杂物。他移开视线，怀着极度奇怪又伤心的心情想："他们怎么就不整理一下呢？也花不了多少时间……为什么呢？"再往前，通过小路穿过别墅墙壁和外面的围墙，就是这道覆盖着藤蔓的围墙，他小时候通过这里去找他的邻居罗伯托。他先于探员走到葡萄架下面，坐在了其中一把铁扶手椅上，然后请探员也坐下来。但是探员却恭敬地站在一旁。"马尔切罗先生，"探员急切地说，"事情不多……上校委托我通知您，在去往巴黎的途中，您必须在S市停留一下。"探员提到了一个距离边境不远的城市，"去找加布里奥先生，在格力齐尼街3号。"

"计划有改变。"马尔切罗心想。他知道，在最后关头故意改变对他的安排，这是秘密行动处的特色，目的是分散责任，打乱线索。"格力齐尼街有什么？"他不禁问道，"一个私人公寓？”

“说实话，不是的，先生，”探员说道，脸上浮现出既尴尬又有所暗示的笑容，“那里是一家妓院……老鸨叫恩丽切塔·帕罗蒂……但您要去找加布里奥先生……那里像别的妓院一样，一直开到半夜……但是先生，您最好是一大早就去……那时候没有人……我到时候也会在的。”探员沉默了一会儿，由于他看不懂马尔切罗毫无表情的面孔所表达的意思，他接着不安地说，“这是为了安全起见，先生。”

马尔切罗没有说话，抬起头望向探员，盯着他看了一会儿。现在应该和他告别了，但是他也不知道为什么，可能是那张四方大脸上诚恳和亲切的表情吧，他想再多说几句工作之外的话，以表示自己的好感。他终于随意问道：“您是从何时开始在秘密行动处工作的，奥兰多？”

“从1925年，先生。”

“一直都是在意大利？”

“可以说从来没有在意大利，先生。”探员叹口气说道，显然是想说一些心里话，“唉，先生，真想告诉您我的生活是怎样的，经历过什么……我一直在四处奔波：土耳其、法国、德国、肯尼亚、突尼斯……从来没停过。”他停了一会儿，凝视着马尔切罗，然后用夸张但真诚的语气强调，“一切都是为了家人和祖国，阁下。”

马尔切罗抬起眼睛再一次看着探员，探员直挺挺地站着，手里拿着帽子，几乎是一个立正姿势；然后马尔切罗做了一个告别的手势，说：“那好吧，奥兰多……请您转告上校，我会按照他说的在S市停留。”

“是，阁下。”探员告辞，然后沿着别墅的外墙走远了。

马尔切罗只剩下自己一人，他看着眼前的空旷景象。葡萄架下面很热，阳光穿过美洲葡萄的枝叶，像一枚闪光的金币灼烧着他的脸。上釉的铁桌子，曾经是那么洁白干净，现在则是呈现出肮脏的白色，上面还有黑色的斑斑锈迹。葡萄架外面能够看到一段围墙，那上面就有常春藤覆盖的那个洞孔，他之前就是透过这里和罗伯托来往的。藤蔓还在那里，也许还可以通过它到隔壁的花园去；但是罗伯托和他的家人已经不在隔壁的别墅居住了，现在住在那里的是一个牙医，他在那里接待自己的客户。一只蜥蜴从葡萄藤上爬下来，毫无畏惧地在桌子上爬着。这只蜥蜴很大，是那种最普通的蜥蜴，后背是绿色的，肚子是白色的，贴着泛黄的桌面。蜥蜴迈着颤颤巍巍的小步子快速地爬到马尔切罗旁边，然后停住不动了，它朝着马尔切罗的方向抬起尖尖的脑袋，用那两只黑黑的小眼睛盯着前方。他温柔地看着它，一动不动，生怕吓到它。此时他回想起了自己小时候杀死过蜥蜴，然后为了消除自己心中的内疚，他曾经徒劳地试图从胆小的罗伯托那里寻求同谋和一致。那时候他没能找到任何一个人能够让他减轻自己的负罪感。他只能自己一个人面对蜥蜴的死亡；而正是在这种孤独中，他意识到了犯罪的前兆。但是现在，他想，他不是孤单一人了，以后也不会是。现在即使他犯了罪，只要这些罪行是出于某些目的，那些和他具有相同思想的大批群众就会和他站在一起；

而在意大利以外，同样也会有千百万人和他站在一起。他想，现在他正准备去做的事情要比杀死几只蜥蜴恶劣得多，但是很多人就是站在他身边的，包括奥兰多探员，一个好人、好丈夫、五个孩子的父亲。“为了家人和祖国。”这句尽管天真但能够加重语气的话语，就好像一面色彩明亮的旗帜，在一个阳光灿烂的日子里，在那轻快的危房中飘扬，而此时，军乐队奏响了乐曲，士兵们列队通过；这句话在他耳边回荡，既让人振奋又满怀忧伤，混杂着希望和忧愁。“为了家人和祖国，”他想，“对于奥兰多来说这就足够了……为什么对于我还不够呢？”

他听到从花园入口处传来一阵发动机的声音，立刻站了起来，动作很猛，把蜥蜴都吓跑了。然后他不慌不忙地走出葡萄架，朝花园门口走去。一辆老旧的黑色汽车停在马路上，距离花园依旧敞开的围栏门不远。司机穿着白色制服，上面还有蓝色花边，他正在关围栏门，看到马尔切罗之后停了下来，摘下了帽子。

“阿尔贝里，”马尔切罗用最平静的声音说道，“今天咱们去医院，您没有必要把车再开回车库了。”

“好的，马尔切罗先生。”司机回答道。马尔切罗瞥了司机一眼。阿尔贝里是一个黄褐色皮肤的年轻人，大眼睛，眼仁黑得像煤球，眼白则像瓷器一般又白又亮。他的面貌十分端正，牙齿又白又密，黑黑的头发上精致地擦着发蜡。他个子不高，但是给人感觉体格高大，也许是因为他手脚太小反衬出来的。他和马尔切罗一个年纪，但是看上去更老一些，这也许是因为他身上处处都体现出来的东方式的柔软，随着时间的流逝，这种柔软注定会变成沉甸甸的赘肉。马尔切罗带着深深的厌恶又看了他一眼，阿尔贝里此时关好了围栏门。于是马尔切罗朝别墅走去。

马尔切罗打开那扇落地玻璃门，走进客厅，里面几乎是一团漆黑。空气中弥漫的臭气立刻扑面而来，这里的臭味和其他房间比起来还算轻微，因为在那些房间里他的母亲养了十只哈巴狗，它们在里面跑来跑去，几乎从不往客厅里跑，尽管如此，臭味在这里还是特别明显。他打开窗户，微弱的光线照进客厅，一时间他看见了那些蒙着灰色布套的家具，卷好的、被立放在角落里的地毯，还有那架套着遮布的钢琴，这些遮布用大头针钉在一起。他穿过客厅和餐厅，来到衣帽间，接着又走上楼梯。在楼梯一半的地方，在一级大理石台阶上（地毯已经磨损得太厉害了，早已不知所终，而且没再换新的）有一坨狗屎，他绕开，免得踩上。来到过道，他走到母亲的房间门口，打开房门。他还没来得及完全关上房门，那十只哈巴狗就好像压抑了很久的潮水一般一下扑到他两腿中间，乱叫一气之后便一哄而散，朝着过道和楼梯跑去。他一时手足无措，有些生气，看着它们跑掉了，这些可爱的小狗，有着毛茸茸的尾巴，脸长得有些像猫，而且表情很不开心。接着昏暗的房间里传来了母亲的声音："是你吗，马尔切罗？"

"是的，妈妈，是我……可是这些狗？"

"让它们去吧……可怜的乖乖……它们整个早上都被关在屋子里……就让它们跑出去吧。"

马尔切罗皱起眉头，以示不悦，然后走进屋子。他马上感到屋子里的空气几乎令人无法呼吸：封闭的窗户使得屋子里储存了夜里到现在的各种气味，睡眠的气息、香水味、狗的味道全部混合在一起；已经被太阳晒得灼热的窗板就好像让这些气味发酵、变酸了一样。马尔切罗挺直身子、小心翼翼地走着，好像生怕弄脏了自己或者沾上这些气味，他走到床前，坐在床边，双手放在膝盖上。

此时，他的眼睛渐渐地适应了房间的昏暗，已经能够看到整间卧室的样子了。长长的、发黄的、肮脏的窗帘透出一点点微光，微光中能够看到，在窗户下面排列着许多铝盘子，里面放着狗粮，马尔切罗觉得这些窗帘所用的材料似乎和那些凌乱散落在房间里的内衣的软绵绵的材料是一样的。地板上到处是鞋子和袜子；卫生间门口，在一个几乎是漆黑一团的角落里，可以隐约看见一件粉色的晨衣放在椅子上，像是头一天晚上随手丢在那里的，一半落在地上，一只袖子垂在那里。他冷漠和充满厌弃的眼神从房间落到了母亲躺着的床上。像平时一样，母亲即使看到他进来也不会想到要盖好身体，在床上半裸着身体。她平躺着，两只胳膊抬起来，两只手交叉放在脑袋后面，头靠在床头板上，床头板裹着蓝色的丝绒布，但是已经磨损和发黑了。她就这样安静地盯着马尔切罗。她的头发变成了两个棕色翅膀，凌乱地散落在脸上，近乎是三角形的脸上面容细腻而憔悴，两只眼睛周围是黑黑的、阴沉的眼圈，就好像死人一般。她穿着一件透明的、浅绿色的衬裙，裙摆一直到大腿根部；这又让他觉得眼前的不是一个成熟女人——就像她本应当是的那样——而是一个老化的、干瘦的小女孩。干瘪的胸脯落在一排排耙子一样的肋骨上。尤其让马尔切罗不舒服而又感觉很怜悯的是那两条大腿：干瘦干瘦的，真的就是十二岁小女孩还没长成女人时候的腿。母亲的年纪可以从她皮肤上的一些伤痕和颜色看出来：惨白的颜色，上面凸显着青筋血管，还有莫名而来的瘀青块，有的发青，有的发紫。他想："这是阿尔贝里打的，或者咬的。"但是膝盖往下，她的腿是完美的，脚很小，脚趾收拢。马尔切罗本来不想让他的母亲发现自己心情很糟；但是这一次他没控制住："我和你说过很多次了，不要这样半裸着身体见我。"他恼火地说，没有看她。她很不耐烦，但也并不怨恨，回答说："唉，我儿子可真严厉啊。"她把被子的一角拉上来盖住身子。她的嗓音嘶哑，这也让马尔切罗很不高兴。他记得小时候听到的妈妈的声音是那么甜美清澈，就像是歌声一样：这种嘶哑是源于酒精和过度糟蹋自己。

他停了一会儿说："那咱们今天去医院。"

"去就去吧，"母亲说着立起上半身，伸手在床头板后面找着什么，"尽管我自己感觉那么难受，而对于他来说，可怜的人啊，我们的探望只是无关紧要的。"

"但他终究是你的丈夫，我的父亲。"马尔切罗说道，他双手抱着头，看着下面。

"是的，他当然是。"她说。她此时摸索到了电灯的开关，按了下去。床头柜上亮起了微弱的灯光，正如马尔切罗所料，台灯被一件女士衬衫蒙住了。"尽管如此，"她继续说着，一边从床上坐起来，双脚落在地面上，"我跟你说实话，有时候我真希望他死掉……反正他也感觉不出来……我不想再给医院花钱了……我钱太少了……你想想，”她的语气突然抱怨起来，“你想想，我没准儿都不能再用汽车了。”

“嗯，这有什么不好？”

“这很不好，”她带着孩子般的气愤和调皮厚着脸皮说，“有车子在，我就有理由留住阿尔贝里，我想见就能见到他……以后，这个理由就没有了。”

“妈妈，别和我说你的情人们。”马尔切罗平静地说，一只手的指甲戳在另一只手的掌心里。

“我的情人们……我就只有他一个……如果你可以和我说你的那个小母鸡一样的未婚妻，那我就完全有权利提到他，可怜的宝贝，他可比她可爱多了，聪明多了。”

他的母亲受不了茱莉亚，但奇怪的是，她对于未婚妻的这些羞辱并没有让马尔切罗生气。“是的，没错，”他心想，“她也许真的像一只小母鸡……但是我很喜欢她这个样子。”接着他的语气温和下来：“那你现在可以穿衣服了吧？……如果咱们要去医院的话，现在就该动起来了。”

“好的，马上。”她轻飘飘的，像个影子一样踮着脚穿过卧室，随手从椅子上拿起那件粉色的晨衣披在肩膀上，她打开浴室的门，消失在里面。

母亲刚刚走开，马尔切罗立刻走到窗边，打开窗户。外面的空气很闷热，但却让他觉得非常愉快，就好像他面对的不是闷热的花园，而是一道冰川。他几乎感觉到身后空气在流动，这充满了变质香水和动物恶臭的沉闷空气缓缓地游动着，慢慢地从窗户排出去，消失在外面的空间中，就好像这个恶臭的房子张开大嘴向外面大口地呕吐臭气。他眼睛久久地望着下面，看着围绕着窗户的紫藤树浓密的树冠，然后转头看向房间。房间的杂乱无序和肮脏不堪再一次震惊了他，但是这一次并没有引起他的反感，而是忧伤。他突然间似乎回忆起了母亲年轻时候的样子，心中有了强烈而又痛心的感觉，他想要反抗，反抗那些让母亲从之前的少女变成如今的妇人的那些堕落和腐坏。这种转变的起始阶段肯定是有着某种无法理解、无法挽救的东西；不是年纪，不是激情，同样也不是财政破坏，或者智力缺失，总之不是任何具体的原因；某些他能够感觉到但却无法解释的东西，这个东西似乎已经和那时的生活融合在一起了，甚至一度还是那时候最好的东西，但由于某种莫名的转变，成了致命的弊病。他离开窗口，走到屉柜旁边，上面乱七八糟地摆着各种东西，其中有她母亲年轻时候的照片。看着那张姣好的面容，天真的双眼，妩媚的嘴唇，他不禁惊骇地自问为什么她不再是从前的样子了呢。在自问当中，他对于所有的堕落和腐化的憎恶又再次浮现出来，但这一次作为子女的痛苦和悔恨则让这种憎恶变得更加难以忍受：如果他爱自己的母亲多一点，或者换一种方式，她也许不会堕落到这样无可救药的悲惨境地。想到这些，他意识到自己的眼中含满了泪水，模糊了照片上的画像，他用力地摇摇头。这时候浴室的门开了，母亲穿着那件晨衣出现在浴室门口。她马上用一只胳膊挡住眼睛大叫道：“关上……快把窗户关上……你怎么受得了这样的光线呢。”

马尔切罗赶紧走过去放下窗板；然后走到母亲身边，挽起她的一只手臂，让她坐在床上，坐在自己身旁，然后他温柔地问她：“那你呢，妈妈，你怎么受得了这样的乱七八糟呢？”

她疑惑地盯着他，有些难堪：“我也不知道怎么会这个样子的……每次我要用一个东西，用完之后我都应该把它放回原处……但是，我就是记不住……”

“妈妈，”马尔切罗突然说，“每一个年龄都有讲究体面的做法……妈妈你为什么就放任自己这样下去呢？”

他握住母亲的一只手，而她则用另一只手拿起一个挂着衣服的衣架。一时间，他似乎从母亲那双大大的、孩子般忧伤的双眼中看到了明显的痛苦：实际上母亲的双唇确实轻微地颤抖了一下。接着，突然而来的恼怒的神情驱散了所有的感动。她大叫道：“我的样子和我所做的一切事情，你都不喜欢，这我知道……你忍受不了我的狗，我的衣服，我的习惯……但是我还年轻，亲爱的儿子，我想按照我的方式享受生活……现在，放开我吧，”她猛地抽回自己的手总结道，“不然的话我永远也穿不好衣服了。”

马尔切罗没有说话。母亲走到房间的一个角落里，脱下晨衣，任它掉落在地上，然后打开衣柜，对着衣柜门上的镜子穿上衣服。穿好衣服之后，她显得更加消瘦了，尖尖的胯骨，凹陷的肩膀，干瘪的胸脯。她对着镜子端详了一会儿，用一只手整理了一下头发，然后蹦蹦跳跳地在地板上散落的好多鞋子当中挑出一双穿在脚上。“现在，咱们出发吧。”她说着拿起屉柜上的一只手提包，朝房门走去。

“你不戴帽子吗？”

“为什么？没必要。”

他们走下楼梯。母亲说：“你还从来没和我说过你的婚礼呢。”

“我后天结婚。”

“那你新婚旅行去哪里？”

“巴黎。”

“传统的新婚旅行。”母亲说。走到衣帽间之后她朝厨房走去，并且告诉厨娘说：“玛蒂尔德……拜托，要记得……天黑之前，把那些狗叫回家里。”

他们出门来到了花园里。那辆黑色汽车停在那里，在树丛的后面，进门的大道上。母亲说：“那么就这样决定了，你不想和我在这住吗……尽管我不喜欢你的妻子，但我还是愿意做出这个牺牲的……而且这里地方很大。”

“不了，妈妈。”马尔切罗回答说。

“你更想住在你岳母那里，”她轻轻地说，“在那间可怕的公寓里面：四个房间，一个厨房。”她弯腰想要摘一簇小草；但她这样做的时候身体摇晃了一下，要不是马尔切罗早有准备，迅速地抓住她的胳膊扶住她的话，她肯定就摔倒了。他的手指在那条胳膊上感觉到稀少、松弛的皮肉在骨头上面活动着，就好像木棍上裹着的破布条，此时他又一次可怜起母亲来。阿尔贝里一手打开车门，一手拿着帽子，他们钻进汽车。然后阿尔贝里坐到自己的位置上，把车子开出围栏。当阿尔贝里下车去关上隔栏门的时候，马尔切罗利用这个机会对母亲说："我很愿意搬过来和你一起住……如果你能解雇阿尔贝里，好好安排好自己的生活……并且停止那些注射的话。"

她斜睨了一眼马尔切罗，眼神的含义令人捉摸不透。但她尖尖的鼻子却抖了一下，最后从她干燥的小嘴巴里露出了惨淡、慌张的微笑："你知道医生怎么说的吗？……他说没准儿我有一天会死。"

"那你为什么不停止呢？"

"可你告诉我，我为什么要停止。"

阿尔贝里重新回到车上，把墨镜戴到鼻子上。母亲身体前倾，一只手放在他肩膀上。这是一只消瘦到几乎透明的手，紧绷的皮肤下凸露出青筋，还有红色和蓝灰色的斑痕，深红色的指甲几乎发黑。马尔切罗本不想去看，但又不能。她看到这只手在那个男人的肩膀上揉来揉去，又轻轻地抚摩，撩拨他的耳朵。母亲说："那咱们就去医院吧。"

"您坐好，夫人。"阿尔贝里头也不回地说道。

母亲把隔板玻璃关上，然后身体靠在垫子上，这时候车子缓缓移动。她重新坐到位置上，斜着眼睛看着儿子，她敏感的直觉出乎马尔切罗的意料，她说："你生气了，因为我刚才抚摩了阿尔贝里，是不是？"

她一边说着，一边看着他，脸上带着孩子般纯真，但又充满绝望而轻微抽搐的笑容。马尔切罗没能改变自己脸上厌恶的表情，他回答说："我不生气……我更愿意自己什么都没看见。"

她不再看他了，嘴里说道："你不会明白不再年轻对于一个女人来说意味着什么……这比死亡还要糟糕。"

马尔切罗没有说话。车子此时沿着那排胡椒树安静地行进着，浓密的枝叶摩擦着车窗玻璃。过了一会儿母亲继续说："有时候我真想自己已经老了……想自己已经是个瘦瘦的、干干净净的小老太太了，"她高兴地笑着，已经陷入了自己的想象，"就像夹在书页当中的一朵干枯的花。"她把一只手搭在马尔切罗的胳膊上，问道："你是不是更喜欢一个这样的小老太太当妈妈，晒得干巴巴的，保存得很好，就好像放在樟脑盒里一样。"

马尔切罗看着她，有些不安地回应："总有一天你会是这个样子的。"

她一下子变得严肃起来，一边盯着他一边苦笑着说："你当真这么以为吗？……而我却确信，不久之后的某个早晨，你会发现我死在你讨厌的那个房间里。"

"为什么，妈妈？"马尔切罗问道，但他意识到母亲说这些话的时候是很严肃的，而且他觉得这话也不无道理，"你还年轻，你要活着。"

"但这却不能避免我会很早死去，我知道的，有人已经给我占卜过了。"她突然伸出一只手给马尔切罗看，毫无过渡地转到下一个话题，"你喜欢这个戒指吗？"

这是枚硕大的戒指，镶嵌着一颗乳白色的坚硬的宝石，镶嵌的工艺很是讲究。"喜欢，"马尔切罗看了看戒指说，"很漂亮。"

"你知道，"母亲又突然换了话题，"有时候我觉得你真的从你父亲那里继承了很多……当他还有理智的时候，他也是这个样子，什么都不爱……美的东西对于他来说没有任何意义……他满脑子就只有政治……就像你一样。"

这一次，连马尔切罗自己也不知道为什么，他没有压制住强烈的愤怒。"我觉得，"他说，"我和我的父亲没有任何相同之处……我是一个完全有理智的人，总之就是一个正常的人……而他，即使在他没有住进医院的时候，据我记得，而且你也一直跟我确认过，他一直都是……该怎么说？……有些狂热。"

"是的，但是你们还是有相同的地方的……你们不享受生活，也不希望别人在生活中得到乐趣……"她看了看车窗外面，然后突然说道，"我是不会去参加你的婚礼的……而且你也不要生气，因为我什么地方都不会去……但是，毕竟你是我的儿子，所以我觉得我必须送你一件礼物……你想要什么？"

"什么也不要，妈妈。"马尔切罗冷漠地回答。

"真可惜，"母亲天真地说，"我要是知道你什么都不要，就不花这个钱了……但是我已经买了……你就收着吧。"她在手提包里摸索着，从里面翻出一个白色小盒子，上面绑着皮筋，"这是一个香烟盒……我看到你都是直接把香烟放到口袋里的……"她打开盒子，从里面拿出银制的烟盒，扁扁的，上面密密地雕刻着各种图案。她打开烟盒，递给儿子。烟盒里摆满了东方的香烟，母亲从里面拿出一支，让马尔切罗点着。马尔切罗看着放在母亲膝盖上的烟盒，没有摸它，有些不好意思地说："太漂亮了，我不知道该如何感谢你，妈妈……也许对于我来说，它漂亮得有些过头了。”

“算了吧，”母亲说，“你可真烦。”她合上烟盒，摆出忍受不了的表情，优雅地把它塞到马尔切罗的上衣口袋里。在街的一个转角，车子转弯有些急，母亲倒在了马尔切罗的身上。她借着这个机会把双手放在他的肩膀上，头稍微后仰，看着他说：“为了这个礼物，亲我一下，可以吗？”

马尔切罗低头亲吻了母亲的脸颊。她一下子坐回到位子上，一只手放在胸口，叹口气说道：“真热啊……当你还小的时候，我都不必要求你来吻我……你那时是一个多么可爱的孩子啊。”

“妈妈，”马尔切罗突然说道，“你还记得爸爸生病的那个冬天吗？”

“当然，”母亲天真地说，“那真是个可怕的冬天啊……他想和我分开，把你带走……他已经疯了……幸运的是，我说的幸运是对你而言，他那时候已经完全疯了，所以我把你留在身边就是对的了……怎么了？”

“好吧，妈妈，”马尔切罗避免和母亲目光接触，“那个冬天，我的梦想就是不再和你们，你和爸爸，住在一起，而是住到寄宿学校去……这并不能阻止我爱你……所以，你说我是那个时候开始有变化的，你说得不对……那个时候的我和现在是一样的……那个时候和现在一样，我都忍受不了喧嚣吵闹和杂乱无序……就这些。”他说话的时候很冷淡，几乎有些冷酷；但是当他看到母亲的脸上笼罩着委屈的表情时，就立刻后悔了。但是他不想收回已经说出来的话：他说的是实话，而且遗憾的是，他只能说实话。但是与此同时，由于他意识到自己没有儿子应有的孝心，这种痛苦的意识让他又一次感受到了一直以来的忧郁，而且比以往更加强烈。母亲带着无奈的语气说："也许你是对的。"这个时候，车子停下来了。

他们下了车，朝着医院的围栏走去。这条道路位于一个安静的区域，在一座古老的王室别墅周边。这是一条很短的马路：马路一边排列着五六幢陈旧的小楼，它们被树木遮挡住了一部分，另一边是医院的一排围栏。道路尽头，一面灰色的院墙和王室花园里繁茂的植被遮挡住了视线。马尔切罗每个月至少会来探望一次父亲，这种习惯已经持续了很多年；但尽管如此，他还是不习惯这种探视，每次都会感受到厌恶和沮丧。这种感觉有点像他去看望母亲时感受到的，就在那个他童年和少年时期住过的别墅里；但是要更强烈：母亲的堕落不堪和杂乱无章似乎还能够挽救；但是父亲的疯病却是无药可医，就好像是一种更全面的、无可救治的堕落不堪和杂乱无章。就这样，这一次他依旧如此，和母亲并排走进那个房间的时候，他感受到了一种令人讨厌的不适正压抑着自己的心脏，阻挡着他的脚步。他知道自己一定是一时间脸色苍白，他的眼睛飞速地看着医院围栏的黑色标枪一样的栏杆，心中产生了一种歇斯底里般的渴望，想要拒绝这次探视，找个借口离开这里。母亲还没有意识到他的困扰，她按了一下前面的陶瓷门铃按钮，说："你知道他最近的一个执念是什么吗？"

"什么？"

“他是墨索里尼政府中的一位部长……这个念头已经开始有一个月了……这没准儿是因为他们让他读了报纸。”

马尔切罗皱起眉头，但是什么也没说。围栏门打开了，走出一位身穿白衬衫的年轻男护士身材高胖，金发，剃着平头，面色发白，有些浮肿。“你好，弗朗茨，”母亲优雅地说道，“都好吗？”

“我们今天比昨天好，”护士带着生硬的德国口音回答，“昨天我们真的是太糟糕了。”

“很糟糕吗？”

“我们不得不给他穿上紧束衣。”护士解释说。他依旧用“我们”这个复数形式，就好像家庭教师对小孩子说话时故意用的那样。

“紧束衣……太可怕了。”他们说着走了进去，走在围墙和医院墙壁之间的那条狭窄小道上。“紧束衣，你真应该看看……那可不是真正的衣服，就是两条能把胳膊固定住的袖子……看到这东西之前，我还真的觉得就是晚上穿的衬衣呢，带着希腊式方形图案的那种……看到他被那样绑住，两条胳臂紧贴在胯骨上，我感觉真挺难受的。”母亲继续轻轻地说着，几乎是带着愉悦的语气。他们绕着医院走了一圈，来到一片空地上，就在医院住楼的前面。这家医院是一幢白色的三层小楼，外表就像是普通的住宅一样，不同的是窗户上的一根根铁栏杆。护士一边快速地登上阳台下面的楼梯，一边说：“教授在等着你们，克莱里齐太太。”他走在两位访问者的前面，从一个光秃秃的大门走进一条黑暗的甬道，护士敲了敲关着的门，门上面有一块刷着油漆的牌子，上面写着：院长室。

门立即开了，医院院长厄尔米尼教授那高大魁梧的身躯猛地朝着两位拜访者冲了过来。“夫人，向您致意……克莱里齐先生，您好。”他洪亮的嗓音像一面铜锣般在医院冰冷的静寂中、在那光秃秃的墙壁间回荡。母亲向他伸出一只手，教授用力地弯曲着他那包裹在白大褂里的健壮身体，很绅士地亲吻了她的手；而马尔切罗只是简单地打了个招呼。教授的脸长得很像猫头鹰：大而圆的眼睛，硕大的弯钩鼻子就像鸟喙，垂下的红色胡须，下面是一张聒噪的大嘴；但是他的表情可一点也不像那忧伤的夜晚的鸟儿，而是一副愉快的表情，尽管这种愉悦是装模作样摆出来的，暗藏着冷漠和精明。他走在母亲和马尔切罗前面上了楼梯。走到台阶一半的地方，一个金属物件被人从楼道用力扔了出来，弹落在台阶上。与此同时，传来一声异常刺耳的尖叫声，接着是一声狞笑。教授弯腰捡起那个金属物件：一个铝盘子。“是多内嘉丽太太，”教授转身对着两位访问者说，“不用害怕……她就是个老太太，平时非常安静，但是有时候会抓到什么就扔什么……嘿嘿，如果我们让她任意发挥的话，她肯定会成为地滚球冠军的。”他把盘子交给护士，然后一边聊天一边穿过长长的走廊，走廊两边都是紧闭的房门，“夫人，为什么您还在罗马？我原以为您已经在山里或者海边了。”

“我一个月后动身……”母亲说，“但是还不知道去哪里……这一次我可不想去威尼斯了。”

“给您一个建议，夫人，”教授转过走廊的拐角时说，“您去伊斯基亚[1]吧……我前几天刚刚去那里旅行过……太美了……我们去了一个叫卡尔米涅罗的家伙开的饭店：我们喝了鱼汤，简直太美味了。”教授半转过身子，用两个手指在嘴角的地方做了一个通俗但表达力很强的手势，“我跟您说，真的是美味极了：一块一块的鱼肉，这么大……然后还尝了很多东西，几乎都吃了一点：小丸子、小鱿鱼、星鲨、很好吃的小牡蛎、虾仁、小章鱼……所有这些配上海鲜汁……再加上蒜、橄榄油、番茄、小辣椒……夫人，我就不再多说了。”在描绘这些鱼汤和海味的时候他故意装出了虚假、滑稽的那不勒斯口音，说完之后又恢复了罗马口音，接着说：“您知道我和我妻子是怎么说的吗？你想不想看到咱们年内在伊斯基亚安个家？”

母亲说：“我更喜欢卡普里。”

“但那个地方都是些文化人和同性恋。”教授言语间不经意流露出凶狠的语气。这个时候从那些如牢笼一样紧锁的小房间里传出来一阵异常尖锐的叫声。教授走到门边，打开窥视孔，看了一会儿，然后关上窥视孔，转身总结说：“伊斯基亚，亲爱的夫人……伊斯基亚才是要去的地方：鱼汤，大海，阳光，户外的生活……只有在伊斯基亚。”

弗朗茨护士走在他们前面几步远的地方，此时已经等着他们了，一动不动地站在一扇门前，硕大的身躯被笼罩在从走廊尽头

---

1 指伊斯基亚岛，意大利那不勒斯湾西北部的一座火山岛，以葡萄酒和温泉著称。

的窗户照进来的光线当中。“他喝药了吗？”教授低声问道。护士点点头。教授打开门，走了进去，母亲和马尔切罗跟在后面。

这是一间空旷的小屋子，墙角处固定着一张床，床前有一张白色的木头小桌，窗户也和别的地方一样带着铁栏杆。马尔切罗心中一阵反感，他看到了自己的父亲。此时父亲正坐在桌前，背对着门，专心地写着什么。父亲头上是乱蓬蓬的白发，细细的脖子套在病服坚硬宽大的条纹衣领里。他的坐姿有些倾斜，双脚套在巨大的毛毡拖鞋里面，两个手肘和膝盖都露在外面，脑袋歪到一边。马尔切罗觉得他就像一个断了线的木偶。三位拜访者的到来并没有让他回头；他似乎反而以双倍的注意力和热情专注在自己的书写上。教授走到窗户和桌子中间，用装模作样的快乐语气说道：“少校，今天怎么样……嗯，还好吗？”

疯子没有回答，而只是扬起一只手，似乎在说：“等一下，没看到我正忙着吗？”教授向母亲抛来一个会意的眼神，然后说：“还在写回忆录啊，嗯，少校……是不是太长了？……元首可没有时间读太长的东西……他自己都是很简明扼要的……简明、扼要，少校。”

疯子又一次把瘦骨嶙峋的手举起来在空中挥了挥；然后他莫名愤怒起来，将一张纸抛到空中，就在他歪着的脑袋上面，纸落在了房间中央。马尔切罗弯腰捡起纸：上面只写着很少的单词，笔迹潦草，让人无法理解，还有各种线条和符号。也许根本就不是单词。马尔切罗看着这张纸的时候，疯子又开始用同样愤怒而狂乱的动作把其他的纸扔到空中。纸片在他长满白发的脑袋上方飞舞，散落在地面上。扔这些纸片的时候，他的动作越来越暴力，现在整个屋子都盖满了这些方形的纸片。母亲说：“可怜的人啊……他总是热衷写东西。”

教授朝疯子稍微俯下身子：“少校，您的妻子和儿子来了……您不想见见他们吗？”

这一次疯子终于开口说话了，声音很低，是一种急促的、充满敌意的嘟囔声，就好像那些正在做着重要工作但被打扰的人发出的声音：“让他们明天来……除非他们有什么具体的建议……您没看到我的前厅里已经挤满了人吗？我都来不及接待了。”

“他觉得自己是一位部长。”母亲小声对马尔切罗说。

“外交部长。”教授确认道。

“匈牙利事件，”疯子突然说道，手上还在继续写着，声音快速、低沉、匆忙，“匈牙利事件……那个在布拉格的政府首脑……在伦敦他们都在做什么啊？法国人怎么就不明白呢？为什么不明白？为什么？为什么？为什么？”疯子口中的每一个“为什么”音调都比前一个高；最后一个“为什么”几乎是喊出来的，他从椅子上跳起来，转过身子，面对这些拜访者。马尔切罗抬头看着他。竖立着的白发下面，那张消瘦、憔悴、棕色的脸上刻满了垂直的皱纹，显示出在遇到严肃而隆重的事件时候的表情，充满了焦虑和担忧，似乎是为了适应一个想象中的隆重场合。疯子把其中的一张纸片拿到眼前，马上用一种古怪而急切的语气读了起来：“元首，英雄们的领袖，大地、海洋、天空的王，君王，教皇，皇帝，司令和士兵。”读到这里，疯子做了一个不耐烦的动作，但这种不耐烦又被郑重其事的表情冲散，就好像是说“等等，等等”。“元首，在这个地方。”疯子又做了一个新的手势，好像在说“这里我跳过了，因为是无关紧要的东西”。然后接着说：“在这个地方我写了回忆录，请求你从第一行开始阅读，”疯子停了停，看着那些拜访者，“一直到最后一行。这就是我的回忆录。”这段开场白之后，疯子就把手中的纸片丢到了空中，转身走到书桌旁，从上面拿起另外一张纸，开始阅读回忆录。但是这一次，马尔切罗一个单词也听不明白了：疯子确实是在用高昂清晰的声音朗读着，但是一种特别的急促却让他把一个单词嵌入另一个里面，就好像整篇演讲稿就仅仅是一个单词，一个前所未有的、冗长的单词。他心想，这些单词应该是在他没有说出来的时候就在他舌头上熔化了，就好像是他的疯狂带来的吞没一切的火焰让这些单词像蜡一样熔化了，这些单词最终都融合成了一种柔软的演讲材料，区分不清也无法理解。随着他继续朗读，这些单词越来越彼此深嵌，变短，变模糊，就连疯子自己似乎也开始忍受不了这种铺天盖地的言辞语句了。他越来越频繁地把纸片扔到空中，纸上的那些文字他才读了几行就扔掉了；他一下子停止了朗读，以让人惊讶的灵活跳到了床上，退到床头，直挺挺地靠墙站立，似乎开始了自己的演说。

马尔切罗更多是从他的姿势而不是从话语中得知演说内容的，这些话语还是一样不连贯，而且毫无意义：疯子就好像站在一个想象中的阳台上面的演说家，一会儿朝着天花板扬起双臂，一会儿又弯腰伸出一只手，似乎是在暗示什么微妙的问题，一会儿又攥紧拳头做出威胁的动作，一会儿又把两只手掌张开抬到和面部齐平的位置。到了某个时刻，疯子想象中的人群肯定是爆发出了掌声，因为疯子摊开手掌，掌心向下，做了一个标准的请大家安静下来的动作。但是很显然，掌声并未平息，相反，应该是更加热烈了；于是疯子又重复了一遍自己恳请大家安静的动作，然后从床上跳下来，跑到教授身边，拉住他的一个衣袖，带着哭腔问道："您能让他们安静下来吗……掌声对于我来说有什么重要呢……战争宣言……如果掌声让你无法讲话，那还怎么来宣布这个战争宣言呢？"

"少校，我们明天再发表战争宣言吧。"教授从铁塔一样的身材上方俯视着疯子说。

"明天，明天，明天，"疯子吼道，他一下子进入了一种疯狂的状态，一种夹杂着愤怒和绝望的疯狂，"总是明天……战争宣言必须马上宣布。"

"为什么，少校？这有什么要紧的？天气这么热，那些可怜的士兵啊，您想让他们顶着这样的炎热来打仗吗？"教授戏谑地耸了耸肩膀。疯子疑惑地看着他，教授的反对无疑让他感到手足无措。于是他大喊道："士兵们可以吃冰激凌……夏天就要吃冰激凌，不是吗？"

"是的，"教授说，"夏天就应该吃冰激凌。"

"所以啊，"疯子带着胜利的姿态说，"冰激凌，很多很多的冰激凌，每个人都有。"他嘴里嘟囔着，走到桌子旁边，站在那里，抓住铅笔快速地在桌上仅剩的一张纸上写了几个字，然后把他交给医生。“这就是战争宣言……我受不了了……您把它交给负责的人吧……这些钟声，哦哦，这些钟声。”他把纸交给医生，然后双手抱在头上，蜷缩在地上，就在床边的一个角落里，像受到惊吓的野兽一样，嘴巴里焦虑地反复念叨着，“这些钟声……这些钟声就不能停一会儿吗？”

医生看了一眼纸，然后把它交给马尔切罗。那张纸的顶端写着：“屠杀与忧郁。”下面写着：“战争已经宣布。”所有的字依旧是那种很大、很潦草的字体。医生说：“‘屠杀与忧郁’是他的座右铭……您在他的那些纸片上都能看到……他非常执迷于这两个单词。”

“钟声。”疯子哼哼着。

“他真能听见钟声吗？”母亲疑惑地问。

“很可能是的……这是幻听……就好像之前的掌声一样……病人能够听到各种声音……包括人说话的声音……或者动物的叫声……或者是发动机的噪声，比如摩托车。”

“钟声。”疯子用可怕的声音吼道。母亲朝着门口方向后退了几步，嘴里嘀咕说：“一定很可怕……我可怜的宝贝啊，谁知道他有多痛苦呢……如果我站在钟楼下面，敲钟的时候我肯定会疯的。”

“他很痛苦吗？”马尔切罗问道。

“如果换作是您的话，每天都有一个铜钟在您耳朵边几个钟头几个钟头地敲来敲去，您不感觉痛苦吗？”教授转头看着病人，接着说，“现在咱们就让钟声停下来……我们让敲钟的人去睡觉……我们给您一些喝的东西，然后您就不会再听到钟声了。”他向护士点头示意，护士走了出去。然后教授转身对着马尔切罗说：“这些都是比较严重的焦虑症状……病人从极度的兴奋到深深的压抑……就在刚刚他演讲的时候还是很兴奋的，现在就陷入消沉……您想对他说些什么吗？”

马尔切罗看着自己的父亲，他依旧在那里双手抱头，可怜地念叨着，然后马尔切罗用冰冷的口气说：“没有，我没有什么要对他说的，而且又有什么用呢？……反正他也听不懂我说的。”

“有些时候他们能听懂，”教授说，“他们听懂的比你想的要多，他们知道谁是谁，还会欺骗我们这些医生呢……嗯，嗯，事情可没有那么简单。”

母亲走到疯子身边，用亲切的声音说：“安东尼奥，你还认识我吗……这是马尔切罗，你的儿子……后天他就要结婚了……明白吗？他要结婚了。”

疯子抬头看着母亲，几乎是带着期望的眼神，就好像一只受伤的小狗看着自己的主人，主人低头用人类的语言询问它哪里不舒服。医生转身看着马尔切罗，惊呼说：“结婚，结婚……亲爱的阁下，我竟然对此一无所知……向您致以我最热烈的祝贺……我真的是由衷地感到高兴。”

“谢谢。”马尔切罗淡淡地说。

母亲朝门口走去，天真地说：“我可怜的宝贝啊，他听不明白……如果明白的话他不会开心的，就好像我不开心一样。”

“求你了，妈妈。”马尔切罗简短地说。

“没关系，你的妻子只需要讨你喜欢就可以了，不需要别人喜欢。”母亲温和地说。她转身对着疯了说：“再见了，安东尼奥。”

“钟声。”疯子依旧嘟囔着。

他们出门走到走廊里，正好碰到弗朗茨走进来，手里拿着一个装着镇静剂的杯子。教授关上房门说：“阁下，很奇怪，这些精神错乱的人是如此紧跟时代，消息是如此灵通……对于那些能够激发集体主义的事情他们是那么的敏感……最近，当诺比来飞抵北极的时候，我至少收到了三位病人，他们很清楚地知道那个著名的红色帐篷在哪里，他们甚至还发明了一种特殊的装置想去营救那些遇难者……疯子们都是紧跟时事的……总之，尽管他们有疯病，但是从来没停止过参加到公共生活当中，而这种疯狂正是参加公共生活所必要的途径……当然，他们是作为疯狂的好市民参与其中的。”医生冷笑着，对于自己的幽默，他甚为得意。接着他转头看着马尔切罗的母亲，但是明显能够感受到他的意图是奉承马尔切罗，他说：“而涉及元首时，我们所有的人都像您的先生一样疯狂，不是吗，夫人，都要被捆缚起来，用淋浴和紧束衣来对待……整个意大利不过就是个大疯人院罢了，呵呵。”

“在这方面，我的儿子肯定是疯子，”母亲天真地附和着医生奉承的话语，“实际上，就在来这里的路上，我还对马尔切罗说呢，他和他那可怜的父亲之间是有一些相似之处的。”

马尔切罗放慢脚步，为的是不想听到他们的对话。他看到这两个人朝着走廊的尽头走去，然后转个弯就消失不见了，一直在说话。他停下脚步，手中一直拿着那张纸，就是他父亲写下战争宣言的那张纸。他犹豫了一下，从口袋里拿出钱夹，把纸条放了进去。然后他加快脚步，在底楼那里追上了医生和母亲。

“那么……再见了，教授，”母亲说道，“但是我那可怜的小宝贝啊……就没有办法能治好他了吗？”

“现在的科学是没有办法的。”医生回答道，没有丝毫的严肃表情，就像是在机械地重复着一句套话一样。

“再见，教授。”马尔切罗说。

“再见，阁下，再一次向您表示最诚挚、最热烈的祝贺。”

他们走过鹅卵石小路，来到马路上，朝车子走去。阿尔贝里就站在车门边上，手里拿着帽子。他们没有说话就上了车，汽车发动了。马尔切罗先是沉默，后来开口问母亲：“妈妈，我想问你一个问题……你觉得我可以和你开诚布公的，是吧？”

“什么问题？”母亲漫不经心地说，一边对着粉盒的小镜子整理着自己的妆容。

“那个我称为父亲的人，就是我们刚刚看过的那个人，他真的是我的父亲吗？”

母亲笑了起来：“有时候你真的是很奇怪……他为什么会不是你的父亲呢？”

“妈妈，你那个时候就已经有……”马尔切罗犹豫了一下，然后继续把话说完，“几个情人了……也许……？”

“哦，没有什么也许，”母亲平静但又玩世不恭地说，“我第一次决定背叛你父亲的时候，你已经两岁了……最奇怪的是，”她继续说，“正是这个怀疑你是另外一个人的儿子的念头才让你的父亲变疯狂的……他固执地觉得你不是他的儿子……你知道有一天他做了什么吗？……他拿来一张照片，我和小时候的你的合照……”

“然后挖掉了咱们两个人的眼睛。”马尔切罗把妈妈的话说完。

“啊，你都知道了啊，”母亲有些惊讶，“而这正是他疯病的开始……他执迷不悟地觉得，你就是我见过几次的某个人的孩子……跟他说这是他自己的想象也没有用……你就是他的儿子，看一眼你就知道了……”

“实际上和他相比，我的样子更像你。”马尔切罗忍不住说道。

“像我们两个。”母亲强调说。她把粉盒放回到手提包里，然后继续说：“我已经和你说过了：别的不说，就政治这一点，你们俩都是那么执着于政治……但是他是疯狂，而你，谢天谢地，你是个健康的人。”

马尔切罗没有说话，把脸转向车窗外。和父亲相像的这个念头令他非常厌恶。涉及血和肉的家庭关系总是让他感到厌恶，因为这是一种不纯洁和不公正的命中注定。但是，他母亲所提到的那种相似却不仅仅让他厌恶，还让他隐隐地感到恐惧。父亲的疯狂和他内心最深的秘密之间有什么联系呢？他想起了纸片上的词“屠杀与忧郁”，忧虑地打了个寒战。忧郁，他与生俱来，就像是他的又一层皮肤一样，甚至比那层真正的皮肤更加敏感；至于屠杀……

汽车此时穿过市中心的条条马路，穿行在黄昏似有似无的蓝色光线之中。马尔切罗对母亲说：“我在这里下车。”然后俯身敲了敲前面的玻璃，以告知阿尔贝里。母亲说：“那等你回来咱们再见面了。”她的言下之意是她不会参加他的婚礼；而马尔切罗则很感谢她这种隐晦的表示：这需要轻浮和玩世不恭。他下了车，用力关上车门，走进了茫茫人群。

第二部分

一

火车刚刚开始移动，马尔切罗就立刻远离了车窗，回到了车厢里，他原本是探出车窗和岳母聊天的，或者说得准确一点是听岳母的唠叨。而茱莉亚却依旧靠在车窗上：马尔切罗从车厢里能够看到她站在过道上，探出身子挥舞着一条手帕；她带着一股焦虑的冲动，让这个原本很普通的动作变得有些做作。马尔切罗心想，只要还能依稀看到她母亲在站台上的身影，她就会一直在那里挥动手帕；一旦再也看不见母亲了，那对于她来说就会是一个标志，标志着她彻底脱离了女孩子的生活；对于这种脱离，她既恐惧又期待，她坐着火车离开，而她母亲却留在原地，于是这种脱离就有了一个具体的痛苦的表现。马尔切罗又看了一会儿妻子，她穿着浅色的连衣裙，挥舞的手臂让她整个身体线条不断起伏，看了一会儿之后，他退回到靠垫上，闭上了眼睛。几分钟之后，他再次睁开眼睛时，妻子已经不在走道里了。火车在广阔的乡间行进着：这是一片贫瘠的平原，没有树木，此时平原已经笼罩在了黄昏的光线当中，上面是青蓝色的天空。平地上时而会凸起光秃秃的小山丘，山丘之间的山谷中，居然没有任何住宅或者人的影子，让人感到惊奇。山丘顶的一些用砖头垒成的废墟更加印证了这种孤独的感觉。马尔切罗心想，这真的是让人放松的景象，它会让人思考和幻想。平原的尽头，月亮已经从地平线升起，远远的，泛着血一样的红色，月亮的右边是一颗闪耀着白光的星星。

他的妻子已经不知所终，马尔切罗希望她消失几分钟，不要回来：他想要思考，想要最后一次感受孤独。此刻他在脑海中重新回忆最近做过的事情，回想这些事情的时候他体会到了一种深深的、坚定的满足感。他想，这是唯一能够改变他的人生、改变他自己的方式了：那就是行动，不断地在空间和时间中移动。通常情况下，他尤其喜欢那些能够强化他与正常世界联系的东西，那个可以预知的世界。婚礼的早上：茱莉亚穿着婚纱快乐地从一个房间跑到另一个房间，身上的丝绸沙沙作响；他戴着手套，手中拿着一小束铃兰花，走进了升降梯；刚一走进房间，岳母就哭泣着投入他的怀抱；茱莉亚把他拉到衣柜门的后面，以便能够尽情地亲吻他；证婚人到来，他们是茱莉亚的两个朋友，一个医生，一个律师，还有他的两个在部里工作的朋友；然后车子从家开往教堂，好多人都在观看，有的探头从窗户张望，有的则站在人行道上。车子一共有三辆：第一辆里面坐的是他和茱莉亚，第二辆里面是证婚人，第三辆里是岳母和她的两个朋友。在行进的路上发生了一个离奇事件：当车子停在红绿灯路口时，突然有一个人来到车窗前，他有一张红色的长着胡子的脸，额头很秃，前凸的鼻子。这是个乞丐，但是他没有乞讨，而是用嘶哑的声音请求说："新郎新娘，你们能给我一块喜糖吗？"说话的同时把一只手伸进车里。突然出现在车窗的脸还有这只伸向茱莉亚的冒冒失失的手让马尔切罗非常生气，他带着似乎是有些过度的严厉回应说："滚开，滚开，没有喜糖。"那个男人很可能是喝醉了，听到马尔切罗的话扯着喉咙喊道："你会被诅咒的。"然后就消失不见了。惊慌失措的茱莉亚紧紧地抱着他，嘴里小声说："他会带给我们厄运的！"他耸耸肩，回答："别说傻话……就是个醉鬼而已。"然后车子发动了，这个小小的意外几乎马上就从他脑海中消失了。

在教堂里，一切都很正常，整个典礼在平静、隆重中进行，充满了仪式感。一小群亲戚和朋友坐在主祭坛前面的、最靠前的几排座位上，男人们都穿着深色的礼服，女人们都穿着浅色的春装。这座教堂富丽堂皇，是用来纪念天主教改革时期的一位圣人的。主祭坛后面，在一个镀金青铜华盖下面就是这个圣人的雕像，用灰色大理石做的，比真人要大一些，他看着天空，两只手掌张开。雕像后面的后殿绘有巴洛克风格的壁画，线条飘逸，色彩鲜艳。茱莉亚和他两个人跪在大理石栏杆前，在一个红色天鹅绒垫子上。他们身后分别站着两个证婚人。仪式的时间很长，茱莉亚的家人要给她一个最隆重的婚礼。从典礼一开始，入口大门上方的平台上，一架管风琴就开始了演奏，之后一直没停过，一会儿是沉闷的声响，一会儿又变成振奋人心的胜利的音调，在穹顶下面阵阵回响。牧师的动作非常缓慢：所以马尔切罗有充分的时间去观察，他满怀欣喜地看到典礼的每一个细节都正是他所想象和希望的，他确信现在他所进行的典礼就是无数新婚夫妇在这一百多年来一直做的事情，他还有时间走神看看这所教堂。这不算是一个很漂亮的教堂，但是非常大，像所有的耶稣会教堂一样，是按照庄严肃穆的剧院去设计和建造的。那座巨大的圣人雕像带着神往的表情跪在华盖下方，在一个绘制着大理石图纹的祭台上面，有许多银制的烛台、装满鲜花的花瓶、装饰用的小雕像、青铜油灯等。华盖的后面是后殿，后殿的壁画出自与教堂同一时代的画家之手：烟雾缭绕的云彩，可能会在歌剧院的幕布上看到这样的图案，它们布满了蓝色的天空，躲在后面的太阳将自己的光芒像利剑一样从云层中放射出来；云彩上面坐着各种圣人形象，画面优美柔和，更多的是出于一种装饰意义而不是表现宗教精神。这些形象中最突出的，好像凌驾于所有人物之上的，就是上帝的形象；马尔切罗突然从这个绘有三角形胡须的头像中，看到了刚刚那个乞丐的影子，就是不久之前出现在车窗边向他们索要喜糖，然后又诅咒他的那个乞丐。就在这个时候，管风琴的声音突然提高了，音调严肃，甚至有一种威胁，排除掉了所有甜美的音符。于是，这种在平时可能会让他一笑而过的相似点（上帝乔装成乞丐出现在婚车窗前索要喜糖），在这种情况之下却让他想到《圣经》中关于该隐的章节……他似乎觉得就是写给他的，他会由于他那非自愿的罪行而受到诅咒，但同时又恰恰是这个诅咒让他变得神圣不可侵犯。但是现在这个早上，在教堂里，看着壁画上的形象，这些章节又一次回到了他的脑海，而且又一次，他觉得符合他现在的情况。仪式仍在继续，马尔切罗确信自己的思维已经像某种探测工具一样在搜寻着各种相似点和意义，他冰冷地思考着这个问题：如果当真有诅咒的话，那这个诅咒又为什么发出呢？想到这个问题，他的头脑中又出现了那种一直以来压抑着他、挥之不去的忧郁，就像那些迷路而且知道自己必然会迷路的人，即使没有觉察到，他出于本能也会告诉自己，知道自己被诅咒了。但这并不是因为他杀了利诺，而是因为他曾经、现在依旧在努力让自己摆脱这一重负，这一个充满悔恨、堕落和不正常的重负，那件遥远的错事带来的无关宗教的重负。但他能怎么做呢？他也曾经思考过，但是他就是这样的一个人，没有办法改变自己。总之，他内心没有任何恶劣的意愿，而只能老实地接受自己与生俱来的样子，接受他所生存的这个世界。这些是远离宗教的，这个世界似乎是用别的东西代替了宗教。他当然愿意将自己的生命托付给基督教古老而可敬的圣人们，托付给如此公正的上帝、如此仁慈的圣母、如此慈悲的基督；但在他感受到这种渴望的同时，又意识到这个生命并不属于自己，他也无法将之托付给任何他想要托付之人；他已经脱离了宗教，已经回不去了，就算是想净化自己让自己变得正常也不可能了。正常状态，正如他曾经想过的，已经在另外的地方了，或者说这种正常状态还有待实现，需要艰难地、疑虑重重地、以鲜血为代价地进行重建。

几乎是为了印证他的这些想法，此时他看着身边这个再过几分钟就要成为他妻子的女人。茱莉亚跪在地上，双手合十，脸和眼睛对着祭坛，就像是沉浸在她满心的愉悦当中，充满希望。但是，当他的眼神落在她身上的时候，她的身体就像感受到手的抚摩一样感受到了这个眼神，她一下子转过来看着他，眼神和嘴巴都在对他微笑：这是温柔、谦卑、感激的微笑，几乎是带着宠物般的天真。他也以微笑回应她，尽管没有那么明显；接着，就好像是由这个微笑引发的，自从他认识茱莉亚以来第一次有了一股冲动，即使不是爱的冲动，但也至少是混合着温柔和怜惜的深深的感情。于是，此时此刻，他很奇怪地感觉到自己似乎是用眼神脱光了她的衣服，婚纱和里面的内衣都被脱掉，他看到她这样一个丰满、美丽、健康而又年轻的女人，全身赤裸着跪在他身边的红色天鹅绒垫子上，双手合十；而他自己也一样赤裸着。他们已经置身于一切宗教仪式之外了，此时他们真正地结合在了一起，就好像丛林中的野兽一样；而这种结合，不管他相不相信他正在参加的这个仪式，都会真的像他期待的那样，生出孩子。想到这里，他觉得自己第一次把双脚踏在了牢靠的地面上，心想："这个女人过一会儿就会成为我的妻子……我会占有她……而她，一旦被我占有，就会孕育儿女……这一点在眼下看来，由于没有别的更好选择，将会是我走向正常状态的出发点。"但这个时候，他看到茱莉亚的嘴唇动了，她做着祷告，嘴唇这个热切的动作让他突然间感觉她的裸体消失了，她像变戏法一样一下子重新穿上了婚纱，于是他明白了，茱莉亚和他不同，她是坚定地相信着这个为他们的结合而进行的宗教仪式的。他对这个发现没有感到不快；相反，他从中还感受到了宽慰。对于茱莉亚来说，这种正常状态不是像他那样需要去争取或者重建的；这个状态一直就在；而她就身在这个状态当中，无论发生什么事情，她都不会离开。

就这样，婚礼仪式最终在他的感动和爱意当中结束。他最初觉得自己是不会有这种感动和爱意的，并且这种情绪是出于他内心深处的原因，而不是这个地点和仪式所带给他的。总之一切都是按照传统进行的，这不仅是为了满足那些信奉这些规则的人，也是为了满足他这样的虽然不相信但是想表现出自己相信的人。他挽着妻子的手臂走出教堂，来到教堂大门口的台阶前面，这时候他听到身后茱莉亚的母亲对她一个朋友说："他真的，真的是太好了……你看到他有多感动了吗……他深爱着她……茱莉亚不可能找到比他更好的丈夫了。"他也非常满足于自己能让人产生这样的幻想。

此时，在结束了所有的思考之后，他几乎感到一种急迫和烦躁的情绪，想要立即重新扮演起她丈夫的角色，这个角色在婚礼之后已经被他搁置在一旁了。他把视线从车窗移开，此时黑夜降临，车窗上映出一片黑暗，零星地有一些闪烁的星光，他望向过道，搜寻着茱莉亚。他意识到，因为看不到她，他甚至感觉有些愤怒，这让他感到很高兴，他认为这似乎是一个迹象，表明自己已经能够很自然地去扮演丈夫这个角色了。此时他心想，是不是应该就在这个不是很舒适的卧铺车厢里占有茱莉亚，或者等到了S市之后，到那里他们旅行的第一阶段就结束了，想到这里他发觉自己突然有了一种强烈的念头，决定就在火车上拥有她。他觉得在类似的情形之下就应该发生这样的事情，而且他感觉自己想要做出这样的举动既是出于肉体的欲望，也是由于自己忠实扮演着新郎这一角色。但是茱莉亚是处女，这一点他确信无疑，想要占有她并不容易。他意识到，如果他这种试图打破她处女之身的举动失败，他就不得不等到到达S市宾馆中舒服的双人床上时才能实行，这居然会让他感到很高兴。新婚夫妇经常会遇到这种事情，这种甚至有些可笑的事情却正是由于正常状态才发生的，他想要成为那些正常人中的正常人，即使被别人认为是阳痿也没有关系。

他已经准备去过道那边了，这时候门开了，茱莉亚走了进来。她身上只穿着裙子和衬衫，外套已经脱下来了，搭在胳膊上。丰满的胸部紧绷在衬衫白色的亚麻布面料里面，透出赤裸的肉粉色；脸上是愉悦和满意的表情；只有那双眼睛显得比平时更大了，而且比平常更慌乱和深情，就好像透露着一种急切的渴望，一种几乎是受到惊吓的惶恐。马尔切罗怀着满意的心情注意着这些细节：茱莉亚真的是准备好献出自己第一次的新娘。她很笨拙地转身（她的动作一向略显笨拙，他想，不过这是一种讨人喜欢的笨拙，就像是健康、天真的小动物一样），关好门，然后拉上门帘，就这样站在他的面前，她努力把外套挂在行李架的一个挂钩上，但是火车高速运行，在一次换轨的时候，整个车厢都好像倾斜了，茱莉亚倒在他的怀里。她借着摔倒这个动作直接很俏皮地坐在他的膝盖上，双臂搂住他的脖子。马尔切罗瘦瘦的双腿感受到了她身体的重量，很自然地搂住了她的腰。她缓缓地对他说："你爱我吗？"同时低下头，用自己的嘴唇搜寻着他的嘴唇。他们亲吻了很久，同时火车依旧快速地行驶着，它的速度似乎是在配合着这场接吻，每晃动一次，他们的牙齿就碰撞一次，茱莉亚的鼻子就好像要插进他的脸里一样。长长的拥吻之后，他们彼此分开，茱莉亚依旧坐在他的膝盖上，从手提包里拿出手帕，仔细擦拭着他的嘴巴，同时说道："你嘴唇上至少得有一公斤口红。"马尔切罗的双腿有些酸痛了，利用火车新的一次颠簸，他让茱莉亚沉重的身体滑落到座位上。她说："坏蛋，你不想要我吗？"

"他们还要来整理卧铺呢。"马尔切罗有些局促地说。

"你想啊，"她看着四周，自顾自地接着说道，"这可是我第一次坐卧铺车旅行。"

她说话的天真语气让马尔切罗不禁笑了起来，问她："你喜欢吗？"

"喜欢，非常喜欢，"她又一次看着四周，"他们什么时候来整理床铺？"

"快了。"

两个人都不说话了。马尔切罗看着妻子，他意识到她也在看着他，但是脸上的神情却变了，几乎变成了一种羞涩和担心，尽管依然能够看到几分钟前那种热烈和幸福。她看到马尔切罗在看她，对他笑了笑，似乎是为了道歉，她没有开口说话，伸出一只手握住他的手。接着，从她温柔、清澈的双眼中，两滴眼泪流下来，一直流到脸颊上，接着又是另外两滴。茱莉亚哭泣着，依旧看着马尔切罗，努力对他微笑，样子楚楚可怜。最后，她突然低下头，开始疯狂地亲吻他的手。马尔切罗被她的哭泣弄得不知所措：茱莉亚性格活泼开朗，很少多愁善感，这是他第一次看到她哭。但茱莉亚没有给他任何时间去做任何的假设，因为她马上又抬起头，匆匆地说："原谅我哭了……但是，我是想到你比我好太多了，我真的配不上你。"

"你现在都开始像你母亲一样说话了。"马尔切罗笑着说。

他看到她擤擤鼻子，然后平静地回答："不，妈妈说这些话的时候根本不知道为什么……而我是有原因的。"

"什么原因？"

她盯着他看了很久，然后解释说："我要和你说一件事，说完之后你就不会爱我了……但我必须告诉你。"

"什么事？"

她仔细地盯着他看，就好像在等着他脸上出现她所担心的那种轻蔑的神情，同时她缓缓地回答说："我并不是你想的那样。"

"想的什么样？"

"我不是……反正就是，我不是处女。"

马尔切罗看着她，一下子明白了，他到现在一直认为的妻子所拥有的正常状态，实际上是并不存在的。他并不知道这个开场白后面隐藏着什么，但是已经肯定地知道茱莉亚就像她自己说的，并不是他以为的那个样子。想到他接下来要听到的事情，他一下子有了提前满足的感觉，甚至想要拒绝她的坦白。但是，他首先要做的是让她安心下来；这对于他来说很容易，因为这个总能引起话题的著名的处女之身，不管有没有，对他来说其实并不重要。他温柔地回答：“这你不用担心……我要你是因为我爱你……并不是因为你是处女。”

茱莉亚摇着头说：“我知道你的思想很现代……你并不看重这个……但是我还是要告诉你。”“思想现代”，这个词不禁让马尔切罗感到很好笑。这句话很像茱莉亚本人，补偿了那个已经失去的处女之身。这是一句天真的话，即使这种天真和他之前设想的不同。他抓住她的一只手说：“算了，不要再想了。”然后对她笑了笑。

茱莉亚也对他微笑。但是又一次，就在她笑的同时泪水再度充满了她的双眼，流到了脸颊上。马尔切罗抗议说：“好啦好啦……现在又怎么啦……我不是跟你说了没关系吗？”

茱莉亚做了一个奇怪的动作。她双臂搂住他的脖子，头顶着他的胸口，脸朝下，不让马尔切罗看到。“我要把一切都告诉你。”

“什么一切？”

“发生的一切。”

“但是没关系的。”

“我求你了……以后这会是一个短处……但我要是不告诉你，会觉得好像对你隐瞒了什么。”

“可这又是为什么呢？”马尔切罗抚摩着她的头发，“你可能有过情人……一个你觉得你爱的人……或者你当时真的很爱他……但我为什么一定要知道呢？”

“不，我不爱他，”她马上回答道，几乎有些恼火，“我从来不觉得自己爱过他……我们的情人关系可以说一直持续到我和你订婚的那一天……但是他不像你这样年轻……他是一个六十岁的老头子：令人恶心、冷酷、刻薄、坏心眼……我家的一个朋友，你认识的。”

“谁？”

“菲尼齐奥律师。”她简短地回答。

马尔切罗一惊：“可他还是证婚人之一呢……”

“没错，他坚持要做……我不想的，可是没有办法拒绝……他允许我嫁给你，这已经很不容易了……”

马尔切罗回想起他对这个菲尼齐奥律师从未有过好感，他经常会在茱莉亚的家中碰到他：矮个子，黄毛，秃顶，戴着金丝眼镜，尖尖的鼻子，每当他笑的时候鼻子都会皱起来，一张几乎没有嘴唇的嘴巴。他还记得，这是一个很镇静和冷漠的男人，但是镇静和冷漠之中却隐藏着令人讨厌的蛮横和攻击性。他很强壮：有一天，由于天气炎热，他脱掉了外套，卷起衬衣的袖子，露出了白皙而粗壮的手臂，满是肌肉。“你看中他身上的什么呢？”马尔切罗不禁惊叹地问道。

“是他看中了我身上的某些东西……很早就看中了……我当他的情人不是一个月或者一年，而是整整六年。”

马尔切罗很惊讶，重复说：“六年。”

“是的，六年……你明白吗？”正如马尔切罗看到的，尽管茱莉亚在谈论着表面上看来很痛苦的往事，但是她依旧保持着她一直以来闲聊时的那种拖长和温柔的语气。“应该说，他就是在我那可怜的爸爸去世的时候占了我的便宜……就算不是当天，也是那个星期前后……我可以告诉你那个准确的日期：就是在我父亲葬礼后的第八天……而且你要知道，他是我父亲最亲近和最信任的朋友……”她沉默了一会儿，好像是用沉默来强调那个男人的罪恶；然后她接着说，“妈妈那个时候什么也不做，就是天天哭，她当然是一直去教堂……一天晚上，我自己在家，他来了，妈妈出去了，仆人在厨房……我当时在房间里，坐在桌子旁边，正在写着学校的作业……我当时是中学五年级，正准备毕业考试呢……他踮着脚尖进了我的房间，站在我的身后，低头看着我的作业，问我在做什么……我就和他说了，头也没回……我对他丝毫没有怀疑，首先是因为我很天真，这一点你是可以相信的，就像一个两岁的孩子，而且对于我来说他就是一个亲人……你想啊，我那时候可是叫他叔叔的……所以我就告诉他我正在准备一篇关于拉丁语的文章，你知道他干了什么吗？他抓住我的头发，就用一只手，但是很有力气……他经常这么做，就是闹着玩，因为我的头发很漂亮，又长又是大波浪，他常说忍不住想用手指触碰……我感到他抓我的头发，觉得这一次也是闹着玩，所以就对他说：‘松开，你弄疼我了。’可是他呢，不但没有松手，还强迫我站起来，那只胳膊一直抓着我，把我拖到床边，当时那张床和现在一样就在门旁边的那个角落里……你想，我那时候还很天真，还不懂……我记得我对他说：‘放开我……’这时候他松开了我的头发……但是，不，我没法跟你说了。”

马尔切罗本想让她继续说，他觉得她可能是难为情了；但是茱莉亚停下来却仅仅是为了加强表达的效果，她接着说："我刚才不想和你说，因为仅仅是谈论这件事，我就依旧会感到痛苦……他松开了我的头发，抓住我的胸部，抓得那么用力，我甚至都叫不出来，差点儿晕过去……也许我真的晕倒了……然后，在他抓住我的胸脯之后，我不知道发生了什么：我躺在床上，他趴在我的身上，我什么都明白了，我已经没有一点儿力气了，我就像是他手里摆弄的一个物件一样，被动、麻木，没有自己的意愿……他就这样任意摆弄我……过了一会儿我哭了，他就安慰我说他爱我，他为我疯狂，你知道就是那些老套的话……但是他也说，即便我不相信他说的话，也不要把这件事告诉妈妈，如果不想让他毁了我们的话……好像爸爸在最后做错了一些买卖，我们的物质生活已经全靠他了……那天之后，他还来过几次……但没什么规律……每次都是我意想不到的时候……他总是踮着脚尖走进我的房间，弯腰贴着我，用严厉的声音问我：'你写作业了吗？没写？……那来和我一起写吧……'然后就照例抓住我的头发，伸直手臂把我拉到床上……我跟你说，他特别喜欢抓我的头发，"她笑了，回想起她旧情人的这个习惯，她几乎是充满热情地笑了起来，就像是在笑一个可爱的、有代表性的特征一样，"我们就这样差不多过了一年……他还是一直向我发誓说爱我，说要是没有妻子和孩子的话就娶我了……我并不想说他不真诚……但是如果他真的像他说的那样爱我的话，那就只有一种方式来证明：放我走……够了，一年之后，我已经绝望，我曾经试着解脱：我告诉他我不爱他，以后也不会爱他，我没法继续这样下去，我什么事情也做不成，备受煎熬，毕业考试也没有通过，如果他不放过我，我可能要放弃学业了……而他呢，他跑到妈妈那边，说他了解我的性格，说我根本不是学习的料，还说既然我已经十六岁了，找份工作会更合适……作为开始，他给我提供了他办公室秘书的岗位……你明白吗？……我当然是极力拒绝，但是我可怜的妈妈，她却说我是一个忘恩负义的人，说他之前为我们做了那么多，现在还在帮我们，说我不应该放弃这样一个机会，于是最后，我被迫接受了这个工作……一旦进了他的办公室，就要一整天和他在一起，你可以想象，这根本不可能停止……所以我又重新开始了，最后他让我养成了习惯，我也就放弃挣扎了……你知道是怎么发生的吗：我觉得自己已经没有希望了，我已经变成宿命论者了……但是，一年前，当你对我说你爱我的时候，我直接找到他，对他说这一次是真的结束了……他很胆怯，但还是不答应，威胁说要去找你，把所有的事情都告诉你……然后你知道我做了什么吗？我拿起他桌子上的一把锋利的裁纸刀，把刀尖顶住他的喉咙对他说：‘如果你那么做，我就杀了你……’然后我对他说：‘他会知道我们的关系的……这是正确的做法……但是要我自己和他说，不是你……你，从今天开始对于我来说就不再存在了……哪怕你仅仅是想要插在我和他中间，我就杀了你……我会进监狱，但是我会杀了你’……听到我说话的语气他明白我是认真的……从那时候开始他就没再说话……除了写了那封匿名信来报复，就是那封说你父亲的匿名信……”

“啊，原来是他写的。”马尔切罗禁不住喊了出来。

“很明显是他……我一下子就认出了那张信纸还有打字机。”她沉默了一会儿，然后又突然不安起来，抓住马尔切罗的一只手说：“我现在把一切都告诉你了，感觉好多了……但是，也许我不应该告诉你的，也许你现在会忍受不了我，会恨我。”

马尔切罗没有回答，一直沉默许久。其实茱莉亚讲的事情没有在他的内心中引起任何对那个侵犯了她的男人的厌恶，也没有对受到侵犯的她的怜悯。茱莉亚在表达自己的厌恶和愤怒的时候，用了一种冷漠和理性的方式，这样就把怨恨和怜悯这样绝对的感情刨除在外了。而他好像也受到了感染一样，觉得自己也是倾向于同样的情绪，混合着宽容和无奈。他感受到一种惊讶，这种惊讶完全是身体上的，没有任何对于人的审判，就好像落入了意想不到的空洞之中。而同时，面对着意想不到的堕落（他曾经希望茱莉亚是一个例外），他感受到的忧郁也增强了。但是很奇怪，这并没有动摇他对茱莉亚身上根深蒂固的正常性的坚信。他突然明白了，这种正常性并不在于拒绝某些经历，而是要看如何评价这些经历。现在的情况就是他和茱莉亚一样，在他们的生命当中都有一些事情需要去隐藏，因此也需要坦白。他感觉完全没有办法去谈论利诺的事情，而茱莉亚却没有丝毫的犹豫，把她和那个律师的关系告诉给他，而且为了做这件事情，她还按照自己的想法选择了一个最合适的时候，就是在他们婚礼的时候，因为在她的理念当中，这个时刻应该摒弃过去，开启一种全新的生活方式。这种想法让他感到很开心，因为尽管发生了这些事情，还是证实了茱莉亚的正常性，这恰恰体现在她能够用那些最平常、最古老的手段，也就是宗教和情感，来让自己得到解脱。他出神地想着这些，眼睛望着窗外，并没有注意到他的沉默已经让他的妻子感到害怕。接着他感觉到茱莉亚试着拥抱自己，听到了她问话的声音："你不说话吗？所以真的是这样……你讨厌我了……说实话：你已经忍受不了我了，你讨厌我。"

马尔切罗本来想说些什么让她安心，他转过身来，想要拥抱她。但就在这个时候，火车的晃动让他的动作偏离，于是，并不是出于自己的意愿，他的手肘碰到了茱莉亚的脸。茱莉亚把这个他意外的举动理解为一种拒绝，于是立刻站起来。火车此时钻进了一条隧道，发出长长的、哀怨般的鸣笛声，车窗也一下子蒙上了黑暗。隧道飘荡的回音，让他觉得仿佛听到了茱莉亚的哭泣声，此时，茱莉亚正伸出双臂，摇摇晃晃地朝着包厢的门走去。他很惊讶，但没有站起来，他召唤她说："茱莉亚。"而他得到的回应，就是茱莉亚依旧摇摇晃晃地走到门口，难过地打开包房门，消失在过道当中。

马尔切罗先是在位置上呆坐了一会儿，然后突然警觉起来，他站起来，也走出包厢。他们的包厢在车厢中央位置，他一出来就看到妻子快速地走在空荡的过道里，朝着尽头火车车门的方向走去。看着她在松软的地毯和桃花木车厢中间快速地走着，他心中回想起了茱莉亚曾经对她的旧情人说过的话："要是你说了，我就杀了你。"然后意识到自己可能到此刻为止都没有认识到她性格中的一个侧面，把她的温柔不计较的性格错当成了是稀里糊涂。这时候，他看到她弯下腰，胡乱拧着车门的把手。他一下子跳到她身边，抓住她的胳膊，让她重新站起来。

“你在干什么啊茱莉亚？”他小声地问，火车里依然是轰轰作响，“你以为什么啊？刚才是因为火车晃动……我本来想转过身来看你，没想到撞疼了你。”

她在他的怀里僵硬地站着，似乎想要反驳什么。但是听到马尔切罗如此平静和真正感到吃惊的声音之后，她好像立刻冷静了下来。过了一会儿，她低着头说：“对不起，也许是我弄错了，我以为你讨厌我，所以我就想到让一切都结束吧……我可不是做做样子，如果你没赶过来的话，我真的会那样做的。”

“但这又是为什么呢……你脑子里到底在想什么啊？”

他看到她耸耸肩膀说：“没什么，就是想不再那么辛苦了……对于我来说，结婚要比你想象的重要得多……当我觉得你似乎是忍受不了我的时候，我就想：我受不了了……”她又耸了一下肩膀，终于抬起头看着他，笑着对他说，“你想啊，要是那样的话，你刚结婚可就成鳏夫了。”

马尔切罗看了她一会儿，没有说话。他心想，很明显，茱莉亚是很真诚的：她是真的赋予了婚姻以非常高的重要性的，这种重要性远超自己的想象。于是马尔切罗惊讶地意识到，茱莉亚那显得卑微的言辞正表明了她是全身心地投入这个结婚仪式当中的，这一点跟他不同，因为对于茱莉亚来说这个仪式就应该是它该有的样子，不多也不少。所以，在那么全身心地热情投入之后，遇到失望的事情想要自杀，也就不会让马尔切罗感到惊讶了。他心想，这几乎可以算得上是茱莉亚的一种敲诈了：要么你就原谅我，要么我就自杀；发现她就是他所期待的样子，这让他又一次感到欣慰。茱莉亚又一次转过身，此时似乎是看着窗外。他搂住她的腰，在她耳边低声说："你知道，我是爱你的。"

她立刻转过身来亲吻着他，那种热情几乎让马尔切罗害怕。他想，那些虔诚的女信徒正是用这样的方式亲吻那些雕像的脚、十字架还有别的圣物。与此同时，火车驶出隧道，那些隆隆的声音也消失了，取而代之的是火车在田野里飞奔时轮毂发出的正常的声响；他们两个人分开了。

于是他们两个就这样并排坐在车窗前，手握着手，注视着夜的黑暗。"你看，"茱莉亚终于开口用正常的声音说，"你看那下面……那会是什么？一场火灾吗？"

实际上，在漆黑的车窗正中央此刻正闪耀着一团火，像是红色的花朵一样。马尔切罗说："谁知道呢。"他把车窗拉下来。玻璃映照在黑夜上的光泽，随着车窗被拉下而消失，火车飞驰带来的冷风扑面而来，但是那朵红色的花依旧还在原处，也无法判断它离得是远是近，在上面还是在下面，它就那样神秘地悬浮在黑暗之中。这四五个由火焰组成的花瓣似乎正移动和跳跃着，盯着它们看了许久之后，马尔切罗的目光转到火车行进的那铺着铁路的斜坡上来，火车车身散发出的微弱光线，连同他和茱莉亚的影子一同在这个斜坡上移动着，看着这些，他突然感受到了一种极度的迷惑。为什么他会在这列火车上？他身边坐着的这个女人是谁？他要去哪里？他自己又是谁？从哪里来？这种迷惑并不让他感到痛苦；相反，他喜欢这种熟悉的感觉，也许正是这种感觉组成了他内心最深处的本质。“是啊，”他冷漠地想着，“我就像深夜中的那团火一样……突然燃烧起来，又不知为何熄灭下去，再也没有后文……就像是黑夜中被摧毁的什么东西。”

茱莉亚的声音让他一下子从思绪中清醒过来：“你看，他们应该已经把床铺打理好了。”他明白了，在他对着远处的火焰陷入沉思的时候，对于茱莉亚来说，最重要的问题依旧是他们之间的爱情；或者说得更确切一些，是马上要开始的他们两个人身体的融合，总之就是她此时此刻正在做的事情，而不是别的。她已经带着某种急迫朝包厢走去；马尔切罗离她有一段距离，跟在她身后。他在门口等了一下，让检票员先从包厢出去，然后再走进去。茱莉亚站在镜子前面，也不管包厢门还没关，开始从下到上地解开衬衣的扣子。她没有转身对着他说：“你睡上铺……我在下铺睡。”

马尔切罗关上门，爬到上铺，然后立即开始脱衣服，把它们一件一件地放到旁边的网架上。他赤裸着身子，坐在被子上，双臂抱拢着膝盖，等待着。他听到茱莉亚在下面动了动，铁架上的被子叮当作响，一只鞋被扔到了地毯上，还有别的声音。然后是一声清脆的开关的声音，最亮的灯被熄灭了，剩下的是微弱的紫色的火车夜灯。茱莉亚开口说话：“你要过来吗？”马尔切罗把两条腿伸到床铺外，转身，一只脚踏在下铺上，然后弯腰钻到下铺里面。他看到茱莉亚赤裸地仰卧在那里，一只胳膊搭在眼睛上。微弱的灯光中，她的身体泛着类似珍珠母贝的冰冷的白光，那死人般的苍白以及完全一动不动的样子，让茱莉亚的身体看起来就像是已经没有了生气。但是，当马尔切罗趴到她身上的时候，她却好像一下子清醒了过来，就好像一个捕兽机关被突然触发了一样，一下子把他抱入怀里。过了一会儿，她生硬地推开他，自己一个人蜷缩在墙边，额头顶着自己的膝盖，缩成一团。而马尔切罗则是躺到了她旁边，此时他明白了，就在刚才她如此急切地从他身体里取出，接着又如此珍惜地保存在自己身体里的东西，已经不再属于他自己了，那个东西将在她身体里生长……正如他心里想的，他这样做就是为了能对自己说，至少说一次："我是和其他男人一样的男人……我爱了，然后和一个女人结合了，然后孕育了另外一个男人。"

二

马尔切罗一感觉到茱莉亚睡着了，就从床上起身，脚落在地面上，开始穿衣服。房间里是一片清新透明的光线，半明半暗，让人们感觉是六月天空和大海的光线：这里就是里维拉的一家宾馆的房间，棚顶很高，白色的房间，装饰着用蓝色泥灰做成的花朵、花茎、叶子灯，浅色的木质家具也有类似的植物花纹，房间的一个角落里，有一株巨大的绿色棕榈。穿好衣服之后，他踮着脚尖走到百叶窗边，拉开窗看着外面。广阔、平静的海面立即映入眼帘，远处地平线那绝对清澈的天空让海面显得更加宽广无际，海水的蓝色几乎有些刺眼，每次微风吹过，海面似乎都燃烧起来，每一层波浪都折射出太阳闪耀如花朵般的光辉。马尔切罗的视线从大海向下，转移到海边人行道上：一个人也没有，棕榈树阴影中，面朝大海的长椅上没有任何人坐着；灰色、干净的柏油路上也没有任何人在漫步。他久久地注视着眼前的这番景色，然后关上百叶窗，转头看着躺在床上的茱莉亚。她赤裸着身体，沉睡着。她的身体侧在一边，凸显出圆圆的、苍白而宽大的胯部，而上半身就好像是花瓶中枯萎的植物茎秆，蔫软低垂，没有了生命力。马尔切罗知道，这个身体上唯一紧实的部分就在后背和胯骨那里；身体的另一面，虽然现在看不到，但是他却记得，是松弛的肚子，凸出来贴在床上，肚子上有一道道浅浅的纹路，然后还有下垂的乳房，一个搭在另一个的上面。她的头锁在肩膀中间，看不到；马尔切罗记得自己就在几分钟前占有过自己的妻子，现在他突然觉得自己看着的并不是一个人，而是一个用肉做成的机器，很美、惹人喜爱的机器，但是又是残暴的，是用来做爱的，而且只有这一个用处。就好像被他残忍的目光唤醒一样，茱莉亚突然深吸一口气，身体动了动，然后用清晰的声音说："马尔切罗。"他赶紧过去，温柔地回答："我在这儿。"他看到茱莉亚转过身体，艰难地将她女性的肉体从一边翻到另一边，抬起两条胳膊在空中胡乱探索，最后搂住了他的腰胯。她的脸还蒙在散乱的头发里面，她用鼻子和嘴缓慢、温柔地磨蹭着他的腹股沟。她带着某种崇拜的谦卑和热情亲吻着他，然后她抱住他停了一会儿，最后被睡意征服，又倒在了床上，脸依旧埋在蓬乱的头发里面。此时她又一次睡着了，还是之前睡觉时候的姿势，只不过这次换了一侧，从右侧换成了左侧。马尔切罗从衣架上取下上衣，踮着脚走到门口，出门来到走廊。

他从吱嘎作响的宽大的楼梯上走下来，跨过宾馆的门槛来到人行道上。阳光照在海面上，反射出耀眼的光芒，他一下子被这刺眼的阳光晃到了；他闭上眼睛，这个时候，就好像是被眼前的黑暗召唤过来的一样，一股刺鼻的马尿味扑面而来。那些马车就在宾馆后面的阴影里，二辆、四辆地排成一排，车夫在赶车位置上打盹儿，车的座位都覆盖着白色的绸布。马尔切罗走到第一辆马车那里，一边上车，一边大声说出了要去的地址“格力齐尼大街”。他看到车夫会意地朝他看一眼，然后没有说话，一鞭子抽在马身上。

马车沿着海岸颠簸了好久，然后拐进一条小路，两边都是别墅和花园。道路尽头是利古里亚[1]特有的、散发着光辉的山丘，上面有葡萄园，灰色的橄榄树，山坡上还有几幢带着绿色窗户的红房子。小路朝着山丘的侧面径直而去；到了某个地方，人行道和柏油路突然消失不见，变成了某种长满了草的小路。马车停住，马尔切罗抬眼观看：在一座花园的尽头，有一幢三层的灰色小楼，屋顶是黑色的，石板瓦片，顶楼装着老虎窗。车夫干巴巴地说：“到了。”拿到钱之后，车夫马上掉转了车头。马尔切罗心想，马车夫可能是对来到这个地方感到很生气；但是，当他推开栅栏门的时候又想，也许马车夫所感受到的厌恶也正是自己现在所感受到的。

他走在花园小径上面，两边是落满灰尘的美人蕉，朝着那扇装有彩色玻璃窗的门走去。他一直很讨厌这种地方，小时候他曾经去过，也就两三次，但是每次从那里回来都会带回来某种厌恶和悔恨，就好像是做了不应该做的事一样。就是带着这种恶心

1　意大利西北部的大区。

的心情，他跨过两三级台阶，推开那扇玻璃门，响起了一连串铃声，他来到一个红色的衣帽间，在一个带有木栏杆的楼梯前面。他感受到了房间的空气中混杂着脂粉、汗液和男性精液的气味；整个房子沉浸在一片寂静和夏天午后慵懒的氛围当中。正在他环顾四周的时候，不知从哪里钻出一个像仆人一样的女人，她穿着黑色衣服，腰间系着白色围裙，很矮小，动作很灵活，尖尖的脸像雪雕一样，一双闪闪发光的眼睛让这张脸蛋充满生气，她站在马尔切罗面前，用尖细而又愉悦的声音说道："您好！""我找这里的老板娘。"他摘下帽子说道，动作可能有些过分庄重。"行啊，帅哥，你会见到她的，"女人用方言回答说，"但咱们别在这等了，去客厅吧……老板娘会来的……你就到那边去等吧。"马尔切罗听到这个"你"字很是生气，同时女人误解他之后表现出的轻浮态度也让他很不满，但是他还是任由自己被她推进了那扇半掩着的门。微弱的光线中，呈现在他眼前的是一间普通的客厅，狭窄的长方形，里面没有什么东西，空荡荡的，只有几张沿着墙壁摆放的、罩着红色布套的小沙发。地板上满是灰尘，就好像火车站候车室的地板一样；沙发套也同样破破烂烂的，满是污垢，证实了这个隐藏在房子最中心的地方是多么的肮脏和污秽。马尔切罗很不安地坐到了其中一张沙发上。就在这时，整个房子就好像一个大肚子一样，在长时间的静止之后，突然其中的五脏六腑都开始蠕动，把里面的东西释放出来；整个房子哄哄作响，像是要塌了一样；乱哄哄的脚步声在木质楼梯上响起来，就好像要把楼梯都踩破了。然后，他所害怕的事情发生了。客厅的门被打开了，女仆那肆无忌惮的声音宣布道：“小姐们来啦……都是来伺候你的。”

妓女们懒洋洋地走进客厅，无精打采的，有几个还赤裸着上身，其他人穿的衣服多一点，有两个棕色头发的，三个是金发，三个中等身材，一个个子很小，还有一个则是非常高大。最后这个女人坐到了马尔切罗身边，整个身体瘫坐在沙发上，既满足又疲惫地叹了一口气。开始的时候他转过脸避开她，后来由于好奇又稍微转回来一点，看着她。这个女人真的是非常高大，整个是一座金字塔的形状，胯骨比腰宽，腰又比肩膀宽，肩膀比头宽，这个脑袋简直小到看不见了，扁扁的脸，一条黑色辫子被盘在额头的地方。一条黄颜色的丝绸胸罩包裹着她肿胀而又下垂的乳房；肚脐下面的红色裙子敞开着，就好像幕布一样，拉开了里面的演出，露出了黑色的腹股沟和白色粗壮的双腿。看到马尔切罗盯着她看，她朝着另外一个坐在对面墙壁旁边的同伴会意地笑了一下，然后叹一口气，一只手放在两腿中间，就好像要把它们分开一些，让自己能够凉快一些。马尔切罗对她这个如此不知羞耻的动作感到很愤怒，他真想把那只在肚子下面摸来摸去的手拿开，但是却没有力气来移动自己的身体。最让他惊讶的是，这个如同动物一样的女人身上表现出那种无可救药的堕落；正是这种堕落，让他在面对母亲赤裸的身体，面对父亲的疯癫时，整个身体都在颤抖；而这也正是他为什么会近似疯狂地追求秩序、冷静、整齐和洁净。最终，那个女人用和蔼而戏谑的声音问道：“怎么，不喜欢你的这些妞儿吗……决定选哪个了吗？”听到这里，一股突如其来的、厌恶的冲动让他站起身来，他跑出客厅，似乎听到身后的嘲笑，还有几句下流的方言。他愤怒地朝楼梯走去，想要自己到楼上去找女主人，但就在此时，他身后又突然响起了门铃声，他转过身，在门口站着一个人，这个人表情很惊讶，而在现在这种情况之下，在马尔切罗的眼中，他简直就像个救世主，这个人正是奥兰多探员……

“阁下，您好……您这是要去哪儿啊？”探员立刻惊呼道，“您要去的地方可不是楼上啊。”

“我觉得，”马尔切罗停住脚步，也冷静了下来，“她们肯定是把我当成逛妓院的客人了。”

“这些愚蠢的女人，”探员摇着头说，“您跟我来，阁下……我带您过去……有人正等着您呢。”

他走在马尔切罗前面，穿过玻璃门来到花园。他们一前一后地走着，穿过美人蕉的小路，转到别墅后面。花园的这片区域被太阳炙烤着，散发出混杂着尘土和干枯植物的干涩气息。马尔切罗注意到别墅所有的百叶窗都是关闭的；花园也长满了杂草，就好像无人照管一般。探员此时朝着占据着整个花园尽头的白色低矮建筑物走去。马尔切罗想起来，他曾经在那些滨海浴场的花园和别墅那里，见到过类似的房子：夏天的时候，房屋主人们经常把别墅租出去，然后自己住进这类的小房子里，这也是为了能够多赚点钱。探员没有敲门，直接开门，同时大声宣布说：“克莱里齐阁下来了。”

马尔切罗走进屋子，这个小小的房间被简单地布置成了一间办公室。空气中弥漫着香烟的气味；桌子旁边坐着一个男人，两只手扣拢在一起，脸朝着他。男人患有白化病；整张脸像石膏一样，同时还有些粉红色的透明感，上面有一些黄色的雀斑；眼睛是亮亮的蓝色，似乎还泛着些红色，白色的睫毛，像是那些生活在极地茫茫雪地之中的猛兽。在秘密行动处里，马尔切罗的同事们通常都是一副慵懒的官僚气息，这和他们所承担的往往是异常危险的任务形成了鲜明的对比，而这种对比是让马尔切罗深感不安，同时又习以为常的，但是此时看到眼前的这个男人，马尔切罗不禁心想，至少这个人的气势和他所在的位置是完美契合的。他那张幽灵一般的面孔上凶相毕露：几乎是一种接近极限的凶狠，但是却隐含在军人一样刻板严厉的态度当中。一段尴尬的沉默之后，男人突然站起来，暴露出他那矮小的身材："加布里奥。"接着又立刻坐了下来，继续用有些讽刺的语气说道，"您终于来了，克莱里齐阁下。"

他金属般的声音让人感觉很不愉快。马尔切罗还没等男人让他坐下，就坐到了位置上，说："我是今天早上到的。"

"我早上就在等您了。"

马尔切罗犹豫了一下：是不是要告诉他，他正在新婚旅行呢？他决定还是不说了，于是很平静地说："我没法提前过来。"

"看得出来。"男人说道。他一边把装满香烟的盒子推给马尔切罗，一边说，"您吸烟吗？"语气让人不悦；然后就低下头，看着桌子上的一张纸。"他们就这样把我留在这里，在这个看似服务周到，但是毫不隐秘的房子里，没有任何消息、任何指示，也几乎没有任何资金……就这样待在这里。”他又看了很久那张纸，然后抬起头补充说，“在罗马的时候，他们让您来找我，不是吗？”

“是的，带我来这里的那位探员曾经找到我，并通知我要中断旅行来找您报到。”

“正是这样。”加布里奥把香烟从嘴边拿掉，小心地放在烟灰缸边缘，“好像到了最后的时候，他们改变主意了……计划有变。”

马尔切罗表面不为所动，但是内心感受到了一种不知从何而来的放松，一股希望涌上心头，让他精神振奋：也许他们会允许他不再把工作混合在这次旅行当中，而仅仅是让这次旅行按照它表面的意义进行，也就是纯粹的新婚旅行，在巴黎。但是他还是用清晰的声音问道：“如何变化？”

“原计划被改变了，因此您的任务也就被改变了，”加布里奥继续说，“那个叫作夸德里的需要被监视，您必须和他建立起联系，得到他的信任，也许还可以从他那里得到一些任命……但是按照罗马那边最新下达的指示，这个夸德里被视为一个对我们有妨碍的人，需要被消灭掉。”加布里奥重新拿起香烟，抽了一口之后又放回到烟灰缸。“总之，”他用更加随意的语气解释说，“您的任务几乎已经没有什么了……您只需要联系上夸德里，利用您和他已是旧相识的这一点，然后把他指认给奥兰多探员就可以了，他也会和你一起去巴黎的……比如，您可以邀请夸德里到一个公共场合，让奥兰多也去那里：咖啡厅，饭店……只要能让奥兰多看到他和您在一起，然后能够确认他的身份，这就可以了……这就是对您的要求……之后您就可以安心地继续您的新婚旅行，尽情地玩了。”

所以加布里奥也是知道他的新婚旅行的，马尔切罗惊讶地想。但是他马上又意识到，这个最起初的心思仅仅是一副面具而已，用来掩饰他自己的不安。实际上，加布里奥向他表明的信息要比他知道新婚旅行这件事情更加重要：那就是消灭夸德里的这个决定。他努力让自己客观地审视这个特殊而又不祥的新闻。他马上得出了一个基本的结论：为了消灭夸德里，他自身在巴黎的出现和给予协助是完全没有必要的；奥兰多探员完全有能力自己一个人就找到和确认这个即将成为受害者的人的身份。正如他所想的，这其实是要将他作为一个真正的同谋联系起来——即使没有这个必要——从而将他彻底牵扯进来，让他永远无法摆脱。至于说什么计划有变，毫无疑问这纯粹就是做做样子。完全可以肯定，在他当时去部里报到的时候，加布里奥此刻和他说的这个计划就已经被决定好了，并且确定了每一个细节；而这个表面上的改变后的计划，则是出于分担责任和混淆视听。他没有收到过书面的命令，很可能加布里奥也没有收到；这样的话，当事情进展不顺利的时候，部里可以宣称与自己毫不相干；于是杀人的罪名就又一次落在他身上，落在加布里奥和奥兰多以及其他具体执行人的头上了。

他迟疑了一下，然后为了争取时间提出了异议：“我觉得奥兰多不需要我来找到夸德里……我觉得甚至在电话本里就能找到他。”

“这是命令。”加布里奥似乎已经准备好了般立即回应道，就好像他早就预料到他会提出反对意见。

马尔切罗低下头。他意识到自己似乎被拖进了某个阴谋当中；现在他伸出了一根手指，但是对方玩一个小花招，就能抓住他的整条手臂；在最初的惊讶过后，他奇怪地发现自己对于计划的改变没有感到任何反感；他所感受到的仅仅是一种深深的无奈和忧伤，就好像是，自己面对的任务已经变得更加徒劳，但是自己又没有办法改变，必须去完成。奥兰多探员很可能还没有意识到这个任务当中的内在系统，但是他知道，但也仅仅是知道差异而已。无论是他还是奥兰多都不可能摆脱加布里奥称为命令的东西了，他们两人的人身条件已经被固定了，如果要摆脱这个条件，对于他们二人来说那就只能是抗命和违法。于是，他最终抬起头说道：“那好吧……我和奥兰多在巴黎的什么地方会合？”

加布里奥依旧看了一眼放在桌子上的文件，回答说：“您说出您的地址……奥兰多会去找您。”

听到这里，马尔切罗头脑中不得不翻起一个念头，这些人对他还没有完全信任，因为他们觉得不应该告诉他探员在巴黎的住址。他把自己会入住的宾馆名称告诉了加布里奥，后者在那张纸的末端记下了这个名字。然后加布里奥就好像是要向马尔切罗表明他们正式会谈的部分已经结束了一样，用十分和气的语调说：“您去过巴黎吗？”

“没有，这是第一次。”

“我在来到这个破地方之前的两年，曾经去过那里，”加布里奥带着那种官场常用的诉苦一般的语气说道，“只要去过一次巴黎就会觉得连罗马那样的地方都像个小镇子一样……更不用说这里了。”他用剩余的烟蒂点燃了另一支香烟，然后带着淡然的夸耀语气说：“我在巴黎待得可自在了……公寓，汽车，朋友，女人……您知道，关于这最后一项，巴黎那可真是个理想去处。”

尽管对这个话题很厌恶，马尔切罗还是觉得对于加布里奥的套近乎应该给予某种回应，他说：“但是有旁边这样的房子存在，应该也不会很无聊吧。”

加布里奥摇摇头：“算了吧，和这些女人有什么好玩的，她们的肉都能按公斤拿出去卖了……”他接着说：“这里唯一有趣的地方是赌场……您赌吗？”

“不，从来没赌过。”

“但是赌博还挺有意思的，”加布里奥身子向后靠在椅背上，似乎在说他们的谈话已经结束了，“运气会对任何人微笑，对我，对您……‘运气’这个词之所以是阴性的绝不是毫无理由的……它就像女人一样，关键就在于谁能够及时抓住她。”他站起来，走到门口，打开门。马尔切罗注意到，他是真的很矮小，短短的两条腿，直挺挺的上身被裹在一件军装一样的绿色外套里面。加布里奥站了一会儿，眼睛盯着马尔切罗，在阳光当中，他那光亮、粉嫩的皮肤似乎更显透明了，接着他说道：“我估计咱们应该不会再见面了……去完巴黎之后，您是直接回罗马吧。”

“是的，这一点几乎是肯定的。”

“您还需要什么吗？”加布里奥突然很不情愿地问道，“他们给您提供经费了吗？……我这里的经费不多……但是如果您需要的话……”

“不用了，谢谢，我什么也不需要。”

“那祝您好运了，祝您成功。”

他们握了握手，然后加布里奥就匆忙地关上了小房间的门。马尔切罗朝着隔栏门走去。

但是走到美人蕉的小路上他才意识到，由于从接客大厅出来时太匆忙，他忘记拿自己的帽子了。他犹豫了一下，很不愿意回到那个充满了鞋臭、胭脂、汗味的地方，而且他也害怕听到那些女人讥讽的话语和虚假的奉承。最后他下定决心了，往回走，推开门，于是门铃声又一次响起了。

这一次没有任何人出现，就连上次那个长得像雪貂一样的女仆也没出来，同样不见别的女孩儿。但是接客大厅敞着门，传来他熟悉的奥兰多探员雄厚而温柔的声音；他鼓足勇气，走到了门口。

大厅里空荡荡的，探员坐在门边角落的地方，身边坐着一个女人，马尔切罗也不记得她是之前站在他眼前的众多女人中的哪一个。探员用笨拙而亲密的动作搂住女人的腰，看到马尔切罗的时候也没有顾忌，依旧保持着那个姿势。马尔切罗很窘迫，甚至有些恼火，他把眼神从奥兰多身上移开，转移到了那个女人身上。

她僵硬地坐在那里，几乎就像是要用某种方式推开旁边的那个男人，或者至少离他远点儿。她有着棕色的头发，高高的、白色的额头，明亮的双眼，长长的消瘦的脸蛋，大嘴由于深色的口红而显得更加显眼，并且让她的表情稍微带上了一丝不屑。她的穿着算是比较正常的：一件白色的无袖露肩丝绸上衣。唯一具有诱惑性的是那条开衩的裙子，在她腰部下面一点的地方就敞开了，露出了她的肚子和两条长长的、跷起来的腿，这是两条消瘦、漂亮的腿，像是舞蹈演员拥有的干净、优雅的长腿。她手指间夹着点着的香烟，但是没有在吸：她的手扶着沙发的扶手，香烟的雾气上升到了空中。另外一只手就垂放在探员的膝盖上，在马尔切罗看来，就像是放在一条听话的大狗的头上。但是最让马尔切罗印象深刻的是她的额头，不仅仅是因为它雪白的颜色，还由于她专注的目光而散发出一种神秘的光芒：这是纯洁的光芒，让他想起了从前女人们在舞会上戴的钻石头冠。马尔切罗出神地长时间地注视着她；同时，他觉得自己感受到了不知从何而来的，既遗憾又恼怒的痛苦。而这时候，马尔切罗专注的目光让奥兰多有些害怕，于是他站了起来。

“我的帽子。”马尔切罗说。那个女人依旧坐着没有站起来，同时盯着马尔切罗，这次没有了之前的好奇。探员快速地穿过大厅，去远处沙发那边为马尔切罗拿帽子。这时候，就在突然之间，马尔切罗明白了为什么见到这个女人会让他有这种既遗憾又痛苦的感觉：实际上，他发现自己不想看到这个女人去取悦探员，不想看到她在他的怀里承受那种让人难以忍受的侮辱。当然，这个女人对于自己额头所散发出来的光芒是一无所知的，这种光芒并不属于她，就好像是那些不知道自己美貌的美人一样。但是，他觉得自己几乎有义务去阻止她低下这散发着光芒的额头去满足奥兰多低级的情趣。一时间他甚至想到了利用自己的权威，带这个女人离开大厅，然后他们可以闲聊几句，当他确定探员已经选择了另外一个女人之后，他就可以离开了。他也近乎疯狂地想把这个女人带走，离开妓院，让她开始另外一种生活。心里虽然想着这些事情，但是他也清楚，这些也只能是幻想：她不可能和她的那些同伴有什么差别，她们几乎都是心甘情愿地堕落，无可挽救地迷失了自己。这时候他发现有人碰了他的胳膊：奥兰多把帽子递给了他。他机械地接了过来。

但是探员没有时间去思考马尔切罗这个独特眼神的含义。他指着那个女人，向前迈出一步，就好像给一位客人指着一块食物或者一杯饮料，提议说："阁下，如果您喜欢的话，如果您中意这个女人的话……我也可以等一下。"

马尔切罗最开始没有听懂他的意思。然后当他看到奥兰多那夹杂着尊重和恶意的笑容时，他觉得自己的脸一直红到了耳根。奥兰多还在继续着自己的动作，带着同志的客气和下属的规矩，他让马尔切罗到前面来：就好像是来到吧台或者自助餐桌前面一样。马尔切罗急忙说："奥兰多，您是疯了吗……您想怎样做就怎样做吧，可我得走了。"

"要是您想走的话，阁下。"探员笑着说。马尔切罗看到他向那个女人点头示意，然后马尔切罗痛苦地发现，那个女人看到这个示意之后，马上顺从地站了起来，高高的，笔直的，带着她额头上如王冠一样的光芒，没有一点犹豫，也没有抗议，带着最干练的职业动作，朝着探员走去。探员对马尔切罗说："阁下，我们很快会再见面的。"然后侧身让女人先走。马尔切罗也不太情愿地往后退；那个女人从他们二人之间不慌不忙地走过，手指间夹着香烟。但在经过马尔切罗面前时，她稍微停了一下，说："如果你要我的话，我叫路易莎。"正像马尔切罗担心的那样，她的声音又粗又沙哑，没有礼貌；路易莎觉得自己的这句话是在献媚，她伸出舌头，舔了舔自己的上嘴唇。马尔切罗则觉得，这些话和这个动作让他部分地从没能阻止奥兰多带走她的悔恨中解脱出来了。女人一直走在奥兰多的前面，此时她已经到了楼梯口了。她把香烟扔在地上，用脚踩灭，双手提起裙子，快速地走上楼梯，奥兰多就跟在她后面，距离她一级台阶的位置。最后在楼道拐角的地方他们消失不见了。这时，有人从楼梯上走下来，很可能是那些女孩中的一位，连同她的嫖客一起。马尔切罗急忙走出了房子。

三

马尔切罗让宾馆的门房拨打了夸德里的电话，然后自己坐在门厅的角落里。这是一个很大的宾馆，前厅很宽敞，有几根柱子支撑着穹顶，前厅里有几把扶手椅，橱窗里陈列着一些昂贵的手工制品，另外还有几张写字台和桌子；从宾馆入口到电梯间，从服务台到经理办公的台子，从饭厅门口到那些柱子围绕的大堂，很多人在这些地方来来回回走动着。马尔切罗本来想在等待的时候通过看前厅中活跃的人群来放松自己，但是眼前的焦虑却将他拖入了记忆的深处，他几乎是不情愿地回忆起了自己多年前和夸德里的那次会面，是第一次也是仅有的一次。马尔切罗当时还是个学生，而夸德里是他的老师：他当时前往夸德里的家中，向夸德里征求毕业论文的意见，那是位于车站附近的一栋红色的老楼。马尔切罗刚走进他的房间，就被堆放在屋子每个角落里的数不胜数的书籍震撼了。其实在他家的前厅里面，马尔切罗就已经注意到了一些老旧的幔帐，就好像是在遮挡住一些出入口似的；但是，拨开这些幔帐，他就发现了一排排的书籍整齐地摆放在墙角。女仆领着他穿过漫长而又曲折的走廊，这条走廊似乎将整个院子围了起来，走廊的两边也都是书架，上面排满了书和文件。最后来到夸德里的书房时，马尔切罗依旧是置身于四面书籍之墙中，书从地板一直堆到天花板。其他的书则摆放在写字台上，一本摞在另一本上面，整整齐齐的两堆，两堆书中间就好像开了一扇天窗般，露出了教授长满胡须的脸。马尔切罗立即注意到夸德里有一张扁平得出奇且不对称的脸，就好像一副纸糊的面具：眼睛周围是红色的，三角形的鼻子，面具的下部就好像是随随便便地用胶水贴上了胡须和两撇八字胡。额头那里浓黑的，而且似乎湿漉漉的头发，也会让人觉得是戴歪了的假发套。同样是黑得出奇的、像刷子一样的八字胡和络腮胡须之间，隐约能够看见一张很红的嘴巴，两片不成形状的嘴唇。这些让马尔切罗不得不觉得，他脸上所有杂乱生长着的毛发就好像是要掩盖什么畸形的东西，比如他可能完全没有下巴，或者是有一道骇人的疤痕。总之，这张脸上没有任何真实可靠的东西，都是假的，就是一张面具。教授站起来迎接马尔切罗，这个动作暴露了他矮小的身材以及他的驼背，或者准确地说是他畸形的左肩，这为他那过度亲切和热情的行为举止增添了一丝痛苦。夸德里教授通过书堆握住马尔切罗的手，用近视者惯有的姿态，从厚厚的镜片上方注视着这位拜访者；一时间马尔切罗感觉自己不是在被两只眼睛盯着，而是四只。马尔切罗还注意到了夸德里那老式的着装：旧式的黑色礼服，带着丝绸翻领，条纹裤子也是黑色的，白衬衫，领子和袖口都上过浆，西服背心上挂着金表链。对于夸德里，马尔切罗没有一丁点好感：他知道夸德里是反法西斯人士，而且在马尔切罗的意识里，夸德里的反法西斯立场，他那懦弱、病态、肮脏的外表，他的学识，他的书籍，总之他所有的一切，似乎让夸德里成了法西斯党宣传机器所极力宣扬去蔑视和不断反对的典型的知识分子形象，他们是反面教材，软弱无用。此外，夸德里那过度温和的态度也让马尔切罗讨厌，在他看来这是虚伪的表现：他觉得一个男人如果不撒谎或者没有别的什么目的，是不可能如此温和的。

夸德里依旧用他那几乎是浮夸的亲切言语来接待马尔切罗。说话的时候，他经常会夹杂着诸如“孩子啊”“我的孩子”“亲爱的孩子啊”这类词语，两只白皙的小手在那些书的上方挥舞着，他向马尔切罗提出了一大堆问题，先是关于他的家人，然后再是关于他自己。当他得知马尔切罗的父亲由于精神疾病而入院治疗时，他感叹说：“哦，我可怜的孩子啊，我之前都不知道啊，太不幸了，真的是太糟糕了……科学就没有办法让他恢复理智吗？”但他没有听马尔切罗的回答，就立刻过渡到了另一个话题。他拥有一种抑扬顿挫、悠扬和谐的喉音，非常温柔，充满了担忧和关切。但是，这种关切显得如此浮夸和故作姿态，就好像是透明纸面上的一个水印，马尔切罗透过这种关切却体会到了一种彻底的冷漠：夸德里也许根本没有把他放在眼里，更不用说对他有什么兴趣了。马尔切罗还被夸德里那缺乏细微差别与转变的语调所震惊：他说话的时候，总是用同一种亲切而有感情的语调，即使是在谈论那些根本无须使用这种语气语调的事情的时候，依旧如此。夸德里在问完了无数的问题之后，终于询问马尔切罗是不是法西斯分子；当得到马尔切罗肯定的答复之后，他的语气语调依然没有变化，而且也看不出有任何的反应，他几乎是用一种很随意的方式来解释，说自己的反法西斯立场已经非常明显了，因此在这样的一个法西斯政权里，他继续教授哲学和历史是多么困难。听到这里，马尔切罗觉得很尴尬，于是想把话题拉回到自己来访的原因上。但是夸德里立刻就打断了他的话："也许您会纳闷，为什么我会跟您说这些事情……我亲爱的孩子，我跟您说这些不是闲来无事，也不是个人发泄……我不允许让您在我这里浪费时间，您要用时间来学习……我跟您说这些是为了用一种适合的方式来说明，我现在既不能辅导您，也不能辅导您的论文了：我要放弃教学了。"

"放弃教学。"马尔切罗很吃惊地重复说。

"是的，"夸德里肯定道，同时他习惯性地用一只手摸着自己的胡子和嘴巴，"尽管这很痛苦，真的很痛苦，因为到现在为止，我把我所有的生命都奉献给了你们，但是我现在不得不离开学校。"过了一会儿，他叹了一口气，但语气并没有加重，教授补充说："嗯，是的，我决定从思想转入行动了……也许这句话对您来说并不新鲜，但是却能忠实地反映出我现在的境况。"

马尔切罗差一点笑出来。这位夸德里教授确实太滑稽了，这个穿着旧式礼服、驼背、近视、满脸胡子的矮小男人，坐在自己的扶手椅上，藏在两堆书后面，居然宣称自己要从思想转入行动。但是这句话的意思确是十分明确的：夸德里多年来一直是处于一种被动的对立状态，将自己封闭在自己的思想和职业当中，现如今他决定转入积极的举措上，没准儿还要搞什么阴谋活动。马尔切罗一下子感到特别反感，他不得不用冰冷的威胁口吻警告说："您把这件事告诉我对您可没有好处……我是法西斯分子，我可以去告发您。"

但是夸德里在回答他时却使用了极致温柔的口气，并且对他的称呼也从"您"变成了"你"："亲爱的孩子，我知道你是个好人，一个诚实、优秀的孩子，我知道你绝对不会做这样的事情。"

"让他见鬼去吧。"马尔切罗愤怒地想道。然后他真诚地答复说："我也可能会这样做的……对于我们来说，诚实正体现在要去揭发像您这样的人，让你们没办法去伤害其他人这一点上。"

教授摇摇头："亲爱的孩子啊，在你讲话的时候，你就清楚你说的并不是实话……你知道，或者确切地说，是你的内心知道……实际上，作为一个诚实的年轻人，你宁可警告我……要是换成别人，你知道一个真正的告密者会怎样做吗？他会假装赞同我的观点，然后一旦我有了某些不够谨慎的言论，他会立刻告发我……但是你却警告了我。"

"我之所以警告您，"马尔切罗严厉地回答说，"那是因为我觉得您没有能力去做您称为行动的那些事情……为什么您就不能满足于当一个教授呢？……您所说的究竟是什么样的行动呢？"

"行动就是行动……至于是哪种行动，那并不重要。"夸德里斜着眼睛死死地盯着马尔切罗回答说。马尔切罗听到这些话，不禁抬头望向墙壁边摆满书的书架。夸德里一下就注意到了他的眼神，然后依旧是用那种非常温柔的声音补充说："我说行动，你是不是觉得很奇怪？……这里不就是些书吗？……此刻你在想：'这个驼背、近视、身体有些畸形，而且还满脸大胡子的小矮子，他在胡扯什么行动啊？'说实话，你现在就是这么想的……你的党的那些小报多次向你描述了那些不知道也没能力行动的人，就是那些知识分子，你现在从我身上就看到了这类知识分子的影子，这让你忍不住心生同情而发笑……不是这样吗？"

教授的敏锐让马尔切罗大吃一惊，他惊呼道："您是怎么知道的？"

"哦，我亲爱的孩子，"夸德里一边起身一边回答说，"我亲爱的孩子，我一下子就明白了……谁也没说要行动就一定要有帽子上的金色老鹰和衣袖上的军衔饰带啊……再见了，不管怎样，咱们再见，再见吧，祝你好运……再见。"他一边这样说着，一边温和而又坚定地把马尔切罗推到门口。

现在，当马尔切罗重新想起那次会面时，他意识到，对于这位驼背、大胡子、书呆子气的夸德里教授，他当初怀有的那种蔑视显得有些莽撞、欠考虑，其中还有年轻人的急躁和缺乏经验的因素。而且，夸德里也用自己的实际行动证明了马尔切罗的错误：在他们对话之后没几个月，夸德里就逃到了巴黎，并且很快成了反法西斯运动的领袖之一，也许还是最出色、最有经验、最激进的领袖。他的特长似乎就是宣传和鼓动。得益于自己的教学经历，夸德里非常了解年轻人的思想，因此他经常能够教化那些原本对政治漠不关心的年轻人，甚至教化那些原本持有相反政治主张的年轻人，然后怂恿他们去做那些大胆的事情，这些事情充满危险，会带来灾难性的后果，当然这些灾难都会落到那些活动的执行者头上，而不会找到他，他仅仅是事件背后的主使者。但是，当他把他的信徒们投入阴谋斗争当中的时候，他似乎没有任何的人道关怀，而由于他一贯的性格，人们总会默认他身上会拥有这种关怀；而正相反，他会毫不在乎地任由这些人牺牲在那些绝望的行动当中，而这些行动，只有从一个很长的时间维度去看才能被认为是正确的，而且如果有必要的话，还必须冷漠地忽视人的姓名。总之，夸德里具备真正的政客们所拥有的稀有品质，或者说至少是这些政客中的某些人：他奸诈狡猾而又充满激情，大智大慧而又积极主动，单一纯粹而又玩世不恭，深思熟虑而又轻率冒进。由于任务的需要，马尔切罗会经常询问关于夸德里的事情，警察的那些报告将其定义为十足的危险分子，而对于这样一个能把如此多的完全对立的品质集于一身，形成自己独特的深不可测而又模棱两可性格的男人，马尔切罗也是深感震惊。于是，通过那些遥远的渠道所了解到的、往往也不是很精准的信息，马尔切罗渐渐地改变了他最初的那种蔑视的态度，而转变成了一种让自己有些恼火的重视了。但是尽管如此，他起初就有的那种反感还是根深蒂固地存在着；因为他确信，即使夸德里拥有这么多的品质，他始终缺少的一样品质就是勇气，从一件事情上就能证明这一点：尽管他让自己的追随者们陷入致命的险境，他自己却从不露面。

他深陷于这种种思绪之中，以至于旅馆服务生的声音传来时他都吓了一跳，服务生正快速地穿过前厅，嘴里高喊着马尔切罗的名字。一时间，马尔切罗觉得他喊的是别人的名字，服务生的法语发音也加重了他的这种幻觉。但是这个“克拉利西先生”说的却正是自己。由于他自顾自地以为那是另外一个人，心中努力想象这个人应该是什么模样：他的脸，他的性格，他的穿着，所以当他意识到这是在叫自己的时候，甚至感到一种恶心。此时，服务生朝着书写室的方向走去，嘴里依旧喊着他的名字。马尔切罗站起来，径直朝电话间方向走去。

他拿起放在隔板上的听筒，将其置于耳边。一个明快悦耳的女声用法语问他是谁。马尔切罗也用法语回答：“我是一个意大利人……克莱里齐，马尔切罗·克莱里齐……我想和夸德里教授通话。”

“他非常忙……我不知道他能不能过来接电话……您刚刚说您叫克莱里齐？”

“是的，克莱里齐。”

“请您稍候。”

电话里传来将话筒放在桌子上的噪声，然后是远去的脚步声，最后就是一片安静了。马尔切罗等待着，等了很久，他估计，如果再次听到脚步声那就很可能意味着这个女人回来了，或者是教授来接电话了。然而却相反，就在突然间，电话那头传来了夸德里的声音，没有任何的预兆，从先前的一片死寂中直接蹦了出来：“喂，我是夸德里……您是哪位？”

马尔切罗急忙解释道："我叫马尔切罗·克莱里齐……我曾经是您的学生，就是您在罗马上课的那个时候……我想要见您一面。"

"克莱里齐。"夸德里疑惑地重复说。过了一段时间后，他坚定地说："克莱里齐，我不认识。"

"怎么会不认识，教授，您认识的，"马尔切罗坚持说，"在您放弃当老师的前几天我还找过您……当时是想和您讨论我的论文计划。"

"等一下，克莱里齐，"夸德里说，"我完全不记得您的名字了……但是这并不意味着您说的没有道理……您想要见我？"

"是的。"

"为什么？"

"没什么原因，"马尔切罗回答说，"我是您的学生，而且最近一段时间我还经常听到别人谈起您……我就想来见见您，仅此而已。"

"好吧，"夸德里的语气显得勉为其难，"您来我家找我吧。"

"什么时候？"

"今天也可以……下午的时候……中饭后，您来喝杯咖啡吧……大概三点钟吧。"

"我要跟您说一件事，"马尔切罗说，"我是来度蜜月的……所以我可以带着我的妻子一起过来吗？"

"理解……当然可以……那咱们下午见。"

电话挂断了，马尔切罗思考了一会儿之后，也把话筒放回了原处。他还没来得及走出电话间，那个之前在前厅叫他名字的服务生就探进头来对他说：“有电话找您。”

“我已经接过电话了。”马尔切罗说着准备走出去。

“不，是另一个人找您。”

马尔切罗机械地回到电话间，又一次拿起了电话。听筒那边马上传来了一个粗狂、亲切而欢乐的声音：“是您吗，克莱里齐阁下？”

马尔切罗听出来这是奥兰多探员的声音，用平静的声音回答说：“是的，是我。”

“阁下，您的旅行愉快吗？”

“是的，非常好。”

“您太太好吗？”

“非常好。”

“您觉得巴黎怎么样？”

“我还没出过旅馆呢。”马尔切罗对于这种亲近有些不耐烦。

“您会看到的……巴黎就是巴黎……那么，阁下，咱们碰个面？”

“当然可以，奥兰多……您说地点。”

“您不熟悉巴黎，阁下……所以我定个好找的地方吧……马达雷纳广场拐角那里的咖啡馆……您不会搞错的，从皇家大街走过来的左手边……他家的所有桌子都是摆在外面的……但我会在屋子里面等您……里面一个人也不会有的。”

“好的……几点钟？”

“我已经在咖啡馆了……您想什么时候过来都可以。”

“半小时后。”

“太棒了，阁下……半小时后见。”

马尔切罗走出电话间，朝着电梯走去。走进电梯间的时候，他第三次听见了服务生那熟悉的声音，他又一次大声地叫着他的名字，而这一次他是真的感到惊奇了。他几乎希望是某位天神在找他，就好像这位天神要通过这个黑色的硬塑料电话听筒向他传达神谕，对他的人生有重大意义的神谕。马尔切罗悬着一颗心，走了回去，第三次走进电话间。

“是你吗？马尔切罗？”电话里传来妻子温柔而倦怠的声音。

“啊，是你啊。”他忍不住感叹了出来，他也不知道是出于失望还是欣慰。

“是啊，肯定是我啊……你以为是谁？”

“没什么……因为我刚刚在等一个电话……”

“你在干什么呢？”她的语气依旧温柔而疲倦。

“什么也没干……我正要上楼呢，告诉你，我要出门，大概一个小时后再回来。”

“不，你别上来……我正要去洗澡呢……好吧，那一个小时之后，我在宾馆前厅等你。”

“也有可能一个半小时。”

“一个半小时，好吧……但是记得别迟到，拜托了。”

“我这么说是不想让你等太久……但是也就一个小时吧。”

她急忙问道，就好像害怕马尔切罗马上要走似的："你爱我吗？"

"那还用说，为什么问这个？"

"没什么……如果你现在在我身边的话，你会吻我吗？"

"当然……你想我现在上楼吗？"

"不，不，你别上来……跟我说……"

"说什么？"

"跟我说，昨天夜里，我让你开心了吗？"

"这是什么问题啊，茱莉亚。"他有些不好意思地感叹说。茱莉亚马上补充说："原谅我……我自己都不知道在说些什么……那你爱我吗？"

"我已经跟你说了，爱你。"

"原谅我……那就说定了，一个半小时后，我等你……再见，亲爱的。"

他挂了电话，心想这一次不会再有电话找他了，实际上也确实如此。他走到门口，推开用桃花心木和水晶玻璃做的转门，来到了大街上。

宾馆对着塞纳河岸。他一动不动地在门口停留了片刻，对眼前城市安静的景象和晴朗的天气感到惊讶。抬眼望去，沿着河岸的围栏，在人行道上矗立着高大的树木，枝繁叶茂，春天的树叶反射着耀眼的光芒。这些都是他不认识的树：也许是七叶树。晴朗天空中的太阳把自己的光芒照在每一片浅绿色的树叶上面，折射出明媚而耀眼的光。沿着围栏的是那些旧书商的货架，里面是成堆的二手书和报刊；在这些大树下面，在阳光和阴影调皮的相互交错间，在安逸平和的周日氛围中，人们沿着这些货架悠闲地漫步。马尔切罗穿过马路，来到护栏旁，站在两个货架中间。河对岸能够看到一些灰色的楼房，楼顶有阁楼；再远一点的地方就是圣母院的两座塔楼；更远一点是别的教堂的尖顶，还有一些房子、屋顶烟囱的轮廓。他注意到，这里的天空比意大利的更苍白、更辽阔，就好像一座穹顶，罩住了这座一望无际、熙熙攘攘的巨大都市，城市的声音就在这穹顶里回荡。他的目光向下看着河水：河流夹在两道歪歪斜斜的、石头砌的岸墙中间，两边是干净的码头，因此好像一条运河一样；河水丰盈，呈现出混浊的绿色，河水卷成闪光的漩涡，围绕在近处的白色桥墩周围。河面上，一艘黄黑色的驳船在滔滔的水面上快速行驶着，船尾没有浪花，烟囱喷出浓烟，船头有两个男人正在聊天，一个穿着蓝色衬衫，另一个穿着白色西服背心。一只很普通的肥麻雀落在他胳膊旁边的一根栏杆上，欢快地叫着，就好像要告诉他什么事情一样，然后又朝着桥的方向飞走了。一个又高又瘦的青年吸引了他的注意力，这也许是个学生，他衣着不整，戴着一顶巴斯克帽子，胳膊下面夹着一本书：他正往圣母院的方向走去，不慌不忙，时而会停下来看看货摊上的书和报刊。看着这位青年，马尔切罗惊讶于自己虽然任务缠身却依然能有如此闲情逸致：他本可以成为这个青年，要是那样的话，这河水、天空、塞纳河、树木，以及整座巴黎城，对于他来说都会拥有另外的意义。这时他看到柏油路上一辆出租车缓缓驶来，他用几乎连自己都感到惊讶的手势拦下出租车：就在不久之前，他可完全没有想到这一点。他上了车，将奥兰多等他的那个咖啡馆的地址告诉给了司机。

出租车行驶着，他靠在车座垫上，看着巴黎的街道。他注意到了城市里欢乐的气氛，尽管这完全就是一座灰色、老旧的城市，却典雅而愉悦，充满着智慧和甜美，这种气息随着汽车行驶的微风一起吹进车窗。他喜欢那些站在十字路口的警卫，连他自己也不知道原因：他们戴着圆形坚硬的法式军帽，穿着短披风，有着细长的腿，显得非常优雅。其中的一个警卫来到车窗边，和司机说着什么：这是一个金头发的小伙，很精神，脸色有些苍白，嘴里咬着一只哨子，一只手背在身后，手里握着一根白色警棍，用来拦停过往车辆。他喜欢那些高大的七叶树，它们的枝叶伸向旁边灰色老楼的那些闪闪发光的玻璃窗；他喜欢那些商店的招牌，古色古香，棕色或者酒红色的底色上龙飞凤舞地写着白色的字母；他甚至连出租车和公交车那毫无美感的样式也喜欢，发动机盖子就像是低头在地面上嗅来嗅去的狗。出租车稍微停了一下之后就行驶到了众议院那座如同新古典主义神殿一样的大楼前方，然后上桥，接着就快速朝着协和广场的方尖碑驶去。这座宏伟的军事广场尽头处是柱廊，一根根柱子就好像等待检阅的整齐排列的士兵一样，看着广场。马尔切罗心想，这里就是法国的首都，那个必须被消灭的国家的首都。此时此刻，他觉得，他似乎从很久之前就已经爱上了眼前的这座城市，远在他此次来到这里之前，尽管这是他第一次来到这里。然而，对于这座恢宏、欢乐而绅士的都市的爱慕，却更加印证了他内心对于要完成任务所感受到的阴郁。他想，如果巴黎没有这么美好，他也许可以逃避这个责任，逃跑，挣脱命运的束缚。但这座城市的美丽却再次确认了他作为城市敌对一方的反面角色；他投身其中的事业，有很多东西是他所厌恶的，而如今，他正是要使用这些他所不喜欢的东西来扮演好这个角色。想着这些事情，他发觉其实是在为自己如今的荒唐处境做着辩解。他明白，他之所以这么解释自己的处境是因为没有别的方式了，所以也就只能这样自由、自主地接受这种荒唐了。

出租车停下来了，马尔切罗在奥兰多说的那家咖啡馆门前下了车。正像探员所说的那样，咖啡馆里的桌子都排列在人行道上，围坐着很多人；但是当他走进咖啡馆的时候，发现屋内空无一人。奥兰多坐在窗边角落处的一张桌子旁。看到马尔切罗之后，他立即起身，示意他过来。

马尔切罗朝着探员缓缓走过去，接着坐在他的对面。透过窗户能够看到坐在外面树荫下的人们的肩膀，再远一点的地方则能够看到马达雷纳教堂的部分支柱和巨大的三角墙。马尔切罗点了一杯咖啡。奥兰多等到服务员走远之后说："阁下，也许您觉得他们会像在意大利那样给您端上一杯浓缩咖啡，但是那只能是一个幻想了……在巴黎可没有像咱们那么好喝的咖啡……您看着吧，阁下，他一会儿端上来的会是什么清汤寡水的东西。"

奥兰多依旧用他充满敬意的语气说话，很和善、很平静。"一张诚实的脸，"马尔切罗一边斜眼看着探员一边想，这时探员叹了一口气，喝了一口他嫌弃的咖啡，"一张农场主的脸，佃农的脸，乡下小地主的脸。”他等奥兰多喝完咖啡，接着问：“奥兰多您是哪里人？”

“我吗？我是巴勒莫省的人，阁下。”

马尔切罗一直以为奥兰多出生于意大利中部，翁布里亚或者马尔凯，这种想法也没有什么理由。此刻仔细看着他，他明白自己之所以有这样的想法，是被探员乡村农户一样、方正的外表影响了。这张脸上没有翁布里亚人的温顺，没有马尔凯人的平和。虽然这确实是一张诚实、善良的脸，但是那双黑色、带着疲惫的眼睛却有着女性的、几乎是东方人的严肃，这绝对不是属于那两个地方的；那歪歪的小鼻子下面，没有嘴唇的大嘴巴所展露出来的笑容，也没有任何温顺和平和可言。马尔切罗小声说：“我从没想到……”

“您以为我是哪里人？”奥兰多饶有兴致地问道。

“意大利中部地区。”

奥兰多似乎是思考了一会儿；接着他坦率但依旧恭敬地说：“阁下，我敢打赌，您也是带着别人都有的那种偏见。”

“什么偏见？”

“北方人对于意大利南方的偏见，尤其是对西西里……阁下，您不愿意说，但就是这么回事。”奥兰多很痛心地摇摇头。马尔切罗抗议说：“我真的没有想这一点……之所以说您是中部的人，是由于您的外表。”

但是奥兰多已经不听他说话了：“我得跟您说，这是老生常谈了，”他强调说，明显对于这个不太使用的词汇感到很得意，

“在路上，在家里，到处都有这样的人，包括上班的时候，……有些北方的同事甚至连我们吃面条都要说上一说……我回答他们说：首先一点，你们也吃面，而且比我们吃得还多；再说了，你们的面糊也太甜了吧！……”

马尔切罗没有说话。毕竟他不讨厌奥兰多说任务之外的事情：这是一种回避的方式，远离那些他受不了的可怕话题。奥兰多突然用力说道：“西西里，它被人们过度诋毁和污蔑了……比如黑手党……您知道他们怎么说黑手党吗……对于他们来说，所有的西西里人都是黑手党……然而他们却对黑手党一无所知。”

马尔切罗说：“黑手党已经不存在了。”

“是的，我们都知道它已经不存在了，”奥兰多摆出不完全信服的表情，“但是阁下，就算黑手党现在依旧存在，您相信我，那它也要好很多，比北方类似的现象好上无数倍，比如米兰的流氓、都灵的地痞……他们都是些胆小鬼，只会欺负女人，干一些偷鸡摸狗的勾当，欺负弱者……但是黑手党，那可是一个培养勇气的学校。”

“请原谅，奥兰多，”马尔切罗冷冷地说，“您必须跟我解释一下：黑手党这个培养勇气的学校到底是干什么的呢？”

这个问题似乎让奥兰多很困惑，这既是因为马尔切罗冰冷得几乎有些官僚一样的语气，更是出于这个问题的复杂性，没有办法给出一个迅速而透彻的答案。“阁下，”他叹气说，“您问我的问题很难回答……在西西里，勇气是一个有脸面的男人的首要品质，而黑手党自称是一个荣耀组织……您想让我跟您怎么说呢？没有去过那里的人，没有亲眼所见，是很难理解的。阁下您想象一下，一个公共场所，比如酒吧、咖啡馆、酒馆，或者饭店，在那个地方聚集着一群想要干掉某个黑手党成员的家伙，他们都有武器……那这个黑手党成员怎么办？……他不会求助宪兵，更不会离开自己的家乡……而是穿上崭新的衣服，把胡子刮得干干净净，出门，来到这群人所在的那个地方，孤身一人，不带任何武器，对他们就说上三两句必须要说的话，没一句废话……这时候，您觉得会发生什么？所有的人，敌人，朋友，整座城镇，所有人的目光都在他的身上……他很清楚这一点，而且他也很清楚，如果他的眼神表现出不够坚定，声音不够冷静，表情不够镇定，让别人看出了他的胆怯，那他就完蛋了……因此，他所有的这些努力，都是要通过面前的考试：坚定的眼神，冷静的声音，有分寸的举止，正常的面色表情……这些东西说起来似乎很容易……但是要身处其中才能明白有多难……阁下，这只是跟您举一个例子，让您明白为什么说黑手党是锻炼勇气的学校。”

奥兰多非常激动，滔滔不绝，突然间他朝着马尔切罗脸的方向投去一个冷冷的、好奇的眼神，就好像在说：“如果我没弄错的话，咱们两个人可不是来聊黑手党的。”马尔切罗注意到了这个眼神，于是他用很夸张的方式看了看手腕上的表。“现在来聊聊咱们的事情吧，奥兰多，”他很正式地说道，“今天我会和夸德里教授见面……按照指示，我应该向您指出教授以便您能够确认他的身份……这就是我的任务，是这样吧？”

“是的，阁下。”

“好的，今晚我会邀请夸德里教授吃晚饭或者喝咖啡……我现在还没法告诉您地点……但您今晚七点左右打宾馆电话找我，那时候我就知道地点了……至于夸德里教授，我们现在就定一个指认他的方法吧……比如咱们可以说好，进咖啡馆或者饭店之后，我第一个握手的那个人就是夸德里教授……这样可以吗？”

“明白了，阁下。”

“现在我得走了。”马尔切罗说着又看了一眼手表。他把喝咖啡的钱放在桌子上，起身出门，探员则在他身后一段距离的地方跟着他。

走到人行道上的时候，奥兰多用目光扫视了一下大街上拥堵的交通，那些汽车排成两行，几乎是用行人走路的速度沿着两个相反的方向缓缓行驶，奥兰多用加重的语气说：“巴黎！”

“这不是您第一次来这里，是这样吧，奥兰多？”马尔切罗一边询问，一边用眼睛在车辆当中搜寻空的出租车。

“第一次？”探员用一种平淡却骄傲的语气说，“怎么可能是第一次……阁下，您猜猜看是第几次，说一个数字。”

“嗯，我说不上来。”

“已经十二次了，”探员说，“这次是第十三次。”

一辆出租车司机迅速看到了马尔切罗搜寻的目光，把车开过来停在他身前。“再见奥兰多，”马尔切罗一边上车一边说，“我等您晚上的电话。”探员对他做了一个肯定的手势。马尔切罗上了出租车，把宾馆地址告诉司机。

但就在出租车行驶的时候，探员最后说的话，就是那个十二和十三次（“已经十二次了，这次是第十三次”）似乎在耳边延长了声响，唤醒了他记忆中一些久远的回音。就好像一个人对着山洞呼喊，然后发现自己的声音会传到意想不到的深度。接着突然间，在这几个数字的召唤之下，他想起来自己要通过握手向探员指出谁是夸德里，也明白了为什么不是简单地告诉奥兰多通过驼背就能够认出夸德里，而是要借助这种问候的手段：遥远而神圣的童年记忆让他一时间忘记了教授的身体畸形，这个特征远比握手更方便、更可靠。十二是使徒的数量，而第十三个人就是那位拥抱基督以便那些闯入菜园的士兵们能够认出基督并逮捕他的人。此刻，人们在教堂里面瞻仰过多次的《耶稣受难图》中的那些传统形象出现在了一个现代场景当中，一家法国餐厅当中，餐桌上菜肴丰盛，顾客们坐在桌旁用餐，他站起来迎接夸德里，握住他的手，奥兰多探员则是坐在一旁，盯着他们两人。而第十三位使徒，也就是犹大，他的形象和自己重合。他融入了犹大形象的轮廓当中，变成了他。

对于这个发现，他突然有了一种推导的想法，这几乎让他觉得很开心。“犹大之所以做了那些事情，其原因很可能和我现在的相同，”他想，“尽管他并不喜欢这样做，但是他还是必须去做，因为这是必要的，反正到最后还是有人来做……那又为什么害怕呢？我们假设我就是扮演了犹大的角色……那又如何呢？”

其实他发现自己完全没有害怕。正如他意识到的，自己身上总是笼罩着一种冰冷的忧郁情绪，所以，说到底这件事完全没有令他讨厌。他还在思考着，不是为了给自己找理由，而是为了更加深入地进行比较，从而找到最后的界限，他想：犹大确实和他很相似，但是这种相似也仅仅是在某一点上而已。比如握手；或者是在广泛意义上的所谓的“背叛”这一点上，尽管他并非夸德里的学生。然后一切就都变了，犹大上吊自杀了，因为那些怂恿他并给他钱让他背叛的人都没有勇气去支持和维护犹大；但是他肯定不会自杀的，甚至都不会陷入绝望，因为在他的身后……他看到身后的广场上聚集了人群，他们正在为给他下命令的那个人欢呼，这个场景所隐含的意思，就是为他这个服从命令的人辩护。最后一点，他想，从绝对意义来说，他所做的一切不会让他得到任何东西。不用说那三十块银币[1]了。只有任务，就像奥兰多探员所说的。这种相似性在渐渐变淡，消失，留下来的只有一丝自鸣得意的嘲讽。最后他得出结论：重要的是他想到了这种比较，并且进行了推导，而且一度还觉得这种比较恰如其分。

1 指《圣经》中犹大为了三十个银币而出卖耶稣。

四

午饭过后，茱莉亚想回一趟宾馆，以便能在去夸德里那里之前换一下衣服。但走出电梯的时候，茱莉亚用一只胳膊搂住马尔切罗的腰，低声说："我其实并不是真的想换衣服……我只是想和你单独待一会儿。"他们走在漫长的空无一人的宾馆走廊里，两边都是紧闭的房门，马尔切罗的腰被那只胳膊亲热地搂着，他不禁想道，对于他来说，这次巴黎之旅是旅行，也是任务，但首要的是任务；然而对于茱莉亚来说，这仅仅是一次新婚旅行。既然这样，他心想，那他就不可以抛开新婚丈夫这一角色，早在他和茱莉亚登上火车的时候，他就已经接受这个角色了；尽管有些时候，比如现在，他感受到的是与爱情相去甚远的一种忧虑的情感。但这就是他一直渴望的那种正常状态啊：这搂着他腰的胳膊，这眼神，这种爱抚；而他和奥兰多即将要去做的事情，不是别的，就是这种类似正常状态的血的代价而已。此时他们已经到了房间：茱莉亚依旧搂着他的腰，另一只手开了房门，和他一起走了进去。

走进房间之后，茱莉亚就放开了他，她把钥匙在房门锁孔的地方转动了一下，对他说："把窗户半关着吧，可以吗？"马尔切罗走到窗边，放下百叶窗；他转身之后，看到茱莉亚站在床边，已经把衣服从头部脱下；他似乎明白了她当时的那句"我只是想和你单独待一会儿"到底是什么意思了。他安静地走过去，坐在床边，正好是在茱莉亚的另外一侧。此时的茱莉亚只剩下衬裙和长袜了。她小心翼翼地把衣服放在床头的一把椅子上，脱掉鞋子，最后用一种很笨拙的动作，先是抬起一条腿，然后是另一条，躺在了马尔切罗身后，一只胳膊枕在脖子后面。她先是沉默了一会儿，然后说："马尔切罗。"

"怎么了？"

"你为什么不躺在我身边呢？"

马尔切罗很听话地俯下身子，脱掉鞋子，上床躺在了妻子身边。茱莉亚马上很急切地靠了过来，身体压在马尔切罗身上，呼吸急促地问道："你怎么了？"

"我？没怎么……为什么这么问？"

"我也不知道，我觉得你好像在担心着什么事情。"

"你好像总是有这种印象，"他回答说，"你知道，我正常的情绪就不是那种无忧无虑的……但这并不是说我在担心什么。"

她不说话了，抱着他。过一会儿她重新开口："我之前跟你说要回来这里准备一下，其实这并不是真的……但是我也不是真的想和你单独待一会儿……其实是另外一件事。”

这一次马尔切罗感到很惊讶，他几乎有了一种愧疚，为刚才怀疑她只是单纯的出于肉体欲望而感到愧疚。他低下头，看着她的眼睛，那双眼中充满泪水，正从下面注视着他。他问道：“现在轮到我来问你了，你怎么了？”他的话充满温情，但同时也有一些厌烦。

“你说得对。”她回答说。然后她一下子哭了起来，默默地抽泣着，他能感受到她身体的抖动。马尔切罗等了片刻，希望这个莫名的哭泣能够停下来。但是她哭得更厉害了。于是他眼睛盯着天花板，问道：“可以告诉我你为什么哭吗？”

茱莉亚又抽泣了一会儿，然后回答说：“没有什么原因……因为我是一个傻瓜。”她痛苦的声音里已经有了一点安慰了。

马尔切罗低头看着她，依旧问道：“说吧……你为什么哭？”他看到她用满是泪水的眼睛盯着他，泪光中似乎映射出一丝希望的光芒；接着，茱莉亚微微地笑了，伸手过去从他衣服口袋里面拿出手帕。她擦干眼睛，擤擤鼻子，把手帕放回他的衣服口袋，然后再一次抱住他，小声说：“如果我告诉你我为什么哭，你肯定会觉得我疯了。”

“说吧，大胆点，”他抚摩着她说道，“告诉我你为什么哭。”

“是这样的，”她说道，“吃中饭的时候我看到你非常心不在焉，而且忧心忡忡，我想你可能已经厌倦我了，后悔和我结婚了……也许是因为我和你在火车上说的事情，你知道，就是那个律师，又或者是因为你已经明白娶了我这样一个不幸的女人是一件多么蠢的事情，你那么有前途，那么聪明还善良……之后呢，想到这些事情，我就想先行动起来……什么也不和你说就离开，连告别的麻烦都省了……我已经决定了，一回到宾馆就马上收拾行李离开这里……立刻动身回意大利，把你留在巴黎。”

“你是认真的吗？”马尔切罗很惊讶地感叹说。

“当然认真了，”她笑着继续说，看到马尔切罗很惊讶她感到很得意，“你想，咱们在宾馆前厅，你去买香烟的时候，我到宾馆门房那里让他们给我订一个开往罗马的火车卧铺位置，就是今晚的……像你看到的，我真的是认真的。”

“你疯了吗？”马尔切罗不禁提高了嗓门。

“我说的吧，”她回答说，“我说了，你会觉得我疯了……但是当时我是很肯定的，绝对肯定，我离开你对你是有好处的，就这样一走了之……是的，当时很肯定，就像我现在很肯定……”她抬起身子，直到用嘴唇亲吻到他的嘴巴，“很肯定要亲吻你一样。”

“你当时怎么会那么肯定呢？”马尔切罗疑惑地问道。

“不知道……就是那样……就好像人们会对很多事情很肯定……没有任何理由。”

“然后呢，”他不禁用略带歉意的口吻感叹，“之后你为什么改变主意了？”

“为什么？谁知道呢？……也许是因为在电梯里你看我的方式，或者说至少我觉得你看我的方式……但是我立刻又想起来我已经决意要走了，我已经订了火车卧铺，于是想到自己已经没有退路了，我就哭了起来。”

马尔切罗没有说话。茱莉亚用自己的方式解读着这种沉默，她问道：“你生气了吗……说啊……你生气火车卧铺的事情了吗？……你知道，他们可以退票的……只要付百分之二十就可以了。”

“太荒唐了。”他缓缓地说，若有所思的样子。

“那么，”茱莉亚说道，她强忍住没有笑出来，这是充满疑虑和恐惧的笑，这让她浑身颤抖，“你生气是因为我没有真的离开吗？”

“又是一句荒唐话。”他回答说。但是这一次，他觉得并非完全出于真心。就好像是为了消除最后的犹豫或是内疚，他补充说：“要是你走了，我全部的人生就垮掉了。”这一次，他觉得自己说的是真话，尽管用了一种比较模糊的方式。难道他渴望的不正是这个人生的彻底坍塌吗？这段从利诺事件开始，他努力构建起来的人生垮掉，而不是为它再负载上其他的负担和义务，就好像一座滑稽的建筑，那位狂热的大楼主人却要为它再添加上观景台、塔楼、阳台等等，直到破坏了它的牢固性为止。他觉得茱莉亚的胳膊抱住了他；然后她悄声地对他说：“你说的是真的吗？”

“是真的，”他回答，“我说的是实话。”

“那你会怎么做呢，”她依旧坚持问道，几乎是带着某种得意和好奇，“如果我真的走了，离开你了……你会来追我吗？”

他犹豫了一下，然后依旧带着一丝遗憾的口气回答说：

“不，我觉得不会……我刚刚没跟你说，我的整个人生会垮掉吗？”

“你会留在法国？”

“是的，也许吧。”

“那你的前途呢？你会断送你的前程吗？”

“没有你的话，这些就没有意义了……”他冷静地解释说，“我之所以做那些我在做的事情，全是因为有你。”

“那到时候没有了我，你会怎么样呢？”她想象着他孤单一人，没有她的陪伴的时候，心里似乎感受到了一种冷酷的喜悦。

“我会像其他那些出于这种原因而抛弃自己祖国、抛弃自己事业的人一样；我会随便找个工作：洗碗工，水手，司机……或者我可以参加国外的某个军团……可你为什么急着知道这些呢？”

“没什么……就是说说而已……外国军团？换一个名字吗？”

“很可能。”

“外国军团在什么地方？”

“摩洛哥吧，我觉得……其他地方也有。”

“摩洛哥……但是我留下来不走了。”她小声嘀咕道，身体亲热而贪婪地紧紧贴在他身上。接下来是沉默：此刻茱莉亚的身体不动了，马尔切罗看着她，她已经闭上了眼睛，好像是睡着了。于是他也闭起了眼睛，想要打个盹儿。尽管他非常劳累，身体像死人一样无法动弹，但是他还是睡不着。他感受到一种深深的痛苦，就像是对于他的一切的背叛；他的头脑中再一次出现了一种独特的比较：他是一根电线，就是一根由人体构成的电线，从他身上不断地流过可怕的电流，而他却不能选择接受还是拒绝。就类似于那种高压电线，架在电线杆上，还挂着写有“高压危险”的警示牌。他就是这些导电线中的一根，电流发着嗡嗡的声音通过他的身体，有时候他对此并不讨厌，甚至会觉得这给予了他更强的生命力，但是有时候，比如现在，他会觉得这电流太强、太猛烈，这时候他就会想要成为一根已经不再紧绷、有弹性的电线，或是一根被剪断、丢弃在机械厂院子尽头废铁堆里的生锈电线。而且，为什么只有他一个人要承受传输电力的痛苦，而其他的电线连一点轻微的电流都没有接触过呢？还有，为什么电流从来没有中断过，一刻不停地在他的身体里流动呢？从这个比较中细化和衍生出许多没有答案的问题；而同时，他身体中那痛苦的麻木感越来越强烈，让他的思维模糊，让他的意识之窗开始关闭。终于他睡着了，他感觉睡眠以某种方式让那电流停了下来，让他头一次真正地成了生锈的废弃电线，和其他的废品一起被扔在角落里。但同时，他感受到一只手摸了摸他的手臂，他一下子坐了起来，看到茱莉亚站在床边，她已经换好衣服了，头上还戴好了帽子。她低声说：“你睡着了？我们不是要去找夸德里吗？”

马尔切罗很费力地站起来，一时间他安静地用双眼注视着昏暗的房间，在头脑中把妻子的话进行了翻译：“我们不是要去杀掉夸德里吗？”于是他几乎是开玩笑地问道：“如果咱们不去找夸德里……如果的话，那么我们是不是能好好地睡一觉？”

这是一个很重要的问题，他一边琢磨着一边从下往上地注视着茱莉亚；也许，现在放弃所有的这一切还为时不晚。他发现妻子迟疑地看着他，几乎是有些生气了，毕竟是他让她做好准备出门，而现在又要让她待在宾馆里。她接着说道：“可你刚刚已经睡过了……睡了都快一个小时了……而且好像是你自己跟我说的吧，你说去见这位夸德里对于你的前程来说非常重要。”

马尔切罗沉默片刻，然后回应说：“是的，没错……这很重要。”

“那就好了，”她说着弯腰亲吻了他的额头，“那你还在想什么呢？快点，去穿衣服啊，别偷懒。”

“可我并不想去，”马尔切罗假装打着哈欠，“我只想睡觉，”他继续说，这一次他好像很真诚，“睡觉，睡觉，还是睡觉。”

“晚上你再睡，”茱莉亚一边轻轻地回答，一边走到镜子前，仔细地看着自己，“你已经定好了一件事情，现在已经来不及改变计划了。”她依旧是用温柔而理智的语气说话；马尔切罗心想，她总是说一些正确的事情而自己却毫不知情，这挺令人惊讶的，同时也很耐人寻味。这时候，床头柜上的电话响了。马尔切罗用一只手肘撑起身子，拿起听筒放在耳边。是门房打电话来通知说已经订好了去罗马的卧铺，就在今天晚上。“请您把票退了吧，”马尔切罗毫不犹豫地说道，“夫人不走了。”正在镜子旁欣赏自己的茱莉亚转身，向他投去一个既羞涩又感动的眼神。

马尔切罗放下电话说："弄好了……他们会退票的，这样你就走不了了。"

"你生我的气吗？"

"你想什么呢？"

他下床，穿上鞋，走进卫生间。他一边洗脸梳头，一边在心中问自己，如果茱莉亚发现了他职业的真相，以及这次新婚旅行的事实，他要怎么和茱莉亚说。他觉得自己一定会得到回应：她不仅不会谴责他，最终还会赞成他，尽管她会害怕，没准儿还会问他是否有必要去做他正在做的这些事情。茱莉亚是善良的，这毫无疑问；但她却不能超出家庭亲情这个神圣的界限；超过了这个界限，对于她来说就是一个黑暗、混乱的世界，这个世界里，一位驼背、大胡子的教授还可能出于政治原因被杀害。他走出卫生间的时候，自己在内心总结：奥兰多探员的妻子应该也是这样思考和感受的。茱莉亚正坐在床上等着他，她站起来说："你生气了吗，因为我没有让你睡觉？你是不是更倾向于不去夸德里那里？"

"正好相反，你做得很对。"马尔切罗一边回答，一边在她前面走进宾馆走廊。此时他感觉自己又重新恢复了信心，似乎不再有那种背叛自己命运的感觉了。电流依旧在他的身体中流动，但是没有任何痛苦和阻碍，就好像大运河中自由流淌的河水。走出宾馆，在塞纳河岸他看着护栏对面，辽阔晴朗的天空下这座巨大城市的灰色轮廓。在他身前排列着许多旧书书摊，行人们慢慢地走着，时而会停下来看看这些书。他甚至感觉自己又一次见到了之前的那位衣衫不整的青年，胳膊下面夹着书，沿着这些书摊，迈着缓慢的步子走上通往圣母院的人行道。又或许这是另外一个人，只是在穿着和举止方面和那个青年很相似，要去的也是相同目的地。但是看着这个人，马尔切罗似乎并不感到羡慕，尽管他依旧感觉很无力：他是他，而青年就是那个青年，没有任何办法。这时一辆出租车开过，他伸出手拦下出租车，在茱莉亚上车后自己也上了车，同时把夸德里的地址告诉给了司机。

五

当马尔切罗走进夸德里家中的时候，他立即震惊于这里和夸德里之前公寓的差别，就是在罗马他曾经第一次也是最后一次拜访过的那间公寓。先说整幢楼房，位于一条蜿蜒小路尽头的一个现代住宅区里，由于在平滑的楼面上凸出来许多长方形阳台，所以这幢楼看上去就像一个把所有抽屉都拉出来的屉柜，这给了他一种感觉，就是这里的生活很有规矩，但又非常普通，表现出某种与整个社会的同步和模仿；就好像夸德里在巴黎定居之后，就很用心地让自己融入法国富裕资产阶级的群体当中了，跟他们完全相同。公寓内部的差别就更明显了：罗马的住所很陈旧、昏暗，堆满了家具、书籍和文件，满是灰尘，凌乱不堪；而这里的房间明亮、崭新、干净，里面是很少的几件家具，没有任何学术的痕迹。他们在客厅等了几分钟，这是一个宽敞的房间，里面没什么东西，只有角落的几把扶手椅围绕着一张玻璃茶几。唯一一件具有不同品位的、特别的东西，就是挂在一面墙上的巨大的绘画作品，这是一位立体派画家的作品：画面中是由一些球体、立方体、圆柱体以及不同颜色的平行线组成的冰冷的装饰性的混合体。至于书嘛，那些在罗马曾经让马尔切罗深感震撼的书籍，这里一本都没有。看着这打蜡的光滑地板，长长的浅色窗帘，空无一物的墙壁，马尔切罗觉得自己似乎身处一座现代感十足的戏剧舞台上，这里上演着一出角色不多的戏剧，而这出戏剧只有一个单独的场景，布景简练而雅致。是什么戏剧呢？无疑是关于他，关于夸德里的戏剧；戏剧的背景他已经很清楚了，但是他似乎觉得还有一些人物尚未出场，他也不知道为什么会有这种感觉。还少一些人物，谁知道呢，也许这个人的出场会彻底改变原来的情境。

就好像是为了印证他的这种模糊的预感似的，客厅尽头的门被打开了，走进来的人不是夸德里，而是一个年轻的女人，马尔切罗心想，这位很可能就是之前在电话里用法语和他说话的那个人。她走在光亮的地板上，向他们走近，高个子，走路的身姿轻盈而优雅，穿着一件白色的夏季连衣裙，裙摆很宽大。一时间马尔切罗不禁带着某种偷偷的喜悦注视着她的身体在透明衣服中所映出的阴影轮廓：阴影很模糊，但是轮廓很清晰，很优美，就好像是体操运动员，或者舞蹈演员的身材。接着他的眼神向上，看着她的脸，他确定在此之前他肯定见过这个女人，却说不上来在何时何地。她走到茱莉亚身边，很亲切地抓住她的双手，这动作几乎带着浓烈的热忱，然后用准确但是带着法语口音的意大利语向她解释，说教授很忙，要过几分钟再来。马尔切罗感觉，当这个女人远远地和自己打招呼时就没有这么热情了，几乎是很匆忙地潦草带过；接着她邀请他们坐下。当她和茱莉亚聊天的时候，马尔切罗仔细观察着这个女人，他很好奇，要确认自己模糊的记忆，他觉得自己从前就认识她。她身材高挑，手脚都很大，肩膀很宽，但是腰却细得令人难以置信，隆起的胸部和宽大的臀部则更加凸显出她腰部的纤细。又长又细的脖子上顶着一张苍白的面容，没有化过妆，脸虽然年轻但已经没有那么鲜嫩了，面部表情杂糅着机敏、焦虑、不安和稳重。他在哪里见过她呢？她好像也感受到了自己被注视着，于是突然转过头来看着他：这个时候，马尔切罗看到和她不安、炙热的眼神形成鲜明对比的是她那高高的、泛着平和光芒的白色额头，马尔切罗一下子就明白自己是在什么地方见过她了，或者更准确地说，是在哪里遇到过和她相似的人了。就是在S市的那个妓院里，当他再次回到大厅中去拿帽子的时候，他看到奥兰多身边有一个妓女陪伴着，就是那个路易莎。说实话，这两个人的相似之处就集中在她们的额头上，特别的形状，特别的白色，特别的光芒，这个女人的额头也像是一顶皇冠；除此之外，这两个女人有着明显的不同。那个妓女大嘴巴，薄嘴唇；而这个女人嘴巴小小的，肉乎乎的嘴唇紧锁着，他觉得她的嘴就像是一朵花瓣很多但已经略微枯萎的玫瑰花。其他的不同之处：那个妓女的手是女性的手，光滑，有肉感；而这个女人的手则几乎像男人一般，粗糙，发红，青筋暴起。最后一点，那个妓女的声音就像从事她那个职业的女人一样，非常粗哑、难听；而这个女人的声音则很干脆、清晰、缥缈，就像是温柔、优雅的音乐一样让人感到愉悦：这是一种在社交场合使用的声音。

马尔切罗注意到了种种相似和不同之处；接下来，在这个女人和自己妻子闲聊的时候，他还注意到了这个女人对他极度冷淡。他心想，也许是她从夸德里那里得知了自己过去的政治情感，因此宁可不接待他。他也在心里猜测这个女人的身份：他记得夸德里没有结婚。从她这种很官方的殷勤的行为方式看，她可能是一位秘书，或者既是秘书，又是夸德里的爱慕者。他重新回忆起自己在S市那家妓院里，当看到妓女路易莎陪着奥兰多上楼时自己的感受：就是那种无力反抗、痛心怜悯的感觉；然后突然之间他又明白了，这种感受实际上不过是用精神上的嫉妒来掩饰自己感官上的欲望罢了。现在这种欲望在面对前面坐着的这个女人时又一次在他身上出现，但这一次没有任何掩饰了。这个女人是以一种全新的、激动的方式让他感到喜欢；他也希望这个女人能够喜欢他；因此，这个女人一举一动中表现出来的那种反感，都让他深感痛苦。最后，他几乎不情愿地说："我觉得我们的拜访似乎让教授感到了不悦……或许他实在太忙了。"这句话虽然明面上说的是夸德里，但其实是对着这个女人的。

女人看都没看他一眼，立即回答说："正好相反，我的丈夫跟我说，他非常高兴见到你们……他清晰地记得您……这里非常欢迎所有从意大利来的人……是的，他确实很忙……但是您的来访尤其令他感到开心……请您稍等，我去看看他能不能过来。"她用意想不到的关切的语气说出了这些话，让马尔切罗的内心深感温暖。当她离开之后，茱莉亚问马尔切罗，但却没有表现出丝毫好奇：“为什么你觉得夸德里教授不想见我们？”

马尔切罗平静地回答：“是这位女士充满敌意的态度让我想到的。”

“真奇怪，”茱莉亚感叹说，“她给我的印象正好相反……我觉得她是那么高兴见到我们……就好像我们之前就认识一样……你之前见过她吗？”

“没有，”他回答说，觉得自己在撒谎，“今天之前从没见过……我都不知道她是谁。”

“她不是教授的妻子吗？”

“不知道，我记得他是没有结婚的……可能是他的秘书吧。”

“可是她刚才说‘我的丈夫’，”茱莉亚很惊讶地感叹说，“你刚才脑子去哪里了？……她说的就是这个：我的丈夫……你刚才想什么呢？”

这样的话，马尔切罗就不得不反思了，这个女人竟然让他心慌意乱到这种程度，以至于让他分神，甚至成了聋子。这个发现让他很高兴，一时间他很奇怪地想和茱莉亚聊一聊他的感受，就好像她没有关联其中，是一个完全置身事外的人，跟她可以敞开心扉。他说：“我刚才走神了？……是他妻子吗？那他们应该是新婚不久。”

“为什么？”

“因为我认识夸德里的时候他还是单身。”

“可你和夸德里不是会写信吗？”

“不，他之前是我的老师，然后来法国定居，今天是我自那次之后第一次见到他。”

“真奇怪，我原以为你们是好朋友呢。”

接下来是漫长的沉默。这时候，马尔切罗双眼漫不经心地盯着的那扇门开了，门口出现了一个人，一开始，他并没有认出那就是夸德里。于是，他的视线从脸移到肩膀，他再一次见到了那个把夸德里的肩膀一直顶到耳朵那里的隆起部分，这时候他明白了，夸德里只是把胡子都刮掉了。这个时候，他又重新认出了那张几乎是六边形的奇怪的脸——只有一个维度的脸，就像一张扁平的绘有图案的面具一样，上面再加上一顶黑色假发。他还认出了那双专注而明亮的眼睛，红色的眼眶；三角形的鼻子，就像钟摆一样；不成形状的嘴巴，好像一个用红色的鲜肉做成的圆环。只有一样是从前没见过的，下巴，之前都是藏在胡须下面的。这个下巴很短小，而且是歪的，深深地缩在下嘴唇后面，这个丑陋的下巴似乎别有意义，也许是为了显示这个人的性格。

但是这一次夸德里没有像马尔切罗第一次，也是最后一次见他的时候那样穿着一件老式礼服，而是穿着一件欧斑鸠色的运动服，这是出于驼背的人对于浅颜色的偏爱。外套里面是一件红绿相间的、美国牧羊人穿的那种格子衬衫，戴着一条很显眼的领带。他迎面向马尔切罗走来，一边用热情的而又完全冷漠的语调说：“克莱里齐，不是吗？……不过肯定是您，我记得相当清楚……这也是因为您是在我离开意大利之前最后一个来找过我的学生……我非常高兴能够再一次见到您，克莱里齐。”

马尔切罗心想，他的声音也和以前相同：非常温柔，随意，亲切而又显得漫不经心。马尔切罗同时将自己的妻子介绍给夸德里认识，而夸德里则是用极致甚至都有些过分的绅士风度，俯下身子，亲吻了茱莉亚伸给他的手。他们都坐下来之后，马尔切罗有些局促地说："我正好在巴黎新婚旅行，所以就想来看看您……您曾经是我的老师……但是也许打扰到您了。"

"才没有呢，我亲爱的孩子，"夸德里依旧用他那温柔得让人难受的语气回答说，"不打扰，正相反，我太高兴了……您还记得我真的是太好了……只要是从意大利来的人，不说别的，就因为他跟我说美丽的意大利语，我就会在这里欢迎他。"他从桌子上拿起一个烟盒，看看里面，发现里面只剩下一根香烟了，他叹了一口气，把烟盒递给茱莉亚："给您，夫人……我不吸烟，我太太也不吸烟，所以我们总是会忘记别人是喜欢吸烟的……您喜欢巴黎吗？……我想这不是您第一次来巴黎吧。"

马尔切罗心想，夸德里这样就是想说些客套话。他替茱莉亚回答说："不是的，这是第一次，我们两个都是第一次来巴黎。"

"那这样的话，"夸德里立即说道，"我真是羡慕你们……无论是谁第一次来到这个无比美丽的城市，都是令人羡慕的……更不用说是新婚旅行了，而且又是在这个季节，这是巴黎最美的季节。"他又叹了一口气，然后很有礼貌地问茱莉亚："夫人，巴黎给您留下了什么样的印象呢？"

"给我吗？"茱莉亚说话的时候没有看着夸德里，而是看着她的丈夫。

“其实，我还没有时间去参观这座城市……我们昨天才到这里。”

“您会看到的，这是一座非常美丽的城市，真的是太美了。”夸德里带着那种平常的语气说道，就好像心里想着其他的事情，“而且在这里生活得越久，就越会被这种美所征服……但是，夫人，您不要只去参观那些出了名的古迹，那些地方无疑是要去看看的，但是它们不会超越意大利的那些名胜古迹……您要四处转转，让您的丈夫陪着您，去巴黎的那些街区转转……这座城市的生活丰富多彩，有着不同的特点，会让您感到惊讶的……”

“到现在为止，我们看到的东西太少了。”茱莉亚回答说，她似乎没有意识到夸德里言辞中客套的属性，这种客套都几乎有些讽刺意味了。于是她转身对着丈夫，用一只手温柔地抚摩着丈夫的手说：“但是我们会出去走走的，不是吗，马尔切罗？”

“当然会。”马尔切罗说。

“您二位应该，”夸德里依旧用他惯有的语调说着，“尤其应该认识一下法国民众……非常亲切……聪明，自由……尽管这些可能会部分地与人们对于法国人通常的印象相悖……而且还善良……在他们身上，智慧是如此的细腻和敏感，已经变成了一种善良……你们在巴黎认识什么人吗？”

“我们谁也不认识，”马尔切罗回答说，“而且恐怕也不会认识什么人……我们也就在这里一个星期。”

“可惜，真是太可惜了……如果不认识居民，就无法知道一个国家真正的价值……”

“巴黎是一座夜生活的城市，不是吗？”茱莉亚问道，这个旅游指南似的对话让她感觉非常舒服，“我们还什么都没看到……但是想去看看……这里有好多舞厅，夜间娱乐场所，不是吗？”

“啊，是的，夜总会，还有boîte[1]，就是我们所说的‘盒子’，”教授漫不经心地说，“蒙马特区、蒙帕纳斯区……说实话，我们不经常去这些地方……只有几次，意大利朋友顺道拜访我的时候，我们就利用他们对这方面的全然不知去看看，顺便也让我们自己长长见识……不过这些地方都差不多……尽管弄得很高雅，很漂亮，就像这座城市一样……您瞧，夫人，法国人民是严肃的人民，非常严肃……他们的习惯都带有很重的家庭色彩……如果我跟您说，绝大部分巴黎人都从来没有涉足过‘盒子’的话，您可能会觉得惊讶……在这里，家庭非常重要，比在意大利还要重要……他们往往都是善良的天主教徒……比意大利的更加虔诚，这种虔诚不那么形式化，而更重实质……所以‘盒子’里面都是咱们这些外国人，这就不足为奇了……此外，这也是一门绝佳的赚钱门当啊……巴黎繁华的很大一部分原因正是‘盒子’，也就是依靠它的夜生活。”

“奇怪，”茱莉亚说，“我原以为法国人在晚上玩得很开心呢。”她脸红了，继续说道，“他们跟我说那些夜总会整夜都开

1 法语中对夜总会的俗称。

着，里面总是挤满了人……就像曾经我们这里的狂欢节。”

“是的，”教授漫不经心地说，“但是去那里的人主要还是外国人。”

“没关系，”茱莉亚说，“我非常想去瞧瞧，至少去一家吧……不为别的，就为了跟人聊天的时候可以说，我去过那里了。”

这时候门被打开了，夸德里太太走了进来，双手捧着一只托盘，里面摆着咖啡壶和咖啡杯。“不好意思，”她开心地说，一边用一只脚关上了门，“今天我的女仆放假，吃过中饭她就回家了……所以什么东西都得我们自己动手了。”马尔切罗觉得她真的非常开心，以一种他意想不到的方式；而在她的愉悦之中，在她轻盈高挑的姿态之中，蕴含着优雅。

“丽娜，”教授显得很困惑地说，“克莱里齐太太想要参观一家‘盒子’……咱们有什么可以推荐的吗？”

“哦，那可太多了，您真的不会缺少选择，”她开心地回答，同时把咖啡倒入杯中，她整个人就由一条腿支撑着，而另一条则伸在外面，就好像是为了展示她那只穿着平底鞋的大脚，“有适合各种品位的地方，也有适合各种消费水平的地方。”她把杯子递给茱莉亚，随意地说，“我们也可以带他们去吗，埃德蒙多，去一家‘盒子’……对于你来说这也是个很好的放松机会。”

她丈夫用一只手在下巴上摸了摸，就好像要摸胡子一样，然后回应说：“当然，肯定的，为什么不呢？”

“你们知道咱们可以怎么办吗？”她一边继续说着，一边把咖啡递给马尔切罗和自己的丈夫，“反正咱们晚上都是要吃饭的，那就到右岸的一家小餐馆去吃吧，不贵，而且吃得还不错，葡萄酒炖鸡，吃完晚饭后，我们去一家很古怪的小店看看……不过克莱里齐太太到时候可别反感啊。”

茱莉亚笑了，她被丽娜的快乐所感染：“我没有那么容易生气的。”

“这家‘盒子’的名字叫La cravate noire，也就是黑领结，”她一边解释一边坐在了茱莉亚身旁的沙发上，“去这家店的都是些有点特殊的人。”她看着茱莉亚，笑着说。

“您是指什么？”

“都是一些有着特殊趣味的女人……您会看到的……老板娘和招待全部身穿吸烟装[1]，戴着黑色领带……您会看到的，很滑稽。”

“啊，我现在懂了，”茱莉亚略带迷惑地说，“但是男人也可以去那里吗？”

这个问题把女人逗笑了：“没关系的……那是公共场所……一个小小的舞厅……它由一个品位很特殊的女人经营，此外她也很聪明，但是无论是谁都可以去的……又不是个修道院……”她边笑边看着茱莉亚，笑得身体微微抖动，接着她开心地说，“如果您不喜欢这个地方，我们可以去另一个地方……但就没有这么

1 原文为smoking，一种中性化风格的女式燕尾服。

特别了。”

“不，”茱莉亚说，“咱们就去这里吧……我很好奇。”

“可怜的女人们啊。”教授平淡地说。他站起身来说：“亲爱的克莱里齐，我想跟您说，我很高兴见到您，能和您还有您的太太今晚一起吃晚餐我更是深感荣幸……我们到时候好好谈谈……您还是抱着和之前一样的情感和理念吗？”

马尔切罗平静地回答：“我现在不过问政治了。”

“这样最好，最好。”教授拉过他的一只手，用自己的双手握住，继续说，“那我们也许可以有希望将您争取过来。”他的语气柔和而又哀伤、痛苦，就好像一位神父在和无神论者说话一样。教授握住马尔切罗的手，放在自己胸口心脏的位置，马尔切罗惊奇地看到，在教授凸出来的又大又圆的眼睛里竟然泛起了一丝泪光，让他的眼神充满了哀求的气息。接着，就好像是要掩饰他的激动一样，夸德里急忙和茱莉亚告别，然后走了出去，嘴里说着：“关于今天晚上的安排，我的妻子会和您二位商量的。”

门被关上了，马尔切罗略微有些尴尬地坐到椅子上，对面是那两个女人所坐的沙发。此时，夸德里走了之后，他觉得夸德里的妻子的敌意似乎更加明显了。她故意忽略他的存在，只和茱莉亚说话：“您去逛过那些时装店了吗，还有那些裁缝店、女帽店？……和平路，圣欧诺蕾区，还有马提农大街，这些您都去逛了吗？”

“说实话，”茱莉亚带着第一次听到这些名字的人所带有的那种表情说，“说实话，还没有。”

“您愿意去看看这些大街，看看商店，逛逛那些卖衣服的地方吗？……我向您保证会很有意思的。”夸德里太太继续说着，语气中充满了耐心、奉承、礼貌和关切。

“啊，是的，当然。”茱莉亚看着丈夫接着说，“我还想买点东西呢……比如一顶帽子。”

“您想我带您去吗？”女人提议说，所有这一类的问题到最后都必然会有这样的结论，“我很了解这些卖衣服的地方……我也可以给您一些建议。”

“那样最好了。”茱莉亚带着不确定而又感激的语气说。

“我们今天下午去吗，就是一个小时之后？您是允许我带您的妻子出去几个小时的，不是吗？”最后这些话是对马尔切罗说的，但是语调和跟茱莉亚说话的时候完全不同：急匆匆的，几乎是一种蔑视的语气。马尔切罗先是吓了一跳，然后回答说：“当然……如果茱莉亚喜欢的话。”

他觉得自己的妻子似乎是想摆脱夸德里太太的看护；至少从她望向自己的疑惑眼神来判断是这样的；而他意识到，自己在回应她的时候，眼神是命令她接受这个建议的。但他马上就在心中暗想：我这样做是因为我喜欢这个女人，想要再见到她呢；还是因为我在执行任务，因此不能得罪她呢？他突然感到很焦虑，因为不知道自己做这些事情是出于喜欢，还是因为这些事情符合自己的计划。茱莉亚这个时候却提出了反驳：“说实话，我想回宾馆一下……”

但另一个女人没有让她把话说完：“您想在出去之前稍微整

理一下自己吗？稍微梳妆打扮一下？……没必要回宾馆啊……如果您愿意的话您可以在这里休息，在我的床上休整一下……我知道旅行有多累，一整天都在转来转去，没有一刻的休息，尤其是对于我们女人来说……来……您跟我来，亲爱的。”茱莉亚还没来得及开口，就已经被迫站起身来；女人温柔而坚定地推着茱莉亚，朝房门走去。在门口的地方，就好像是要她放心似的，她用略带嘲讽的语气说：“您的丈夫会在这里等您的……不用害怕，他不会丢的。”然后一只胳膊搂着她的腰，将她领进走廊，关上了门。

剩下自己一人之后，马尔切罗猛地站了起来，在客厅里走了几步。他感觉这个女人很明显对他怀有深深的厌恶之情，他想知道原因。但此时，他的内心情感变得很混乱：一方面，一个他本想爱着的女人却如此憎恶自己，他感觉很痛苦；另一方面，这个女人可能知道他真实身份的念头让他很担忧，因为如果真是这样的话，这个任务可就不仅仅是困难了，更是充满危险。但是，最让他痛苦的，也许是他感觉这两种完全不同的不安的情绪居然混淆在一起，他几乎已经无法将二者进行区分了；也就是作为爱人而被拒绝的不安，和作为密探而怕被发现的不安。此外，他内心中再度出现的从前那种忧郁让他明白，即使他能够消除那个女人的敌意，但最终还是会再一次利用他们之间的关系来为自己的任务服务。就好像在部里的时候他提议将新婚旅行和政治任务结合在一起时一样。一直如此。

他身后的门被打开了，夸德里太太再一次走了进来。她走到桌子旁说："您的妻子非常累，我相信她已经在我的床上睡着了……过一会儿我们一起出门。"

"您的意思是说，"马尔切罗镇静地说，"您让我走。"

"哦，我的上帝，不是的，"她用冷淡的社交口吻回答，"我有很多事情要忙……教授也是如此……您要被迫自己一个人在大厅里待着了……您可能在巴黎有更重要的事情要做。"

"请原谅，"马尔切罗双手扶着一把椅子的椅背，看着她，"可我觉得您对我有敌意……不是吗？"

她马上回答，语气急促而果断："这让您惊讶吗？"

"说实话，是的，"马尔切罗说，"我们根本就不认识，今天是我们第一次见面……"

"我太了解您了，"她打断他的话，"即使您并不认识我。"

"看来确实如此。"马尔切罗心想。他意识到这个女人对他怀有的敌意是毋庸置疑的，这引发了他内心剧烈的痛苦，几乎要让他喊出来了。他忧虑地叹了一口气，缓缓地说："啊，您认识我？"

"是的，"她回答说，目光咄咄逼人，"我知道您是警察局的一个官员，您是特务，拿着您政府的薪水……现在，对于我对您充满敌意这件事情，您还觉得奇怪吗？……我不知道别人，但我绝对容忍不了mouchard[1]，特务。"她用一种侮辱性的礼节将法语翻译过来。

1 法语，意为特务。

马尔切罗低下头，沉默了一会儿。他感受到剧烈的痛苦，这个女人的蔑视就好像薄薄的铁片无情地在他裂开的伤口里搅动。他终于开口说：“您丈夫也知道这件事吗？”

“当然了，”她依旧带着那种侮辱性的惊讶态度回答说，“您怎么会觉得他不知道呢？……就是他告诉我的。”

“啊，他们真是消息灵通啊。”马尔切罗不禁心中暗想。他重新用一种理智的语气说：“那你们为什么还要接待我们呢？直接拒绝我们不是更简单一些？”

“其实我是不愿意招待你们的，”她说道，“但是我的丈夫不一样……我的丈夫就像一位圣人……他仍然相信善良是最好的办法。”

“一位非常狡猾的圣人。”马尔切罗本想如此回答。但是他想到实际上也确实如此：所有的圣人都必须是狡猾的；于是他没有说出口。他随后接着说：“很遗憾您对我如此有敌意……因为……我还觉得您挺不错的。”

“谢谢，您的好感让我害怕。”

过了一会儿，马尔切罗都不明白到底发生了什么：他就好像被那个女人额头上的光照得头昏眼花一样，同时又被一种剧烈而强大、混合着困惑和绝望的力量推动着。他突然间意识到自己已经来到了夸德里太太身边，一只胳膊搂住了她的腰，把她拉了过来，低声对她说：“也是因为我很喜欢您。”

她的身体紧紧贴着马尔切罗，以至于他能够感受到她柔软、隆起的胸脯在他胸口跳动，她惊讶地看了他一会儿，然后说：

“啊，太完美了。”她胜利般地尖叫道：“太完美了……新婚旅行当中，却随时准备背叛您的妻子……完美。”她愤怒地做了一个动作要挣脱马尔切罗的胳膊，口中继续说：“放开我……不然我要喊我的丈夫了。”马尔切罗立刻放开了她；但是这个女人在慢慢的敌意的推动下，转身面对马尔切罗，就好像他还在抱着她一样，一巴掌扇在他的脸颊上。

她似乎立即后悔了自己的举动。她走到窗前，注视了一会儿窗外，然后转过头来很突兀地说：“对不起。”但是马尔切罗觉得她并非后悔这个举动，而是担心这个耳光可能带来的后果。他想，她如此倔强和充满恶意的语气当中，算计和善意要多于悔恨。他坚定地说：“现在，我不得不离开这里了……我请求您告诉我的妻子，让她来这里找我……而且请您和您的丈夫原谅我们，今晚的活动要取消了……您和他说，我之前忘了还有另外一件事情。”他想，这一下算是真的结束了；无论是他的任务，还是他对于这个女人的爱，全都结束了。

他刚想给女人让路，让她去门口。然而他看到她盯着他看了一会儿，用嘴做出了一个生气而调皮的鬼脸，然后向他走来。马尔切罗注意到她的眼中燃起了混乱而坚定的火焰。走到离他一步远的地方，她慢慢抬起一只胳膊，远远地将一只手放在马尔切罗的脸颊上，说道：“不，不要走……我也很喜欢您……如果我刚才表现得那么暴力，那正是因为我喜欢您……不要走，忘记刚刚发生的事吧。”说话的同时，她的手缓缓地抚摩他整个脸颊，动作笨拙但又坚决，充满急切的愿望，就好像要把刚刚那一巴掌带来的灼痛去除一样。

马尔切罗看着她，看着她的额头，在她的目光中，感触着她那男人一般粗糙的手，他惊讶地感受到了一种深深的、躁动的不安，这种不安中满是温情和希望，让他的胸膛膨胀，让他无法呼吸，有生以来他第一次有这样的感觉。她站在他的面前，伸直手臂，抚摩着他，而他只看了她一眼，就能感受到她的美似乎一直以来就是注定属于他的东西，就好像是他一生要追寻的东西一样：他明白了自己一直爱着她，在这一天之前，也在他错把她看成S市那个女人之前。他想，是的，这就是他本应该对茱莉亚所拥有的那种爱的感觉，如果他爱她的话；而相反，他却对这个不认识的女人有了这种感觉。接着他走向她，张开双臂想要拥抱她。但是那个女人立刻躲开，尽管躲开的方式让他觉得很温柔，暗含别的意思；她把一根手指放在嘴唇前低声说："现在你走吧……我们今晚见。"马尔切罗还没反应过来，她就已经把他带出客厅，推进衣帽间，然后打开了房门。门随即被关上了，马尔切罗自己回到了楼道里。

六

休息好之后，丽娜会和茱莉亚一起去逛街买衣服。然后茱莉亚会回到宾馆，再晚一点儿，夸德里夫妇就会来宾馆接他们去吃晚饭。现在大概是四点钟，距离晚饭时间还有四个多小时；但是距离奥兰多打电话到宾馆询问他饭店地址只有三个小时。所以马尔切罗有三个小时的时间可以单独待着。在夸德里家发生的事情让他想要独处，不为别的，就是为了能够更好地认清自己。这是因为，正如他下楼时心中所想，丽娜的举止态度并不意外，她的丈夫比她年老许多，而且全身心投入政治生活当中；但是他自己的行为呢，新婚后不久，而且还在新婚旅行当中，他刚刚的举动让自己震惊、害怕，而且还暗暗地让自己得意。迄今为止，他都相信自己足够了解自己，只要自己愿意就有能力控制自己。但是现在，他怀着不知是错愕还是得意的心情意识到，也许，他错了。

他从一条小路走到另外一条小路上，走了一段时间之后，终于来到了一条宽敞的、微微上坡的大街——大军营大街，他在旁边房子的墙角上看到的名字。他抬起头，矗立在远方的凯旋门长方形的轮廓突然映入眼帘，出人意料而又巨大无比，就在这条马路的尽头，从侧面显露出来。它巨大而厚重，却又显得虚无缥缈，就好像悬浮在灰白的天空之中，也许是因为夏日的雾霭给它染上了一抹天蓝色。尽管走着路，但他的眼睛却一直注视着这象征胜利的庞然大物，马尔切罗突然间有了一种全新的感受，一种让自己感到欣喜、自由和无所不能的感受；就好像一直压在自己身上的沉重包袱突然之间都被卸掉了，他的脚步也更轻快了，就好像飞起来了一般。他心想，这种如释重负的感觉是不是单纯地因为自己身在巴黎，面对着这恢宏浮华的纪念建筑，远离之前的那些狭窄街口：有时候会遇到这样的事情，就是把身体感受到的短暂舒适错认为是内心中出现的深刻波澜；然后他重新思考了一下，明白了这种感觉是来自丽娜的抚摩：他是从内心中扰人而纷乱的思绪中发现这一点的，而这种思绪正是他回想起这种抚摩的时候才出现的。他一只手不自觉地摸着她手掌之前触碰过的脸颊；眼睛因为甜蜜而自然地闭了起来，就好像在重新回味她那粗糙而坚实的手掌，那只手亲密地抚摩着他的整张脸，就好像是在辨识着这张脸的轮廓。

什么是爱呢？当他再次走上宽阔的人行道，眼睛注视着凯旋门时，心中想道。正如他意识到的，如今他可能会打乱自己的全部生活，可能抛弃自己刚刚结婚的妻子，可能背叛自己的政治信仰，从而走上一段无法挽回的冒险之旅，这一切所谓的爱究竟是什么呢？他回想起多年前在大学的时候，一位一直拒绝他求爱的女同学也曾问过这个问题。当时气急败坏的他回答说，对于他来说爱就是春天站在草地中央的母牛以及站起来要和母牛交配的那头公牛。他想，那片草地就是夸德里客厅里铺着的小资情调的地毯，丽娜就是那头母牛，而自己就是公牛。他们都赤裸着身体，和那两只动物完全相同，只是地点不一样，肢体也不是动物的。以急切、笨拙的暴力方式爆发出来的情欲冲动也完全相同。但是相似点也就到此为止了；这种相似点如此明显，也同样无关紧要。因为，出于一种神秘、精神上的化学作用，这种冲动很快就转化为无比遥远的思绪和情感，冲动是这些思绪和情感的必然来源，但是它们却肯定不会止步于此。这种情欲的冲动实际上仅仅是大自然的一种关键而强大的工具罢了，利用这个工具去探寻的东西早于大自然就存在了，或者甚至是存在于大自然之外的。大自然的手，从未来的五脏六腑之中，拽出了那个关乎未来事物的会死的人形婴孩。

“简而言之，”他想，同时试图减少自己内心的波澜，让不同寻常的激动平复下来，“简而言之，我渴望在新婚旅行当中抛弃自己的妻子，在执行任务期间逃离岗位，而成为丽娜的情人，和她一起在巴黎生活。简而言之，”他继续想着，“如果丽娜像我爱她一样爱着我，一样的原因，一样的强烈，那我肯定会做这些事情的。”

如果说他对于这个决定的严肃性还心存疑虑的话，那么到了大军营大街尽头的时候，当他抬头望向凯旋门的时候，这种疑虑就彻底消失了。此刻，他望着眼前高耸的、为了纪念某位暴君功绩而建立起来的遗迹，脑中联想到了相似的东西，他几乎为另一位暴君感到惋惜，他自己迄今为止都是在为这位暴君效力，而此刻却准备背叛他。由于提前有了对于这种背叛的感知，他到上午为止一直在扮演的那个角色就轻松许多了，几乎毫无负罪感，如今这个角色更加可以被理解了，更加可以被接受了；这个角色不再像这一刻之前那样，是外部意愿强加的结果，一种渴望正常状态、渴望救赎而强加给自己的结果，而是几乎成了一种追求，或者至少是一种并非完全人为制造出来的倾向。而且，他回顾往事时感受到的这种超脱和惋惜也恰恰是一个确定无疑的信号，表明了他决定的义无反顾。

他在凯旋门的车流前等了很久，找到间隙便穿过广场，径直朝凯旋门走去，他手里拿着帽子，走到拱门下面，来到无名战士的墓碑前。在这里，凯旋门墙壁上罗列着一系列胜利战役的名字，每一场战役对于无数人来说都意味着忠诚和奉献，而就在几分钟前，这些正是将他和政府联系在一起的品质；此处就是无名战士的坟墓，旁边由永不熄灭的火焰守护着，这象征着未来还会有其他牺牲。他读着那些拿破仑战役的名字，不禁想起了奥兰多的话："一切都是为了家人和祖国"；此时他突然明白了，这位如此信念坚定，同时又无法理性证明自己信念的探员，他和自己的区别就在于，自己是有选择能力的，而自己长久以来一直的忧郁感又在窥探着这个能力。是的，他想，他在过去进行了选择，如今他要再一次进行选择。而他的忧郁感，正是那种混杂着惋惜之情的忧郁，它会让人思考那些本来可以拥有，但是在选择的时候不得不放弃的东西。

他从凯旋门下走了出来，等待车流的间隙，然后来到了香榭丽舍大街的人行道上。他觉得，凯旋门似乎像一个看不见的阴影，延伸到这条繁华而热闹的马路上；他还觉得，这个象征着战争的纪念碑和马路上熙熙攘攘的人群以及一片平和景象之间，似乎有一种必然的联系。他想道，这也正是他现在打算放弃的那个东西的一个层面：一种沾满鲜血、非正义的伟大事业，这种事业在后世会带来欢乐和富有，而它最开始的本源却会被忽略；这是一种残酷的牺牲，随着时间的推移，它对之后一代代的人来说就变为力量、自由和舒适。你瞧，这不正是犹大的辩解嘛，他自我解嘲地想道。

但现在主意已经拿定，他就只有一个渴望：思念丽娜，想着为什么爱她和如何爱她。他缓缓地沿着香榭丽舍大街走下来，不时地停下来看看那些商店，报摊上放着的报纸，坐在咖啡厅里的人，还有剧场外面的海报。人行道上密密麻麻的人群从四面包围住他，人群挤来挤去，他感觉这移动的人流就像是生活本身的流动。四排车流，每个方向有两排，它们在几道宽阔的马路中上下行驶着，车辆从他的右眼中驶过；而左眼里则是奢华的商店，令人赏心悦目的广告牌，还有那些挤满人的咖啡馆。他加快了脚步，就好像是要把凯旋门甩在身后，走了一段时间后，他转过身看去，凯旋门突然变得很远，并且由于距离过远和夏日的氤氲，已经变得完全虚无缥缈了。当他来到这条马路尽头的时候，他在花园树荫下找到了一个长凳，轻松地坐了下来，他很高兴自己终于能够心平气和地想一想丽娜了。

他想好好回忆一下第一次意识到丽娜存在的那个时刻：也就是在S市的那家妓院里面。为什么当时在大厅里看见那个女人坐在奥兰多探员的身旁，会让他产生一种前所未有的强烈感受呢？他记得，他曾震惊于她额头上散发的光芒，他知道吸引他的东西是那种纯洁，他先是在那个女人身上发现了，后来则是在丽娜身上，他隐约觉得，这种纯洁在那个妓女身上似乎被糟蹋和亵渎了，而在丽娜身上则是完美的。他的一生，对于这种堕落、腐化、不纯洁的厌恶一直折磨着他，即使和茱莉亚的婚姻也不曾让这种情绪得到缓解，现在他终于明白：只有围绕在丽娜额头的那片光辉才能驱散他心中的这股厌恶。他觉得，利诺和丽娜这两个名字的巧合似乎也是一种好兆头：第一个名字让他生平第一次产生了那种厌恶情绪，而第二个则让他从这种情绪中解脱出来。他就这样自然而自发地，仅仅通过爱情的力量，通过丽娜就重新找到了他一直渴望的那种正常状态。但这种正常状态却不是他这些年来一直追求的那种几乎是官僚似的正常状态，而是另外某种天使般的正常状态。在这个明亮而纯洁的正常状态面前，他所承担的政治任务、他和茱莉亚的婚姻、他作为循规蹈矩的男人过的那种理性而又平淡的生活，这些都成了幌子，这个幌子是他在无意识地等待一个更好命运时才会使用的。现在，他又是通过和以往一样的动机来摆脱这个幌子和假象，重新找到自我。

正当他坐在长凳上随意想着这些问题的时候，突然注意到一辆大轿车，这辆车正在开往协和广场，似乎渐渐放慢了速度；果然，在离他不远的人行道边停了下来。这是一辆黑色轿车，虽然豪华，但很陈旧，样式很老，似乎和车身那些过分明亮的镀镍和镀铜部件很不匹配。如他所料，这是一辆劳斯莱斯，他突然之间感受到一种惊骇和焦虑不安，而且他也不知为什么，这种情绪竟然混杂着一种令人毛骨悚然的熟悉感。他过去在什么地方，在什么时候曾经见过这辆车吗？司机是一个头发灰白的瘦瘦的男人，身穿深蓝色制服，在车子刚刚停下来之后，他就迅速下车，跑去开了车门，这个动作在马尔切罗的记忆中引发了一个形象，这个形象正好可以回答他之前的疑问：同样的轿车，同样的颜色，同样的品牌，停在距离学校很近的街角，而利诺走下车，为他打开车门，他则是上了车，坐在利诺身边的位置上。此时，司机手持小帽子待在车门旁等候的时候，一条男人的腿从车里小心翼翼地伸了出来，这条腿套在灰色法兰绒长裤里，脚穿一只像车子镀铜部件那样洁净明亮的黄色皮鞋，司机随即伸出手，接着，车上那人整个身体吃力地下了车，站在人行道上，出现在马尔切罗面前。正如马尔切罗所判断的那样，这是一个上了年纪的老人——很瘦，个子很高，红彤彤的脸庞，头发似乎依旧是金黄色，步履蹒跚，拄着一根带着橡皮头的手杖以协助他走路，但是他又意外地让人觉得很年轻。当他慢慢朝长凳走近的时候，马尔切罗仔细地注视着他，他想弄明白是什么让这个老人拥有如此年轻的气色，然后他明白了：是因为他头发梳理的样式，发路是偏分的，同样也由于他粉白条纹、颜色鲜艳的衬衫，以及领口那个绿色蝴蝶结。老人低着头走过来，在长凳这里抬起了头，马尔切罗看到了他清澈的蓝色眼睛，像是纯净而坚硬的宝石，这眼神同样散发着年轻的光芒。老人最终吃力地坐下来，就在马尔切罗的身边，司机一步步紧紧跟着他，此时将一个小小的纸包交给老人。然后司机轻轻鞠了一躬，回到了轿车那里，上了车，一动不动地坐在挡风玻璃后自己的位置上。

马尔切罗一直盯着走过来的这位老人，现在低下头，思考着。他原本希望自己不会再见到和利诺的车相似的车子就感到恐惧，永远不会；这却恰恰是令他心烦意乱的原因。但是更令他恐慌的却是那种强烈而模糊，同时又尖锐地伴随着厌恶的情绪，他感到畏惧、无力和被奴役。就好像所有这些时间都不曾过去，或者说得更糟糕一些，是白白地过去了，他依旧还是当时那个男孩子，利诺仍然在车里等他，而他则会答应这个男人的邀请，准备上车。他觉得自己似乎又一次受到了旧日的讹诈，但这一次讹诈不再是利诺用一把手枪带给他的，而是他自己饱受往昔回忆搅扰的肉体。一股突如其来的熊熊烈火让他惊恐不已，他本以为这片烈火早已熄灭，他叹了一口气，机械地在几个衣服口袋里胡乱摸索着香烟。这时突然一个声音用法语说道："找香烟吗？……这里有。"

他转过身，看到老人用微微颤抖的、红色的手递给他一盒美国香烟。同时，老人用一种独特的、既急切又慈祥的表情看着马尔切罗。马尔切罗很尴尬，没有道谢便把烟盒接了过来，匆匆打开，从里面抽出一支香烟，随即把烟盒还给老人。但老人却一下子抓住烟盒，用不容商量的动作把它塞进马尔切罗的衣服口袋，含沙射影地说道："这些烟都是给您的……您尽可以拿着。"

马尔切罗感觉自己脸红了，然后又白了，自己也搞不清自己的感觉，似乎混杂着愤怒和羞怯。还好他的眼神是向下看着自己的鞋的：鞋子上满是尘土，甚至都有些发白了，而且因为走路太多也有些变形。于是，他脑中突然有了个想法：那老人很可能是把他当成什么穷人或者流浪汉了。他的怒气顿时平息。他没有张扬，只是简单地把烟盒从口袋里取出，放到长凳上，摆在他们两人中间。

但是那老人却没有发觉他归还了烟盒，也没有再去理会他。马尔切罗看到他打开了司机刚刚交给他的那个纸包，从里面拿出了一块面包。他轻轻地、小心翼翼地用颤抖的双手把面包碾碎，将两三块碎屑扔到地上。这时候，长凳旁边郁郁葱葱的大树上立即飞过来一只胖乎乎、很亲人的麻雀。它蹦跳着走到面包屑前面，脑袋转了几下看看四周，然后用嘴叼起面包碎屑，吞了下去。老人接着又扔下三四块碎屑，从人行道旁的树上又飞来好几只麻雀。马尔切罗嘴里叼着点燃的香烟，眯着眼睛注视着眼前的场景。尽管老人弯着腰，手也有些颤抖，但是他真的保持了某些少年的特征，或者说得更确切些，人们不用花费很大的努力就能够轻松地把他想象成一个少年。侧面看，老人红色的、调皮的嘴巴，又直又大的鼻子，金色的头发垂下来，一缕如同孩童般的头发垂在额头，这些特征甚至让人想到他曾经是一个非常帅气优雅的少年；也许就像一个来自北欧的运动员，将少女的优雅和男子的力量完美结合。他弯着身子，脑袋像是沉思一般垂在胸前，他把整块面包都捏碎了去喂那些麻雀。喂完了之后他没有动弹，也没有转身，依旧是用法语发问道：“您是哪国人？”

“意大利人。”马尔切罗简短地回答。

“我怎么没想到呢？”老人感叹道，一边说着，一边用他独有的任性而又活泼的动作重重拍了一下自己的额头，“我刚刚还在想我是在什么地方见过像您这样完美的脸庞呢……我真蠢，该死，就是在意大利嘛……您叫什么名字？”

“马尔切罗·克莱里齐。”马尔切罗稍稍犹豫了一下回答道。

“马尔切罗。”老人抬头看着前方，重复了一遍。接着是长时间的沉默。老人似乎正思考着；或者准确点说，如马尔切罗所想，他似乎是在努力地回忆什么事情。最终，他带着胜利的表情，转身看着马尔切罗，朗诵道：“Heu miserande puer, si qua fata aspera rumpas, tu Marcellus eris.”[1]

这是马尔切罗非常熟悉的诗句，他读书的时候曾经翻译过，同样也是因为读书的时候同学们曾经用这个诗句捉弄过他。但是在此时此刻，在老人递给他香烟之后说出这几句有名的诗行时，他却感受到了一种不快，感觉自己受到了拙劣的恭维。当他看到老人用一种要得出某种结论的眼神从头到脚扫视他的时候，这种

1 拉丁语，出自古罗马诗人维吉尔（公元前70—前19）的《埃涅阿斯纪》，大意为：“哦，可怜的年轻人，只要你能打破你残酷的命运，你就将成为马塞勒斯。”马塞勒斯（Marcellus）在原文中为一位古罗马英雄，马尔切罗（Marcello）的名字与其相近，因而老人朗诵了该句。

感受转变成了愤怒，老人接着告知他说："维吉尔。"

"是的，维吉尔，"马尔切罗干巴巴地重复说，"您又是哪国人呢？"

"我是不列颠人。"老人突然很奇怪地开始用优雅、而且似乎带有一些讽刺意味的意大利语说话。更奇怪的是，他的意大利语当中还混杂着那不勒斯方言："我曾经在那不勒斯生活过很多年……你是那不勒斯人吗？"

"不是。"马尔切罗对他突然以"你"相称感到很不自在。这个时候，那些麻雀已经把面包屑吃光了，然后飞走了；再往前几步远的地方，在人行道边上就停着那辆等在那里的劳斯莱斯。老人抓起手杖，艰难地站起来，这一次是用法语，他用命令的语气对马尔切罗说："您可以送我到车那边吗？……您愿意扶我一下吗？"

马尔切罗很机械地伸出手臂。那个烟盒还留在长凳上，就在刚刚他放的那个位置。"您忘了那些香烟了。"老人用手杖指了指烟盒。马尔切罗假装没有听到，朝着汽车的方向迈出一步。这一次老人没有坚持，而是跟着他一起走了。

老人走得很慢，比之前他一个人走的时候慢很多；他的一只手挽着马尔切罗的胳膊。但是这只手并没有停在一个地方：它在这个年轻人的胳膊上，上下滑动，如同占有般地抚摩着。马尔切罗突然觉得自己心脏停止跳动了，他抬起头明白了为什么会这样：汽车在那里等待着他们，正如他所想，他将会被邀请上车，就好像许多年前那样。但是更让他害怕的是，他知道自己不会拒绝这个邀请。对于利诺，除了想要得到那把手枪之外，他还有某种说不出来的调皮；而现在面对这个人，他惊愕地发现自己竟然怀着和以前一样的顺从态度，就像是一个人曾经被某种东西诱惑，而多年以后他惊奇地发现自己还是被同样的东西诱惑着，于是也就找不到拒绝的理由了。他心想，就好像利诺曾经和他一起做他喜欢的事情；就好像他从没有拒绝过利诺，也没有杀死他。这些思绪飞快闪过，更多地像是闪电般划过，而不是思考。接着他抬起头，看到他们已经走到轿车前面了。司机已经下车了，手中拿着帽子，在打开的车门前等待着。

老人依旧挽着他的胳膊，说："那您愿意上车吗？"

马尔切罗立刻回答，他为自己能够如此坚决而感到高兴："谢谢，但我必须去宾馆……我的妻子在等我。"

"可怜的女人，"老人用一种很调皮的亲密语气说，"您就让她等一会儿吧……这对她会有好处的。"

马尔切罗心想，现在必须说明一下了。他说："我们之间有误会。"他犹豫了一下，眼睛的余光发现一个年轻的流浪汉停在了放香烟的那个长凳旁边，他接着说："我不是您认为的那类人……您要找的也许是那边那位。"他指着那个流浪汉，那个流浪汉此时正用快速的动作把那盒香烟偷偷塞进自己的口袋里。老人也看了看那个人，然后微笑着用一种既开玩笑又很无耻的语气回答说："那些人，我想要多少就有多少。"

"很遗憾。"马尔切罗非常坚定，冷冷地说道；他转身要走。老人拉住了他："至少允许我送送您吧……"

马尔切罗犹豫了，他看看表："好吧，您送我吧……既然您愿意。"

"我很愿意。"

他们上了车，马尔切罗先上，然后是老人。司机关好车门，快速坐在自己的位置上。"去哪里？"老人问道。

马尔切罗告诉了他宾馆的名字；老人对着司机用英语说了些什么。车子发动了。

马尔切罗注意到这辆轿车很安静，很舒适，在杜乐丽花园的树丛之间安静而快速地行驶着，开往协和广场。车子内饰罩着灰色毛毡；一个古典样式的水晶花瓶被固定在车门旁边，里面放着几枝栀子花。沉默了一段时间之后，老人转头对马尔切罗说："请您原谅我刚刚给您香烟……我错把您当成一个穷人了。"

"没关系。"马尔切罗说。

老人又沉默了一会儿，接着说："我很少犯错的……我当时可以发誓，您就是……我那时候如此确信，以至于为自己用香烟当借口而感到难为情……我确信只要看上一眼就知道了。"

他说话时的态度显得玩世不恭，既愉悦又有涵养；能看得出，直到现在老人依然把马尔切罗看成是一个同性恋。他的这种同谋般的语气如此坚定，以至于马尔切罗几乎要满足他，回答他说："是的，也许您说得对，我就是同性恋……尽管我自己对此全然不知……接受上您的车的时候，就印证了这一点。"然而他却只是干巴巴地说道："您搞错了，仅此而已。"

"是啊。"

汽车此时绕着协和广场的方尖碑行驶。然后突然在桥的对面停下来。老人说："您知道是什么让我想到这一点吗？"

"是什么？"

"您的眼睛……如此温柔，尽管它们努力地去表现出恼怒，但却是那么含情脉脉……不管您承不承认，您的眼睛是会说话的。"

马尔切罗什么也没说。汽车短暂停留了一会儿就继续开动了，穿过桥梁之后车子没有沿着塞纳河沿岸行驶，而是转进众议院大楼后面的街道，马尔切罗吓了一跳，转身对老人说："可我的宾馆是在塞纳河边的啊。"

"我们去我家，"老人说，"您不想喝点东西吗？您可以稍作停留，然后再回去找您的妻子。"

突然之间，马尔切罗似乎又一次感受到了多年前曾经有过的那种感觉，那种受到羞辱、愤怒而又无能为力的感觉，就是他的同学给他套上裙子嘲笑他是马尔切里娜的那个时候。就像那些同学一样，这个老人也不相信他男性的阳刚；就像那些同学一样，他也顽固地把马尔切罗当成是某种女人。他咬着牙说："请您送我去宾馆。"

"不要这样……这对您有什么呢？……就待一会儿。"

"我之所以上车，仅仅是因为我有些迟到了，您送我的话我会来得及……现在，请您送我去宾馆。"

"真奇怪，我却以为您是自己乐意被绑架的……你们这类人都是这个样子，都需要别人使用暴力。"

“我向您保证，您用这样的语气和我说话是错误的……我完全不是您想象的那类人……我已经和您说过了，现在再向您重复一次。”

“您真是多疑啊……我什么都不以为……您不要这样看着我。”

“这是您自找的。”马尔切罗说，一只手伸进上衣内部口袋里面。从罗马出发的时候，他随身带了一把小手枪；他没有把手枪留在行李箱里，而是一直随身携带，为的是不引起茱莉亚的怀疑。他掏出手枪，小心地对准老人的外套，让司机看不到自己手中的武器。老人用一种亲切而嘲弄的表情看着他；接着又低下头。马尔切罗注意到老人突然变得严肃起来，露出了一种困惑，甚至是不理解的表情。马尔切罗说：“您看到了吗？现在，请您命令您的司机送我去宾馆。”

老人立刻抓过传话筒，喊出了马尔切罗住的宾馆的名字。汽车减速，然后转到了一条横向的马路上。马尔切罗将手枪放回口袋，说：“现在好了。”

老人什么也没说。此时他似乎从刚刚的惊讶当中恢复过来了，仔细地盯着马尔切罗看，就好像在认真研究他的面容。汽车开到了塞纳河沿岸，开始沿着护栏行驶。突然马尔切罗认出了宾馆那个玻璃棚下的旋转门入口。汽车停下来了。

“请允许我把这枝鲜花送给您。”老人从花瓶中取出一枝栀子花，递了过去。马尔切罗犹豫了一下，老人接着说：“这是给您夫人的。”

马尔切罗接过鲜花，向他道谢，司机在打开的车门旁等候着，头上没有戴帽子。马尔切罗在司机面前跳下车。他似乎听到了老人用意大利语向他告别，又或许只是他的幻觉：“永别了马尔切罗！”他没有回头，两只手指捏着那朵栀子花走进宾馆。

七

他走到门房那里，索要房间钥匙。“钥匙在楼上，”门房在检查了放钥匙的屉柜之后对他说，“您的夫人拿走了钥匙……她和一位太太上楼了。”

“一位太太？”

“是的。”

听到这个消息马尔切罗感到异常慌乱，同时又极度喜悦，跟那个老人见面之后，仅仅得知丽娜在茱莉亚的房间这一个消息竟能让他如此慌乱，这也正是他喜悦的原因。他朝着电梯走去。走进电梯间之后，他看看手腕上的手表，现在还没到六点钟。他有充裕的时间找到一个借口带走丽娜，把她带到宾馆的某个大厅里面，然后一起为将来做打算。不久之后，他就会彻底甩开将在七点钟打电话的奥兰多探员。这些巧合在他看来似乎都是吉兆。电梯在上升，他看了看一直被他捏在指间的那朵栀子花，突然之间他很确信，那个老人并不是要把这朵花给茱莉亚，而是要给他真正的妻子，丽娜。现在轮到他去把栀子花作为他们爱的信物交给她了。

他匆忙地走过走廊，来到自己的房间，没有敲门就走了进去。这是一个带有双人床的大房间，里面有一个衣帽间，衣帽间里甚至还有卫生间。马尔切罗悄悄地关上房门，没有弄出声响，在衣帽间的黑暗中停留了一会儿。此时他注意到，卧室的门是半掩着的，一道光从里面透出来；于是他想要悄悄地偷窥一下丽娜，似乎觉得用这种方式他可以核实一下她是否真的爱他。他眼睛对准门缝，朝里面望去。结果看到了丽娜和茱莉亚令人吃惊的一幕。

床头柜上亮着一盏灯，房间其他的地方都笼罩在黑暗里。他看到茱莉亚坐在床头，背靠着枕头，全身裹着一件白布：那是浴室里用的大浴巾。她双手把浴巾按在胸口，她的肚子和双腿都露了出来。丽娜蜷缩在地上，就在茱莉亚的双腿边，她用双臂抱住茱莉亚的双腿，额头顶住茱莉亚的膝盖，胸脯靠在茱莉亚的小腿胫骨上。茱莉亚并没有斥责她，相反，可以说她是带着一种愉悦而宽容的好奇，伸长脖子观察着眼前的这个女人，由于她的姿势略微后仰，所以茱莉亚也只能看到她身体的一部分。丽娜没有动弹，最后小声地说："我这样待着，你不会不开心吧。"

"不，不过等一会儿我就要穿衣服了。"

丽娜沉默了一会儿，就好像回到了先前的话题似的说："但是，多么愚蠢啊……你怎么了？……既然你自己也说了，你要是没结婚，现在是不会反对的。"

“也许，我说这些，”茱莉亚有些调皮地说道，“是为了不冒犯到你……而且，我已经结婚了。”

马尔切罗一直注视着她们，此时他看到丽娜一边说着话一边把一只胳膊抽出来，“结婚了，”她用强烈的讽刺语气说道，“那也要看看是和谁结婚。”

“我喜欢他。”茱莉亚说。

接下来是长时间的沉默。终于，她说：“现在我是真的需要穿衣服了。”

丽娜快速地跳了起来，惊呼道：“你不要动……你只需要告诉我东西在哪里……我来帮你穿衣服。”

“不，我自己穿衣服。”茱莉亚踮着脚尖，从马尔切罗的眼前走过，消失在房间深处。接着传来了她的声音：“我求你别看我……或者你干脆转过身去吧……你让我不好意思了。”

“那你干脆说你想让我走开算了。”

“不，你就待在那里，别看我。”

“我不看你……看你对我来说有那么重要吗？”

“你别生气……你要理解我：如果不是因为之前你用那种方式和我说话，我也不会不好意思，现在你可以随便看我了。”这句话的声音是被闷住的，就好像头上套着一件衣服。

“你不要我帮忙吗？”

“哦，上帝啊，如果你真的那么想帮忙的话就帮吧……”

丽娜行动起来，她的身形在马尔切罗面前晃过，径直朝茱莉亚声音传来的房间走去，消失了。马尔切罗从门缝那里离开，回到了走廊里。

离开房门几步远的时候，他才发现，惊讶和慌乱已经让他不知不觉地做出了一个意味深长的举动：他已经用手指很机械地把老人送给他、他又准备送给丽娜的那朵栀子花给捏碎了。他随手把花丢在走廊地毯上，朝楼梯走去。

他下到底楼，走出去，在黄昏似有似无、雾气迷蒙的光线下来到塞纳河河畔。灯火已经点亮，有远处桥梁的一串串白色灯光，有一辆辆汽车成双成对的黄色灯光，有一个个窗户长方形的红色灯光，而夜色则像一片阴暗的烟雾似的，从对岸那些塔楼教堂的尖顶和房屋屋顶的黑色侧影后面，袅袅升进绿色而晴朗的天空中。马尔切罗走到一个护栏前，两个手肘靠在上面，俯视已经变得黑黝黝的塞纳河，而此时，河水似乎正把一条条宝石般的和一圈圈钻石般的倒影卷进它昏暗的波浪当中。这时他所感受到的已经更像是一场灾祸过后的死寂，而不是这场灾祸本身所带来的混乱。他明白自己在这个下午曾经有那么几个小时相信过有爱情；他也领悟了自己身处一个异常混乱动荡的世界，在其中转来转去，在这里真正的爱情是不存在的，只有感官关系，从最自然最普通的感官一直到那些最变态最反常的。丽娜对他的爱肯定不是爱；丽娜对茱莉亚的爱，也不算是爱；他和妻子的关系，同样也不能被称为爱；甚至连茱莉亚，她是那么宽容，几乎被丽娜的殷勤勾引过去，她或许也不是用真正的爱来爱着他。在这个既有闪电又有黑暗、如同一个暴风雨的黄昏的世界里，这些男人女人、女人男人的模糊形象互相交织混杂，变得更加难以辨认，它们似乎暗示了一种同样模糊的意义，而这种意义却正如他所想，同他自身的、已经被验证过的、无法摆脱的命运紧密联结在一起。既然没有爱，就凭这一个原因，他就可以继续做他迄今为止一直在做的那种人，他就可以完成他的任务，就可以坚持和那个野兽般、无法预料的茱莉亚去试图组建家庭。这就是正常状态：这种权宜之计，这种空洞的形式。除了这种正常状态之外，一切都只是混乱和任意妄为。

他感觉自己是被迫做出这样的举动的，也因为他已经弄清楚了丽娜的举动的目的。她蔑视他，而且很可能像她之前对他还算坦诚的时候所说的那样，憎恨他；但是为了不中断他们之间的关系，从而能够让她继续见到她所爱慕的茱莉亚，她装作对他抱有爱意。现在马尔切罗已经明白，如今他从丽娜那里已经不能去期待理解或者同情了；面对这种无法补救的，彻底的，以性反常、政治对立和道德蔑视为武装的敌视态度，他感到一种剧烈而又无能为力的痛苦。这样的话，她眼中和额头上曾令他神魂颠倒的如此纯洁和智慧的光芒，将永远不会垂怜他，满怀柔情地照亮他、安抚他。丽娜宁愿用这份光芒去忍受屈辱，去阿谀奉承，去乞求怜悯。想到这里，他回忆起他看到丽娜把脸紧紧压在茱莉亚膝盖上时所感受到的震惊，这种感觉同他在S市妓院中看到妓女路易莎听任奥兰多搂搂抱抱时的那种亵渎感一样。茱莉亚不是奥兰多，他心想，但是他希望那额头不要在任何人面前低下去：他感觉很失望。

伴随着这些思绪，夜幕降临了。马尔切罗站直身子，转身朝宾馆走去。他正好来得及瞥见丽娜的白色身影从里面走出来，她行色匆匆地走向不远处停在人行道边的一辆轿车。她那种满意同时又几乎是鬼鬼祟祟的神色让他很吃惊，就好像一只貂或是银鼠从鸡窝里溜出来，嘴里叼着猎物。正如他所想的，这不是一个遭到拒绝的人的态度，而正好相反。也许，丽娜已经成功地从茱莉亚那里争取到了某些承诺；又或者是，茱莉亚出于厌倦或者肉欲上的被动，放纵了自己，任由对方做某些对她来说毫无意义的抚摩，她对自己和对别人总是如此的纵容，但是对于丽娜却是十分珍惜的。就在这个时候，那个女人已经拉开了车门，上了车；她斜着身子坐进去，然后再把双腿抽进来。马尔切罗看着车子开过，看着那漂亮的脸蛋，高傲、秀气、直挺挺的侧脸，双手握着方向盘。汽车远去了，他再次回到宾馆。

他上楼来到房间，没有敲门就进去了。房间里很整齐，茱莉亚坐着，已经穿好衣服了，面对着梳妆台，正在打理头发。她没有转身，平静地问："是你吗？"

"是的，是我。"马尔切罗一边坐到床上一边回答说。

他等待了一会儿，然后问道："你玩得开心吗？"

妻子立刻兴奋地从梳妆台半转过身子回答说："非常开心……我们看到了好多漂亮的东西，至少有十几家店留住了我的心。"

马尔切罗什么也没说。茱莉亚安静地理好头发，然后站起来，也坐在了床上。她穿着一件黑色晚礼服，敞开的领口显露出她丰满、结实、褐色的胸部，就好像两个新鲜的水果从果篮里露出来一样。衣服肩膀处绣着一朵鲜红色的玫瑰花。甜蜜而年轻的脸上是微笑着的大眼睛，丰润的嘴巴，性感又愉快的表情。她微笑了一下，也许自己都没有察觉，从那两片抹着鲜红色口红的嘴唇中间露出了洁白发亮的整齐的牙齿。她亲热地抓起他的一只手，说道：“你猜猜看，我遇到了什么事情。”

“什么事情？”

“那位太太，就是夸德里教授的妻子……你想想看……她不是一个正常的女人。”

“什么意思？”

“她是那种喜欢女人的女人……反正就是，她爱上我了……就这样……一见钟情……你走之后她对我说的……所以她才坚持让我留在她家休息……她很正式地向我表白呢……谁能想到还会有这种事情呢？”

“那你呢？”

“我可真的没有预料到这件事……我当时都要睡着了，因为我真的很累……一时间几乎没有弄明白……但最后我明白了，然后我也不知道该怎么办……你说实话，你能想到像她这样的一个女人，这样有节制、自控的女人，会是这样吗？”

“不，”马尔切罗温柔地回答，“我想不到……而且，”他继续说，“我也想不到你会用这样的热情回应她。”

“这是什么话，你嫉妒了？”她惊呼道，得意地开心大笑起来，“嫉妒一个女人？就算我顺从了她的心愿，但是你也不需要嫉妒……女人不是男人……你放心吧……我们之间，几乎什么事情都没有发生过。”

"几乎？"

"我说几乎，"她有所保留地回答说，"是因为我看她那么绝望，在她用车子送我回宾馆的时候，曾允许她握了我的手。"

"只是握了手吗？"

"你嫉妒了，"她又一次开心地大喊起来，"你真的嫉妒了……你这样我简直都认不出你了……好吧，如果你真的想知道的话，"她停了一会儿继续说道，"我还允许她亲吻了我一下……但是就像姐妹之间的那种……然后，由于她一直缠着我，把我弄烦了，我就赶她走了，所有的事情就是这样了……现在告诉我，你还嫉妒吗？"

马尔切罗之所以坚持让茱莉亚一直谈论丽娜的事情，主要是为了再一次印证他和妻子之间的不同：他自己一辈子都为了一件没有发生的事情而心神不定；而他的妻子呢，则能够接受发生的一切，如此放纵自己，而且会立刻忘记，先是肉体上忘记，继而是心灵中。他温柔地问道："可你在过去，还有过这样的关系吗？"

"不，从没有过。"她坚定地回答。这样果断的语气出现在她身上太不寻常，以至于马尔切罗马上就明白了，她在说谎。他坚持问道："说吧……为什么撒谎呢？……如果不了解这些事情，是不会像你对待夸德里太太那样去做的……说实话！"

"这对你来说有什么要紧呢？"

"我感兴趣，想知道。"

茱莉亚沉默了一会儿，低着头，然后缓缓地说："你记得我和那个男人，就是和那个律师的事情吧？……直到我遇到你的那一天为止，这件事都让我对男人感到非常恐惧……所以我就有了一段友情，但是维持的时间很短……她是个学生，和我同龄……她真的很喜欢我，当时，在我特别需要爱的时候，是她的这份感情打动了我……之后，她变得专制、挑剔、嫉妒，于是我就断绝了和她的关系……有时候我会在罗马，或者别的什么地方见她一面……可怜的女孩，她一直爱着我。”在片刻的沉默和局促之后，此时她又恢复了她一直以来的那种平静的表情。她握着他的手接着说：“你放心吧，不要嫉妒，你知道我只爱你一个人。”

“我知道。”马尔切罗说。此时他回想起了在卧铺车厢时茱莉亚的眼泪，她自杀的企图，他知道她是真心的。她传统地认为失去了贞操就相当于背叛，但同时对于自己的这些过往她却觉得一点都不重要。茱莉亚又开口说：“但是我跟你说，那个女人真的是个疯子……你知道她想干什么吗？她想过几天带我们所有人去萨沃伊，他们在那里有个房子……而且，你想想看，她甚至都已经做好计划了。”

“什么计划？”

“她的丈夫明天出发；而她在巴黎再待几天……她说是有事情要忙，但是我肯定她留下来是为了我……她建议咱们和她一起走，和他们在山里度过一个星期……她脑子里完全没有我们正在新婚旅行这件事情……对于她来说，你就好像不存在一样……她给我写了她在萨沃伊家的地址，让我发誓会说服你接受邀请……”

“地址在哪里？”

“就在那边，”茱莉亚指着床头柜大理石台面上的一张纸条说，“不会吧，难道你要接受这个邀请？”

“不，但也许你想去。”

“求你了，难道你真的认为我会觉得那个女人很重要吗……我都和你说了，我刚刚撵她走就是因为她一直缠着我，把我给弄烦了。”她从床上站起来，一边还在说着话，一边走出房间。“对了，”她在浴室里大喊道，“半小时前有人打电话找你……一个男人的声音，意大利人……他不想说自己是谁……但是留下了一个电话号码，让你尽快打这个电话……号码我也写在刚刚那张纸条上了。”

马尔切罗拿起纸条，从口袋里掏出记事本，仔细地把夸德里在萨沃伊的地址以及奥兰多的号码都记了下来。此时他觉得，在经历了下午短暂的兴奋之后，自己又恢复了原来的状态；他之所以知道他已经找回了自己，首先就是从他刚刚自觉的动作，接着是伴随这些动作而来的听天由命的忧郁感觉。他把记事本放回口袋的时候，心想，这样一切都结束了，那在他生活中出现的短暂的爱情，不过是这种生活最终成形的过程中产生的轻微震动罢了。

他心中又想了想丽娜，感觉丽娜对于茱莉亚突如其来的激情似乎是命运给他的指引，因为这让他知道夸德里在萨沃伊地址的同时，也保证了当奥兰多和他的手下出现在那里的时候，丽娜自己却不会在。夸德里的单独出发和丽娜留在巴黎，这两件事情同他的任务完美契合；如果事情不照这样进展，他不知道他和奥兰多要如何完成任务。

他站起来，对妻子大喊说自己下楼在大厅那里等她，然后就出门了。在走廊尽头有一个电话亭，他不慌不忙地，几乎是不由自主地朝那里走去。当从听筒中听到探员的声音时，马尔切罗才从自己漫天思绪的迷雾中清醒过来。奥兰多开玩笑似的询问："那么，阁下，咱们这顿美餐会在哪里吃呢？"于是马尔切罗很镇静地、缓慢而清晰地开始向奥兰多说出了夸德里的旅行计划。

八

计程车停在拉丁区的一条小街上，马尔切罗从车上下来，抬头看着招牌。棕色底上面印着白色的“葡萄酒炖鸡”，招牌就悬挂在一幢灰色老房子二楼的位置。他们走进饭店：一张红丝绒长沙发围绕着整个大厅；餐桌都摆放在这张沙发前面；长方形的旧式镜子镶嵌着镀金边框，反射出中央吊灯的柔和光线以及店内零星几位客人的脑袋。马尔切罗一下子就认出了坐在角落里的夸德里教授，以及坐在他身边的妻子，他比他的妻子整整矮了一个头，穿着一身黑色衣服，他正从眼镜上方查看着菜单。而丽娜却是笔挺地坐着，一动不动。她穿着一件黑色丝绒衣服，凸显出雪白的手臂和胸脯，还有苍白的面孔，她似乎正焦虑地盯着大门。看到茱莉亚之后，她一下子站了起来，随后教授也站起来，身体几乎被妻子全部挡住。两个女人握了手，马尔切罗随意地抬起头，就看到奥兰多的脑袋不可思议地悬挂在一面镜子反射出的淡淡的黄色灯光之中，并且注视着他们。与此同时，饭店带着钟摆的座钟响了起来，它的金属内脏搅动起来，发出哀鸣，最后敲响了。“八点了，”他听到丽娜用愉快的声音喊起来，“你们真准时啊。”

马尔切罗抖了一下，钟摆依旧敲打着，发出凄惨而庄严的声音，马尔切罗伸出手，握住夸德里伸过来的手。钟摆敲响了最后一下，马尔切罗的手掌紧紧贴住夸德里的手掌，这时他想起来，根据之前的约定，这一次握手就意味着向奥兰多指认出牺牲品，于是他突然有一种冲动，想要弯腰亲吻夸德里的左脸颊，就像犹大曾经做过的那样，下午的时候他还曾开玩笑似的把自己和犹大做对比呢。他甚至觉得自己的嘴唇已经接触到了那粗糙的脸颊，对这样强烈的感受他自己却深感镇定。

于是他又一次抬起头看着那面镜子：奥兰多的脑袋依旧悬挂在空中，眼睛死死地盯住他们。最终他们四个人坐了下来，他和夸德里坐在椅子上，两个女人则坐在他们对面的沙发上。

酒水服务员拿着酒单走过来，夸德里开始认真地点起酒来。他好像完全投入点酒这件事情当中了，和酒水服务员长时间地讨论着酒的品质，他似乎对此非常了解。最终他点了一种葡萄酒，配鱼吃的干白葡萄酒，然后又点了一种搭配烤肉吃的红葡萄酒，另外还有冰镇的香槟酒。酒水服务员离开之后，普通服务员接着走了过来，于是同样的场景又重复了一遍：对于各种菜肴的激烈讨论，犹豫、思考、提问、回答，最终他选择了三道菜，一道前餐，一道鱼，还有一道菜是肉品。与此同时，丽娜和茱莉亚在小声地交谈着，马尔切罗眼睛盯着丽娜，陷入了某种迷离的状态。

他似乎依旧能够听到和夸德里握手时身后那恼人的钟声，似乎又看到了奥兰多那个像是被砍下来的脑袋正从镜子里看着他，于是他明白，他之前从来没有像现在这样面对自己的命运，就好像面对着一块十字路口的碑石，碑石两边延伸出两条不同的道路，它们的终点却是相同的。当马尔切罗听到夸德里用他一直以来的那种冷漠语气询问的时候，他吓了一跳："在巴黎逛了逛？"

"是的，稍微逛了一下。"

"喜欢吗？"

"非常喜欢。"

"是啊，这是一座让人喜爱的城市，"夸德里自言自语般说着，然后似乎是提醒马尔切罗一样道，"但是，我希望您的关注点能够在我今天说过的事情上面：那就是，这不是意大利报纸上说的那种罪恶、腐化堕落的城市……您肯定是有这种想法，而这种想法是不符合事实的。"

"我并没有这种想法。"马尔切罗有些吃惊地说。

"您没有这种想法我感觉很奇怪，"教授没有看他，说道，"所有的您这一代的青年都有类似的想法……他们觉得，如果一个人不苛刻，那他就不够强大，而为了感受到自己的苛刻，他们就会制造出一些不存在的'牺牲品'。"

"我不觉得自己很苛刻。"马尔切罗干巴巴地说。

"我确信您是的，现在我就向您证明。"教授说。他等服务员把前餐的盘子摆好之后接着说："咱们来看看吧……我打赌，在我刚才点酒的时候，您心里一定感到很惊讶，我居然会去评价这类事情……不是这样吗？”

他怎么会知道呢？马尔切罗很不情愿地承认：“也许您说得有道理……但这没什么不好……我之所以这么想，是因为您的外表正好是和您的说法一样，很苛刻。”

“肯定不会像您的外表，亲爱的孩子，从来都不像，”教授愉快地重复说，“那咱们接着说……您说实话：您从来不喜欢葡萄酒，也不懂葡萄酒。”

“是的，说实话，我几乎不喝葡萄酒，”马尔切罗说，“可这有什么重要呢？”

“很重要，”夸德里平静地说，“非常重要……同样，我敢说您也不欣赏美味佳肴。”

“我吃东西……”马尔切罗开始说道。

“就只是为了吃东西罢了，”教授用胜利的口吻说完了马尔切罗的话，“正如您想表现的那样……最后，您肯定是对爱情抱有偏见的……比如，如果您在公园里看到一对情侣在接吻，您涌上来的第一感觉是谴责，是厌恶，您很可能会由此推断，这个公园所在的城市是一座不知廉耻的城市……不是吗？”

马尔切罗现在才明白夸德里说这些的目的是什么。他肯定地说：“我不会做任何推断……很可能从一出生我就对这类事情没什么兴趣。”

“不仅如此，对于您来说，对这些事情感兴趣的人也是有罪的，所以是可鄙的……您承认吧。”

“这一点我不承认，他们只是和我不一样罢了，仅此而已。”

“那些不和我们站在一起的人，就是反对我们的人，”教授突然来了一句政治演讲风格的话，“如今在意大利以及其他地方，这是人们乐意去反复提及的一句格言，不是这样吗？”他说话的同时已经开始吃东西了，吃得如此津津有味，以至于他的眼镜都滑下来了。

“我不觉得，”马尔切罗生硬地说，“我不觉得政治和这些事情有关系。”

“埃德蒙多。”丽娜说道。

“亲爱的。”

“你答应过我不谈政治的。”

“但是我们其实并非在谈论政治，”夸德里说，“我们在说巴黎……总结来说，巴黎就是这样一座城市，这里的人们热爱美酒、美食，热爱跳舞，以及在公园亲吻，总之就是寻开心……我肯定，你对于巴黎的评价不可能是正面的。”

这一次马尔切罗没有说话。茱莉亚笑着替他回应说：“然而对于我来说，我非常喜欢巴黎人……他们是那么开心。”

“说得好，”教授赞许说，“夫人，您应该给您的丈夫治疗一下。”

“可他又没生病。”

“不，他得了苛刻病。”教授的头附在盘子上面说。然后几乎是从牙缝里挤出一句话：“或者确切点说，苛刻仅仅是一个症状。”

现在，对于马尔切罗来说已经很明显了，根据丽娜所说，教授知道所有关于他的事情，现在他是在和自己玩着猫和老鼠的游戏。但是马尔切罗又不得不想到，这个游戏和他自己的游戏相比又是那么的幼稚和天真，他自己的游戏是那么黑暗，这个游戏今天下午在夸德里的家中就开始了，而且会在萨沃伊他的别墅里以血腥的方式完结。他几乎是用一种俏皮而又忧伤的语气问丽娜：“我真的看上去那么苛刻吗……您也这么觉得？”

他看到丽娜用一种冷淡而拒绝的眼神打量着他，他在这个眼神当中痛苦地揣摩着丽娜心中对他深深的敌意。接着，很明显丽娜又恢复了她已经决定要扮演的、那个恋爱中的女人的角色，因为她微笑着用力说道：“我不太了解您……您给人的印象无疑是很严肃的。”

“啊，这倒是的……”茱莉亚深情地看着丈夫说，“您想想看，我好像也就看到他笑过为数不多的几次……‘严肃’这个词很合适。”

丽娜此时死死地盯着他，眼神含着恶意。“不，”接着她慢慢地说道，“不，我错了……‘严肃’这个词不对……应该说是‘忧虑’。”

“忧虑什么？”

马尔切罗看到她冷漠地耸耸肩膀：“这一点嘛，我就不知道了。”但就在这时，马尔切罗极为惊讶地感觉到，在桌子下面，丽娜的脚缓缓地、故意地蹭着他的脚，然后踩在上面。夸德里很善意地说道：“克莱里齐，您不要太担心自己的样子很忧虑……这些都是消磨时间的闲谈而已……您是在新婚旅行当中……只有这一点应该让您忧虑……不是这样吗，太太？”他对茱莉亚微笑着，这笑容就好像是被肢解的人的痛苦面相；茱莉亚也对他笑了笑，愉快地说：“可能让他感到忧虑的正是这一点，不是这样吗，马尔切罗？”

这时候丽娜的脚依旧踩着马尔切罗的脚，这种肢体接触似乎令他一分为二，就好像这种暧昧从之前的爱情关系现在转移到了他的整个生活当中，而且不是一种情况，是两种：第一种情况，他向奥兰多指认出夸德里，然后和茱莉亚一起回到意大利；第二种情况，他救了夸德里，抛弃茱莉亚，和丽娜一起留在巴黎。这两种情况，就好像两张叠放在一起的照片那样，带着他多种情感的不同色彩——惋惜和恐惧、希望和忧郁、无奈和反抗——相互重叠，相互融合。他非常清楚，丽娜踩他的脚仅仅是为了骗他，继续忠诚于她所扮演的那个恋爱中的女人的角色，尽管如此，他还是希望这一切都是真的，她真的爱着他，这简直有些荒唐。而同时他心里也在自问，为什么她会从各种挑逗动作当中选择一个如此传统、粗劣的呢？于是，在这种选择当中，他又一次体会到了这个女人对于他惯有的蔑视，就好像根本不需要过多的思考和心机就能够欺骗到他。丽娜一边用脚踩着他，眼睛故意死死地盯着他，一边说：“说到你们的新婚旅行……我已经和茱莉亚提过了，但是我知道茱莉亚不会有勇气告诉您，所以请允许我在此提出这个想法……你们为什么不在萨沃伊结束你们的旅行呢？……来我们家？……我们整个夏天都会在那里……我们有一个很漂亮的房间是专门用来招待客人的……你们住上一个星期，十天，想住多久都可以……然后从那里直接回意大利。”

好吧，马尔切罗几乎是带着沮丧的心情想，这就是那只脚踩他的原因了。他转念又想，但这一次却是带着有些气愤的心情，萨沃伊的邀请和奥兰多的计划完美契合：接受邀请后，他们就要把丽娜留在巴黎，而同时奥兰多就有充分的时间在山里完成夸德里的任务。他慢慢地说：“我对于去萨沃伊旅行没有任何反对意见……但要在一个星期之后……在我们参观完巴黎之后。”

“太好啦，”丽娜立刻胜利般地说道，“这样你们就可以和我一起走……我的丈夫在我之前，明天就动身，我也要在巴黎再待一个星期。”

马尔切罗感到那个女人的脚已经不再踩着他了。这个动作已经失去了必要性，所以也就无须再讨好暗示他了；丽娜甚至都不愿意用眼神向他表示一下感谢。马尔切罗的注意力从丽娜转到他妻子身上，他看到妻子似乎不太高兴。她说道：“不好意思，我不同意我丈夫……我也很抱歉让您觉得似乎不太礼貌，夸德里太太……但我们不可能去萨沃伊。”

“为什么？”马尔切罗不禁惊呼起来，“在巴黎旅游完之后……”

“在巴黎游览完之后，你知道咱们要去蓝色海岸[1]那里，去找我们的那几个朋友。”这是谎话，因为他们在蓝色海岸那里根本就没有朋友。马尔切罗明白茱莉亚之所以撒谎是为了摆脱丽娜，

1　法国东南部地中海沿岸的滨海地区，毗邻意大利。

同时也是为了向他表明自己对这个女人完全是不在乎的。但是，茱莉亚的拒绝，使得计划可能存在一种风险：丽娜可能会觉得很生气，然后和夸德里一起走。因此就需要有所补救，确保顽固的妻子能够肯定地接受这个邀请。他着急地说："哦，那几个朋友啊，我们可以不去管他们……咱们总有时间会见到他们的。"

"蓝色海岸……太可怕了，"丽娜此时感叹说，对于马尔切罗的帮忙她很高兴，她用兴奋、愉快、如同唱歌一样的语气说，"去蓝色海岸的人……都是南美洲的暴发户，还有妓女。"

"是的，但我们是有事的。"茱莉亚固执地说。

马尔切罗又一次感受到丽娜的脚踩在他的上面。他坚定地问道："好了，茱莉亚，咱们为什么不接受这邀请呢？"

"如果你真的想，那就去吧。"她低头回答。

听到这句话，马尔切罗看到丽娜转身看着茱莉亚，脸上带着不安、忧伤、愤怒、吃惊的表情。"可是为什么呢，"她几乎是带着一种经过深思熟虑后的震惊的语气喊道，"为什么要去看那个可怕的蓝色海岸呢？……这是那些乡巴佬儿才会有的想法……只有那些乡巴佬儿才会想着去参观蓝色海岸……我向您保证，面对这个问题，没有任何人会有犹豫……算了，算了，"她突然又用一种激动而绝望的语气说，"应该还有您没说的理由……也许我和我的丈夫让您反感。"

马尔切罗不得不佩服这种充满激情的言语暴力，这种言辞几乎让丽娜能够当着他和夸德里的面和茱莉亚像恋人一样打情骂俏。茱莉亚有些惊讶，抗议说："求您了……您都在说些什么啊？"

夸德里安静地吃着东西，就好像他一直津津有味地品尝着东西，而没有去听他们的对话，他用一贯的冷漠的语气说："丽娜，你让太太难堪了……就算我们真的如你所说，让她反感，那她也是绝对不会对我们说的。"

"是的，她就是反感我们，"那个女人继续说，没有管丈夫的话，"或者说得更准确一点，也许就是我一个人让她反感……不是这样吗，亲爱的？……您讨厌我……每个人都会觉得，"她一边转身看着马尔切罗一边说，依旧是用那种激动、绝望、社交式的而又别有用心的语气，"都觉得自己讨人喜爱，然而有些时候，正是那些自己想要讨好的人，却忍受不了我们……说实话，亲爱的，您忍受不了我……当我说话，愚蠢地坚持要您和我们一起去萨沃伊的时候，您却在心里想：'这个疯女人到底要从我这里得到些什么呢？……她怎么可能没有意识到我忍受不了她那张脸，她的声音，她的行为举止，总之就是她的整个人呢？'您说实话吧，此时此刻您心里就是在想类似的事情。"

如同马尔切罗所想的，她已经肆无忌惮了。就算她的丈夫也许完全不理会这些精心设计的含沙射影，但是他呢，尽管这些执意的纠缠被掩饰，但是他很难不意识到这些话到底是针对谁的。茱莉亚略微有些惊讶，抗议说："瞧啊，您都在想些什么啊……"

"这都是真的，"那个女人痛苦地喊道，"您讨厌我。"然后她转头对着丈夫，既痛苦又得意地说："你看，埃德蒙多，你刚刚还说这位太太不会说呢……然而她已经说出来了：她讨厌我。"

“我没说这个，”茱莉亚笑着说，“这件事我连想也没想过……”

“您没说，但是已经让人很明白了。”

夸德里依旧低头盯着盘子，嘴上说：“丽娜，我真不明白你为什么如此坚持……克莱里齐太太为什么会讨厌你呢？她认识你才几个小时，很可能对你没有任何特殊的感情。”

马尔切罗知道这个时候自己又该介入了，因为丽娜的眼神已经在压迫他了，那是充满愤怒的眼神，几乎是在用蔑视和绝对的权威侮辱他。现在她已经不再踩他的脚了，而是趁着他的手放在饭桌上的那一刻，假装去拿盐，顺便肆无忌惮地捏了他的手指。他用调解和做出结论的语气说：“恰恰相反，茱莉亚和我对您抱有非常大的好感……我们非常高兴接受邀请……我们肯定会去的……不是吗，茱莉亚。”

“当然，”茱莉亚突然间就被说服了，“主要就是因为之前的那件事情……我们其实是愿意接受邀请的。”

“太好了……那就一言为定了……咱们一个星期之后一起走。”丽娜脸上散发着喜悦的光芒，马上开始谈论即将会在萨沃伊发生的那些事情，游览散步啊，美丽的风景啊，还有他们会住的漂亮的房子。但是马尔切罗却注意到，她说话的时候含糊其词，可以说，她就像一只笼中的小鸟，当一束阳光照进鸟笼的时候，她顺从了自己想要歌唱的冲动，而不是要真的说些什么或者说提供某些信息。就如同小鸟沉醉在自己的歌声当中一样，丽娜似乎也陶醉在自己的声音当中，她的声音颤抖着，透露出抑制不住的喜悦。马尔切罗感觉自己已经被排除在两个女人的对话之外了，于是他抬头，几乎是有些机械地看着夸德里身后悬挂着的镜子：奥兰多那诚恳、善良的脑袋依旧悬挂在那里，在半空中，被砍下来了，但还是活着的。但现在这个脑袋不再孤独了：在它的旁边可以看到另一个脑袋正在和奥兰多的脑袋说话，这颗脑袋同样清晰而滑稽。这个脑袋像是某种猛禽，但是又一点也不像老鹰，似乎是一种可悲而低等的生物：深陷的眼睛，小小的，没有任何光芒，扁平的额头；大大的可怜的鹰钩鼻子；面颊凹陷，透露着苦涩的阴影；小小的嘴巴；僵硬的下巴。马尔切罗盯着这个人看了很久，心想是不是在哪里见过他；这时，夸德里的声音吓了他一跳，他问道："对了，克莱里齐……要是我请您帮我个忙的话……您会答应我吗？"

这是一个意料之外的问题；马尔切罗注意到，夸德里一直等到自己的妻子把话都说完了，最终才提出这个问题。马尔切罗说："当然，只要我办得到。"

他感觉夸德里在说话之前，看了看妻子，似乎是要从她那里得到一种确认，一种对于他们已经讨论过，并最终确定下来的事情的确认。"是这样的，"夸德里用温柔而圆滑的语气说，"您肯定不会不知道我在巴黎做的事情是什么，以及我为什么不再返回意大利……我们现在在意大利还有一些朋友，我们利用可能的方式来和他们取得联系……其中一种方式就是委托那些对于政治不感兴趣的人，以及无论如何都不会被怀疑从事政治活动的人带信件给他们……我觉得您就可以帮我把其中的一封信带回意大利……在您路过的第一个火车站把它投递出去……比如说，都灵。”

接下来是一段沉默。马尔切罗现在意识到夸德里的这个请求没有别的目的，就是为了考验他；或者至少是为了为难他；他还明白了提出这个要求是和丽娜商量之后的结果。夸德里很可能利用他一直以来的说服人的方法，劝服了他的妻子，可以要出类似这样的小花招；但是这并不足以改变她对马尔切罗的敌意。他似乎能从她那紧绷着的、冷漠的、几乎是愤怒的脸上猜出来。但是夸德里有什么目的，此时此刻他还猜不出来。为了争取时间，他回答说：“但是如果我被发现了，就要坐牢了。”

夸德里笑起来，开玩笑似的说：“坐牢也不会是件坏事情……而且正好相反，对于我们来说几乎是好事情……您不知道政治运动是需要殉难者和烈士的吗？”

丽娜皱起了眉，但是没说话。茱莉亚焦虑地看着马尔切罗：很明显，她希望丈夫能够拒绝这个请求。马尔切罗缓缓地接着说道：“说到底，您几乎是在希望这封信被人发现。”

“这倒不是。”教授带着一种愉悦的从容神情在杯中倒了酒，一时间，这种神情几乎引起了马尔切罗的同情，连他自己也不知道为什么。“我们最渴望的是尽可能多的人能够和我们并肩作战……为了我们的事业而坐牢，仅仅是和我们共同战斗的方式之一……当然，不是唯一的方式。”他慢慢地喝着酒；然后以出乎意料的方式严肃地说道，“但我也只是在形式上跟您提一下……说说罢了……我知道您会拒绝的。”

“您猜对了，”马尔切罗同时也权衡了这个要求的利弊，说道，“我很遗憾，但我觉得我帮不了您这个忙。”

“我丈夫不从事政治，”茱莉亚带着一种恐慌的关切解释说，“他只是一个国家公务员……是不介入这些事情的。”

“看得出来，”夸德里带着宽容甚至有些亲切的表情说道，“看得出来：他只是国家公务员。”

马尔切罗觉得夸德里对于自己的答复很奇怪地表现出了满意。而他的妻子却似乎有些生气。她咄咄逼人地质问茱莉亚：“为什么你这么害怕自己的丈夫从事政治呢？”

“这到底有什么用呢？”朱莉亚很自然地回应道，“他应该为自己的前途着想，而不是什么政治。”

“看，在意大利，女人就是这么思考问题的，”丽娜转头对丈夫说，“然后当事情变成了现在这个样子，你还感到奇怪。”

茱莉亚生气了：“说实话，这个问题跟意大利没有关系……在某些情况下，任何国家的女人都会这样思考问题……如果您生活在意大利，您也会像我这样思考的。”

“算了，您别生气，”丽娜带着一种阴沉、哀伤而又亲切的笑容说，边说边伸出一只手，快速地拂过茱莉亚生气的脸庞，“我是开玩笑的……您说的也许有道理……总之，您在保护丈夫，为了他而生气的时候，真的很可爱……不是吗，埃德蒙多，她太可爱了？”夸德里心不在焉地点头同意，甚至有些不耐烦，好像在说：“都是些妇人之词！”接着他严肃地说：“太太，您说得有理……永远不要让一个男人在真理和面包之间做出选择。”

马尔切罗心想，这个话题已经说到尽头了。他现在感兴趣的是，这个提议的真正目的到底是什么。服务员过来更换了餐盘，然后把一个盛满水果的盘子放在桌上。酒水服务员走过来，询问是否可以把香槟酒打开。“好的，”夸德里说，“您打开吧。”

服务员从冰桶里拿出酒瓶，用一条餐巾裹住瓶颈，向上拽出瓶塞，然后熟练地将冒着泡沫的酒倒入几个高脚杯当中。夸德里端着酒杯站了起来。“让我们为事业的健康喝一杯。”他说，接着转身面向马尔切罗，“您不愿意帮我送信，但至少可以来个祝酒词吧，不是吗？”他似乎非常激动，眼睛里闪烁着泪光。但是马尔切罗注意到，无论是在他祝酒的姿态中，还是在他的面部表情中，都有着某种狡猾，好像在算计着什么。在回应祝酒词之前，马尔切罗看看自己的妻子和丽娜。茱莉亚此时已经站了起来，向他点头，眼神似乎在说：“祝酒词你是可以说的。”丽娜手拿酒杯，看着下面，表情有些气恼和冰冷，几乎是一种厌烦。马尔切罗站起来，说：“那么，就为事业的健康干杯吧。”然后他用自己的杯子撞了一下夸德里的酒杯。但是，几乎是出于孩子般的顾虑，他在心里补充了一句：“为了我的事业。”尽管他觉得自己已经没有任何需要守护的事业了，仅仅剩下一个痛苦的、无法理解的责任需要完成。他很遗憾地注意到丽娜在避免和自己碰杯。而茱莉亚则夸大了自己的热情，很做作地叫着每个人的名字，挨个碰杯：“丽娜，夸德里先生，马尔切罗。”水晶杯碰撞发出叮叮当当的声响，尽管微弱，却那么刺耳，这让马尔切罗又一次颤抖，就像之前咚咚的钟声响起时一样。他抬头向上，在镜子里看到了奥兰多的脑袋悬在半空中，用他那清澈而毫无表情的眼神注视着他，那完全就是被砍掉的头颅上的眼睛。夸德里将酒杯伸向服务员，服务员又一次将酒杯斟满；然后他的举动中加入了某种感情的升华，他高举酒杯，对着马尔切罗说道："现在这杯酒是为了我们的个人健康，干杯，克莱里齐……谢谢。"他用影射的语气着力强调了一下"谢谢"这个词，将杯中的酒一饮而尽，然后坐了下来。

他们接着安静地喝了一会儿酒。茱莉亚喝光了两杯酒，此时正用温柔、感激、痴醉的表情看着自己的丈夫。她突然感叹道："这个香槟酒真好喝啊……马尔切罗，你说呢？你不觉得香槟酒很好喝吗？"

"是啊，这酒非常好喝。"他同意说。

"你没那么喜欢，"茱莉亚说，"它真的很好喝……我已经喝醉了。"她边笑边摇头，然后突然举起酒杯说："来，马尔切罗，为我们的爱情干杯。"

她醉醺醺地笑着向马尔切罗伸出酒杯。教授远远地看着；丽娜脸上是冷冰冰的厌弃的表情，她丝毫不掩饰自己的反感。茱莉亚却突然改变了主意。"不，"她喊道，"你太苛刻了，这没错……为我们的爱情干杯，你会感到难为情的……那我就自己，一个人，为我如此钟爱的生活，这如此美好的生活，干杯……为了生活。"她快乐而又笨拙，喝酒的动作太猛，以至于杯中的酒有些都洒落在桌子上了；然后她喊道："这会带来好运的。"她把手指浸入酒中，然后要用手指碰马尔切罗的太阳穴。他不得不做了个动作躲开。茱莉亚站了起来，惊呼说："你难为情了……好吧，不过我可没有不好意思。"接着她绕着桌子，走过去抱住马尔切罗，几乎是整个人扑在他的身上，用力地亲吻他的嘴。"咱们是在新婚旅行，"她用挑衅的语气说着，笑着回到了自己的座位，喘着粗气，"咱们是在新婚旅行，可不是为了搞政治和带信到意大利。"

这些话似乎是对着夸德里说的，夸德里淡定地说："您说得有道理，太太。"马尔切罗在夸德里有意识的含沙射影和妻子天真、无意识的影射之间，选择低头沉默。在一段沉默之后，丽娜开口发问，就好像随便说说的样子："明天，你们做什么？"

"我们去凡尔赛。"马尔切罗一边用手帕擦拭着茱莉亚留在嘴上的口红印，一边回答。

"我也去，"丽娜急忙说，"我们可以早上出发，在那边吃中饭……我先帮我丈夫收拾行李，然后过来接你们。"

"太好了。"马尔切罗说。丽娜小心地补充说："我想开车送你们……但是我丈夫要把车开走，我们就得坐火车去了……这样更开心。"夸德里就好像没有听到一样：此时他正在埋单，就是用驼背的人所用的那种动作，从条纹裤子的口袋里掏出叠成四折的钞票。马尔切罗想要把一些钱递过去给他，但是夸德里拒绝了，说："下次您来付吧……在意大利的时候。"茱莉亚突然醉醺醺地高声说："在萨沃伊的时候我们一起吧……但是凡尔赛我想和我丈夫单独去。"

"谢谢，"丽娜讽刺地说道，说着从桌边站起来，"至少这叫作把话说清楚了。”

“您别生气，”马尔切罗不好意思地说，“这都是因为香槟酒……”

“不，是我对你的爱，傻瓜。”茱莉亚喊道。她笑着，和教授一起朝门口走去。马尔切罗听到她接着说：“您觉得，新婚旅行期间，我想单独和我丈夫在一起，这有什么不对吗？”

“不，亲爱的，”夸德里温柔地回答，“这太对了。”丽娜此时则用尖酸刻薄的语调评论说：“我之前竟然没想到这一点，我真蠢……对于新婚夫妇来说，凡尔赛是必去之地。”到了门口，马尔切罗让夸德里在他之前先出门。当他自己出门时，又一次听到了敲钟报时的声音：已经十点了。

九

走出饭店，教授坐在了汽车方向盘前面，让车门敞开着。“您的丈夫可以和我丈夫一起坐在前面，”丽娜对茱莉亚说，“而您可以跟我坐在后面。”但是茱莉亚却用嘲弄和醉醺醺的语调说：“为什么？按照我的想法，我更愿意坐在前面。”然后果断地坐到了夸德里的旁边。于是马尔切罗和丽娜一个挨着另一个地坐在了后排位置。

马尔切罗想和这个女人说话，表现出自己像是真的爱上她了。在这种渴望当中，除了有一种渴望报复的冲动之外，还有就是残存的一点希望：就好像在经历了所有这些之后，他依然以一种矛盾和不由自主的方式幻想着丽娜的情感。汽车行驶着，在一个黑暗的地方放慢了速度，准备转到一条横向的马路上；于是，马尔切罗借着这个黑暗的机会，抓住了丽娜放在膝盖上的一只手，把它拉到他们两人身体中间的座椅位置上。在两只手相互接触的时候，他看到丽娜猛然间愤怒地转过头，但是这个动作马上又变成了一种虚假的迎合和哀求的警告。汽车穿过拉丁区的一条条小街道，马尔切罗则一直抓着丽娜的手。他感觉这只手完全在自己的手中伸展开，不仅仅是在用肌肉拒绝他的触摸，甚至还在用皮肤来拒绝，几根手指无助地动来动去，动作中似乎夹杂着厌弃、愤恨和怒气。在一个转弯的地方，车子由于急速而倾斜，两个人一个压在另一个人的身上。于是马尔切罗抓住丽娜的后脖颈，就好像对待一只可能会翻身挠人的猫一样，把她的脑袋扭到另一侧，吻了她的嘴。一开始她试图挣脱，但是马尔切罗用更大的力气紧抓住那个像男孩子一样剃得光秃秃的、纤细的脖颈；于是，在发出一声沉闷的痛苦呻吟之后，丽娜完全停止了反抗，忍受着他的亲吻。但是，马尔切罗能够清楚地感知到，丽娜的嘴唇由于厌弃而扭曲在了一起；与此同时，那只一直被紧握在他手中的手，它尖尖的指甲戳进了他的手掌：表面看这是个充满情欲的动作，但是马尔切罗知道，其实它表现的是无尽的厌恶与敌意。他尽可能延长这亲吻的时间，时而看着她的眼睛，那闪烁着厌恶和反感的眼睛，时而又看着前面两个黑黑的、一动不动的脑袋，那是茱莉亚和夸德里。迎面驶来的一辆车子的强烈灯光照在挡风玻璃上：马尔切罗放开了丽娜，重新坐回座位上。

他用眼睛的余光看到丽娜也向后倒，坐在座位上，然后拿起手绢，慢慢地用充满思虑和厌恶的动作擦拭嘴巴。看到她那么仔细又厌恶地擦着自己的嘴唇，他本觉得她的嘴唇应该颤抖着并且渴望着亲吻，于是他感到了绝望、阴暗、可怕的痛苦。

“爱我吧，”他本想这样大叫说，“看在上帝的分儿上……

爱我吧。”突然间他觉得，不仅仅是他的生命已经依赖于他如此渴求而又不可能得到的丽娜对他的爱，甚至丽娜自己的生命也是有赖于此。确实在这个时候，就好像被丽娜的那种极度的反感所感染了，他感觉自己也体会到了一种充满血腥味的、想要杀人的怨恨，尽管这种怨恨中还掺杂着挥之不去的爱意。他心想，这时他情愿把她杀死；他觉得自己无法忍受她活着，却是自己的敌人；他还想到——尽管这个想法让他感到恐惧——看着她死去也许会让他体会到比爱她更大的乐趣。接着他灵魂骤然一震，深感后悔，心中自语道：“感谢上天，当奥兰多和其他人去萨沃伊的时候她不会在那里……感谢上天。”他明白，他一度希望她和她的丈夫以同样的方式、在同样的场合中死去。

车子停下来了，他们下了车。马尔切罗隐约看见一条幽暗的郊区小路，路两边是一排歪歪扭扭的小房子和花园围墙。“您会发现，”丽娜挽着茱莉亚的胳膊说，“这里真的不是一个适合淑女来的地方……但是挺有意思的。”他们走进一扇闪着灯光的门。门上方有一小块长方形的红色玻璃，上面是蓝色的字母：La Cravate noire。“黑领结，”丽娜向茱莉亚解释说，“那些穿吸烟装的男士戴着的领结，在这里全都是由女人们戴着的，从女招待到老板娘都是如此。”他们走进门厅，从衣帽寄存处柜台那里马上伸出一个脑袋，这个脑袋棱角分明，短头发，没有胡须，上面是一张女性雪白的面容，她用干巴巴的声音说道：“存衣处。”茱莉亚开心地走到柜台前面，转身，然后让披肩从赤裸的肩膀滑落到那位寄存处女服务员的手中。服务员身穿黑色外套，浆洗过的衬衫，打着蝴蝶领结。接着，他们穿过浓厚的烟雾，在一片音乐嘈杂声和人声鼎沸中走进了舞厅。

一个身材丰满的女人从那些坐满客人的桌子中间向他们迎面走过来，很难判断这个女人的年纪，但肯定不年轻，胖胖的脸庞，脸色苍白，皮肤光滑，标志性的黑色蝴蝶领结就系在她的下巴底下。她一边亲切而熟悉地向夸德里的妻子打招呼，一边把用丝带系在男士外套翻领上的单片眼镜拿起来，放到目光威严的眼睛上面，她说："四位……我正好有一个您想要的位置，夸德里太太……请跟我来。"这个地方似乎让丽娜的情绪好了起来，她伏在那个戴单片眼镜的女人肩膀上说了些调皮而快乐的话，然后那个女人就像男人一样，耸了耸肩膀，做了个轻蔑的怪相表情作为回复。就这样他们跟着这个女人一直走到大厅尽头的一张空桌子前。"到了。"女老板说道，这次轮到她俯身对已经坐下来的丽娜在耳边说着些什么，表情很欢乐，甚至有些恶作剧的样子，然后她挺起胸膛，很威严地抬起她那光亮的小脑袋，从那些桌子中间走远了。

接着走来一位身材矮小而壮实的女招待，头发是深棕色的，衣着打扮和别的招待一样，丽娜看上去就像是终于来到了一个符合自己趣味的地方而感觉快乐自在的那些人，她开始点喝的东西。她转身看着茱莉亚，愉快地说："您看到她们的衣着打扮了吧？……这真的就是一家修道院啊……难道不稀奇吗？"

马尔切罗感觉茱莉亚此时有些不安；她完全是礼节性地微笑着。桌子中间的一小块圆形空间里有许多对情侣，空间上方像是一个翻转过来的蘑菇，用水泥做的，闪烁着晃动的霓虹灯光。乐队也是由身穿男士衣服的女人组成的，被安置在通往阳台的楼梯下面。教授有些心不在焉地说：“我不喜欢这个地方……我觉得这些女人与其说是让人觉得好奇，不如说是让人深感同情。”丽娜似乎没有听到她丈夫的话。她的眼中充满了某种贪婪的目光。终于，她似乎是被某种无法逾越的欲望战胜了一般，带着紧张的笑容对茱莉亚提议说：“我们一起跳舞好吗？这样她们就会把我们当成她们之中的两个人……很有意思的……我们就装成和她们一样……来吧，来吧……”

她激动地笑着，然后站了起来，同时把手搭在茱莉亚的肩膀上，邀请她也站起来。茱莉亚看看她，看看丈夫，犹豫不决。马尔切罗很生硬地说：“你为什么看我？……这没什么不好的。”他知道自己这一次还是要迎合一下丽娜。茱莉亚叹了口气，慢慢地、很不情愿地站了起来。而另一个女人此时则已经忘乎所以了，嘴里重复着：“您的丈夫都说了，这没什么不好的……来吧，来吧。”茱莉亚带着生气的神色走过去，说道：“说实话，我可不想别人把我当成她们中的一员。”但是她却走在了丽娜前面，来到那片专门用来跳舞的地方，她转身对着丽娜，摊开双臂，让对方抱住自己。马尔切罗看到丽娜走过去，带着男性的那种自信和威严，搂住茱莉亚的腰，然后在舞池中那些成对的舞者中间，开始跳舞，一时间，他隐隐地感到错愕和痛苦，看着那两个女人抱在一起跳舞：茱莉亚比丽娜矮小一些，她们脸贴着脸跳舞，每迈出一步，丽娜的手臂似乎都将茱莉亚的腰抱得更紧。他觉得这个场景痛苦而且不可思议。他不得不想道，这是不同世界里的爱情，不同的生活，这个爱情原本可以归属于他，原本能够拯救他，让他乐在其中。但此时一只手放到了他的胳膊上。他转头看到了夸德里那红色、畸形的脸正看向他。“克莱里齐，”夸德里用激动的声音说，“您不要以为我不明白。”

马尔切罗看着他，慢慢地说：“对不起，现在轮到我不明白了。”

“克莱里齐，”对方立刻回答说，“您知道我是谁……但我也知道您是谁。”他目不转睛地看着马尔切罗，同时双手抓住了马尔切罗上衣的翻领。马尔切罗有些慌张，某种恐惧让他动弹不得，他反过来也紧盯着夸德里的眼睛：不，夸德里的眼神当中没有憎恨，而是一种热切的感动，泪光闪烁，充满痛苦，而同时，如他所料的，这种感动还隐含着某种算计和狡诈。夸德里接着说：“我知道您是谁，而且我知道，我用这种方式说话会给您一种印象：我是一个爱幻想的人，一个天真的人，甚至可以说是一个傻瓜……这些都不重要……克莱里齐，无论如何，我想和您真诚地说一声：谢谢。”

马尔切罗看着他，没说话。他上衣的翻领到现在一直都被抓在夸德里的手中，他感觉自己的衣服已经被拉到了脖子的地方，就像是那些被人抓住要被扔到远处的人一样。“我对您说谢谢，”夸德里继续用激动的声音说，“您不要以为我不明白。如果您真的是为了完成自己的任务的话，那您会接过那封信件，然后把这封信件交给您的上级……然后破解信件内容，最后逮捕那些收信的人……您没有那么做，克莱里齐，您不想那么做……这是由于您的正直，由于您突如其来的良心发现，由于一时的疑惑，又或者是由于您的诚实……这我不知道……我只知道您没有那么做，所以我再向您重复一次，谢谢。”

马尔切罗正准备回答，但是夸德里终于松开了他的衣服，用一只手捂住他的嘴：“不，您不要对我说，您没有接受去寄那封信是为了不引起我的怀疑，是为了继续扮演好您在新婚旅行中必须演好的新郎官的角色……您不要说这些，因为我知道这些都不是真的……实际上，您，已经迈出了走向救赎的第一步……我感谢您给了我机会，让我帮助您迈出这一步……您继续努力吧，克莱里齐……然后您就真的可以重获新生了。”夸德里在椅子上坐好，假装喝了一大口杯中的酒来缓解口渴。“看啊，太太们回来了。”他站起来说。马尔切罗吓了一跳，也站了起来。

他注意到丽娜似乎不太高兴。等她坐下来之后，她便有些气愤地匆忙打开粉盒，气呼呼地在自己的鼻子和脸颊上轻轻拍打着。茱莉亚则是很平静、冷漠的样子，她回来坐到自己丈夫身边，在桌子下面很亲密地抓住丈夫的一只手，就好像是向他证实自己对于丽娜的厌恶。戴着单片眼镜的老板娘走了过来，在她那光滑而苍白的面颊上挤出一个甜蜜的笑容，她用程式化的语气问一切是否都好。

丽娜干巴巴地回答说，一切不能再好了。老板娘弯腰对着茱莉亚说：“您是第一次来这里……我可以送给您一枝花吗？”

“可以，谢谢。”茱莉亚很惊喜地回答。

“克里斯蒂娜。”老板娘召唤道。一个女孩子走了过来，她也穿着那种男士的外套，但和那些舞厅中常见的健美的卖花女有很大不同：她脸色苍白而消瘦，没有擦拭化妆品，鼻子很大，东方人的脸，厚厚的嘴唇，光秃秃的、向前突出的额头就在短发下面，头发稀少，剪得很乱，像是由于一场大病而掉了很多头发。她拿着一个装满栀子花的篮子，老板娘从里面挑出一枝，把它别在茱莉亚胸口的地方，说：“经理部门给您的礼物。”

“谢谢。”茱莉亚说。

“不用客气，”老板娘说，“我打赌，这位太太是西班牙人……不是吗？”

“意大利人。”丽娜说。

“啊，意大利人……我应该想到的……这黑色的眼睛……”这些话语消失在人群的嘈杂声中，老板娘和那个消瘦、忧郁的克里斯蒂娜一起走远了。

此时乐队再次开始演奏。丽娜转身对着马尔切罗几乎是有些气恼地说：“你为什么不邀请我？我想跳舞。”他没有说话，站起来，跟着她朝舞池走去。

他们开始跳舞。丽娜的身体距离马尔切罗有一段距离，这让他不得不痛苦地想起，就在不久之前她是如何亲密地紧贴着茱莉亚。他们安静地跳了一会儿，突然间，丽娜愤怒地开口说话，这愤怒和敌意当中还很奇怪地掺杂着某种虚情假意：“在车上，你要做的本不应该是冒着被我丈夫发现的危险去亲吻我，而是要求你的妻子去凡尔赛游玩。”

她如此自然地将自己真正的怒气融入这虚假的爱意当中，这让马尔切罗感到吃惊。而且，她还嘲弄般地直接用“你”来和他说话，口气就像那种对于背叛自己丈夫毫无顾忌的女人；他一时间什么也没说。丽娜用自己的方式来解读着这个沉默，坚持说道：“你现在怎么不说话了……这就是你的爱吗？你甚至都不能让你那个笨蛋妻子听你的话吗？”

“我妻子不是笨蛋。”他温柔地回答，对于这莫名其妙的愤怒他感到的不是生气，更多的是好奇。

这个回答似乎给她开辟了一条路，她一下子就冲了上去。“怎么，她不是笨蛋，”她愤怒地感慨说，几乎有些惊讶，“可是，我亲爱的，就连瞎子都看得出来她是笨蛋……她很漂亮，确实，但是愚蠢至极，简直就是一头美丽的牲口……你怎么会没有意识到呢？”

“我喜欢她这个样子。”他随意说道。

“一只鹅……一个傻瓜……蓝色海岸……简直就是个没有一丁点头脑的乡下人……蓝色海岸，真是的……为什么不去蒙特卡洛[1]或者多维尔[2]……甚至埃菲尔铁塔也行啊？”她好像出离愤怒了，马尔切罗心想，这意味着在跳舞的时候，她和茱莉亚之间肯定发生了某些不愉快的争论。他温柔地说：“你不用担心我的妻子……明天早上你来宾馆吧……茱莉亚应该也会接受你出现在那

1　摩纳哥公国的一座城市，位于地中海之滨，法国东南方。

2　法国滨海的一处高级度假胜地。

里……我们三个人一起去凡尔赛。”

她似乎眼含希望地看着他。最后愤怒还是占据了上风，她说道：“这个想法太滑稽了……你的妻子很清楚地说过不想看到我……去一个不欢迎自己的地方，我可没有这种习惯。”

马尔切罗很简洁地回答：“好吧，我是希望你过来的。”

“是的，但是你妻子不希望。”

“我妻子对于你来说有什么关系呢？我们两个人相爱，这对于你来说不就足够了吗？”

她很不安地、疑惑地看着他，同时头向后仰，隆起的柔软的胸部贴着他的胸膛：“说真的……你谈论我们之间的爱情时，就好像我们已经做了很久的情人一样……但你真觉得我们是认真相爱的吗？”

马尔切罗本想对她说：“你为什么不爱我？我会非常爱你的。”但是话到嘴边又消失了，就好像一段回音消失在无法逾越的遥远距离当中。她虚情假意地问他是否确定真的爱她，矫揉造作到了极点，让他觉得自己从没有像现在这样爱她。他最后伤心地说：“你知道的，我希望我们能够彼此相爱。”

“我也希望。”她漫不经心地回答；很明显她心里想着的是茱莉亚。接着，她好像突然回到现实，愤怒地说：“不管怎样，我请求你不要在车里，或者别的类似的地方亲吻我了……我从来都无法忍受这种热情冲动……我觉得这是一种缺乏尊重的表现，也没有教养。”

“可是你，”他咬着牙说，“还没和我说明天到底来不来凡尔赛。”

他看到她在犹豫，然后很迷惑地问他：“你真的觉得你妻子看到我过来不会生气吗？……她不会像今天在饭店里那样羞辱我吗？”

“我确定不会的……她倒是可能会有一些惊讶……仅此而已……反正你来之前，我会想办法说服她的。”

“你会吗？”

“会的。”

“我感觉你的妻子忍受不了我。”她用疑问的语气说道，就好像期待着能够得到让她放心的回复。

“你错了，”他迎合了她那非常明显的期望，回答说，“相反，她对你很有好感。”

“真的吗？”

“是的，是真的……今天她还跟我说过呢。”

“她说什么了？”

“哦，上帝啊，没什么特别的……就说你很漂亮，看上去非常聪明……反正说的都是事实。”

“那我会来的，”她突然决定说，“我丈夫走了之后我马上就过来……差不多九点左右……这样就能赶上十点钟的火车……我到你们的宾馆去。”

马尔切罗再一次感受到，她匆忙的决定和如释重负再一次伤害了他的感情。他突然燃烧起一种欲望，想要得到爱情，无论是什么样的爱情，即使是虚伪和暧昧的，他说：“我真高兴你愿意过来。”

“是啊。”

“是的，因为我觉得如果你不爱我，你是不会这样做的。”

“我这么做也可能是出于别的原因。”她带着调皮的语气回答说。

“什么原因？”

“我们女人都是会惹人生气的……我这么做唯一的理由就是想惹你妻子生气。”

所以，她依旧是仅仅想着茱莉亚。马尔切罗没有说话，依然在跳着舞，他把丽娜引向门口的地方。他们又转了两个圈，来到了衣帽间前面，距离大门一步之遥。“你这是要把我带到什么地方？”她问道。

“听着，”马尔切罗恳求说，声音很小，为的是不让衣帽间柜台后面的服务员听见，“咱们出去到街上待一会儿。”

“为什么？”

“那里没人……我想让你给我一个吻……发自内心的吻……向我表明，你是真的爱我的。”

“想也别想。”她勃然大怒说道。

“为什么……街上没有人，而且很黑。”

“我跟你说过了，我忍受不了这种在公开场合里过度放纵的行为。”

“求你了。”

“放开我。”她用冷酷的语气大声说道；接着挣脱开，立刻朝着舞厅的方向走去。马尔切罗似乎是被冲动所驱使，跨过门槛，走到了街上。

大街上一片漆黑，就像他对丽娜说的那样，人行道上空无一人，只有星星点点亮着的几盏路灯。大街的另一侧，在一面花园围墙底下停靠着一些汽车。马尔切罗从衣服口袋里拿出手帕，擦了擦出汗的额头，看着从墙上伸出来的枝叶繁茂的树枝。他感受到了一种晕眩，就好像脑袋直接被重重地打了一下。他不记得之前曾苦苦地哀求一个女人，现在他对于自己这样做过而感到非常羞耻。同时，他意识到，所有想要让丽娜屈服去爱他，或者仅仅是去理解他的希望都破灭了。此时，他听到身后传来汽车马达的轰鸣声，接着，汽车滑过他身边，停了下来。车子里面开着灯；马尔切罗看到方向盘前面坐着的奥兰多的身影，他就像是个家庭司机一样。奥兰多的身边坐着他的同伴，这个人长着一张老鹰一样的面孔，脸又长又瘦。“阁下。”奥兰多小声地说。

马尔切罗机械地走过去。“阁下，我们先走了……他明天早上开车走，我们会跟着他的……但是很可能我们不会等到他们抵达萨沃伊。”

“为什么？”马尔切罗问道，他可能都没有意识到自己在说什么。

“那条路很长，萨沃伊很远……如果在那之前有更好的条件就可以动手，那为什么还要等到萨沃伊呢？……再见，阁下……我们意大利见。”奥兰多做了一个道别的手势，旁边的同伴则是点了点头。汽车开走了，开到大街尽头，然后转过街角，消失不见了。

马尔切罗回到人行道上，跨过门槛回到舞厅。音乐重新开始，同时，他看到桌子边只有夸德里一个人。他看到丽娜和茱莉亚又一起去跳舞了，就混在舞池中间越来越多的人群当中。他坐下来，拿起依然装满冰镇柠檬水的杯子，慢慢地喝干杯中的水，然后看着杯底的冰块。夸德里突然说："克莱里齐，您知道吗，您可能会对我们非常有用。"

"我不懂。"马尔切罗把杯子放回桌上说。

夸德里毫无尴尬地解释说："要是对别人，我可能会建议他留在巴黎……在这个地方，每个人都有事情做，我向您保证……我们尤其需要像您这样的年轻人……但要是您留在现在的这个地方……就是留在您的这个位置上，那对我们则是更有帮助。"

"给你们提供情报。"马尔切罗盯着他，替他把话说完。

"正是如此。"

听到这些话，马尔切罗不禁想起，就在刚才夸德里抓住他衣服翻领时，那双闪烁着泪光和充满感动光芒的眼睛，非常真诚，富有感情。他心想，这种激动就像是一件用情感制成的天鹅绒外套，里面隐藏着的是冰冷的政治谋划和算计。他还想到，同样的感动他之前曾经在他的某些上司眼中看到过，尽管性质不同，是爱国的而不是人道的。但是这些不同的情感又有什么关系呢？无论是哪种情况，都不会考虑他本人，不会把他当作一个人，而仅仅是为了达成某些目的的工具中的一个。他几乎带着官僚一样的冷漠想道，夸德里提出的要求，就等于在自己的死亡判决书上签字。于是他抬头对他说：“您说的就好像我和您有着相同的理念似的……或者我正准备接受您的理念……如果真是这样的话，我会为您提供服务的……但是考虑到事实并非如此，我既没有，也不想有您的那些理念和想法，所以您要我做的就仅仅是背叛而已了。”

“绝不是背叛，”夸德里立刻回应说，“对于我们来说是不存在叛徒的……存在的只是那些意识到自己错误并且悔过自新的人……我之前相信，现在依旧确信，您就是这些人中的一个。”

“您错了。”

“那就当我没说过，没说过……小姐。”夸德里就好像是要掩盖自己失落的情绪一样，匆忙叫来一位服务员，然后结了账。接下来两个人都没有说话，夸德里看着舞厅，就像是一位平和的观众；马尔切罗则是背对着舞厅，低头看着下方。终于他感觉一只手搭在他的肩膀上，耳边响起了茱莉亚缓慢平静的声音：“那咱们走吧？我太累了……”

马尔切罗立马站了起来说：“我相信咱们应该是一样，都感到困倦了。”他感觉丽娜的表情有些慌乱，同时脸色又非常苍白，但是他觉得慌乱是因为疲惫，而苍白则是由于舞厅的灯光。他们一起出门，朝着停在道路尽头的汽车走去。妻子在他耳边小声说：“我们还是像之前那样坐。”但是马尔切罗假装没有听到，上车之后就坚定地坐在了夸德里身边。整个回程四个人没有一个人说话。只有马尔切罗在走到一半的时候随口问：“到萨沃伊需要多长时间？”夸德里没有转头，回答说：“这是辆很快的车子，而且因为我是一个人，除了一直快开车没什么可做的，我觉得夜里可以到安纳西[1]……第二天凌晨再出发……”

他们在宾馆门前下车，然后彼此告别。夸德里在匆忙地和马尔切罗和茱莉亚握过手之后，回到了车子里。丽娜则是停留了一会儿，和茱莉亚说了些什么，然后茱莉亚跟她告别，走进宾馆。于是一时间只剩下丽娜和马尔切罗两个人站在人行道上。他很尴尬地说：“那么明天见。”“明天见。”那个女人回应道，同时点了一下头，露出了社交场合使用的那种微笑。接着她转身背对着他离去；而他则是在门厅那里和茱莉亚会合。

1 法国南部的小城，位于罗纳-阿尔卑斯大区的上萨瓦省。

十

马尔切罗一觉醒来，窗户隔板没有遮挡好，光线透进了房间，半明半暗中，马尔切罗看着头顶的天花板，立即想起这个时候夸德里已经走在了法国的大街上，奥兰多和他的手下们就跟在他身后不远的地方；他明白了，自己的巴黎之旅已经结束了。旅行已经结束了，他又一次重复了这个想法，尽管实际上这个旅程才刚刚开始。旅行之所以结束了，是因为伴随着可以预见的夸德里的死亡，他生命中的这个时期也就此终结，在这个时期里，他用尽各种办法努力让自己摆脱利诺的死所带给自己的孤独和不正常状态。他是以犯罪作为代价来实现这一点的，或者更准确地说，如果他没有理由去辩解，或者赋予它一些意义的话，那才能说是犯罪。对于他个人来说，他肯定，这种辩解是不会缺少的：他是个好丈夫，好父亲，好市民，而且夸德里的死会让他彻底没有回头路，他会看到他的生活慢慢地但是非常坚实地得到迄今为止都缺少的那种绝对性。这样的话，之前造成他悲剧生活的利诺之死会被夸德里的死化解和抵消，就像是曾经人们会把一个无辜的人作为牺牲品献祭，去化解和抵消前面不小心犯下的渎神罪行。但是不仅仅是他自己；对于他生活的辩解以及夸德里的死亡，这些都不仅仅是他一个人的事情。“现在，”他清醒地想道，“必须让其他人也尽一下自己的义务了……否则就只剩下我自己了，我自己怀抱着这个死人，到了最后我什么都得不到。”正如他所知道的那样，他心中想到的那些其他人，就是政府，他之所以杀死夸德里就是为了给政府效劳。对于他来说，光是说“我已经尽到我的职责了……我之所以这样行动是因为我有命令在身”是不够的。这种辩解对于奥兰多探员来说是足够的，但是对于他则不是。对于他来说，还需要有这个政府、这个社会以及这个国家的彻底成功；不仅仅是表面的成功，而是必要的、最深处的成功。只有这样，那种通常被视为犯罪的行为，才能够变成向着必要的方向所迈出的积极的一步。换句话说，必须依赖那些不取决于他的力量，去彻底地改变那些已有的价值观：非正义的变成正义的；背叛变成英雄主义；死亡变成生存。想到这里，他感觉自己有必要用一些粗野而讽刺的话来表达自己的现实处境，他冰冷地想道：“总之，如果法西斯彻底失败，如果在罗马的那些所有的浑蛋、无能之辈、傻瓜将意大利引领向毁灭，那么我就只能是一个可怜的杀人犯。”但他立刻又在思想上纠正了自己，“但是事已至此，除了这样做之外我也别无选择了。”

在他的身边，茱莉亚依然熟睡着，她忽然动了动，然后用缓慢、有力而逐步的动作，先是用两只手臂抱住他，然后两条腿缠上来，同时把脑袋靠在他的胸脯上。马尔切罗任她去做了，他伸出一条胳膊，拿起床头柜上的夜光小闹钟，看看时间：现在是九点一刻。他不禁心想，如果事情按照奥兰多之前设想的那样进行，这个时候，在法国某条街道上的某个地点，夸德里的车应该已经被抛弃在一条阴沟里面了，车子方向盘前面还有一具尸体。茱莉亚此时小声地问："几点了？"

"九点一刻。"

"啊，都这么晚了，"她身体一动没动，"我们至少已经睡了九个小时了。"

"看得出咱们都很累。"

"我们不去凡尔赛了吗？"

"当然去……我们现在就穿衣服，"他叹了口气说，"过一会儿夸德里太太就到了。"

"我宁愿她不过来……她总是向我示爱，从不让我安宁。"

马尔切罗没说话。过了一会儿，茱莉亚接着说："后面几天的安排是什么？"

马尔切罗在能够把话咽回去之前回答说："离开。"他觉得自己的声音由于忧郁而显得非常悲伤。

这一回，茱莉亚彻底醒过来了，她的头和胸同时向后仰，但是依旧贴着他的身体，她用惊讶，甚至有些警觉的语气问："离开？这么快？我们可是刚刚到这里啊，这就要走了？"

"我昨天晚上没有告诉你，"他撒谎说，"是因为我不想破坏昨天晚宴的气氛……可我昨天下午接到了电报，让我回罗马……”

“可惜……太可惜了，”茱莉亚用温柔、顺从的语气说，“我才刚刚开始在巴黎玩开心呢……而且我们还什么都没看到呢。”

“你不开心吗？”他抚摩着她的头，温柔地问。

“没有，但是我挺想至少再待上几天的……仅仅是为了让我对巴黎能有一个概念。”

“我们会再来的。”

接下来是沉默。接着，茱莉亚快活地动了起来，用双臂抱住他，身体贴在他的身上，对他说：“那你至少跟我说说我们未来要做的事情吧……说说我们的生活会是怎样。”

“你为什么想听这个？”

“没什么，”她抱他抱得更紧了，“就因为我特别喜欢谈论未来……在床上……黑暗之中。”

“那好吧，”马尔切罗开始用平静而淡然的语气说，“我们现在回罗马，然后找房子。”

“多大的房子？”

“有四五个房间吧，还要有厨房和浴室……找到房子之后，我们就一起去买东西装点这个房子。”

“我想要一个在底楼的公寓，”她畅想着说，“带一个花园……不大的花园就行……但是里面要有树和花，气候适宜的季节，我们可以待在那里。”

“这再容易不过了，”马尔切罗保证说，“总之咱们把房子置办好……我想我会有足够的钱对房子进行彻底装修的……当然，不用那些奢侈的家具……”

“你可以给自己弄一个漂亮的书房。”她说。

“为什么要有书房？我不都是在办公室工作吗？……一个大的起居室会更好一些。”

“是的，一个大的起居室……你说得对……客厅和餐厅放在一起……我们还会有一间美丽的卧室，不是吗？”

“当然啦。”

“但是绝对不要什么沙发床，太寒碜了……我想要一个正常的卧室……双人的大婚床……然后告诉我……我们还会有一间漂亮的厨房吗？”

“一间漂亮的厨房，为什么不呢？”

“我想要一个双灶的炉具，一边用煤气的，一边用电的……我还想有一个漂亮的冰箱……如果咱们钱不够的话，这些东西可以分期付款。”

“明白……分期付款。”

“再跟我说说，我们在这个房子里都会做些什么？”

“我们在那里生活，我们会很幸福。”

“我真的需要幸福，”她一边说着，一边更加蜷缩进他的怀里，“非常需要……希望你能明白……我觉得自己从出生开始就需要成为幸福的人。”

“是的，我们会幸福的。”马尔切罗几乎是用攻击性的语气坚定地说道。

“我们会有孩子吗？”

“当然会。”

“我想要很多的孩子，”她用一种唱赞美诗般的语调说，“我要每年生一个，至少在咱们结婚的前四年都是如此……这样我们就会有一个家了，我想尽早地拥有一个家庭……我觉得不要再等了，否则的话就太迟了……当有一个家之后，别的东西就都会自己过来了，不是吗？”

“当然，别的东西都会自己过来的。”

她沉默了一会儿，然后问道：“你觉得我是不是已经怀孕了？”

“我怎么会知道？”

“如果我怀孕了，”她笑着说，“那就意味着咱们的孩子是在火车上有的。”

“你会开心吗？”

“会，这对他是一个好的祝福……谁知道呢，没准儿他以后会成为一个伟大的旅行家……第一个孩子我想要儿子……第二个希望最好是女儿……我确定她会非常漂亮……你很英俊，而且我也不难看……我们两个生出来的孩子肯定都好看。”

马尔切罗没说话，茱莉亚说：“你怎么不说话？你不想和我有孩子吗？”

“当然想。”他回答说。突然之间，他惊讶地意识到，两滴眼泪从他的眼睛里流出来，落到脸颊上。接着又是两滴，滚热的眼泪流了出来，这眼泪似乎在很久很久之前的远古年代就开始在他的眼中孕育，以至于现在已经饱含炙热的痛苦。他明白，让他哭的正是茱莉亚刚刚说的关于幸福的言论，尽管他无法洞悉其中的原因。也许是因为这个幸福在之前就已经让他付出了高昂的代价；又或许是因为他意识到自己永远不会得到幸福，至少不是用茱莉亚描述的那种简单而亲切的方式。他终于努力控制住了想哭的念头，没有让茱莉亚注意到，他用手背擦干了眼睛。此时茱莉亚抱他抱得更紧了，整个身体放荡地贴紧马尔切罗，把他那两只漫不经心、懒散的手放到自己身上，抚摩着自己，抱紧自己。接着他看到她的脸凑向自己的脸，开始热烈地亲吻他的脸颊，他的嘴唇，他的额头，他的下巴，用一种狂热和孩童般的贪婪。最后她几乎哀怨地低声说："你为什么不压住我……占有我吧。"在她央求的声音里，他似乎感受到了一种责备，责备他仅仅去思考自己的幸福而没有想到她的。于是他把她抱在怀里，就好像海浪，一波一波，潮涨潮落，这个时候，门外响起了咚咚的敲门声："快件。"

"会是什么东西呢？"她喘着粗气，眯着眼睛问道，"你不要动……跟你有什么关系？"马尔切罗转过头，隐约看到下方地板那里，靠近门的光亮的地方，一封信从门缝里塞了进来。这个时候，茱莉亚仰面躺下，在他身体下面挺直身子，头往后仰，深深地喘气，手指甲抓紧他的手臂。她的头先是在枕头上转向一边，再转向另一边，喃喃说道："杀死我吧。"

马尔切罗竟然毫无理由地突然回想起利诺的喊声："像杀死狗一样杀死我吧。"一股可怕的不安涌上心头。他等了很久之后茱莉亚的双手才重新放回床上；于是他开了灯，脚踩在地板上，去取了那封信，然后回来躺在妻子旁边。茱莉亚此时转过去背对着他，蜷着身子，闭着眼睛。马尔切罗看了看信，然后把信放在她那一侧的床边，放在她仍然张着、喘着粗气的嘴边。信封上写着“茱莉亚·克莱里齐夫人”，明显是女人写的字。“夸德里太太的信。”他说。

茱莉亚没有睁眼，嘀咕说：“给我吧。”

接着是长时间的安静。放在茱莉亚嘴边的信正好被灯光照着；茱莉亚躺着一动不动，好像睡着了。接着她叹口气，睁开眼睛，只用一只手掐住信的一角，用牙撕开了信封，从里面拿出信纸，开始读。

马尔切罗看到茱莉亚笑了，接着她嘟囔着说：“人们都说在爱情里，先逃走的人就赢了……由于我昨天晚上对她太不好了，她通知我说她改变主意了，今天早上和自己的丈夫一起出发了……她希望我过去找她……旅途愉快。”

“她走了？”马尔切罗重复说。

“是的，今天早上七点和她丈夫一起走了，去萨沃伊……你知道她为什么走吗？……你记得昨天晚上我和她第二次去跳舞的时候吗？是我提出要和她跳舞的，她高兴坏了，因为她希望我最后能够搭理她一下……但是，我用最坦诚的方式对她说，她必须放弃我……如果她继续这样胡搅蛮缠，我会彻底不见她，我只爱你，我让她别再烦我，她该感到羞耻……总之，我跟她说了好多好多，她都快哭出来了……于是今天，她就走了……你明白她是怎么盘算的吗……‘我走了，这样你就会来找我’……那她可得等上一阵子了。”

“是啊，真的要等上一阵子了。”马尔切罗重复说。

“而且，她走了我非常开心，”茱莉亚继续说，“她总是缠着我，烦死我了……关于去找她这件事，咱们谈都不要谈……我再也不想见到那个女人了。”

“你永远不会再见到她了。”马尔切罗说。

十一

马尔切罗在部里工作的那个房间对着一个小院子：房间很小，形状不对称，里面只能放下一张写字台和两个书架。房间位于一个死过道的尽头，距离前厅很远。为了走到房间，马尔切罗需要借助楼房后面的一个楼梯，走过一条没什么人的胡同。在从巴黎回来一个星期之后，一天早上，马尔切罗正坐在桌前。尽管非常热，但他并没有像很多同事那样脱掉外套，也没有解掉领带：这是他的一个几乎有些固执的习惯，就是在外面穿的衣服到办公室里绝不更换。所以，他穿得整整齐齐，脖子卡在一个又高又紧的活领子里，开始工作之前，他总会看看那些意大利和国外的报纸。这天早上也是如此，尽管事情已经过去了六天，他一下子就在报纸上看到了关于夸德里被杀的报道。他注意到，无论是标题还是新闻本身都很简短，这无疑表明调查没有取得任何进展。有几份法国的左翼报纸再一次重述了犯罪的经过，着重解读了那些最离奇和耐人寻味的细节：夸德里是在一片密林深处被人用利刃杀死的；他的妻子则是在路边被三颗手枪子弹击中的，死了之后被拖到她丈夫的身边；他们的汽车也被拖到了林子里，藏在了灌木丛中。如此仔细地在树丛中掩藏尸体和汽车，把他们弄到离马路很远的地方，这使得人们用了两天时间才发现这些线索。这些左翼的报纸确定，这对夫妇是被来自意大利的杀手杀死的；而有些右翼报纸则贸然采用了意大利报纸的官方说法，尽管用了怀疑的笔调：认为他们是被反法西斯同伴杀死的，原因是他们在如何进行西班牙战争方面产生了歧见。马尔切罗扔掉报纸，拿起一份法国画刊。一张照片立即吸引了他，这张照片刊登在第二页，是关于这起案件新闻报道的一部分。照片上写着：热沃当树林惨剧，照片上记录的应该是案件现场被发现的当时，或者是没过多久之后拍摄的。其中能够看到一片林中灌木丛，笔直的树干，四散的树杈，树干之间透射出光亮的太阳光斑，地面上是高高的草丛，第一眼看上去很难在光线和树丛阴影中间发现那两具尸体。夸德里仰面躺着，只能看到他的两个肩膀和脑袋，而这个脑袋上其实也只能看到下巴，还有就是带着黑色刀口的喉咙。而丽娜的整个身体都能够看到，她的尸体轻微交叠在她丈夫的尸体上面。马尔切罗很镇静地将点着的香烟放在烟灰缸边缘，拿起一个放大镜，仔细观察着这张照片。尽管照片是灰色的，并且有些模糊，而且阳光照在灌木丛中留下的光斑和阴影让照片变得更加不清晰，但是依旧能够认出丽娜的身体，既纤细又丰满，既纯洁又性感，既美丽又古怪：细嫩的脖颈下面是宽宽的肩膀；如同蜜蜂一样的细腰上方是丰满的胸部；宽宽的胯骨配着漂亮而修长的大腿。她的一部分身体还有铺散开的衣服一起遮住了她丈夫的尸体，就好像她要在他耳边说些什么，她身体转向另一侧，脸埋在草丛中，嘴巴对着她丈夫的脸颊。马尔切罗拿着放大镜，长久地注视着这张照片，试图弄清楚每一处阴影，每一根线条，每一处细节。他觉得这张反映出完全静止场景的图像却又超越了机械的静止，从而达到了死亡所带来的彻底的静止，其中散发出令人羡慕的平和气息。他心想，这是一张充满着最深沉静寂的照片，但这种静寂之前却是可怕的、迅速的临死前的挣扎。就在照片场景的片刻之前，场面一片混乱，充满了暴力、恐惧、憎恶、希望和绝望；片刻之后，一切都结束了，一切都平息了。他想起这两具尸体已经在树丛中被搁置了很久，几乎有两天时间了；他想象着，太阳在炙烤他们许多个小时之后，将那些嗡嗡作响的小虫子吸引到他们身上，最终还是离开了他们，将他们留给了黑暗而安静的温馨夏夜。夜晚的露水像眼泪一般滑落到他们的脸颊上，清风在高高的树枝间和低矮的灌木丛中轻轻吟唱。随着第一缕阳光的出现，前一天的光线和阴影再一次回来，就好像是一场集会一样，它们一起取笑着躺在那里一动不动的身体。一只小鸟站在枝头，在清晨凉爽的空气和明亮的光辉中欢乐歌唱。一只蜜蜂在丽娜的脑袋边盘旋，一朵鲜花在夸德里仰着的额头边绽放。他们两个已经一动不动，默不作声，代替他们说话的是蜿蜒流过树林的潺潺小溪，代替他们活动的是树林里的居民们：灵活的小松鼠，蹦跳的野兔。而同时，他们身体下面压着的土地——由苔藓和青草做成的软床——慢慢移动着僵硬的尸体，大地接受了两具尸体无声的要求，准备将它们吸收到自己的肚子里。

突然响起的敲门声让他吓了一跳，他把画刊扔在一边，大喊着让敲门的人进来。门慢慢被打开，但好长一段时间里马尔切罗却并没有看到任何人。接着，从门缝里小心翼翼地露出奥兰多探员那张诚恳、平和、宽大的脸盘。

“我可以进来吗，阁下？”探员问道。

“请进，奥兰多，”马尔切罗带着官腔说道，“您进来吧……有什么事情要和我说吗？”

奥兰多走了进来，关上门，眼睛紧盯着马尔切罗走了过来。于是马尔切罗第一次注意到，他的红润、出汗的脸上完全是一副善良的样子，除了那双眼睛，小小的深陷的眼睛，就在那个光秃秃的前额下面散发着奇特的光芒。“真奇怪，”马尔切罗看着他心里想道，“我之前从来没有意识到。”他点头示意探员坐下来，奥兰多顺从地坐下，没有说话，闪光的眼睛依旧盯着马尔切罗。“抽支烟吗？”马尔切罗建议说，说着把烟盒朝他推过去。

“谢谢阁下。”探员抽出一支香烟说道。接着是一段沉寂。奥兰多从口中吐出烟雾，看了一下点燃的香烟，说：“阁下，您知道夸德里事件里面最古怪的地方是什么吗？”

“不知道，是什么？”

“就是它不是必要的。”

“这是什么意思？”

“意思就是说，在完成任务回来之后，刚过边境线我就去S市找加布里奥去汇报情况。您知道他对我说的第一句话是什么吗？您没收到撤销命令的指令吗？……我问道：什么撤销命令？……他说，就是暂停之前任务的指令……为什么暂停？……他回答说，之所以暂停是因为罗马那边突然发现，此时和法国再次接近应该很有帮助，因此罗马那边认为这个任务可能会破坏谈判……于是我说，直到我离开巴黎我都没有接到任何撤销命令的指令。看得出，指令发出得太晚了……总之任务已经完成了，你们在明天早上的报纸上就应该能够看到……听到我的回答，他开始咆哮起来：你们简直是畜生，你们毁了我啊，在国际政治环境如此敏感的时刻，这会破坏法国和意大利的关系，你们简直就是罪犯，我现在要怎么和罗马那边说？……我冷静地回答他说，您就实话实说，就说撤销命令的指令发出得太晚了……您听明白了吗，阁下？费了这么大的力气，死了两个人，然后这一切居然都没必要发生，甚至还适得其反。”

马尔切罗没说话。探员又吐出了一口烟，然后他像那些没什么文化而又喜欢卖弄一些高雅词汇的人那样，带着天真、得意而又强调的语气宣布说：“宿命啊。”

接下来又是一段沉默。然后探员继续说：“但这是我最后一次接受这样的命令了……下一次我就请病假……加布里奥当时咆哮说：你们简直就是畜生……但这可不是真的……我们是人，不是畜生。”

马尔切罗熄掉只抽了一半的香烟，然后重新又点燃了一支。探员继续说：“他话说得好听，但是有些事情并不让人开心……我就举一个例子——齐林乔内……”

“齐林乔内是谁？”

“当时和我一起执行任务的其中一个人……刚刚干掉那两个人，一片混乱当中，我就转了个身，你猜我看到什么？我看到他在舔那把匕首……我对他大喊：‘你干什么呢？你疯了吗？……’他却回答说：‘罗锅的血能带来好运……’您听明白了吗？他就是个野蛮人……我差一点儿，就差那么一点儿，就开枪毙了他了。”

马尔切罗低下头，用机械的动作重新整理了一下桌子上的文件。探员像是祈求原谅一样摇了摇头，然后又说道：“但是最让我遗憾的是那位太太，其实她和这些事情完全扯不上关系，不应该死的……但是她扑在丈夫的前面，就是为了保护他，然后身中两枪……他逃到了树林里，在那里被那个野蛮人齐林乔内追上了……她那个时候还活着，我不得不给了她最后的致命一枪……她是一个比很多男人都勇敢的女人。”

马尔切罗抬头看着探员，就好像要让他明白，他们之间的谈话已经结束了。探员明白了，站起身来。但是他没有立刻离去。他双手撑在写字台上，用他那双闪闪发光的眼睛注视了马尔切罗很久，然后，他依旧用刚刚说出“宿命”时候的强调语气说：“一切为了家人，为了祖国，阁下。”

这时，马尔切罗突然之间明白了自己是在什么地方见过这样闪光和非比寻常的眼睛。他的父亲就有着同样的眼神和表情，直到现在他依然被关在精神病院里。他冷冷地说：“也许祖国并没有要求很多。”

“如果祖国没有要求，”奥兰多身体稍微倾向马尔切罗，提高声音说，“那为什么他们让我们这样干呢？”

马尔切罗犹豫了一下，然后干巴巴地说：“奥兰多，您已经尽到了您的义务，对于您来说这应该已经够了。”他看到探员恭敬地对他略微鞠躬，表情既闷闷不乐，又有对他的赞同。一段沉默之后，也许是为了用某种方式消除彼此的焦虑，他温柔地问道：“您有孩子吗，奥兰多？”

“怎么没有，阁下……我有五个呢。”探员从衣服口袋里掏出一个破旧的厚厚的钱包，从里面拿出了一张照片，递给马尔切罗。马尔切罗接过来，看着照片。照片上能够看到五个按照身材大小排好的小孩子，从六岁到十三岁，三个女孩子，两个男孩子，都穿着节日的衣服，女孩子穿白色的，男孩子穿水手服。马尔切罗注意到，五个孩子全都是圆脸，显得平和而有智慧，和他们的父亲相似。“他们和他们的妈妈一起待在老家，”探员说道，同时接过马尔切罗递还给他的照片，“最大的一个已经工作了，是个裁缝。”

“他们都很漂亮，跟您很像。”马尔切罗说道。

“谢谢，阁下……再一次谢谢，阁下。”探员站到一边，给茱莉亚让路，然后走掉了。茱莉亚走过来，立即说道：“我路过楼下，想到可以来看看你……你还好吗？”

“我好极了。”马尔切罗说。

她站在写字台前面，看着他，表情有些犹豫、疑惑和担忧。最后她说：“你不觉得你工作得太卖命了吗？”

“不觉得，”马尔切罗瞥了一眼开着的窗户，“为什么这么说？”

“你的样子很疲惫。”茱莉亚绕着写字台走了一圈，然后站住，待了一会儿，身体靠在椅子的扶手上，眼睛盯着写字台上面散放的报纸上。她接着问道：“有什么新闻吗？”

“关于什么？”

“报纸上，关于夸德里事件的。”

“不，什么都没有。”

沉默了一会儿之后她说：“我越来越确定，是他所在党派中的人杀死了他。你觉得呢？”

这是对于这起凶杀案的官方认定版本，这条消息从巴黎传过来的当天早上，宣传部门就向意大利的各家报纸提供了这个版本的解释。马尔切罗注意到茱莉亚是怀着某种善意向他说出这个想法的，几乎是希望能够说服自己。他生硬地回答：“我不知道……很可能如此。”

“我确信就是这样的。”她坚定地重复说。犹豫片刻之后她又天真地说：“有时候我想，如果那天晚上，在那家夜总会里，我没有那么糟糕地对待夸德里的妻子的话，她也许会留在巴黎，这样就不会死了……我感到很内疚……可我又能怎么办呢？错在她，她总是不给我片刻的安宁。”

马尔切罗心想，茱莉亚是不是怀疑他和夸德里被杀的事情有什么关系，思索片刻之后，他就排除了这种可能。他心想，没有任何爱情能够禁受得住这种考验，茱莉亚说的是实话：对于丽娜的死她感到内疚，因为尽管她的做法完全是无辜的，但毕竟也是导致她死亡的间接原因。他想安慰她一下，却只能想到刚刚奥兰多用强调的口气说出的话。“不要内疚。”他用一只手臂搂住她的腰，把她拉过来对她说，“这是宿命。”

她轻抚着他的头，对他说：“我不相信宿命……我倒是觉得是因为我爱你……如果我不爱你的话，没准儿我就不会那么对待她了，然后她就不会走了，也不会死……所有这些事情跟宿命有什么关系呢？”

马尔切罗想起了利诺，这个男人是他遭遇生命中所有经历的首要原因，他略有所思地解释说：“人们说的宿命，指的正是所有的这些事情，爱情以及别的东西……你没有办法不去做你最终所做的事情，因此她也就必然会和丈夫一起走。”

“那我们就什么都做不了吗？”茱莉亚盯着散放在桌子上的报纸，迷惘地问。

马尔切罗犹豫了一下，然后带着深深的苦涩的语气回答说：“是的，我们知道的就是，我们什么也做不了。”

“这有什么用呢？”

“对于我们来说有用处，下一次的时候……或者对于我们之后的其他人。”

她叹了口气，离开他的身边，走到门口：“记得今天不要回来晚了，”她在门口说，“妈妈准备了丰盛的午餐……还有，记得下午不要安排事情……咱们要一起去看房子。”她跟他告别，转身出去了。

办公室只剩下他自己了，马尔切罗拿起一把剪刀，小心翼翼地把刚刚那本法国画刊中的照片剪下来，将它放在一个抽屉里，和许多文件放在一起，然后用钥匙锁好抽屉。就在这时，中午的警报声撕心裂肺般地响起来，从炙热的天空一直传到院子里来。紧接着，远处和近处教堂里的钟声也开始响了起来。

尾声

一

夜晚降临，马尔切罗一整天都躺在床上，抽烟和思考，此时他起身，走到床边。在夏日黄昏微微泛着绿色的光线中，他的房子四周密布的那些建筑显得黑黑的，这些建筑周围是用光秃秃的水泥做成的院子，院子装饰着一些绿色的小花坛还有修剪整齐的爱神木篱笆。有几扇窗户里亮着光，透过那些红色的窗户，能够看到房间里穿着条纹工作服的用人，系着白色围裙的厨娘，他们正在储物间的油漆柜子和厨房里没有火苗的电灶台之间忙活着家务。马尔切罗抬头，看着那些房子平台的外面；黄昏最后的紫红色暮霭消失在夜晚的天空之中；接着他再次低下头，看到下面开进来一辆汽车，停在院子里面，驾驶员和一条白色的大狗一起下了车。下车之后，那条大狗立刻在花坛间跑来跑去，开心地大叫。这是个富人区，所有东西都是新的，这几年才建好，看着这些院子和窗户，任何人都想不到，战争已经持续了四年之久，也没人会想到就在这一天，一个维持了二十年的政府倒台了。正如他心中想的那样，没有任何人会意识到这些，除了他，以及身处像他一样环境中的人。一时间，他觉得眼前如同闪电般出现了一支神的权杖，就悬停在这座巨大城市的上空，城市平静地伸展在晴朗天空下的大地上，权杖放出闪电，击中几个不同地方的家庭，让他们陷入恐慌、震惊和哀痛，而他们的邻居们则是安然无恙。而如他所知，他的家庭就位列被击中的家庭之中，这也是他在战争开始的时候就预料到的，这个家庭和别人的一样，都有着同样的亲情，同样的亲近，就是那种正常的家庭，他多年来一直在固执地追求的那种正常，而此刻，这种正常状态则表现出纯粹的表象，组成它的材料都是异常的东西。他记得在欧洲战争爆发的那天，他对妻子说的话：“我要是有理性的话，今天我应该自杀。”他同样记得这些话在他妻子身上引发的恐慌。就好像她知道除了对于战争进程的简单预测之外，这些话语当中所隐藏的其他信息。他又一次怀疑茱莉亚是不是知道他真正的为人，以及他在夸德里死亡事件中所扮演的角色；但又一次，他觉得她不可能知道这些；尽管从某些迹象当中他可以推断出相反的结论。

他现在非常清楚地意识到，他已经像人们所说的那样把赌注压在了一匹输了的马身上了；但是为什么他会以这样的方式下注，而且为什么这匹马没有赢，关于这些，除了那些已经很明显的结论之外，他其实并不是很清楚。但是他本想要确定，已经发生的事情都是应该要发生的；也就是说，他没有别的方法去下注，只能如此下注，而且结果也不会不同。他需要确定这件事情，胜过他摆脱内心愧疚的需要，他没有感受到什么内疚。实际上对于他来说，唯一可能的内疚是自己搞错了，也就是在没有绝对的、不可避免的、必要性的情况下做了那些事情。总之就是他故意地，或者非自愿地忽略了，其实他可以去做完全不同的事。但是，如果他能够确定这些不是真的，那他觉得自己也可以获得内心的平静，即使使用他惯常使用的那种低调的方式。他心想，换句话说，也就是他必须要确定自己已经认清了自己的命运，并且接受了它，这对于别人是有用的，对于自己也是有用的，只不过可能是以一种消极的方式，但是毕竟是有用的。

在疑惑当中，一个念头的出现同时也让他感到安慰：即使他犯了错——这是无法排除的——他也比其他所有人下的注要多；比所有那些跟他身处同样环境的人多。这是一种自豪的安慰，是唯一剩下的东西。明天，别人可能就会改变信仰、党派、生活，甚至改变性格；然而对于他来说，这完全不可能，不仅仅是和那些人相对比，同样也是跟自己的比照。他之所以做了之前做的那些事情，仅仅是出于他自己的缘由，跟其他人没有任何的相同之处；改变，即使这种改变是被允许的，对于他也意味着自暴自弃。此时，在这么多的被消灭的东西当中，唯独这一点是他想避免的。

想到这儿，他觉得如果真的有什么错的话，最开始也是最大的错误就在于他想要脱离自己的反常状态，通过和别人的交流沟通去找到那种所谓的正常状态。这个错误诞生于一个强大的本能；但不幸的是，这个本能所挣扎其中的正常状态却仅仅是一个空壳，里面所有的东西都是反常、廉价的。只需要一次碰撞，这个空壳就被击得粉碎；如此正确、如此仁慈的本能却让他变成了一个刽子手，而他之前就曾经是这个刽子手的受害者。总之，他的错误不仅在于杀死了夸德里，更在于自己想要用不恰当的手段来抹去自己生命之初的原罪。但是，他再次想到，这些事情是不是真的有可能会按照另外的方式发展?

不，没有这种可能，他继续想着，就好像在回答自己刚刚提出的问题。利诺当时应该是要破坏他的单纯，而他为了保护自己，不得不杀死他，然后为了让自己从这个事件引发出来的反常状态中摆脱出来，他又不得不按照他所用的方式来找到那种正常状态；而为了得到正常状态，他不得不付出相应的代价，这个代价就是承担起他想要摆脱的那种反常状态；这个代价就是夸德里的死。所以，一切都是命中注定的，尽管他可以选择是否接受；就好像一切事情在同一时刻既是正确的又是错误的。

与其说他是在思考这些事情，不如说他是在感受着它们，用一种尖锐、痛苦的焦虑感受着它们，他拒绝、抗拒着这种焦虑。他本想在自己生命中的灾难面前保持超脱和冷静，就像面对一场虽然悲惨，但距离自己很遥远的演出。然而，焦虑却使他怀疑自己和那些事情之间的可怕的联系，尽管他是那么努力地用清晰的头脑来审视着这些事情。此外，在这个时候，要把清晰的头脑和恐怖区分开来，并不容易；也许最好的办法就是依旧像往常一样，保持一种体面、镇定自若的态度。他继续想着，似乎没有任何嘲讽的意味，将自己那些微不足道的野心和抱负进行了盘算，毕竟自己已经不会再有任何损失了；除非，这些损失指的是放弃自己平庸的公务员职位，这个二十五年分期付款购买的房子，两年分期付款购买的车，还有少量居家用品，他觉得这些东西应该是要给茱莉亚的舒适生活所必备的。他真的没有什么可以失去的东西了；如果此时有人过来逮捕他，对于他从职位中所获得的微薄物质利益，就连他的敌人们都会感到惊讶。

他离开窗户，转身对着房间。这是一间带着双人床的卧室，正是茱莉亚所想要的。房间里装饰着光亮的深色桃花心木，门把手和一些别的物件都是由青铜制成的，一种近似宫廷的风格。他想起这个房间里的东西也是分期付款购买的；去年他才还清贷款。“我们全部的生活，”他嘲讽地想道，一边从椅子上拿起衣服穿上，“都是分期的……但是最后几笔是最大数额的，我们永远都还不清了。”他用一只脚把床边的脚垫摆正位置，然后走出房间。

他来到走廊，走到尽头，来到一扇虚掩着的房门前，从门缝里透出一点光线。这是女儿的卧室，他走进房间的时候，在门口停留了一会儿，就好像对于眼前这熟识的、惯常的场景感到不可思议一样。房间很小，装饰风格很可爱，充满各种色彩，就是那种标准的小孩子睡觉和生活的房间。家具用油漆涂成了红色，窗帘是蓝色的，墙面上贴着各种花篮和鲜花图案的壁纸。地毯也是粉红色的，上面散乱地摆放着很多大小不一的洋娃娃和其他玩具。妻子坐在靠枕旁边，而女儿露琪拉已经上床了。妻子正在和小女孩说着话，他刚一进门她就转过头来，盯着他看了很久，但是没有说话。马尔切罗拉过一把涂漆的小椅子，在床旁边坐了下来。小女孩说：“晚上好，爸爸。”

“晚上好，露琪拉。”马尔切罗看着她回答说。女孩长着棕色头发，很娇弱，圆圆的脸蛋，大大的眼睛，表情很困倦，脸上的线条很精致，由于过于温柔甚至显得有些矫揉造作。他自己也不明白，为什么此刻他甚至觉得她太过可爱了，他心想，他尤其明白，这种可爱也许并不排除是一种故意天真撒娇的方式，他很不开心地想起她的母亲就常常这样做，这个女孩和她妈妈太像了。在和他或者和她的母亲说话的时候，就能看到这种撒娇俏皮，她忽闪着那双大大的、长着长睫毛的眼睛，表现出超出六岁女孩的奇怪效果；而且在说话的时候，她会表现出极端的、令人难以置信的自信。她穿着一件蓝色衬衫，上面有很多花边和皱泡，她坐在床上，双手合十，正在做晚间祷告，父亲的到来打断了这个祷告。“快，露琪拉，别分心，”母亲慈爱地说，“来，和我一起说祈祷词。”

“我没有分心，”女孩做了个不耐烦的鬼脸，抬头看着天花板，“是你在爸爸走进来的时候停下来的……所以我也就停下来了。”

“你说得对，”茱莉亚很敷衍地说，“但是祷告词你也知道……你可以自己一个人继续祷告的……当你长大一些的时候，就不会有我在身边提示你了……但你还是要祷告的。”

“你看，看到你是怎么浪费我的时间了吧……我累了，”女孩说道，她微微耸起肩膀，但是合十的双手没有松开，“你还在争论，有这个时间我们都已经做完祷告了。”

“快点，”茱莉亚重复一遍，这一回她不由自主地笑了，“我们从头来：万福，仁慈的圣母玛利亚。”

女孩拖长声音重复说：“万福，仁慈的圣母玛利亚。”

“主与你同在，女人之中你得到祝福。”

“主与你同在，女人之中你得到祝福。”

“你腹中骨肉得到祝福，耶稣。”

“你腹中骨肉得到祝福，耶稣。”

“我可以休息一会儿吗？”女孩这个时候问道。

“为什么？”茱莉亚问，“你已经累了？”

“你让我这个样子，抱着双手，已经一个小时了，”女孩分开双手，看着父亲说，“爸爸进来的时候，祷告词咱们已经说了一半了。”她用手揉捏着手臂，故意很生气而又娇柔地夸大着自己的劳累。然后又抬起双手，合十在一起，说：

“我准备好了。”

“圣母玛利亚，上帝的母亲。”茱莉亚不慌不忙地再一次开始。

“圣母玛利亚，上帝的母亲。”女孩跟着重复。

“请为我们这些罪人祈祷。”

“请为我们这些罪人祈祷。”

“现在和我们死去的那一天。”

“现在和我们死去的那一天。”

“就这样一直祈祷。”

“就这样一直祈祷。”

“可是你呢，爸爸，你怎么从来不祈祷？”女孩直截了当地问道。

“晚上睡觉之前我们会祷告的。”茱莉亚急忙回答。但是女孩却疑惑地看着马尔切罗，他感觉女孩不相信妈妈说的。于是他赶紧确认：“当然，每天晚上睡觉之前都是如此。”

“你现在就躺下，睡觉。”茱莉亚站起来，一边让女孩躺好。这可花了她挺大的气力，因为女孩好像还并不想睡觉，茱莉亚接着把铺在床上的唯一一条被子盖到女孩身上，将被子一直拉到她下巴的位置。“我热，”女孩一边蹬着被子一边说，“我好热。”

“明天咱们去奶奶那里，到时候你就不热了。”茱莉亚说。

“奶奶在什么地方？”

“在山里……那里很凉快。”

“那是哪里？”

“我和你说过多少次了：塔利亚科佐[1]……那里很凉快，我们会在那儿待上整个夏天。”

“但是飞机不会飞到那里吧？”

“飞机不会再来了。”

“为什么？”

“因为战争已经结束了。”

“那战争为什么结束了？”

1　意大利中部阿奎拉省的一座小城。

“因为二不会是三。”茱莉亚语气很生硬，但也没生气，“现在别再问问题了……睡觉，因为明天早上我们要很早出发……我现在去给你拿药。”她走出房间，留丈夫一个人和女儿在一起。“爸爸，”女孩立刻从床上坐起来问道，“你记得住在下面的人养的那只猫吗？”

“记得。”马尔切罗说着从椅子上站了起来，坐在了床边。

“它生了四只小猫。”

“然后呢？”

“那几个女孩子的管家跟我说，如果我想要的话，她们可以给我一只小猫……我可以要一只吗？……这样我就可以带着它去塔利亚科佐了。”

“可是这几只小猫是什么时候出生的呢？”马尔切罗问。

“前天。”

“那就不可能了，”马尔切罗摸着女儿的头说，“小猫必须待在它们妈妈身边吃奶……从塔利亚科佐回来之后你可以养一只。”

“那如果我们不从塔利亚科佐回来呢？”

“我们为什么不回来？夏天结束我们就回来。”马尔切罗一边回答，一边把手指伸进女儿柔软的棕色头发里面。

“哎呀，你弄疼我了。”他的手刚碰到头发女孩就立刻抱怨说。

马尔切罗把手从头发上拿开，笑着说：“你为什么说我把你弄疼了？……你知道这不是真的。”

“不是的，你确实把我弄疼了。”她强调说，然后用女性特有的动作把双手按在自己太阳穴的位置，“我现在头疼得要命。”

“那我要揪一揪你的耳朵了。”马尔切罗开心地说。他轻轻撩起她圆圆的粉色小耳朵上的头发，然后轻轻地揪住她的耳朵，像摇铃铛一样摇了摇。“哎呀，哎呀，哎呀，”女孩尖叫起来，假装着疼痛，整个脸上泛起了轻微的红色，“哎呀，哎呀，你弄疼我了。”

“你看，你真是个小骗子，”马尔切罗松开她的耳朵责备她说，“你知道不应该说谎话。”

“这一次，”她很沉着地说，“我可以对你发誓，你真的把我弄疼了。”

“你想要我给你一个洋娃娃，让她晚上陪着你吗？”马尔切罗看着地毯上散放着的那些玩具问道。

她朝着那些娃娃平静而轻蔑地看了一眼，然后用得意的口气回答道：“如果你想的话。”

“怎么，如果我想的话？”马尔切罗笑着问，“你说话的样子就好像是我要帮自己一样……你不喜欢和洋娃娃一起睡觉吗？”

“是的，我喜欢，”她退让了，“给我，”她犹豫地看着地毯，“给我穿着粉色衣服的那个。”

马尔切罗站起来，看看地毯上面：“它们都穿着粉色衣服。”

“有这样的粉色，还有那样的粉色，”女孩不耐烦地带着卖弄的语气说，“那个娃娃衣服的粉色，就和阳台上那些玫瑰花的粉色一模一样。”

“这边这个吗？”马尔切罗从地毯上拿起一个最大、最好看的娃娃问道。

“你看，你什么都不懂。”她严厉地说。她一下子跳下床，光着脚跑到地毯的一角，然后从地上捡起一个很难看的娃娃，它是用布料做的，脸黑黑的，而且都被压扁了，拿起娃娃之后她又快速地躺回床上，说：“好了。”这一回她在被单下仰面躺好，粉扑扑的、恬静的小脸紧贴在洋娃娃那个有点脏而且显得很傻的脸上。茱莉亚再次走了进来，手中拿着一个瓶子和一只勺子。

“快，”她走过来说，“吃药。”女孩没有让妈妈费口舌，很听话地坐起半个身子，抬头张着嘴，就像一只等待被喂食的小鸟一样。茱莉亚把勺子塞进她的嘴里，然后把勺子猛地一抬，将药水倒了进去。女孩重新躺好，嘴里说着：“真难吃啊。”

“那就晚安吧。”茱莉亚低头亲吻着女儿说。

“晚安，妈妈，晚安，爸爸。”女孩用尖细的声音说道。马尔切罗也亲吻了女儿的脸颊，然后跟在妻子身后。茱莉亚关了灯，接着把门关上。

在走廊里，她半转身子对马尔切罗说：“我想晚饭应该准备好了。”马尔切罗这个时候才注意到，也是第一次注意到，在一种责问的神情中，茱莉亚的眼睛肿了，就好像哭过一样。本来看到女儿让他重新打起了精神；但是看到妻子的眼睛，他再一次担心，害怕自己没有办法像他所要做的那样表现出镇静和坚定。这个时候茱莉亚在他之前走进餐厅，这是一个很小的房间，里面有一张圆形的小桌子和一个餐具柜。餐桌已经被摆放好了，中间的吊灯亮着，广播的声音从打开的窗户传进来，播音员喘着粗气，用一种胜利的声音描述着法西斯政府的倒台，通常只有在足球比赛的时候他们才会用到这样的语调。女仆走了进来，把汤放在桌上后又出去了。他们两个开始用平时的动作慢慢地吃饭。突然间，广播里的声音变得狂热急促起来。此时，广播用兴奋的词句、激昂的声音讲述着，密集的人群已经走上城市的街道，为国王欢呼。“真讨厌。”茱莉亚放下勺子，看着窗户说。

“为什么讨厌？”

“直到昨天他们还在为墨索里尼鼓掌……几天前，他们还在为教皇拍手，因为他们期待教皇能够把他们从空袭轰炸中拯救出来……而今天他们就为推翻墨索里尼的国王欢呼了。”

马尔切罗没说话。茱莉亚对于这些公共事件的观点和反应，他太过熟悉了，以至于他提前就能够在脑子里想到。这是一个如此简单的人的观点和反应，对于引发这些事件的深层原因没有任何兴趣，完全是从个人情感和理智这边得出的结论。他们安静地喝完汤，而广播依旧在滔滔不绝地大声播报着。接着，当女仆端上来第二道菜之后，广播突然被关掉了，一片安静，随着这静寂的到来，夏夜那种让人喘不过气来的闷热似乎又重新回来了。他们对视着，然后茱莉亚问道：“现在，你要做什么？”

马尔切罗简短地回答：“我就做所有那些和我处境一样的人会做的事情……在意大利，曾经有挺多人是相信法西斯政府的。”

茱莉亚在说话前犹豫了一下。接着她慢慢地继续说道："不是，我的意思是，夸德里的事情你要做些什么？"

这么看的话，她是知道的，或者她一直都知道。马尔切罗意识到，在听到她的话之后，自己的心跳都要停止了，就好像如果十年前有人问他："你现在对于利诺的事情要做些什么呢？"他也会有同样的反应。如果他当时有预言的能力的话，他会回答："杀死夸德里。"但是现在呢？他把餐叉放在盘子旁边，确定自己的声音不会颤抖之后，他开口回答："我不明白你在说什么。"

他看到她低下头，做了个很奇怪的表情，好像哭了一样。接着她用缓慢而悲伤的声音说："在巴黎的时候，也许是为了让我离开你，丽娜跟我说你加入了政治警察。"

"然后你是怎么回答她的？"

"我说那没关系……我说我是你的妻子，不管你做什么工作我都爱你……如果你是政治警察，那就意味着你认为这个工作是有意义的。"

马尔切罗没说话，他被茱莉亚如此坚定的忠贞感动了。茱莉亚继续用迟疑的语气说："但是当夸德里和丽娜被杀之后，我真的非常害怕你会被牵涉其中……从那以后我就一直在想这件事情……我之所以没跟你提起过，是因为关于你的职业你从来都没说过什么，我想我没有理由跟你提这件事情。"

"那你现在怎么想呢？"马尔切罗沉默了一会儿问道。

"我吗？"茱莉亚抬起头看着他说。马尔切罗看到她的双眼闪烁着泪光，他明白她的哭泣已经给出了答案。但她还是努力回答说：“在巴黎的时候，是你自己对我说拜访夸德里对于你的职业前途非常重要……所以我想，那应该就是真的。”

他立刻回答：“是真的。”

说完，他立刻明白了，茱莉亚直到这最后一刻都期待着自己的话会被否认。听到了他的话，茱莉亚就好像听到一个信号一样，一下子趴在桌上，脸埋在胳膊里面，开始抽泣。马尔切罗站起来，走到门口，把门反锁了。接着他来到茱莉亚身边，没有弯腰，把一只手放在她的头发上，说：“如果你想的话，那我们明天就分开……我陪你去塔利亚科佐，带着女儿，然后我就离开，不会再出现……你想我们这样吗？”

茱莉亚马上停止了哭泣，他觉得她似乎不相信自己的耳朵。然后从埋着脸的臂弯当中传出她悲伤而惊讶的声音：“你在说什么啊？……分开？……不是这个……我是太担心你了……他们现在会怎么处理你啊？”

他心想，茱莉亚一点也不害怕他，她对于夸德里和丽娜的死也没感到任何的愧疚；她仅仅是担心他，担心他的生命，他的前途。这种充满爱意的冷漠，在他身上引起了一个奇怪的效果，就好像一个人在黑暗中走楼梯，抬起脚以为会踩在台阶上，但是却踏空了。实际上，按照他之前的预料，他期待着茱莉亚的恐惧和严厉的批判。然而他得到的，却是一直以来的那种盲目的爱和同甘共苦的情。他带着一些不耐烦说：“他们不能把我怎么样……没有证据……而且我仅仅是执行命令罢了。”他迟疑了一会儿，就好像厌倦了某种老生常谈一般；最后他努力说道：“我只是尽了自己的责任，就像一个士兵一样。”

茱莉亚立刻抓住了这句用滥的话，这种话之前甚至都没有办法安抚奥兰多探员。“是的，我也想到了，”她抬头说，抓住了马尔切罗的一只手，狂热地亲吻着，“我一直对自己说：马尔切罗毕竟只是一个士兵而已……士兵也会杀人，但是他们是听从命令的……如果是别人让他做的一些事情，那错就不在他了……但是你不觉得他们会来抓你吗？……我肯定，那些给你下命令的人会逃跑……而你呢，这些跟你都没有关系，你只是尽了自己的责任，但是却要承担风险……”亲完了手背之后，她又把这只手翻转过来，开始同样狂热地亲吻着手心。

“冷静一下，”马尔切罗抚摩着她说，“现在，他们还有别的事情要做，不会来找我。”

“但是那些人太坏了……只要有一个人想要害你就足够了……他们会告发你的……然后就是一直以来的样子：那些大人物，就是发号施令的，并且成为百万富翁的人得救了；而那些像你一样的小人物，他们尽到了自己的责任，一分钱也没赚到，却要承担风险……啊，马尔切罗，我太害怕了。”

“不要害怕，一切都会好的。”

“啊，我知道一切都会好的，我能感觉到……而且，我好累啊。”茱莉亚此时用脸贴着他的手，而没有亲吻它，“有了露琪拉之后，尽管我知道你的职业，但是我想：现在我已经都安顿好了，我有个女儿，一个我爱的丈夫，一个房子，一个家，我很幸福，真的很幸福……那是我人生中第一次感受到幸福，我甚至觉得都不是真的……我几乎无法相信……我一直非常害怕，害怕一切都结束，害怕幸福无法持续……幸福确实没有持续，我们现在要逃跑了……你会失去你的工作，谁知道他们会对你做什么呢……而这个可怜的小宝贝会比成为孤儿还要悲惨……一切都得重新开始……而且可能都无法重新开始，我们的家就被毁了。”她又大哭起来，她的脸重新埋在臂弯当中。

马尔切罗突然想起了之前脑子里闪过的那个图像：神的权杖，无情地攻击着他的整个家庭，既攻击着有罪的他，也攻击着无辜的妻子和女儿。他沉思着，身体颤抖着。这时有人敲门，他对着女仆大叫说他们已经吃完了，不需要她。然后他弯腰对着茱莉亚温柔地说：“我求你不要再哭了，冷静下来……我们的家不会被毁掉的……我们会去美洲，去阿根廷，开始新的生活……在那里我们也会有一间房子，我会在，露琪拉也在……相信我，你会看到一切都恢复正常的。”

这一次茱莉亚抬起被泪水浸湿的脸，看着他，满怀着突如其来的希望，她说：“我们去阿根廷……可什么时候呢？”

“只要一有机会……只要战争真正结束。”

“那现在呢？”

“现在我们先离开罗马，去塔利亚科佐……在那里没人会来找我们……你会看到的，一切都会很顺利。”

这些话似乎让茱莉亚重新振作起来，如马尔切罗所想，这一点尤其能从她的语气中听出来，他看着她抽泣着站起来，用坚定的语气说：“请原谅我，我就是个傻瓜……我本应该帮助你，然而却只知道在这里哭，就像个笨蛋一样。”她开始收拾桌子，把盘子从桌上拿走，摆放到餐具柜里。马尔切罗走到窗边，弯腰俯在窗台上，看着外面。对面房子里，楼梯昏暗的灯光从半透明的玻璃窗透出来，一层一层，一直到天空的地方。在水泥院子的深处，阴影越来越浓重，黑得如同煤炭一般。夜晚静谧而闷热，就算竖起耳朵仔细听，也只能听到花园那边传来的水泵的吱嘎声响，而没有别的声音，下面有人正在黑暗中给花坛里的花草浇水。马尔切罗转过身说：“我们要不要去市中心转一圈？”

“为什么？”她问道，“去干什么？……谁知道那里得有多拥挤啊？”

“这样你就可以看看，”他轻轻地说，“一个独裁政权是如何倒台的。”

“再说还有露琪拉呢……我不可以留她自己在家……要是有飞机过来呢？”

“你放心吧，今晚不会有飞机了。”

“但是为什么要去市中心呢，”她突然抗议说，“我真不懂你……你就是专门去受罪……这有什么意思？”

“那你在家吧，”他说，“我自己去。”

“不，那我也去，”她马上说，“如果你遇到什么事情，我希望我也在场……那就意味着要让女仆来看孩子了。”

“你不用害怕……今晚不会有飞机的。”

“我去换衣服。”她说着走了出去。

剩下马尔切罗一个人，他又一次走到窗边。此时对面房子里有人走下楼梯，一个男人。透过模糊的玻璃能够看到这个人的身影从一层到另一层。他很从容地下楼，从纤细的身影来看应该是个年轻人：马尔切罗很嫉妒地想，没准儿他正吹着口哨呢。接着广播又开始大叫起来。马尔切罗听到了演讲末尾通常都会使用的总结性的话语：“……战争继续。”这是新政府传达的信息，刚刚他已经听到过。马尔切罗从口袋里拿出烟盒，点燃了一支香烟。

二

郊区的街道荒凉、安静、黑暗，几乎像死去了一样，仿佛是一个巨大身体的末梢，血液一下子集中到一点。但随着车子越来越靠近市中心，马尔切罗和茱莉亚就看到越来越多成群结队的人，他们挥舞手臂，叫嚷着。在一个小路口，马尔切罗放慢了车速，最后停下来，为了给一排卡车让路，这些卡车上挤满了青年男女，他们都挥舞着旗子，举着牌子，上面都写着字。这些卡车插满了旗帜，车上挤满了人，有些人还挂在车子挡泥板和踏板上面，他们一路开过，接受着人行道上拥挤人群的欢呼和喝彩。突然一个人把头伸进马尔切罗的车窗，对着茱莉亚的脸大喊："自由万岁！"然后立即消失了，就好像是被四周黑压压的人群再次吞噬了一般。茱莉亚说："是不是回家会更好一些？"

"为什么？"马尔切罗一边透过挡风玻璃注视着街上发生的事情，一边回应说，"他们都这么高兴……肯定不会想着去搞破坏的……咱们现在找个地方停车，然后我们也一样走路去看看发生了什么。”

“他们不会偷我们的车吧？”

“这太荒唐了！”

马尔切罗用他惯常的谨慎、平静、耐心，开车穿过市中心拥挤的马路。由于防空需要，灯光都变暗了，微弱的光线中却可以清晰地看到人群的移动，人们通过各种各样的方式聚集、奔跑，形式不一，但共同点在于，无论是什么方式，所有人都洋溢着为这个独裁政府的倒台而表现出的真诚的狂喜之情。有的人在马路中间互相拥抱，他们甚至都不认识对方；有的人长时间站着不动，也不说话，仔细观察着，当插着红旗的卡车路过时，他却突然摘下帽子，嘴里大声欢呼着什么；有的人在奔跑，就像是接力赛一样，从一群人当中跑到另一群人那里，重复着同样的喜悦和兴奋的话语；还有的人则像是被某种厌恶之情弄得怒发冲冠，对着关闭的黑黢黢的大楼威胁性地举起拳头，那个地方到现在为止都还是某个政府部门的办公地。马尔切罗看到很多女人，她们挽着自己的丈夫，或者抱着孩子，这种场景已经很久没有出现了，在倒台的集权政府所强行组织的那些游行活动当中从来没有过。成队的表情坚毅的男人像是被某个党派秘密统一组织起来的一样，一会儿组成队伍拍手行进，一会儿又似乎突然消失在人群当中；大批人群围绕着某个即兴演讲的人，称赞他的演讲；还有的人聚在一起，扯开嗓门大声歌唱自由的颂歌。马尔切罗缓缓地开着车子，对经过的每一片人群都表示出耐心和尊重，就这样慢慢前行。“他们真开心啊。”茱莉亚用善意、有些同仇敌忾的语气说，一下子忘记了恐惧和利害关系。

“我要是他们，也会这么高兴的。”

他们在主街上走了很长一段路，一直都被人群包围着，前面有两三辆汽车，它们也在缓慢地前行；接着在一条小巷子处，马尔切罗转弯，等到游行的人群都走过去之后，他终于能把车子开进巷子里了。他快速地驾驶汽车开过巷子，进入另一条没有人的小路，停车，熄火，转身对妻子说：“我们下车吧。”

茱莉亚没有说话，下了车，马尔切罗下车后，仔细地把车门都关好，然后和妻子一起朝着他们刚刚经过的马路走去。此时他感觉异常平静，完全能够控制自己，完全没有任何的束缚，就像他这一整天所期待成为的那样。但是他依旧很仔细地审视着周围；当他再次来到拥挤的大街上时，人群中爆发出的喜悦一下子扑面而来，这种喜悦是如此猛烈、混乱、真诚而且咄咄逼人，他立即焦虑地自问，难道这种喜悦不应该在他的心中引发某些不平静的情感吗？不，他仔细思索了一会儿，心想，他既没有感受到遗憾，也没有愤恨和恐惧。他是真的很平静、冷漠，自己已经熄灭了所有的情绪，随时可以冷眼旁观他人的喜悦，但却不想参与其中，而且也不会把这种喜悦视为是一种威胁或者挑衅。

他们开始在人群中漫无目的地走来走去，从一群人那里走到另一群人旁边，从一条人行道走到另一条。茱莉亚此时已经不害怕了，她也是格外平静，完全能够控制自己的情绪，就和马尔切罗一样；但是他心想，茱莉亚之所以这样，原因和他不尽相同，她是因为拥有一种善良的能力，能够融入其他人的情感之中。随着时间过去，人群非但没有缩小，反而似乎是每一刻都在不断扩张。马尔切罗注意到，人群里的人们就只有喜悦，一种难以置信的、令人惊讶的喜悦，人们还不能够熟练地表达这种喜悦，他们似乎还不确定可以完全不受惩罚地表达这种喜悦。又来了几辆满载众人的卡车，车上都是男男女女的工人们，他们挥舞着旗子，有三色旗，也有红旗，卡车艰难地在人流中行进着。一辆德国敞篷小汽车行驶过来，两位军官安静地躺靠在座位上，一位身着军装的士兵则坐在车门上，手里端着冲锋枪：人行道上响起了一片口哨声和嘲弄的叫喊声。马尔切罗看到很多士兵，他们都是衣冠不整，没有武器，他们互相拥抱着，像农夫一样呆滞的脸上散发着希望的痴醉光芒。当马尔切罗看到两个士兵像情侣一样互相搂着腰边跳舞边走路，身上制服全都敞开着的时候，马尔切罗第一次感受到一种和愤怒相似的感觉：这些人都是穿着制服的，对于他来说这制服就意味着荣耀，意味着尊严，不管穿着它的人自己怀有什么样的情感，这一点不容争辩。茱莉亚好像猜到了他的心思，指着那两个热情而衣着不整的士兵说："可是他们不是说战争继续吗？"

"他们是说了，"马尔切罗回答说，突然间他承认自己错了，尽管很不情愿去承认，"但是并不是真的……那些可怜的家伙有理由去高兴：对于他们来说，战争是真的已经结束了。"

在部委大楼的大门前有一大群人，他们在抗议、叫喊、挥舞着拳头，马尔切罗出发去巴黎之前就是在这个部里接受了命令。那些站在门口的人用手敲打着大门，想要打开。能够听到许多人在大声重复着刚刚下台的部长的名字，用一种特殊的厌恶、轻蔑的语气。马尔切罗久久地盯着这群人，不明白这些示威者到底想要什么。终于大门稍微被打开了一点，一个门房从门缝里探出身来，他穿着带饰带的制服，面色苍白，满脸恳求的表情。他和最近处的几个人说了些什么，然后有人走进大门，随后门立即被关上了，人群又大喊了一会儿，然后就散开了。但也不是所有人都走了，一些很执着的人还留在那里，他们一边拍打着大门，一边对着里面大喊大叫。

马尔切罗离开部委大楼，来到了旁边的广场。不知哪个人高喊着“让开，让开”，人群听到后，向后退去，他和妻子也和人群一起退到后面。他探头张望，看到三四个讨厌的小伙子正在用绳索拖着一个巨大的独裁者半身像。这个半身像是青铜色的，但实际上那是涂上去的颜色，它是用石膏做的，从它被拖拽过来的路上掉落下来的白色小石块就能够看出来。马尔切罗身边站着一个黑黑的矮个子男人，戴着一副非常大的玳瑁眼镜，几乎把整张脸都吞没了，他看完塑像之后，转过头来，用权威的语气笑着对马尔切罗说：“看上去是青铜做的，其实就是普通的白垩土。”马尔切罗没理会他，他伸长脖子，仔细打量那个雕像，雕像很沉重地一颠一颠地从他面前经过。在各个部委的大楼里，以及公共部门办公室里，能够看到成百上千个这样的雕像，制作粗糙，样子也都相似，颌骨突出，圆圆的眼睛深陷下去，头颅膨胀而光滑。他不禁心想，这个用假的青铜做的嘴巴，正是模仿了那张傲慢的真实的嘴巴，现如今它却被拖拽在尘土之中，承受着人们的嘲弄和口哨声；而同样是这群人，就在不久前，他们还在狂热地为这张嘴巴欢呼雀跃。茱莉亚好像又一次察觉到了他的心思，因为她小声地对他说："你想想看，过去只要在前厅里有这样一个半身雕像，人们就不敢高声说话。"

他干巴巴地回答说："现如今，要是他们活捉了他，就会像对待这个雕像一样对待他。"

"你觉得他们会杀了他？"

"要是可以的话，他们肯定会这样做的。"

他们又走了几步，就在这黑暗中骚动混乱的人群当中，这些人就像汹涌动荡的洪流一般。在一条街的街角，一小群人在一幢大楼的楼角架起了一个长长的木梯，一个人已经爬到了梯子的最顶端，挥动着手里的锤子，重重地击打着一块刻有集权者名字的石碑。一个人笑着对马尔切罗说："到处都是法西斯标志……要把这些印记凿掉就需要好几年。"

"确实如此。"马尔切罗说。

他们穿过广场，然后依旧在人群当中挤到了拱廊的位置。这里几乎漆黑一团，只有一点点旁边昏暗的灯泡照出的微弱灯光，一小群人围着一个看不见的东西，就在拱廊的两条岔道会合处。马尔切罗走近一些，探头张望，看到他们围着的是一个正在跳舞的小伙子，他正滑稽地模仿着那些表演哑剧的女演员跳肚皮舞时的手势和扭曲的身体：他带着那位独裁者的肖像画，这是一幅彩色的石印油画，画透过一道缝隙被挂在他的肩膀上，就像是一个狗项圈一样，令人觉得像是一个人正遭受枷刑，却戴着脖子上的刑具在跳舞。他们返回广场时看到了一位青年军官，他留着黑色小胡子，眼神像被施了魔法一般，他挽着一个棕发的女人，这个女人非常狂热，头发随风飞舞。青年军官用既兴奋又教导一样的口吻对着马尔切罗喊道："自由万岁……但是，尤其是，国王万岁。"

茱莉亚看着丈夫。"国王万岁。"马尔切罗眼都没眨一下立刻说道。他们走远了，马尔切罗随即说道："有很多保皇分子努力让事态对君主制度有利……咱们到奎利纳莱王宫去看看。"

他们又费力地走回那条小巷，来到他们停车的小路上。就在马尔切罗发动车子的时候，茱莉亚对丈夫说道："真有这必要吗？！……我实在受够了这些大喊大叫了。"

"反正我们也没什么更好的事可做。"

马尔切罗快速地驶过几条横着的马路，一直开到奎利纳莱王宫所在的广场。他们发现这里并非挤满了人。在那些王室人物经常露面的阳台下面，人群还是挺密集的，但是越往广场边缘地带，人群就越变得稀疏，因此留出了许多空荡荡的地方。这里的光线也同样比较昏暗，巨大的金属路灯上面成串的灯泡散发着黄色的冷淡光芒，微弱地照亮下面黑压压的人流。很少会听到掌声和欢呼声；跟其他地方相比，这个广场上的人群似乎不知道他们究竟想要什么。也许，这里的人拥有的更多是好奇而不是热情：以前，人们就像观看演出一样聚集在一起，想要看到那位独裁者，听他的讲话；而现在，他们以同样的方式想要看到打倒独裁者的人，并且听他的讲话。当车子缓缓地绕着广场行驶时，茱莉亚轻声问：“国王会在阳台上露面吗？”

在回答茱莉亚的问题之前，马尔切罗侧脸向上，透过汽车挡风玻璃望向阳台。阳台被两个发出红色火光的火把微弱照亮，阳台中央，那扇窗户的百叶窗关闭着。然后他回答说：“我想不会……他为什么要露面呢？”

“那这些人都在等什么呢？”

“什么也不等……这是个习惯，跑到广场上来，呼喊某些人。”

马尔切罗开着车，缓缓地绕着广场行驶，几乎是用挡泥板很客气地推开那些不肯走动的人群。茱莉亚出人意料地说道：“你知道吗，我几乎有些失望。”

“为什么？”

“我本以为，他们会干出什么大事，谁知道呢，比如放火啊，杀人啊……咱们出门的时候，我很担心你，所以我才跟你一起出来的……然而什么事都没有：只有大呼小叫、鼓掌、喊万岁的、喊倒台的、唱歌、游行……”

马尔切罗只得回答说：“最糟糕的事情还在后面。”

“你是什么意思？”她问道，声音一下子变得恐惧起来，“对我们来说最糟糕，还是对于其他人来说？”

他马上后悔自己说了这句话，因为他感受到茱莉亚一只手正用力地、焦虑不安地抓他的胳臂：“我一直就知道，你对我说的那句话不是真的：说什么一切都会得到妥善解决……现在，你自己也证实这一点了。”

“别害怕……我就是说说而已。”

这一回，茱莉亚不说话了，只是两手抓住他的胳臂，将身子紧紧贴着他的身体。这虽然让马尔切罗觉得行动不便，但他也不想推开她，马尔切罗驾驶着汽车穿过几条小路，重新朝主街驶去。到了主街之后，他驶过一些行人车辆较少的岔路，来到人民广场。从这里，他又沿着品丘山的那些斜坡向上，朝博尔盖塞别墅[1]驶去。他们穿过黝黑的、布满大理石半身像的品丘山，绕过赛马场，驶向维内托大街。当他们来到品恰纳城门入口时，茱莉亚突然用悲伤而虚弱的声音说道：“我不想回家。”

“为什么？”马尔切罗问道，放缓了车速。

“我也不知道为什么，”她一边望着前方一边回答说，“只要一想到家，我的心就揪起来了……我觉得，我们好像就要永远地离开那个家了……不过，这倒也没什么可怕的，”她赶紧又补充了一句，“只不过是一个要搬走的家罢了。”

“那你想要搬去哪里呢？”

“去你想要去的地方。”

“你想到博尔盖塞别墅那里转一下吗？”

“好，咱们就去转转吧。”

马尔切罗开着车子在一条漫长而昏暗的大路上行驶，路尽头可以看到一个泛着白光的建筑物，那就是博尔盖塞博物馆。到达

1　罗马馆藏最丰富的博物馆、美术馆之一，原为大主教希皮奥内·博尔盖塞的夏宫，于1613年建成。

那片空地之后，马尔切罗停下车子，关闭发动机，说道："我们要不要散散步？"

"好的，如果你想的话。"

他们下了车，挽着手臂朝博物馆后面的公园走去。公园空荡荡的，发生的政治事件已经把公园里的人都驱散了，甚至包括那些情侣。在昏暗的光线下，可以看见许多大理石雕像，它们有的摆出英雄般的姿态，有的则很忧伤，在那些由树木构成的暗淡背景下发散着白色的微光。他们一直走到喷水池，在那里安静地待了一会儿，望着池里没有丝毫波澜的黑水。这时，茱莉亚紧握着丈夫的手，把两人的手指紧紧交叉相扣，就像是微观层面上的一个拥抱的动作。然后他们继续散步，来到一片橡树林中的一条黑暗的道路上。走了几步之后，茱莉亚突然停下来，转过身来，用一条胳臂搂住马尔切罗的脖子，亲吻他的嘴。他们就这样相互拥抱，相互亲吻，在路的中央站了好久。接着他们分开身体，茱莉亚牵起丈夫的手，拉着他朝树林走去，悄声说："来，我们在这里做爱……就在地上。"

"不，不行，"马尔切罗不禁惊呼道，"在这里？……"

"是的，就在这里，"她说，"为什么不行？……来吧，我需要做爱，好让我感觉安心。"

"对什么安心？"

"大家都在想战争，想政治、飞机……然而，人们可以是非常快乐的……来吧……我甚至会在他们游行欢呼的那些广场正中央做爱，"她突然又愤慨地说道，"这只不过是为了表明：我至少能够想到别的事情……来吧。”

这时，她似乎很兴奋，穿梭在树干之间那些漆黑的阴影中，走在他的身前。“你看这是多么漂亮的卧室啊，”他听到她在喃喃自语，“很快我们就没有家了……但这个卧室却是他们没办法从我们手中夺走的……只要我们愿意，我们可以随时在这里睡觉，在这里做爱。”突然间，她在他眼前消失了，就好像遁入地下一样。马尔切罗四处搜寻她的身影，接着在远处的一片黑暗中，他依稀看见她躺在一棵树下的地面上，一条胳膊弯在脑后做枕头，另一条胳膊则抬起来朝着他的方向，安静地邀请着他，让他躺在她的身边。他接受了邀请，刚一躺下，茱莉亚就用双腿和双臂把他的身体紧紧缠住，狂乱而笨拙地用力亲吻他整张面孔，就好像要在他的前额和脸颊上找到别的嘴巴，并且通过这些嘴巴钻进他的身体。但很快她的手臂就松开了，马尔切罗看到她在他的身体上立起上半身，望着黑暗的地方。“有人走过来了。”她说道。

马尔切罗也坐起来，向那边看了看。在远处的那些树木中间，有一道手电的亮光在摇摆前进，前面的地面上投射出一个微弱的光圈。周围一点声音也没有，覆盖在地面上的枯叶压住了这个陌生人的脚步声。手电朝着他们的方向走过来，茱莉亚一下子恢复了常态，坐了起来，双臂抱住膝盖。他们并肩坐着，背靠着树干，看着那光亮越走越近：“可能是个警卫。”茱莉亚轻声说道。

此时，手电在地面投射的光圈已经离他们不远了，光圈随即又抬高，光线将他们全部笼罩其中。这光线让他们觉得非常刺眼，他们看着走来的那个男性身影，其实也就只能看到个影子罢了，从影子的拳头里射出照在他们脸上的那道白光。马尔切罗心想，警卫看清楚他们的脸之后，就会把这个光线放低的。但实际上并非如此，这道光线久久地照着他们，而这个男人就这样安静地长久地看着他们，马尔切罗觉得这沉默当中充满了惊讶和思考。“我可以问问您到底要什么吗？”于是他用气愤的语气问道。

“我什么也不要，马尔切罗。”一个温和的声音立即回答道。与此同时，手电发出的光线也放低了，重新开始晃动起来，离他们远去。“这是谁啊？”茱莉亚低声问，“他好像认识你……”

马尔切罗待在那里一动不动，呼吸似乎都停止了，他现在感到无比慌乱。他对妻子说道：“对不起，你等我一会儿……我马上回来。”他一跃而起，起身去追赶那个陌生人。

他在树林边一个白色大理石雕像的基座旁追上了那个人。身边不远处有一盏路灯，听到马尔切罗的脚步声后，那个男人转过身。马尔切罗立即认出了这个人，尽管已经过去这么多年了，但他还是从剪成短寸的头发下那光润、清瘦的脸上认出了他。当年，他看到他的时候是穿着司机制服的；而现在，他依旧身穿黑色制服，纽扣一直扣到脖颈的位置，裤子蓬松，还有一副黑色皮革护腿。他把帽子夹在胳臂底下，手里握着电筒。他马上微笑着说：“人只要不死，总会再见的。”

对于马尔切罗来说，这句话实在太适合现在的场合了，尽管他是以开玩笑的口吻说出来的，自己也许都没有意识到。慌乱和奔跑让他气喘吁吁，他喘着粗气说："可是我一直以为……我已经把你杀死了。"

"而我却希望你能知道，他们把我救活了。"利诺平静地回应，"确实，有一份报纸公布说我死了，但这是因为当时的一个差错……其实是我旁边那张病床上的人死了……于是你就以为是我死了……所以我刚才说得不错：人只要不死，总会再见的。"

此时马尔切罗感到无比惊骇，重新见到利诺是一部分原因，但更多的是因为见面之后，两人之间立即建立起来的那种彼此熟悉、亲密而又忧伤的对话语调。他非常痛苦地说："但是，相信你已经死了这件事给我带来了那么多的影响，然而，你却没有死。"

"对我来说也是一样，好多的影响，马尔切罗。"利诺说道，用一种同情的目光看着马尔切罗，"我心想，这可能是一种警示吧，于是，我结了婚……后来，我妻子死了，"他放慢了语速，"一切又像以前那样重新开始……现在，我是个夜间警卫……这些花园里到处都是像你一样漂亮的男孩子。"他说这些话时的语气中带着一种平静、温柔的厚颜无耻，却没有丝毫阿谀奉承之意。马尔切罗第一次注意到，利诺的头发几乎已经灰白，脸也有点发胖。"你也结了婚吧……那位就是你的妻子，不是吗？"

马尔切罗突然间忍受不了这种偷偷摸摸、索然无味的闲扯聊天。他抓住那男人的肩膀，用力摇晃着，嘴里说道："你现在跟我说话的样子就好像什么事也没发生过似的……可你知道吗？你毁了我的一生！”

利诺完全没有试图挣脱，他回答说：“你为什么这么说呢，马尔切罗？你已经结婚了，也许还有了孩子，你看上去应该过得不错，那你还抱怨什么呢？如果你当初真的杀了我，那情况也许会更糟。”

“可是，我，”马尔切罗禁不住大叫起来，“在你认识我的时候，我可是个天真无邪的孩子啊……但认识了你之后，我就再也不是了，永远都不是了。”

他看见利诺惊讶地看着他：“可是，马尔切罗，我们所有的人原本都是天真无邪的……难道我就不是吗？但最终我们都以这样或那样的方式失掉了这份天真……这就是正常状态。”马尔切罗抓在利诺肩膀上的双手已经有些放松了，利诺费力地把身体挣脱出来，然后用一种同谋般的口气说道：“看，你妻子来了……我们最好分开吧。”

“马尔切罗。”阴影中响起了茱莉亚的声音。

他回头看到茱莉亚正犹疑不决地走过来。与此同时，利诺把帽子在头上戴好，做了一个告别的手势，然后匆忙地朝博物馆的方向走去。“我能知道一下他是谁吗？”茱莉亚问道。

“我的一个老同学。”马尔切罗答道，“他最后竟然当了夜间警卫。”

“我们回家吧。”她一边说着一边挽住他的胳臂。

“你不想再走走了？”

“不……我更想回家。”

他们走到车子那里，上车，一直行驶到家，其间他们都没有说话。马尔切罗尽管开着车，心里却依然想着利诺刚刚说的那些话，那些他无意识说出的但却意味深长的话：“……我们都以这样或那样的方式失掉了这份天真……这就是正常状态。”他心想，这些话中凝聚了对他自己这一生的判断。他之所以做那些事情，就是为了能使自己从一件想象中的凶杀案中得到解脱；然而，利诺的话却令他人生中第一次明白，即使他没有遇见利诺，不曾向他开枪，或者他当时并不确信自己杀死了他，总之就是，即使什么事情都没发生过，无论如何，他还是会失掉自己的那份天真无邪，也因此，无论如何他都会渴望重新得到这份天真，所以那些他做过的事情他还是会去做的。

正常状态正是这样一种徒劳而艰难的渴望：渴望证实自己被原罪所破坏的一生是正确的，而不是从他遇见利诺第一天起就一直在追求的虚无的假象。

他听到茱莉亚在问：“明天早上我们几点出发？”他立即将脑中这些想法驱赶走，就像是驱散许多能证明他犯错的证人似的，它们是那么的胡搅蛮缠，而此时已经毫无用处了。

“尽早吧。”他回答。

三

黎明时分，马尔切罗醒了，他看到，或者说他以为自己看到妻子正站在窗边，在凌晨最起初的灰色光线中，透过玻璃看着外面。她身上没有穿一件衣服，完全赤裸，用一只手揭开窗帘，另一只手则遮挡住胸部，也不知道是因为羞涩还是焦虑。一缕长长的头发顺着脸颊散乱地垂下；那张脸向前张望着，面色苍白，没有颜色，神情看上去是在痛苦地思考和冥想。就连她的身体在这个夜晚似乎也失去了强健和引起人欲念的形象：两个乳房由于哺乳而变得扁平松弛，从侧面能够看到一条被压出来的松软的折痕，这是他以前从未注意到的；肚子又圆又胀，给人一种笨拙、沉重的感觉；两条大腿的姿态也印证了这种感觉，它们颤颤巍巍地交叉在一起，相互收紧，就好像要把肚子藏起来一样。天刚蒙蒙亮，寒冷的光线好似一道狡黠、引人反感的目光，微微照亮她赤裸的身体。马尔切罗看着她，心中不禁琢磨，她这样一动不动，站在破晓前微弱的光斑之中盯着外面没有人影的院子，到底在想什么呢。抱着强烈的同情心，他心中暗想，他完全可以猜测出她的那些心思。“这就是我，”她肯定是这样想的，“这就是我，一个被赶出家门的女人，年近中年，还有一个年幼的孩子，丈夫已经没有什么可以指望的前程了，命运难以预测，甚至连他的生命可能都处在危险之中。这么多的努力、这么多的热情、这么多的希望之后，得到的结果就是这个。”他心想，她就是被逐出伊甸园的夏娃；而伊甸园就是这个家，这个仅仅拥有着微不足道的几个物件的家：衣橱里的衣物，厨房里的器具，用来招待她朋友的客厅，银制的餐具，冒牌波斯地毯，她母亲送给她的陶瓷餐具，冰箱，前厅摆放的花瓶，这间仿效皇家样式、分期付款装修的双人卧室；还有，就是他自己，此刻他正躺在床上望着她。毫无疑问，伊甸园是一种幸福，是那种一天能和家人一起吃两次饭，并为这个家的未来——为女儿和他的未来——制订一些计划的幸福。最后，伊甸园是灵魂的安宁，是与她自己和世界达成的和谐，是内心的平静和知足常乐。而如今却有一个愤怒、无情的天使，他手持冒着火焰的宝剑，将她永远赶出了伊甸园，就这样把浑身赤裸、手无寸铁的她推入了充满敌意的外部世界。马尔切罗又看了她片刻，她依旧一动不动，愁容满面地沉默注视着；接着，当困倦又一次压在他的眼皮上时，他看到她离开了窗户，踮着脚尖走到衣架旁边，从上面拿下一件晨衣，穿上之后悄悄地走了出去。他心想，她很可能是去熟睡着的女儿的床边坐着了，在那里沉思也同样不会快乐；又或者是再去看看出发的行李，看看是不是忘记了什么。他一时间想追上她，用某种方式来安慰她。

但是，他觉得自己还是非常困倦，过了不久他就又睡着了。

过了一段时间之后，当汽车在夏日纯净的晨光中朝塔利亚科佐行驶时，他又重新想起了这个忧伤的场景，他问自己，这到底是他梦中见到的还是真实看到的。妻子坐在他的身旁，紧贴着他，为的是给露琪拉留出位置，小女孩则跪在座位上，头伸出车窗外享受着汽车飞驰带来的乐趣。茱莉亚直挺挺地坐着，外衣的扣子松开，里面是一件白色衬衫，脸上没什么表情，被旅行帽遮住，留下一片阴影。马尔切罗注意到，她膝盖上放着一件长方形的东西，外面包着棕色的纸，扎着细绳。“那里面包着什么？”他惊讶地问道。

“你会笑的，”她答道，“但我无论如何都不想把放在前厅的水晶花瓶留在家里……我舍不得它，尤其是它那么漂亮，而且还是你送给我的礼物……你记得吗……就是在孩子出生后不久……带着它有些累赘，这我知道，但它也会有用处的……到了塔利亚科佐我会放一些花进去。”

他心想，那这一切都是真实的了，黎明时分他看到的那个站在床边的身影，不是他做的梦，而是有血有肉的他的妻子。过了一会儿他说道：“如果带着它让你开心，那你做的就是对的……但我向你保证，我们一定会回家的，就在夏天结束的时候……你绝对不该大惊小怪的。”

“我没有大惊小怪。”

“一切都会得到最圆满的解决，”马尔切罗继续说道，同时改变车道，车子开始爬坡，“而且你会像最近几年那样幸福的，甚至更幸福。”

茱莉亚什么也没说，但她看上去并没有被他的话说服。马尔切罗尽管开着车，却也能好好观察她：她用一只手按住膝盖上的花瓶，另一只手臂则搂住向车窗外探出头的小女孩。这两个姿势似乎在说，她所有的亲情和全部的财产就都在这里了，在这辆车上了：身边的丈夫，另一边的孩子，还有那个象征着家庭生活的水晶花瓶。他想起，在出发的那一刻，她朝着房子看了最后一眼，说道：“谁知道会是什么人来占据我们的房子呢。”于是他明白他永远也不能说服她，因为在她身上没有勉强的信服，只有来自她本能的可怕预感。尽管如此，他还是镇静地问道：“可以告诉我你现在在想什么吗？”

“什么也没想，”她答道，“我真的什么也没想……我在看风景。”

“大概在想些什么。”

“大概吗？我想的是，对我们来说事情很糟糕……但这不是任何人的错。”

“也许是我的错。”

“为什么是你的错呢？怪不得任何人……所有人都既是错的又是对的……事情糟糕那就是事情糟糕，仅此而已。”她说这句话时语气很果断，仿佛在表明她不想再说话了。于是马尔切罗就不说话了，从此刻起过了很久，他们之间就只有沉默。

此时正是清晨的好时光，却已经预示了炎热的一天。车子前方有两排满是灰尘的篱笆，反射着耀眼的阳光，篱笆之间的空气似乎在颤抖，炙热的阳光在柏油路上反射出热浪。这条公路的周围是一片延绵起伏的景色，黄色山丘上竖立着干枯的麦茬儿，星星点点的棕色和灰色的农舍散落在荒凉、没有树木的山谷底部。他们不时会遇上一辆马拉的小车，或是一辆乡下的旧汽车：这是一条人迹罕至的公路，军队的运输都是走其他地方的。马尔切罗一边开着车，一边心想，这一切都是那么安静、正常而冷漠。他绝不会想到自己正处于一个正在进行战争和革命的国家的中心地带。零星的几个农民要么靠在围栏上，要么站在田地中央，脚边上放着铁锹，他们的表情所表现出来的是最普通的情感，对于生活中正常的、司空见惯的、显而易见的事物的仔细而又平淡的关注。所有人考虑的都是庄稼的收成，东西的价格，甚至索性什么都不想。他继续想道，多年以来，茱莉亚就像这些农民一样；而现在，她却因为被从这种安宁中驱逐出来而感到痛苦不堪。他突然几乎有些愤怒地想道：对她来说更加糟糕。对于男人来说，生存并不意味着在大自然的溺爱中、在和平中放纵，而是要不断地进行斗争和抗议，每时每刻都在解决着那些最细小的问题，而这些问题则是包含在更广泛的问题的界限里面的，而所有的问题又都在更复杂的问题当中，那就是生活。这个想法让他恢复了自信，车子此时正从一片荒凉的平原景色驶出，来到延绵不断的山丘，行驶在高高的红色岩石之间。也许是因为开车让他觉得自己的身体和发动机好像合为一体，他可以坚定地面对并且从容地解决这条满是转弯和上下坡的公路上的各种困难，这么多年以来，他第一次感受到了一种乐观，一种既有风险又有些冒失的乐观，就像猛然刮起的一阵风，终于吹散了蒙在他心头的阴霾。他心想，现在要做的，就是将他人生中的一整段时期认定为彻底终结，并将其埋葬，然后重新开始，制订一个全新的计划，利用不同的工具，重新开始。他还想道，和利诺的相遇是很有帮助的；不仅是因为这次相遇让他摆脱了对一件他并未犯下的凶杀案所感到的内疚，也是因为，利诺随口说的“丧失天真是不可避免和正常的”这寥寥几个字使他明白了，二十年来他一直执迷于一条错误的道路，而现在他必须坚决地从这条道路上走出来了。他还想到，这一次不需要辩解和沟通了，这次他下定决心，绝不允许那件确实犯下的凶杀案——夸德里凶杀案——折磨到他，这一次他绝不会再去徒劳无功地从罪孽中寻求解脱和净化，去找寻什么正常状态。那些发生的事情已经发生了，夸德里已经死了，他会在这个死亡上面放上一块比墓碑还要沉重的碑石，一块彻底遗忘的碑石。也许是因为这个时候，风景已经不再像刚才那样闷热而荒凉了——不知从何处而来的丰沛的水流使公路两边长满青草、野花和蕨类植物，更高的地方，在凝灰岩山峰的顶端是一片繁茂的、定期修剪的小树林——他感觉自己明白了，从今往后他要如何永久性地避免让自己进入荒漠般的沮丧情绪当中：在这种情绪当中，一个人总是在追逐着自己的影子，总是感觉自己被迫害，自己有罪；而是应该去自由地、大胆地寻找跟此时身边景色相似的地方，那些有陡峭的岩石，强盗和野兽都很难到达的地方。他曾经心甘情愿地、执迷不悟地、愚蠢透顶地强迫自己落入一些可鄙的关系当中，去完成一些更加可鄙的任务；而所有这些都出于对一种根本不存在的正常状态的追求；如今，这些关系已经中断了，这些任务也已经解除了，而他又恢复了自由，并且他也将学会如何去使用这种自由。就在这时，他们身边呈现出一路上最优美的风景：公路的一边是那片覆盖住山丘一侧的定期修剪的小树林；另一边，则是个长满绿草的斜坡，零星地长着几棵巨大、茂盛的橡树，这些橡树向下排列，一直到一条长满灌木丛的沟壑，灌木丛中的流水翻滚着泡沫，反射着光芒。在沟壑的另一边矗立着像城墙一样的岩石，一条闪耀着晶莹亮光的瀑布从那里落下。马尔切罗突然停下车说："这里太美了……我们停下来待一会儿吧。"

女儿从车窗那边转过头来问道："我们已经到了吗？"

"没有，我们还没到，就是停一会儿。"茱莉亚说着抱住她，下了车。

等到他们都下车了之后，他的妻子说她想让小女孩去方便一下，马尔切罗就待在车旁边，茱莉亚则拉着女儿的手往远处走了几步。妈妈走得很慢，身体并没有朝着女儿倾斜，女儿穿着一件白色的小连衣裙，头顶系着一个大蝴蝶结，头发垂落在肩膀上，她像平常那样兴致勃勃地说着话，时不时还抬头看看母亲，可能是要问什么问题。马尔切罗在心中自问：在他刚刚突然间描绘出来的、全新而自由的未来生活里面，他的女儿会占据一个什么样的位置呢？他满怀爱意地想道，他一定要学会如何带着她去往一个全新的生活当中，那个生活中的目的与迄今为止他自己的完全不同。他心想，在他女儿的生活中，一切都应该是愉悦、充满想象力的，应该是优雅、轻松、清澈、新鲜而又充满历险的；一切都应该像是一片美丽的风景，这片景色中没有闷热，也没有雾霾，有的只是突如其来的暴风骤雨，能够净化整个世界，让空气更清新，色彩更明快。那种带着血腥味的世俗迂腐，一丁点都不应该留在她的生活当中，而直到昨天，这些东西都在影响着他自己的命运。是的，他还在想着，她应该生活在完全的自由当中。

马尔切罗带着浮想联翩离开了公路的外缘，朝着另一边浓密的树林走去。那些树木很高，枝叶茂密，下方长满了野生的荆棘和灌木丛，而在这些东西下面，一片阴影当中，能够隐约地看到一些野草和野花，一株风铃草，它深蓝的颜色已经近乎是紫色了。这是一株很普通的风铃草，带着几片白色纹路的花瓣，他把风铃草放到鼻孔前，闻到一种野草的苦涩气味。他心想，这株野花生长在灌木丛的阴影当中，附着在石灰岩上的一小块贫瘠的土地上，它没有试图去限制其他更高、更强壮的植物的生长，也没有认同自己的命运而简单地接受或者拒绝它。在完全无意识和完全自由的情况下，这株植物在种子随意落到一个地方之后就开始生长，直到这一天他的手把它摘下。他心想，生长在黑暗的灌木丛中一块苔藓地上的这孤独的小花，它的命运真是太卑微了，但也是自然而然的。相反，那种自愿的卑微，妄图去徒劳地找到那不可能得到的、虚假的正常状态，这样的做法却只能将骄傲或者爱意折叠并掩藏起来。

妻子的声音让沉思中的他吓了一跳："那我们出发吧。"于是他重新坐到方向盘前面。车子沿着蜿蜒的公路快速行驶，绕过长着几棵橡树的斜坡，又经过一片茂密的树林，穿过山丘的一个山口之后，眼前出现了一片广袤的平原。七月的闷热为远方的地平线蒙上了一层雾气，地平线周围环绕着蓝色的山岭；在金色的、雾气蒙蒙的光线中，马尔切罗看到，平原中央有一座孤零零的、陡峭的山峰，山上是一个类似古希腊卫城的城镇，零星的房子盘踞在一座城堡的塔楼和城墙下面。可以清晰地看到这些房子的灰色的外立面，它们就好像悬挂在盘山公路的上方一样：那座城堡是四方形的，每一边都有一座低矮的、圆柱形的塔楼；城镇整体呈现出粉红的色调，太阳炙烤着天空，在房子的窗户上反射出刺目的耀斑。山脚下，白色的公路路面径直延伸出去，直到平原尽头；在山的对面，公路的另一侧，是一片广阔的黄绿色草地，草地中间有一座飞机场。和城镇那些古老的房子相反，飞机场上所有东西看上去都是崭新和现代化的：三个长长的飞机库上涂着绿色、蓝色和咖啡色的伪装，一座天线塔顶端飘扬着一面红白两色的旗子，许多架银色的飞机就像是随意地停放在机场边缘地带。

马尔切罗长时间地注视着眼前的景色，而此时汽车则在陡峭的公路上从一个弯转到另一个，接着迅速向下，朝平原驶去。那古老的城堡和极其现代化的飞机场之间形成了鲜明的反差，这种反差对于他来说似乎充满意义：虽然一时之间他自己也没能弄清楚究竟有什么意义。与此同时，他突然意识到，自己有一种特别的感觉，似乎这一切都很熟悉，似乎过去他也见到过这样的景色。但是，他马上想起来，自己是第一次走这条公路。

车子行驶到了下坡路的底部，接着便走上了那条看似没有尽头的直路了。马尔切罗加快了车速，车速仪的指针逐渐上升到每小时八十公里，然后是九十。此时的公路夹在两片已经收割好的、泛着金属般黄色的田地中间，没有一棵树，也没有一座房子。马尔切罗心想，很明显，所有居民都是生活在那个城镇里面的，早上他们会下来到田地里干农活儿，到了晚上再返回城镇里休息……

妻子的声音打断了他的思绪。“看，”她指着飞机场说道，“发生了什么事？”

马尔切罗看过去，发现有几个人在草地上挥舞着手臂四散奔逃。与此同时，在夏日耀眼的阳光下，一股奇怪的火焰犹如一条红红的、尖尖的舌头，从其中一座飞机库的顶棚上伸了出来，几乎没有什么烟。接着，另一股火焰从第二个库顶蹿了出来，随即又是第三个。此时，三股火苗已经合为一处，火焰猛烈燃烧着，四处蔓延；同时，浓烟形成的黑云压在地面上，遮住了三座飞机库，并向着周围扩散开去。这时候所有生命的迹象都已经消失了，机场又变成一片荒凉。

马尔切罗镇静地说道：“一次空袭。”

“有危险吗？”

“没有，他们大概已经离开了。”

他加快了车速，车速仪的指针上升到了一百、一百二十公里。此时他们已经来到了城镇的下方，可以看到那条环山公路，以及那些房子的侧面和城堡。同时马尔切罗听到背后一架俯冲的飞机发出的愤怒的咆哮声。噪声中能够分辨出密集的机枪扫射的声响，他明白了飞机就紧随在他们身后，而且很快就会飞到他们上方：飞机发动机的声音和公路形成了垂直的轴线，如同这条公路一样笔直，没有丝毫的弯曲。接下来，飞机金属般的嘈杂声已经来到了他们的上方，震耳欲聋，片刻工夫就又离他们远去。他感觉自己的肩膀被狠狠地击中了，像是挨了重重的一拳，接着就感到濒临死亡的衰弱；他已经绝望了，但是仍然集中所有力量驾驶着汽车，最后把汽车停在了路边。“我们下车。”他用衰弱的声音说道，同时伸手打开车门。

车门被打开了，马尔切罗摔落在外面；他的脸埋在草里，双手紧抓着地面往前爬，双腿从车里拖了出来，接着趴在水沟旁边。但是没有任何人说话，也没有任何人从车里出来，尽管车门一直都是敞开着的。就在这个时候，远处又响起了飞机的轰鸣声，它转了方向又飞回来了。他心中想道：“上帝啊，请保佑她们没有被击中吧……她们是无辜的。”接着他也听天由命了，嘴巴埋在草丛里，等待着飞机重新到来。敞开着车门的汽车里没有声音，他心如刀绞地意识到：不会有任何人从里面出来了。最终，飞机再一次飞到他的头顶，在火红的天空中飞远的同时，它的身后留下了一片死寂和黑夜。